Le manoir du mystère

HEATHER GRAHAM

Le manoir du mystère

Traduction française de

JULIE ALBIZZI

HARLEQUIN

Titre original :
PHANTOM EVIL

Ce roman a déjà été publié en 2013.

HARPERCOLLINS FRANCE
83-85, boulevard Vincent-Auriol, 75646 PARIS CEDEX 13
Service Lectrices — Tél. : 01 45 82 47 47

www.harlequin.fr

ISBN 978-2-2804-1857-7

Ce livre est dédié à l'hôtel Monteleone, à son admirable personnel et à tous ceux qui m'ont aidée, durant toutes ces années, à intéresser les auteurs à La Nouvelle-Orléans et à les inciter à écrire sur cette superbe ville chargée d'histoire.

Dennis Hewitt, Jorge Cortazar, Irwin Lee, Michael Montgomery, Elsa Trochez, Wayne Crawford, Bertilla Burton, Kathy Bass (Le Café), Lucille Williams (Le Café), Estefania Ramirez, Kelly Morgan, « Albe » Hendrix, Ricky Jones, Al Barras, Burt Robinson, Darren Carey, Joseph Lecour, Ken Dillion, Robert Kotish, Ruoal Vives, Alex Olivsevsci, Lawrence Williams, Keith Donatto, Marvin Andrade, Grace Bocklud, Bryan Isbell (Royal AV), chef Randy Buck (chef de cuisine), chef Jose Munguia (chef de partie), chef Ming Duong (chef pâtissier), Fred Connerly, Jorge Melara, Renee Penny, Hilda Henderson, Thomas Joseph

A la boutique de Fifi Mahoney, le plus étonnant magasin de perruques qui soit : Brian Peterson, Marcy Hesseling, Nikki McCoy, Jamie Gandy, Bobby Munroe, Megan Lunz

Et, chez Harra's : Jordan Smith, K. Brandt

Et enfin... en hommage tout particulier à Sheila Vincent, qui est si souvent allée explorer l'au-delà pour nous tous !

Prologue

La maison de la rue Dauphine

« Maman ! »

La petite voix fluette avait surgi de nulle part. Regina Holloway se dit qu'elle avait dû l'entendre en somnolant : les travaux qu'elle avait entrepris dans sa nouvelle maison, rue Dauphine, l'épuisaient. Sans doute avait-elle fermé les paupières sans s'en rendre compte, sombré dans le sommeil et entendu en rêve ce mot de « Maman ! » qui la hantait, tant elle aurait aimé l'entendre de nouveau.

Elle reprit ses esprits et, sans ouvrir les yeux, tendit l'oreille aux bruits de la vie réelle. De la rue provenait un air de jazz, suivi d'applaudissements sonores saluant la prestation des musiciens. Un saxophone lança une plainte mélancolique. En arrière-plan, on entendait le roulis des carrioles, tirées par des mules, qui emmenaient les touristes faire le tour du Quartier français de La Nouvelle-Orléans. De temps à autre, un éclat de rire retentissait.

Elle huma la fraîche odeur de pin du produit d'entretien qu'elle venait d'utiliser. Par la fenêtre ouverte pénétrait le parfum suave des magnolias qui poussaient dans la cour de cette magnifique demeure. Enfin, ils avaient trouvé une maison, dans ce Quartier français plein de charme, si évocateur d'un passé riche de mystère.

Certes, on racontait que la maison avait été hantée, autrefois, et que l'atmosphère n'y était pas plaisante. L'endroit avait appartenu en particulier à Madden C. Newton, un tueur en série qui avait semé la terreur au lendemain de la guerre de Sécession. Aujourd'hui, quand les touristes passaient dans la rue, les guides leur racontaient d'horribles récits de fantômes et d'apparitions dont avaient été victimes les occupants successifs. Cependant, ni elle-même ni David ne croyaient aux revenants, et ils avaient obtenu la maison pour un très bon prix. En même temps, se dit-elle amèrement, il était bien dommage que les revenants n'existent pas. Elle aurait peut-être pu revoir son petit Jacob, ainsi.

Hélas, il ne fallait pas y compter, et la bâtisse était aussi normale qu'une autre, avec ses briques, ses boiseries et ses peintures. David et elle avaient grandi en banlieue et avaient toujours rêvé vivre un jour dans l'une de ces belles demeures. Ils y étaient parvenus, mais n'auraient jamais imaginé s'y retrouver sans leur fils.

Oui, malheureusement, elle faisait très bien la différence entre ce qui était réel et ce qui ne l'était pas. Même les visions un peu étranges que lui donnaient les anxiolytiques qui l'avaient aidée à tenir, après la mort de Jacob, n'avaient rien de fantomatique. D'ailleurs, elle commençait à pouvoir se passer de comprimés.

« Maman ! »

Cette fois, le mot avait été clairement prononcé. Elle ne rêvait pas. Elle ouvrit les yeux et étouffa un cri.

Un petit garçon se tenait debout devant elle. Il avait à peu près l'âge de Jacob, sept ans, et était vêtu à la mode victorienne, avec des culottes courtes, un petit gilet, une redingote, des bas et des bottines.

Une hache lui traversait le crâne et le sang lui ruisselait sur le visage.

« Maman, j'ai mal, très mal ! Aide-moi, maman ! » supplia-t-il en fixant sur elle de grands yeux bleus empreints de confiance.

Elle aurait voulu pouvoir hurler. Elle voyait souvent son fils en rêve : ce n'était pas lui. Toutes les histoires affreuses qui couraient sur la maison lui revinrent à l'esprit. Ces meurtres, juste après la guerre de Sécession…

On les lui avait racontés, mais c'était la première fois qu'elle en avait l'atroce vision.

Car cet enfant n'était pas réel.

Elle émit enfin un cri étranglé, semblable au babil inarticulé d'un nouveau-né, comme l'écho de sa propre terreur. Elle aurait préféré un cri franc.

« Je t'en prie, maman. J'ai besoin de toi ! »

Ce n'était pas non plus la voix de Jacob. Jacob était mort dans un accident de voiture, six mois plus tôt. Un chauffard ivre, traversant de biais la quatre voies I-10, en pleine nuit, avait failli les tuer tous les trois.

Jacob était mort à l'hôpital, dans ses bras. Il était enterré au cimetière de Lafayette, vêtu de sa tenue de base-ball à laquelle il tenait tant. Non, ce n'était pas la voix de son fils…

Mais c'étaient ses mots.

« Maman, j'ai mal, très mal ! Aide-moi, maman ! »

C'était exactement ce qu'avait dit Jacob, à l'hôpital, quelques secondes avant qu'une hémorragie interne n'emporte sa jeune vie.

Mais cet enfant n'était pas Jacob !

Elle ferma les yeux, incapable d'articuler, et fit une

courte prière pour que David arrive. David, son mari. Le sénateur David Holloway, beau, calme, lucide, rationnel, un homme merveilleux, si présent dans leur chagrin partagé. David la prendrait dans ses bras, lui donnerait de la force. Il n'allait pas tarder : le jour tombait, même si le ciel était encore strié de traînées roses et jaune pâle où dansaient quelques grains de poussière. Des grains de poussière qui s'étaient transformés en apparition, celle d'un enfant assassiné...

Cette apparition allait forcément s'évanouir. Ce n'était que le fruit des vieilles légendes qui couraient sur la demeure, et rien d'autre.

« Maman, j'ai besoin de toi. Tiens-moi la main, s'il te plaît ! »

Elle rouvrit les yeux : le garçonnet était toujours là, debout, rivant sur elle un regard lourd d'angoisse, d'incompréhension, de reproche. Il ne comprenait pas qu'elle pût garder le silence, et le dévisager avec une telle expression d'horreur.

« Maman ? »

— Tu... tu n'es pas réel, chuchota-t-elle.

« Ne me laisse pas, maman, j'ai peur ! Tellement peur ! Tiens-moi la main, je t'en supplie ! »

L'enfant tendit le bras. Elle recula instinctivement, frissonnant d'une terreur glacée qui la giflait comme une bourrasque. Et puis...

Elle sentit la petite main se glisser dans la sienne. Une petite main chaude, vibrante, qui semblait vivre.

Les doigts la serrèrent. Elle serra à son tour.

« J'ai besoin de toi, maman. »

Elle réussit à répondre sans se mettre à hurler :

— Tout ira bien. Ne t'en fais pas.

Les lumières du crépuscule s'embrasèrent de nuances

plus sombres. Dans quelques minutes, les néons allaient s'allumer rue Bourbon et les groupes de rock supplanter les rythmes lancinants du jazz. David allait rentrer. Il lui ferait un petit cours de psychologie sur les hallucinations et le fait qu'elle avait rêvé de Jacob en croyant voir le fantôme d'un enfant mort depuis longtemps.

Seulement, personne n'aurait pu prendre la place de Jacob.

Tout à coup, elle cessa d'avoir peur et éprouva le besoin de rassurer le petit garçon.

— Tout ira bien, répéta-t-elle.

« Il va bientôt faire nuit. Regarde, il fait déjà sombre dans la cour », répondit-il.

— Mais il y a des lumières partout, même dans la cour, souligna Regina. Je vais allumer ici, pour que tu ne restes pas dans le noir.

Elle se redressa. Sentant toujours la petite main dans la sienne, elle s'approcha de la porte-fenêtre. C'était le printemps : l'atmosphère était douce, tiède, embaumée par le parfum des fleurs. Dans tout le Quartier français, on faisait pousser des plantes grimpantes, on multipliait les jardinières et les bordures. Regina huma profondément les senteurs odorantes.

Elle ressentait une telle tristesse, une telle souffrance ! Si elle parlait du petit fantôme, on l'accuserait d'avoir affabulé pour compenser la perte de Jacob. C'était d'ailleurs absurde : comment aurait-elle pu imaginer son enfant avec le crâne fendu d'une hache ?

« J'aime bien la cour, maman ! » dit-il en s'approchant.

— Oui, elle est très jolie, murmura-t-elle.

Elle se sentait devenir hystérique. Elle, une femme de trente-cinq ans, elle s'inventait un compagnon imaginaire ?

L'enfant s'appuya contre la rambarde du balcon et tourna la tête vers elle. Un rayon de lumière éclaira soudain ses yeux bleus et y fit scintiller une lueur étrange, presque rusée.

Elle crut entendre un bruit derrière elle, se retourna, fronça les sourcils…

Puis ce fut le choc.

Elle sentit qu'on la poussait, se vit tomber…

Un cri lui échappa, puis s'interrompit brutalement.

Elle s'affala, morte, la nuque brisée, les yeux grands ouverts.

Chapitre 1

Jackson Crow, assis, contemplait la pile de dossiers posée sur le bureau. C'était son premier rendez-vous avec Adam Harrison, un homme aux cheveux blancs, élégant et digne, vêtu chez le meilleur faiseur. La pièce était agréablement meublée, sans rien d'ostentatoire. Les fenêtres donnaient sur une rangée de maisons. La compagnie d'Harrison partageait cet immeuble d'Alexandria, en Virginie, avec d'autres sociétés nommées « Brickell et fils, avoués », « Immobilière Chase » ou encore « K. Blake, enquêtes privées ».

Adam venait de lui tendre un dossier.

— Avez-vous la moindre idée de ce qui motive votre présence ici, Jackson ? demanda-t-il.

C'était en reprenant son travail au département fédéral des sciences comportementales, à Washington, que Jackson avait appris sa nouvelle mission. Sa mise en disponibilité, apparemment, devenait permanente.

Sa mission précédente s'était terminée tragiquement, avec la mort de trois personnes, en dépit de l'excellent travail mené par lui-même et ses collègues. Sans son intuition, cela dit, deux autres agents de l'équipe seraient morts aussi. La police locale n'avait pas répondu aux appels : il n'avait rien à se reprocher.

Cela ne l'empêchait pas de culpabiliser.

Sans doute était-ce la raison pour laquelle ses supérieurs, par compassion, lui confiaient désormais une tâche plus calme, derrière un bureau.

Il avait souvent entendu parler d'Adam Harrison. L'homme travaillait pour le gouvernement depuis des années, « en solo », lorsque la mission devait rester tout à fait confidentielle. Adam enquêtait dans des domaines où personne d'autre ne pouvait s'introduire. Ce n'était pas tant dû à d'éventuels dangers qu'à l'extrême *étrangeté* de certains cas.

— Aucune idée, répondit enfin Jackson.

— D'abord, je tiens à vous rassurer : on ne vous laisse pas tomber. Vous travaillez toujours pour l'Oncle Sam. C'est moi qui vous donnerai les ordres, mais c'est vous qui dirigerez l'équipe. Une équipe entièrement nouvelle.

Un boulot de tout repos, dans un bureau. Sans tueurs en série, sans kidnappings, sans cadavres coulés dans le ciment...

Jackson n'aurait su dire ce qu'il ressentait. Une certaine stupéfaction, sans doute.

— Regardez donc ceci, reprit Adam.

Jackson, qui n'avait pas encore ouvert le dossier, prit la coupure de presse qu'Adam lui tendait. L'article, daté du mois précédent, provenait d'un quotidien de La Nouvelle-Orléans. Il relatait la mort de l'épouse du sénateur David Holloway, tombée de son balcon.

Jackson leva les yeux vers son interlocuteur.

— Lisez tout, intima ce dernier.

Jackson obéit.

Regina Holloway, épouse du sénateur David Holloway, très apprécié dans l'Etat, est morte hier en tombant du balcon de la maison qu'ils venaient d'acheter rue

Dauphine, dans le Quartier français. Les Holloway avaient perdu leur fils Jacob il y a six mois, dans un accident sur l'autoroute I-10. L'enquête cherche encore à déterminer si Regina a pu se jeter dans le vide, ce que David Holloway nie farouchement. Son épouse allait mieux et commençait à sortir du deuil. Ils avaient l'intention d'avoir d'autres enfants.

On attend encore le rapport de la police et du coroner. La demeure, l'une des plus belles maisons espagnoles du Quartier, a été autrefois la propriété du sinistre trafiquant Madden C. Newton, responsable de tortures et de meurtres sur au moins vingt personnes au sortir de la guerre de Sécession. Il y a dix ans, en outre, un jeune qui s'était introduit dans les lieux, alors inoccupés, avait lui aussi succombé à une chute. Le coroner avait conclu à un accident, le jeune dealer s'étant réfugié à l'intérieur pour échapper à la police.

Un sentiment de malaise envahit Jackson, mais il reposa calmement l'article sur le bureau et regarda Adam Harrison.

— Une tragique histoire, déclara-t-il. Tout semble indiquer que cette malheureuse s'est suicidée et que le sénateur ne veut pas l'admettre. Il arrive malheureusement souvent qu'une mère ne puisse surmonter la disparition de son enfant.

— Beaucoup de gens estiment que cette maison est hantée, répondit Adam.

— Et c'est un fantôme qui aurait commis le meurtre ?

Jackson se pencha en avant pour ajouter :

— Je ne suis pas sûr de croire aux fantômes, Adam. Il ne s'agit sans doute que d'hallucinations, fruits d'imaginations échauffées, suffisamment convaincantes pour pousser quelqu'un à se jeter dans le vide.

— Le sénateur a des amis haut placés. Il est absolument persuadé que sa femme ne s'est pas suicidée.

— Est-ce qu'il soupçonne un meurtre ?

— Les verrous étaient tirés, les fenêtres du rez-de-chaussée fermées... Même le portail de la cour était cadenassé.

— Quelqu'un a pu escalader un mur, objecta Jackson.

— C'est vrai, opina Adam Harrison, mais si c'est le cas, aucun témoin ne s'est fait connaître et les autorités ont conclu rapidement au suicide. Est-ce que vous connaissez La Nouvelle-Orléans et, en particulier, le Quartier français ?

— De réputation, répondit Jackson avec un sourire en coin. Ce qu'on appelle aussi le « Vieux Carré » est le royaume des vampires, des fantômes et du vaudou. On y trouve aussi l'une des meilleures cuisines du monde et de remarquables musiciens.

— Bien. Vous qui êtes spécialiste en sciences comportementales, ne croyez-vous pas que les croyances des individus peuvent engendrer certains types d'attitudes, de réactions ?

— Oui, bien sûr. Berkowitz, ce tueur en série connu sous le nom de « Fils de Sam », était convaincu que les chiens qu'il entendait aboyer étaient des démons qui lui ordonnaient de tuer. A moins, évidemment, qu'il n'ait inventé l'argument pour se défendre !

— Vous êtes toujours aussi sceptique, commenta Adam.

Il eut cependant un sourire et ajouta :

— Mais pour autant, vous n'avez pas d'œillères, n'est-ce pas ?

— Je suis sceptique, oui, mais je garde l'esprit ouvert, répondit Jackson avec prudence.

— Vos parents étaient profondément croyants, n'est-ce pas ? rappela Adam.

Jackson garda un moment le silence.

Oui, ses parents avaient toujours cru à l'existence de pouvoirs supérieurs, dans toutes les formes de culte. Son père, Jeremiah Crow, était né dans la nation cheyenne, même si ses origines étaient extrêmement mélangées. Il avait toujours partagé les convictions de son peuple. Sa mère, quoique anglicane, partageait la foi de son époux. Elle avait souvent expliqué à son fils que la religion était une bonne chose en soi, mais que les hommes en détournaient les principes. Pour elle, peu importait l'Eglise d'appartenance : l'essentiel était de choisir la voie de l'intégrité et du respect de l'autre.

Cela dit, la grand-mère maternelle de Jackson était née dans les Highlands, en Ecosse, et l'enfance de son petit-fils avait baigné dans des récits de fantômes, de sorcières et de lutins. C'était peut-être pour cette raison qu'il s'était mis à réfléchir à la mort, à la vie, à l'éternité, lors d'un voyage dans les Highlands, bien plus qu'en territoire cheyenne.

— Je vous ai fait venir parce que vous êtes le meilleur pour diriger notre équipe, Jackson, reprit Adam. Je sais que vous ne refuserez pas d'enquêter sur ce qui semble impossible, sans pour autant admettre qu'un quelconque fantôme est coupable.

— Je vois. Vous voulez que j'aille à La Nouvelle-Orléans pour déterminer exactement comment cette femme est morte, n'est-ce pas ? Etes-vous conscient du fait qu'il a bel et bien pu s'agir d'un suicide, quoi que le mari puisse penser ?

— Tout le monde sauf lui a conclu au suicide, Jackson, car c'est l'explication la plus simple. Seulement, je veux connaître la vérité. Le sénateur Holloway s'est dévoué à de nombreuses causes dans notre pays. Il a obtenu des résultats là où la plupart des responsables ont attendu en se tournant les pouces. C'est un homme qui peut mettre tout son poids dans de grands projets pour l'économie et l'environnement. Il n'a que la quarantaine, et s'il ne sombre pas dans la dépression et le chagrin, il peut continuer à rendre d'immenses services à la nation, avec une qualité devenue trop rare, hélas, chez la plupart de ses collègues depuis cinquante ans : l'intégrité. Washington a besoin de lui. Nous voulons savoir ce qui s'est réellement passé, et voilà pourquoi je vous demande de mener l'enquête.

— Si c'est un ordre de mission, j'accepte, répondit Jackson, mais ai-je vraiment besoin d'une équipe ?

— Je crois que cela vaut mieux. Les assistants que je vous ai trouvés vous aideront à infirmer — ou d'ailleurs à prouver — l'existence de fantômes dans cette maison. Ce sont tous des experts confirmés.

Jackson garda le silence. Harrison enchaîna :

— Je sais que plusieurs membres de votre ancienne équipe ont été tués, mais je sais aussi que vous avez regagné le ranch suffisamment vite pour sauver Lawson et Donatello. Personne ne savait où l'homme au piolet tuait ses victimes, ni qu'il s'était arrangé pour attirer vos agents…

Jackson serra les mâchoires et déglutit, submergé d'émotion. Ils avaient perdu dans l'histoire certains de leurs meilleurs membres, dont Sally Jennings, une femme de quarante-cinq ans, si vulnérable en dépit de ses années d'expérience.

A l'époque, Jackson avait rêvé de Sally. Il avait eu une vision d'elle, debout devant le ranch… et c'était ce *rêve* qui l'avait fait foncer sur place, pour constater qu'elle avait été la première à mourir.

— J'ai tiré sur l'homme au piolet, dit-il enfin. Il est mort.

— C'était la seule chose à faire pour sauver Lawson et Donatello. S'il vous avait vu avant que vous ne lui hurliez d'arrêter, il aurait plongé son piolet dans la poitrine de l'un d'eux… Il y a des années que je vous observe, Jackson. En fait, j'ai même connu vos parents.

Cela, c'était une surprise.

Adam savait donc aussi, sans doute, ce qui s'était passé en Ecosse, près de Stirling, quand Jackson avait fait une chute de cheval. Ses compagnons avaient continué sans s'apercevoir qu'il était tombé, convaincus qu'il était passé devant eux et qu'ils allaient le retrouver à l'arrivée. Jackson avait alors rencontré un inconnu qui lui avait sauvé la vie. Ensuite…

C'était vieux, tout ça.

Mais bon sang, il avait passé sa vie à démystifier des histoires de fantômes, de rêves comme celui qu'il avait eu pour Sally. Il avait toujours réussi à démasquer les vrais coupables, comme dans cette plantation de Virginie, prétendument « hantée », alors qu'en fait un cousin du propriétaire voulait chasser ce dernier du domaine. Ou dans cette histoire de l'homme au piolet, au cœur des Rocheuses, cet Andy Sitwell qui prétendait que le fantôme d'un vieux chercheur d'or lui ordonnait de commettre des crimes…

Il y avait six mois maintenant qu'il avait abattu Sitwell, six mois passés à surmonter le chagrin provoqué par la mort de ses collègues. Il avait profité de ce congé forcé pour retourner en Ecosse, voir la famille de sa mère, puis était revenu dans la famille de son père, en territoire cheyenne, pour les aider à monter des casinos et des hôtels.

Maintenant, il était de nouveau prêt à reprendre le travail pour lequel il se reconnaissait un vrai talent : enquêter, fouiner, suivre une piste, s'imprégner des cultures, des croyances, discerner les indices, même sanglants. Pour tout cela, il était vraiment bon. Comme il l'était pour diriger le type d'équipe qu'Harrison était en train de monter.

— Je suis ouvert aux histoires de fantômes, certes, mais dans le sens où beaucoup de gens s'en servent pour manipuler les autres et s'enrichir, déclara-t-il.

Adam sourit.

— C'est indéniable et j'apprécie votre scepticisme, même si, pour ma part, je crois à l'existence des revenants. Mais c'est un détail. Je vous ai réservé une place dans un vol pour l'aéroport Louis Armstrong de La Nouvelle-Orléans à 9 heures demain matin. Cela vous laisse-t-il assez de temps pour régler vos affaires avant de partir ?

Ses affaires ? A vrai dire, son appartement de Crystal City ne contenait pas grand-chose, mis à part un équipement vidéo sophistiqué, parce qu'il aimait la bonne musique et les vieux films. Le placard contenait des vêtements de travail confortables et pratiques. Il y avait aussi quelques photos de sa famille et de ses amis disparus.

Il hocha la tête.

— C'est parfait.

Il souleva le dossier qui contenait le détail de sa nouvelle équipe et ajouta :

— Quand vais-je rencontrer les autres ?

— Ils vous rejoindront à La Nouvelle-Orléans demain et mercredi. Prenez les dossiers, vous pourrez les lire avant. La première sera Angela : elle arrivera vers 18 heures. Vous les reconnaîtrez facilement d'après la description des fiches.

Adam se leva pour marquer la fin de l'entretien.

— Merci d'accepter, lança-t-il.

— Ai-je vraiment le choix ? répliqua Jackson avec un demi-sourire.

Adam sourit à son tour sans répondre. Jackson se dirigea vers la porte, puis Adam le rappela.

— Jackson ? N'hésitez pas à utiliser vos dons. Vous avez carte blanche.

Jackson n'était pas bien sûr de comprendre ce que cela voulait dire.

— Je ferai de mon mieux, se borna-t-il à dire.

— J'en suis certain. J'ai confiance. Grâce à vous, nous saurons ce qui s'est vraiment passé rue Dauphine.

X-Files, voilà ce que l'histoire évoquait, songea Jackson en repartant.

Il regagna sa voiture en se demandant où, exactement, il mettait les pieds.

Un scénario à la *X-Files*, effectivement. Ou une chasse aux fantômes.

Et par-dessus le marché, il allait avoir des chasseurs de spectres sous ses ordres. Merveilleux.

Une fois dans sa voiture, il parcourut rapidement les fiches contenues dans le dossier. Il y en avait cinq, aux noms de Angela Hawkins, Whitney Tremont, Jake Mallory, Jenna Duffy et Will Chan. La première,

Angela, appartenait à la police de Virginie. C'était déjà ça. Whitney Tremont était née dans le Quartier français de La Nouvelle-Orléans. D'origine créole, elle avait récemment tourné un documentaire sur le paranormal pour la télévision. Jake Mallory, quoique musicien professionnel, avait participé aux enquêtes lors du raz-de-marée en Louisiane et était également intervenu dans des cas de kidnappings et de disparitions. Jenna Duffy était irlandaise ; elle travaillait comme infirmière. Au moins, songea Jackson, elle pourrait les soigner si des poltergeists les attaquaient… Quant à Will Chan, il était prestidigitateur dans un théâtre. C'était une équipe pour le moins hétéroclite, mais tant pis. Il était temps qu'il se mette à l'œuvre, et s'il avait acquis une certitude, c'était que la *vérité* finissait toujours par se faire jour. Il suffisait de la chercher.

La maison, rue Dauphine, se dressait fièrement à un carrefour, derrière la rue Bourbon et à quelques encablures de l'Esplanade. Elle était idéalement située, juste assez loin pour ne pas pâtir du jazz qui résonnait jusqu'aux petites heures du matin, mais suffisamment près du centre historique. Elle était construite en forme de fer à cheval. A l'arrière, un solide portail de bois fermait la cour. A l'avant, rue Dauphine, une gracieuse volée de marches menait au porche et à la double porte ancienne, superbement sculptée.

Jackson introduisit la clé dans la serrure. A l'instant où il ouvrait, une alarme se mit à grésiller et il tapa rapidement le code qu'on lui avait donné.

— On se croirait dans *Autant en emporte le vent*,

murmura-t-il en regardant autour de lui. Le domaine de Tara transporté en ville.

Un élégant salon, en façade, avait dû servir de salle de réception et peut-être même, autrefois, de salle de bal. Il pouvait presque imaginer les « belles du Sud » en train de valser, en robe longue, au bras de beaux jeunes hommes en frac. Un piano se dressait au fond, près d'une énorme cheminée au manteau de marbre et à l'âtre orné de faïence. Une cheminée identique trônait sur le mur d'en face.

Les rares meubles qui restaient étaient recouverts de draps.

Dans le hall s'élevait un escalier monumental, en spirale.

Il monta l'escalier et déboucha sur un palier qui ouvrait des deux côtés. Il prit à droite et tourna dans un long corridor où plusieurs chambres se succédaient. C'était là, tout au fond.

La dernière pièce.

Il actionna l'interrupteur. La pièce, assez jolie, avait visiblement été occupée ou, en tout cas, préparée. Un tapis persan protégé d'un drap s'étalait au pied d'un superbe lit à colonnes. Deux coiffeuses Arts déco étaient disposées de part et d'autre. Une porte-fenêtre, ornée de rideaux de chintz blanc avec des dentelles, ouvrait sur le balcon filant qui faisait le tour de la bâtisse et donnait sur la cour. S'il avait pensé ressentir une quelconque émotion, ce n'était pas le cas.

Il ouvrit la fenêtre, sortit sur le balcon pour admirer la cour. Elle avait beaucoup de charme et, à elle seule, expliquait pourquoi la demeure, en dépit de son histoire tragique, trouvait chaque fois acquéreur. La cour était pavée de briques. Au centre, comme souvent dans les vieilles maisons de La Nouvelle-Orléans, se dressait une fontaine surmontée d'un oiseau ouvragé, en métal. Le jet d'eau retombait dans le bassin avec un son cristallin. De jolies tables en fer forgé, avec des chaises assorties, étaient groupées sous des parasols colorés. Sur le côté, il y avait un emplacement pour garer les voitures.

Jackson se rendit compte que les tables se trouvaient tout près des cuisines et qu'une ouverture permettait de passer les plats à l'extérieur. Ce dispositif n'était peut-être pas d'origine : il faudrait qu'il consulte de nouveau les plans.

La seule chose qui nuisait au charme des lieux, c'était le tracé à la craie du corps de Regina Holloway, marquant l'endroit où elle était tombée en mourant sur le coup.

On avait nettoyé le sang, mais on distinguait encore une tache plus sombre.

La cour était entièrement fermée par un mur haut de trois mètres et par le portail, suffisamment large pour laisser passer une voiture. Non seulement il était fermé à clé, mais il disposait lui aussi d'une alarme, prudemment installée par le sénateur Holloway alors que l'encre de l'acte de vente était à peine sèche. Jackson avait trouvé l'information dans les rapports de police sur le « suicide ».

Jackson remarqua qu'il était presque impossible d'atteindre le mur extérieur depuis l'angle du balcon : deux mètres les séparaient. A cet endroit, en outre, il y avait dans la cour une statue de Poséidon avec un trident, qui aurait désagréablement accueilli quiconque aurait tenté de sauter et raté son coup. Il n'était pas impossible de l'éviter, mais c'était difficile.

En fait, c'était sans doute la mission idéale pour se remettre au travail, car même si la mort de Regina Holloway était une véritable tragédie, il n'osait imaginer ce que cette femme avait pu ressentir en perdant son enfant. Il avait déjà vu des cas semblables, et savait à quel point la douleur était insupportable.

Il entendit sonner en bas et fit la grimace. La bâtisse avait été construite à une époque où l'on comptait de nombreux domestiques pour ouvrir aux visiteurs, et la pièce où il se trouvait était située très loin de l'entrée. Comme il attendait l'officier Andy Devereaux, il se dirigea vers la porte après une brève pause au milieu de la chambre, guettant ses sensations. Il n'éprouva rien de particulier. Il sortit dans le couloir et se précipita au rez-de-chaussée.

Andy Devereaux était un homme de grande taille, musclé, au teint café au lait, rasé de près, avec des yeux d'un bleu vif qui témoignaient de la diversité de ses origines. Il arborait une casquette de base-ball sur son crâne chauve, un jean et une chemise cintrée sous un blouson à fermeture Eclair. Ils échangèrent une solide poignée de main.

— Je suis l'officier Andrew Devereaux. Andy pour les intimes, dit-il.

— Mon nom — plus exactement, mon prénom — est Jackson, y compris pour les intimes. Merci d'être venu.

Devereaux hocha la tête d'un air sombre.

— Je tiens à faire tout mon possible pour le sénateur Holloway et sa famille. Ce qui est arrivé à Regina est épouvantable. C'était une femme absolument adorable.

— Entrez et expliquez-moi un peu la disposition intérieure, si ça ne vous ennuie pas. Je n'ai vu pour l'instant que la chambre de Regina, au bout de l'aile droite.

Devereaux suivit Jackson en retirant sa casquette de l'équipe des Saints pour la fourrer dans la poche de son blouson. Jackson, le regardant faire, s'aperçut qu'il portait en dessous sa veste d'uniforme et son arme de service.

— Vous connaissez l'histoire de la maison, n'est-ce pas ? demanda Andy.

— Dans les grandes lignes, oui. Les récits de hantise ont commencé tout de suite après la guerre de Sécession. Apparemment, depuis, les suicides — ou les meurtres déguisés en suicides — n'ont pas cessé.

— Ça paraît difficile à croire quand on voit ce salon, n'est-ce pas ? La propriété retrouve chaque fois preneur. En général, ils font une bonne affaire. Une fois, seulement, elle s'est vendue pour un prix astronomique, à un moment où c'était la mode d'acheter des maisons hantées. Quand le sénateur Holloway l'a reprise, cela dit, elle était vide depuis plusieurs années. L'occupant précédent était un riche banquier new-yorkais. Il avait ouvert un « bed-and-breakfast ».

— Et l'un de ses premiers hôtes a été retrouvé mort dans la cour. Le banquier a revendu tout de suite, n'est-ce pas ? demanda Jackson.

Il n'avait pas lu la masse d'ouvrages parus sur la demeure, ce qui aurait pris des mois, mais imaginait sans peine ce qui avait pu se passer.

— Oui. Dans mes souvenirs, ça n'a pas traîné, même si je n'étais encore qu'un gamin à l'époque. Ça remonte à une quinzaine d'années. Le banquier espérait attirer des amateurs prêts à s'extasier sur une bonne histoire de revenants, mais son premier client venait d'être ruiné par un contrôle fiscal, sa femme l'avait quitté et ses enfants lui tournaient le dos. Il a dû se dire que c'était l'endroit idéal pour mettre fin à ses jours. Beaucoup de bruits avaient couru, mais la police a fait son travail et a conclu au suicide. Depuis, l'endroit était resté vide, rénové mais couvert de poussière. Quand le sénateur Holloway a racheté, son fils est mort peu de temps après. Lui et sa femme ont décidé de tout restructurer. Ils avaient commencé les travaux depuis deux semaines.

— Le sénateur est persuadé que sa femme ne s'est pas suicidée, dit Jackson.

Andy pencha la tête sur le côté et fit la moue.

— Que s'est-il passé, alors ? Elle a été poussée par un fantôme ?

— Non.

— Alors, quoi ?

— Nous sommes ici pour examiner toutes les hypothèses, mais je ne crois pas un instant que les fantômes puissent tuer. En revanche, les humains, oui.

— L'alarme ne s'est pas déclenchée, il n'y a pas eu effraction... En admettant que Mme Holloway ait fait entrer quelqu'un, comment aurait-il pu ressortir ? En escaladant le mur ? Il se serait brisé les os en retombant, souligna Andy.

— Sauf si un complice l'a aidé.

— Peut-être, mais je peux vous garantir que nous avons fouillé la maison de fond en comble sans trouver la moindre trace d'une quelconque présence.

— J'en suis convaincu, répondit Jackson.

— Mais vous êtes tout de même venu...

Jackson haussa les épaules.

— J'ai un patron. J'obéis aux ordres.

C'était la stricte vérité. Pour autant, il n'avait aucune

envie de froisser un agent qui avait sûrement fait tout son possible. Il avait besoin d'avoir la police de son côté, et surtout, qu'elle ait envie de l'aider. Pas seulement de respecter les consignes.

— Nous aimerions bien savoir quoi répondre au sénateur, remarqua Andy. C'est un type qui ne se pousse pas du col, qui ne la « ramène pas », vous voyez ce que je veux dire ? Il n'y a pas beaucoup de politiciens comme lui, capables de rester intègres. Il est l'un des rares auxquels les gens font confiance, par les temps qui courent.

— Il doit tout de même avoir des ennemis, lança Jackson. Comment est son entourage ? S'en est-on déjà pris à sa femme ? Aurait-elle, par exemple, dit non à quelqu'un qui aurait sollicité une faveur ?

— Pas que je sache. D'après lui, aucun de ses proches n'est concerné.

— Les domestiques ?

— Ils avaient deux bonnes à plein temps, de 9 à 17 heures, mais elles sont parties. Je vous passerai leur dossier, répondit Andy. Il y a également le chauffeur, un certain Grable Haines. Et aussi...

Andy se gratta le menton, l'air pensif, avant de conclure :

— Aussi et surtout, l'assistant du sénateur, Martin DuPre. Il travaille à ses côtés en permanence et pourra vous fournir tous les renseignements nécessaires. Enfin, il y a le garde du corps, Blake Conroy. J'ai toutes les fiches.

Andy dévisagea Jackson un moment puis reprit :

— En ce moment, je m'occupe de deux fusillades et d'une overdose, mais je fais de cette histoire une priorité. Je suis à votre disposition. Je peux même vous apporter les dossiers, si vous voulez.

De toute évidence, Andy appréciait réellement le sénateur Holloway, pour estimer qu'une affaire déjà classée comme un suicide avait plus d'importance que ses autres enquêtes.

— Je vous dérangerai le moins possible, promit Jackson.

— N'hésitez pas à m'appeler, au contraire. J'ai cru comprendre que vous alliez disposer d'une équipe ?

— Oui, cinq personnes. Ils seront surtout chargés d'examiner la maison. La première, Angela Hawkins, doit arriver ce soir. Elle a un bon contact avec les gens et aura certainement plusieurs entretiens avec le sénateur et son entourage. Je…

— A quoi bon tout examiner de nouveau ? Nous avons des techniciens hors pair. Ils l'ont déjà fait.

— Je suis certain qu'ils ont très bien travaillé, assura Jackson. J'en conclus d'ailleurs que vous devez bien connaître les lieux.

— C'est exact, avoua Andy en regardant autour de lui, les mains sur les hanches. C'est une très belle demeure. Avant 1880, la cuisine était à l'extérieur et a été intégrée par la suite. Un peu plus tard, on a ajouté deux étages à l'ensemble. Dans les années 1890, la maison abritait une école pour jeunes filles, et puis…

— Et puis, il y a eu un suicide, n'est-ce pas ? L'une des élèves est tombée du troisième étage…

— Vous êtes bien renseigné, répliqua Andy, l'air approbateur. A l'époque, on a dit que la maison était hantée et poussait les gens à commettre des actes fous. Il y a eu tout un tas d'articles dans les journaux. On a raconté que la fille était enceinte, mais il n'y a pas eu d'autopsie. Ses parents étaient riches. Ils ont exigé qu'on l'enterre tout de suite et ils ont eu gain de cause. Il y a quelques archives sur l'histoire, mais on n'y trouve pas grand-chose. J'en ai des exemplaires au bureau. Cette maison a fini par m'obséder, à dire vrai.

Il garda le silence un moment, puis enchaîna :

— C'est à cause de toutes ces histoires qu'on a fait venir des chasseurs de fantômes comme vous, non ?

— Nous ne sommes pas des chasseurs de fantômes, objecta Jackson.

— Admettons, dit Andy en haussant les épaules. En tout cas, cette maison a une drôle d'histoire. Tout ça remonte à Madden C. Newton, un type qui était le mal incarné. Et le mal ne meurt jamais.

Chapitre 2

Angela frappa à la porte, mais personne ne répondit. Elle était arrivée avec le coucher du soleil, et contempla un moment la silhouette gracieuse de la vaste demeure. Elle était souvent venue à La Nouvelle-Orléans et appréciait beaucoup la ville et son architecture.

Seulement, Jackson Crow aurait dû être là.

Elle avait une clé, bien sûr, mais hésitait à entrer sans prévenir. Crow était récemment venu à bout de l'un des plus terribles tueurs en série du pays, et il devait être très rapide à la détente.

Evidemment, on pouvait espérer qu'un membre éminent du département des sciences comportementales aurait assez de bon sens pour ne pas lui tirer dessus à première vue, mais elle savait qu'il revenait à peine de congé après une dépression, et n'avait aucune envie de finir transpercée d'une balle.

Elle frappa de nouveau, puis vit une sonnette, appuya et attendit. Toujours personne. Il était là, pourtant. Elle le savait, car il lui avait envoyé un texto laconique :

Suis à la demeure.

Elle n'avait pas su quoi répondre. Quelque chose

du genre : « Tant mieux pour vous. J'espère que vous êtes bien installé », par exemple ? En fait, elle avait simplement écrit :

Suis en train de monter dans l'avion.

Elle consulta de nouveau son portable. Il y avait un nouveau texto :

Suis maintenant au poste.

Quel poste ? Le poste de police, sans doute.

Bref, il n'était pas sur place. Elle prit la clé et entra.

Elle s'immobilisa dans le hall, laissant la porte ouverte pour voir si l'atmosphère à l'intérieur n'était pas trop oppressante. Ce n'était pas le cas. Elle posa sa petite valise et son gros sac et ferma la porte. Sur sa gauche, elle découvrit un immense et magnifique salon. Elle actionna l'interrupteur : un lustre s'alluma, scintillant de toutes ses pampilles. Il était incroyable qu'un objet aussi majestueux soit resté en place depuis deux siècles. Souvent, au contraire, les gens avaient tendance à remplacer l'ancien par du neuf. C'était généralement plus rationnel, bien sûr, mais en l'occurrence, la demeure était quasiment intacte et cela tenait du miracle.

Elle fouilla dans son sac à main pour en sortir le livre qu'elle avait commencé à lire dans l'avion. C'était une édition ancienne, épuisée, achetée dans une foire aux livres qu'elle fréquentait régulièrement. Autant se mettre tranquillement à lire dans un coin en attendant que Jackson Crow daigne se montrer.

En quittant le salon, elle eut l'impression de se retrouver de plain-pied dans le monde moderne. La pièce voisine était équipée d'un home-cinéma dernier cri, avec un écran monumental accompagné d'une multitude d'appareillages. La pièce contenait également un bar équipé d'un évier — comme si la cuisine, juste en face, était trop éloignée ! —, ainsi qu'un réfrigérateur, un four à micro-ondes et une bonne demi-douzaine de fauteuils, des chaises rembourrées et des sofas, de quoi accueillir plus que confortablement les visiteurs.

Elle passa dans la cuisine et découvrit là aussi une pièce magnifique, ultramoderne, avec un énorme billot de boucher en guise de plan de travail et, suspendue sur des rails en acier, une série de casseroles et d'ustensiles. L'évier et le comptoir s'ouvraient sur une grande fenêtre qui permettait de passer les plats à l'extérieur. Il y avait un vaste réfrigérateur-congélateur, une machine à laver la vaisselle, un autre four à micro-ondes, un compacteur de déchets et plusieurs robots ménagers. Tout étincelait, sans un grain de poussière.

De toute évidence, la femme du sénateur avait eu l'intention de recevoir beaucoup.

Huit chaises trônaient autour de la table ; Angela en tira une pour s'asseoir et ouvrit son livre, qui contenait une mine d'informations sur la demeure.

En 1888, Jack l'Eventreur terrorisait les habitants de Whitechapel ; en 1896, un nommé H.H. Holmes fut pendu après avoir confessé l'assassinat d'au moins vingt-sept personnes. Avant même ces deux criminels, cependant, La Nouvelle-Orléans a eu son propre monstre, Madden Clairborne Newton. Newton, tout comme Holmes, a fait beaucoup plus de victimes que Jack l'Eventreur, même si ce dernier est devenu nettement plus célèbre du fait du mystère qui entoure son identité.

Angela s'interrompit pour regarder autour d'elle. Dans cette cuisine ultramoderne, elle n'éprouvait rien de particulier, alors qu'elle se trouvait sur les lieux mêmes où des crimes atroces avaient été commis.

Elle tourna quelques pages.

Le premier assassinat commis par Newton (en tout cas à La Nouvelle-Orléans) fut sans doute celui de Nathaniel Petti, dont il avait racheté la propriété. A l'époque, juste après la guerre de Sécession, le président Lincoln avait eu beau déclarer que le Nord devait « pardonner à ses frères du Sud », sa mort tragique avait fait oublier ces bonnes intentions, et la Reconstruction s'effectua dans une atmosphère de violents règlements de comptes. Des lois sévères furent prises contre les sudistes. Nathaniel Petti, grevé d'impôts, dut vendre sa plantation puis céder sa maison de ville à Newton, qui venait d'arriver de New York. Petti, dont la femme et le fils étaient morts pendant la guerre, disparut peu de temps après. Le bruit courut qu'il avait quitté la région, accablé de chagrin. La loi martiale finit par être abolie, mais après la promulgation du Freedman Act, qui abolissait l'esclavage, la « vieille garde » des sudistes traditionalistes remonta au créneau et l'on vit apparaître des organisations comme le Ku Klux Klan. En 1866, des émeutes raciales éclatèrent à La Nouvelle-Orléans. Elles firent des centaines de morts et plus personne ne s'inquiéta du planteur déchu qui n'eut droit, parmi la populace, qu'à un laconique « Bon débarras ! ».

C'est dans ce contexte tourmenté que Madden C. Newton commença à faire régner la terreur.

Angela retourna le livre rongé sur les bords pour lire la quatrième de couverture. L'auteur était un certain James Stuart Douglas, né à La Nouvelle-Orléans en 1890, à une époque où les souvenirs de la guerre de Sécession et de la Reconstruction étaient encore vivaces. Nul doute que cela devait un peu biaiser le récit. D'après Douglas, Newton démarchait les nouveaux arrivants, ou ceux qui, se retrouvant sans abri, s'apprêtaient à tenter leur chance ailleurs. Il leur proposait de les héberger pour, ensuite, les assassiner. Son premier crime connu fut celui de la famille Henderson, originaire de Slidell et qui voulait partir dans le Nord pour tenter de trouver du travail. Leur fils, Percy, avait douze ans ; leur fille, Annabelle, dix. Madden leur avait offert l'hospitalité, puis avait brutalement assassiné les deux enfants à la hache, dans leur chambre, avant de ligoter les parents sur des chaises dans la cave et de les taillader jusqu'à ce que mort s'ensuive. Newton, apparemment, trouvait un plaisir raffiné à voir ses victimes saigner à blanc. Juste avant son exécution, alors qu'il avait tué vingt-trois personnes, il décrivit ses crimes dans le détail et indiqua à la police où se trouvaient les corps.

Angela interrompit de nouveau sa lecture. Pas étonnant que la demeure fasse partie des visites guidées de tous les lieux hantés !

Il commençait à faire nuit. Elle se répéta une fois de plus qu'elle n'avait pas peur du noir.

Sauf ici, peut-être. Les ombres, dans la maison, semblaient s'animer. Ce n'était peut-être pas une très bonne idée de lire ce genre d'ouvrage, seule, à la nuit tombée. Elle n'avait pas *vraiment* peur, bien sûr, mais il n'aurait pas fallu que son imagination se mette à lui jouer des tours.

Elle resta immobile un moment en songeant au passé. Elle repensait souvent à l'accident d'avion dans lequel ses parents, ainsi que tous les autres passagers, avaient trouvé la mort, et dont elle avait été la seule survivante. Le souvenir en restait gravé en elle.

Elle avait une chance incroyable d'être en vie.

Elle revoyait aussi les étranges visions qu'elle avait eues quand elle avait rouvert les yeux, au milieu des flammes et du hurlement des sirènes…

Un médecin, consulté, lui avait dit que, lorsque les neurones du cerveau étaient affectés, cela pouvait entraîner des sensations bizarres, comme cette impression de « lumière » que pensent voir les gens qui frôlent la mort. D'après lui, elle n'avait pas vu une quelconque « aura » d'esprits en train de quitter leur enveloppe mortelle : elle avait simplement souffert d'une sorte de commotion cérébrale. A la suite de cet entretien, elle avait décidé de ne plus jamais évoquer ces visions, ces stupéfiants pressentiments qu'elle avait parfois. Tout en restant consciente que la frontière entre la raison et la folie était parfois fragile, elle avait toujours gardé les pieds sur terre.

Avec Adam Harrison, c'était plus facile, comme d'ailleurs avec les officiers de police qu'elle avait côtoyés en Virginie. Elle s'était fait une solide réputation pour ses raisonnements, ses analyses des scènes de crime, sa compréhension de la psychologie des criminels et, aussi, pour l'instinct qu'elle possédait, cet instinct qui fait toute la différence entre l'enquêteur exceptionnel et le policier simplement intuitif.

Il lui arrivait de s'effrayer elle-même, d'ailleurs, mais elle ignorait sa peur, sachant que ses « visions » la menaient souvent sur la bonne piste.

Comme dans l'affaire Abernathy, par exemple. Son intervention avait fait toute la différence. Le bébé avait été kidnappé à l'insu de la baby-sitter par des jeunes qui voulaient une rançon, deux gamins de seize et dix-sept ans. Ils avaient enfoui le bébé dans une fosse. Si elle n'avait pas eu l'impulsion de venir dans la maison, si elle n'avait pas rapidement additionné deux et deux — l'absence d'effraction, de désordre, d'empreintes ou de traces quelconques sur les rebords des fenêtres —, si elle n'avait pas écouté son instinct qui lui soufflait que l'enfant était tout près, on ne l'aurait jamais retrouvé. Elle n'oublierait jamais le cri de joie de la mère quand on l'avait découvert dans sa caisse, enfouie dans la terre du jardin, et qu'il s'était mis à pleurer…

Il y avait eu l'affaire Abreu, aussi. Elle avait lu dans les pensées de Virginia Stalker et cela avait permis qu'on retrouve le corps de Valerie Abreu, donnant ainsi aux juges les preuves nécessaires pour mettre le coupable sous les verrous.

Evidemment, elle ne gagnait pas toutes les batailles. C'était la vie. Elle avait perdu ses parents. Elle avait aussi perdu Griffin.

Griffin, son fiancé, était mort dans ses bras, tandis que sa mère sanglotait doucement à côté. Le cancer était un ennemi aussi cruel que les autres et elle n'avait rien pu faire.

Griffin la comprenait, l'aimait telle qu'elle était. Il lui avait affirmé qu'elle avait un don particulier et qu'elle ne devait pas hésiter à s'en servir.

Oui, elle avait un don et, à présent, elle avait aussi de l'expérience. Sa formation à l'école de police lui avait sauvé la vie. Elle était devenue officier et travaillait quand ses supérieurs l'avaient convoquée pour lui donner l'ordre de rencontrer un « Fed » nommé Adam Harrison.

C'était aussi grâce à sa formation qu'elle osait prendre certains risques, bien plus qu'avant.

Elle se leva, bien décidée à profiter du fait qu'elle était seule dans la maison pour comprendre d'où provenait la sensation de malaise qu'elle éprouvait depuis la tombée de la nuit. Elle savait que certaines demeures du Quartier français possédaient des caves. Cela valait la peine de vérifier. D'ailleurs, ainsi, elle pourrait mieux repérer la disposition des lieux. C'était la chose la plus *logique* à faire pour l'instant.

Le Quartier français était situé à peine au-dessus du niveau de la mer et, de ce fait, les caves étaient seulement à demi enfouies dans le sol et devaient s'étendre sous ses pieds. Il faudrait qu'elle vérifie les plans d'origine.

Suivant son impulsion, cependant, elle s'avança vers une porte qui s'ouvrait au fond de la cuisine et tourna la poignée.

La porte s'ouvrit sur un gouffre obscur.

Elle menait à la cave.

Andy Devereaux semblait d'une nature calme, posée, ce qui était sûrement utile pour interroger des suspects. Il parlait d'une voix douce, un peu traînante. Avec son regard perçant, il évoquait un gros chat qui remue soudain la queue avant de bondir comme l'éclair. Les policiers avaient l'air de l'apprécier et, surtout, de le *respecter*.

Jackson prit le temps de rencontrer tous les agents avec lesquels il risquait d'être en contact dans son enquête sur l'affaire Holloway, puis Andy le raccompagna en voiture rue Dauphine. Jackson se dit qu'il avait de la chance : Devereaux, lui aussi, semblait l'apprécier.

Andy adorait La Nouvelle-Orléans, il adorait son métier de flic et, visiblement, avait envie de faire partager son enthousiasme à Jackson.

— Nous avons de très bons policiers, ici, dit-il tout en conduisant. Nous en avons vu de toutes les couleurs, croyez-moi, et ce n'est pas fini. Il y a eu l'ouragan Katrina, la marée noire... de quoi mettre n'importe qui à cran. Chaque fois qu'on commence à reconstruire, il y a une nouvelle catastrophe. La pauvreté s'accroît, les gens désespèrent... Certains aiment leur ville et s'accrochent, mais d'autres ne font que profiter du malheur des voisins. Il y a des forces de police dans cette ville depuis les années 1800 et il en a toujours été ainsi : une alternance de bonnes années et d'autres moins bonnes. La ville s'est étendue autour du Quartier français, le « Vieux Carré », comme on dit. Il y a eu le quartier Marigny, puis le quartier des affaires, et quand l'Etat a été cédé par la France aux Etats-Unis, en 1803, les Américains ont construit un quartier résidentiel. Bref, il y a toujours eu une police, mais après la guerre de Sécession, en 1865, le Nord victorieux a imposé la loi martiale. On a vu arriver tout un tas de trafiquants. Quand Lincoln a été assassiné, son successeur, Johnson, n'était pas vraiment décidé à mettre Noirs et Blancs à égalité. Il a fallu du temps. Il y a eu des mesures, des retours en arrière, des émeutes. Certains voulaient bien libérer les Noirs mais pas en faire des citoyens à part entière...

Andy eut un coup d'œil de biais et ajouta :

— Je n'en veux à personne. L'Histoire, c'est l'Histoire.

— Amen, acquiesça Jackson. Vous rappelez-vous, quand nous avons discuté, tout à l'heure, et que vous m'avez demandé si je pensais qu'un fantôme avait poussé Regina Holloway par-dessus le balcon ? Je vous ai répondu que non et c'est ce que je crois. Cela dit, je pense aussi qu'il existe des manipulateurs qui jouent sur les émotions des autres et, de ce point de vue, l'histoire particulière de cette maison est très importante. Quant à l'historique de la police locale, elle est importante aussi, puisque d'après tous les témoignages Madden C. Newton est resté longtemps impuni à cause de la situation tourmentée et même chaotique qui régnait à l'époque.

Andy hocha la tête et arrêta sa voiture devant la demeure.

— A trois cents mètres d'ici, sur l'Esplanade, vous trouverez les meilleurs hamburgers du monde, dit-il. Le bar s'appelle L'Escale. Je ne plaisante pas. Les meilleures frites, aussi.

— Merci encore, répondit Jackson.

Il sortit du véhicule banalisé et Andy redémarra.

La maison, maintenant, était noyée dans la pénombre. Elle avait beau être bien conservée, elle n'en avait pas moins cette élégance un peu décadente qui faisait tout le charme de la vieille ville.

Jackson grimpa les marches du porche. Angela Hawkins devait déjà être arrivée. Il ouvrit le verrou et poussa la porte en criant « Hello ! » pour ne pas la prendre par surprise.

Dans le grand salon, le lustre était allumé, jetant

des ombres fantomatiques sur les quelques meubles couverts de draps.

— Hello ! répéta-t-il.

Elle était bel et bien arrivée, car une valise et un gros sac étaient posés dans le hall. Elle voyageait léger, comme un vrai flic.

— Mademoiselle Hawkins ? lança-t-il d'une voix plus forte.

Toujours pas de réponse, mais la demeure était très grande.

Il monta à l'étage, se disant qu'elle avait peut-être voulu voir les chambres, et explora les deux ailes. Il n'y avait personne. Il redescendit dans la cuisine.

— Mademoiselle Hawkins !

Elle n'était pas là non plus, mais il y avait sur la table un livre usagé. Il regarda le titre :

Madden C. Newton, ou
la véritable histoire du « Docteur Jekyll et
Mister Hyde » de La Nouvelle-Orléans

Il le feuilleta rapidement. Cela avait l'air intéressant et c'était sûrement une édition rare, pratiquement introuvable.

Mais où diable se trouvait Angela ?

Son regard se posa sur la fenêtre et il jeta un œil dans la cour, redoutant un court instant d'y trouver un corps écrasé sur les dalles. La cour, cependant, était vide.

— Mademoiselle Hawkins ! appela-t-il encore.

Au même instant, il entendit un choc sourd, semblable à celui d'un marteau sur du bois… ou même à celui d'un piolet frappant un sol dur.

Il fonça vers la porte la plus proche et l'ouvrit. Des

images effrayantes l'assaillaient, en dépit de ses efforts constants pour se montrer rationnel.

Elle avait dû tomber sur le fantôme de Madden C. Newton, l'un des hommes les plus cruels qui aient jamais vécu. Il s'était matérialisé, il s'était emparé d'elle...

Boum, boum, boum !

— Mademoiselle Hawkins !

Un escalier de bois s'ouvrait devant lui. Il distingua une silhouette qui, effectivement, soulevait frénétiquement une pioche.

Angela Hawkins creusait avec rage le sol de terre battue, sous l'escalier.

Chapitre 3

— Mais qu'est-ce que vous faites ?

Il avait peut-être eu tort de se précipiter vers elle. Visiblement, elle savait manier la pioche… Le spectacle, cela dit, était incongru. Angela mesurait un mètre soixante-dix. Elle était musclée, mais très mince, ce qui lui donnait l'air presque fragile. Elle fit une pause et fixa sur lui un regard bleu, immense, qui évoquait irrésistiblement un personnage de manga.

Merveilleux : on lui avait confié une équipe de cinglés… Il aurait dû refuser cette mission. Il aurait été mieux inspiré de démissionner et de jouer au casino.

Angela resta figée quelques secondes, déconcertée d'être surprise dans cette posture.

— Euh… bonjour ! Je suis Angela Hawkins, dit-elle. Vous devez être Jackson Crow.

Elle fit passer sa pioche dans sa main gauche. Ils échangèrent une solide poignée de main.

Au moins, elle ne brandissait pas la pioche pour l'agresser.

Il s'efforça de garder un visage neutre. Que savait-elle de lui ? Connaissait-elle l'histoire de l'homme au piolet ?

Est-ce qu'on le mettait à l'épreuve ?

Il répondit en maîtrisant sa voix :

— Oui, c'est moi. Mais, je le répète, qu'est-ce que vous êtes en train de faire ?

Elle haussa les épaules, l'air penaud. Elle portait une robe de fin lainage sans manches qui soulignait sa féminité, sa sensualité, contrastant avec la fermeté de sa poignée de main et, aussi, avec son maniement viril de la pioche. Il est vrai que l'entraînement des policiers, en Virginie, était rigoureux. Il savait qu'elle avait traversé beaucoup d'épreuves : la mort de ses parents, celle de son fiancé. Elle en avait peut-être trop vu.

Il n'y avait, cela dit, rien d'étrange dans son regard. C'était déjà bon signe.

— Je cherche un corps, répondit-elle.

— Mort, j'imagine.

Elle hocha la tête.

— A l'état de squelette, j'espère. Je ne suis pas sûre de l'état où peut être un cadavre enterré ici depuis un siècle.

— Avez-vous une quelconque raison de penser qu'il y en ait un ? Cette maison a été restructurée plusieurs fois. Les gens qu'on y a assassinés ont été découverts il y a des décennies.

— Ah, mais pas tous ! objecta-t-elle. Celui que je cherche s'appelait Nathaniel Petti.

— Petti ? L'homme à qui Newton avait acheté la propriété ?

— Oui.

— Mais personne ne sait ce qu'il est devenu !

— Voilà pourquoi je fouille, répliqua-t-elle.

Elle souleva sa pioche et se remit à frapper la terre. *Boum !*

— Nous ne sommes pas venus pour tout démolir, lança Jackson. Pourquoi creuser justement ici ?

Elle eut un bref moment d'hésitation.

— Eh bien... j'ai consulté les archives.

Boum !

— Vous avez consulté les archives et ça vous a menée droit sous l'escalier ? insista-t-il en essayant de rester poli.

Intérieurement, il maudissait Adam Harrison.

On lui avait vraiment « refilé » une folle.

— Ecoutez, je ne peux pas vous expliquer plus clairement, mais je suis sûre de ne pas me tromper, affirma-t-elle.

Il commençait à y avoir un trou dans le sol de la cave.

— Je le répète, on nous a demandé d'examiner les lieux, pas de tout abattre, insista-t-il.

Elle haussa de nouveau les épaules.

— Au point où j'en suis, autant continuer.

Boum !

Jackson était sur le point de l'arrêter, de rappeler qu'on l'avait nommé chef d'équipe, quand la pioche heurta quelque chose.

Dans l'espace dégagé, profond de quelque cinquante centimètres, il vit les contours d'un ossement. Une mâchoire.

— Vous permettez ? dit-il en lui prenant la pioche.

— Doucement ! Faites attention ! s'écria-t-elle.

Il savait se montrer prudent. Il frappa avec précision, à quelque distance du vestige, avec une force dont elle n'aurait pas pu faire preuve.

Quelques minutes plus tard, il avait dégagé l'ensemble du squelette.

— C'est Petti, déclara Angela. C'est bien lui. La première victime de Newton.

C'était peut-être quelqu'un d'autre, songea-t-il, mais

à quoi bon discuter ? Elle avait fait une incontestable découverte.

— Je vais appeler Devereaux, le flic chargé de l'affaire, dit-il. Il s'occupera des ossements. Après tout, techniquement, c'est de son ressort.

Il composa le numéro sur son portable tout en surveillant la jeune femme du coin de l'œil. Qu'elle ait fait cette trouvaille alors qu'elle était arrivée depuis à peine une heure, c'était pour le moins troublant.

Cela lui rappelait ses propres expériences de jeunesse, les récits des Cheyennes qui racontaient ce qu'il voyaient dans leurs visions. Il était... désarçonné.

— J'ai trouvé un livre sur les crimes de Newton, expliqua-t-elle. Il paraît parfaitement logique qu'il ait tué Petti après lui avoir racheté sa maison. Tout comme il était logique qu'il l'ait caché ici, sous l'escalier, dans un endroit difficile à atteindre.

— Mais l'escalier est de bois, on a dû souvent le réparer au fil du temps, souligna Jackson.

— Réparé, oui, mais jamais déplacé. La porte n'a pas bougé.

Andy Devereaux prit la ligne. Jackson lui raconta ce qui s'était passé sans quitter Angela Hawkins des yeux. Elle soutint calmement son regard.

Devereaux arriva discrètement, sans actionner les sirènes. Il était accompagné d'une équipe de techniciens de scènes de crime et de médecins légistes du bureau du procureur. Jackson regarda Angela leur répéter ses explications d'une voix claire et ferme, puis ils s'écartèrent pour laisser travailler les experts. Elle s'excusa en disant qu'elle allait se nettoyer un peu.

Il la dévisagea en hochant la tête. Elle avait un côté un peu sorcière, finalement. Certes, elle s'était montrée calme, sereine, totalement à l'aise en s'expliquant avec les policiers. Elle était d'ailleurs très belle, avec sa chevelure d'or et son regard bleu, cristallin, sa silhouette fine et élancée.

Il ne l'en avait pas moins vue manier une pioche avec une véritable rage.

Il grommela intérieurement en se demandant quel genre de surprises similaires lui réserveraient les autres membres de l'équipe.

Après de longues palabres pour décider qui, des experts de médecine légale ou des policiers, allait conserver les ossements, les premiers partirent en les emportant. Ils comptaient les soumettre à un service du Smithsonian Institute spécialisé dans les squelettes anciens.

Cela dit, Angela n'avait pas besoin d'experts pour être convaincue d'un fait évident : la carcasse était celle de Nathaniel Petti, le premier propriétaire de la maison. La cause exacte de sa mort restait cependant à déterminer et, surtout, cet homme qui avait eu une fin de vie aussi tragique méritait de pouvoir reposer en paix.

Elle mourait de faim et se demanda si c'était normal, quand on venait de découvrir des restes humains. Mais elle se sentait bien vivante et, après tout, il fallait nourrir la machine. Allait-elle devoir attendre, pour se restaurer, que tous les policiers soient partis ? Même si elle trouvait Andy Devereaux très sympathique ?

Elle avait bien conscience que Jackson Crow la scrutait en permanence depuis le début, comme s'il examinait un objet étrange et déconcertant. Presque comme s'il découvrait un Martien... Cela la mettait un peu mal à l'aise.

Les forces de l'ordre s'en allèrent enfin, sauf Devereaux, et elle comprit qu'elle allait devoir encore attendre pour manger, car Jackson se tourna vers Andy pour lui demander où se trouvait le stand d'entraînement de tir de la police.

Andy haussa les sourcils.

— Eh bien, il est un peu tard...

— J'aimerais tout de même que nous nous exercions maintenant, insista Jackson.

Angela sentit ses joues s'enflammer. Elle comprenait fort bien qu'en fait, il voulait vérifier si elle était capable de manier une arme à feu.

Andy consulta sa montre.

— Bon, d'accord. Fermons la maison et je vais vous emmener, dit-il.

Jackson se tourna vers Angela.

— Je suggère que nous prenions nos propres armes...

Pas de toute : il la mettait à l'épreuve. Parfait. Elle irait tirer avant de manger.

Quand ils arrivèrent, le local était presque vide. Seuls deux policiers s'entraînaient, des casques de tir sur les oreilles.

Andy installa Jackson et Angela sur le stand.

Elle possédait un Smith & Wesson et savait s'en servir. Par bonheur, elle avait vingt sur vingt de vision et était très bonne en visée. Elle savait prendre un appui confortable et utilisait ses deux mains dans la position connue sous le nom de « Weaver Stance », son bras gauche — le plus faible — plié pour soutenir le droit. Elle était beaucoup plus résistante qu'il n'y paraissait, et capable d'encaisser le violent recul de son arme. Sans se laisser impressionner par la présence de Jackson, elle vida en quelques minutes son chargeur en plein cœur de la cible.

Il n'avait pas encore tiré. Elle se tourna vers lui et lança :

— Satisfait ?

Il eut l'élégance de sourire.

— Je voulais juste m'assurer que vous étiez prête à toute éventualité.

— Vous avez dû voir dans mon dossier que je savais tirer, répliqua-t-elle.

— Certes, mais certaines choses doivent être vérifiées de visu, répondit-il avec un haussement d'épaules.

Il se tourna vers Andy et conclut :

— Merci, Andy. C'est parfait.

— Tant mieux, dit ce dernier. Je vais vous raccompagner. Il se fait tard.

Il les ramena jusqu'à la demeure. Angela avait l'estomac dans les talons et, en même temps, se sentait irritée, contrariée d'être ainsi jaugée par Jackson.

Devereaux prit congé. Une fois la porte fermée, Angela se rendit compte qu'elle avait laissé ses bagages dans le hall et qu'il vaudrait sans doute mieux qu'elle choisisse une chambre avant de ressortir.

— Je vais monter ma valise dans une des chambres et partir chercher à dîner, annonça-t-elle à Jackson, qui continuait à la dévisager.

— Je vais venir avec vous. Je n'ai pas dîné non plus et même pas réellement déjeuné, à vrai dire.

Il ne trahissait pas la moindre émotion. C'était un personnage étonnant et, finalement, intéressant. Elle se doutait que son nom de famille, Crow, témoignait d'origines indiennes, mais il avait des yeux d'un bleu profond, pas du tout noirs, comme elle l'avait imaginé avant de venir. Le contraste avec sa chevelure d'ébène était frappant. Si doué qu'il fût pour dissimuler ses émotions, cela dit, elle n'en avait pas moins discerné de temps à autre, dans son regard, une lueur semblant indiquer qu'il la jugeait parfaitement givrée.

Evidemment, vu la posture dans laquelle il l'avait trouvée, ce n'était pas étonnant. Il devait avoir quelques doutes sur sa santé mentale.

Si elle abandonnait cette mission dès le premier jour, est-ce qu'on la reprendrait dans les forces de l'ordre ?

Non. Elle ne renoncerait pas. Quoi que Jackson Crow puisse penser d'elle.

— Avez-vous déjà choisi votre chambre ? demanda-t-elle.

— Je me suis installé dans la toute dernière, dans l'aile gauche. Mes sacs y sont. Certaines chambres ont besoin de literie et d'un coup de balai, mais apparemment, elles ont été bien entretenues. Je pense que le sénateur et sa femme étaient prêts à pouvoir loger non seulement des hôtes, mais aussi des domestiques, au moins l'assistant du sénateur, son chauffeur et son garde du corps.

— Mais pour le moment, il n'y a que nous, n'est-ce pas ?

— Oui. Les autres doivent arriver demain.

— Les avez-vous déjà rencontrés ?

— Non. Ça va être une surprise.

Elle aurait parié qu'elle avait elle-même constitué une « surprise ».

— Bien, je monte mes bagages. Vous m'avez bien dit que vous étiez dans la dernière chambre sur la gauche ?

— Oui. Voulez-vous de l'aide ?

— Non, merci. Je voyage toujours léger. Je reviens tout de suite.

Elle attrapa sa valise et mit son grand sac de voyage sur son épaule, sentant le regard de Jackson fixé sur elle.

En arrivant sur le palier, elle vit qu'il y avait trois chambres successives sur la gauche. Sans se compliquer la tâche, elle entra dans la première et posa ses effets par terre, au pied du lit. La pièce était joliment décorée, avec un papier peint noir et or qui évoquait les couleurs de l'équipe de football de La Nouvelle-Orléans, les Saints. Sans doute Regina Holloway avait-elle voulu en faire une chambre d'amis, ce qui, soit dit en passant, semblait indiquer qu'elle ne pensait nullement au suicide. En dépit de son chagrin, la jeune femme avait tout mis en œuvre pour offrir un cadre digne de ce nom à un sénateur très apprécié des électeurs.

Cela dit, Angela n'était pas experte en psychologie. Elle ignorait quel type de dépression pouvait mener au suicide et ne savait pas comment se comportaient les gens résolus à mettre fin à leurs jours. Elle se promit de consulter quelques psychiatres à ce sujet.

— Vous avez des souhaits gastronomiques particuliers, pour le dîner ? lui demanda Jackson quand elle fut redescendue.

Elle haussa les sourcils.

— Ma foi, ici, à La Nouvelle-Orléans, toutes les cuisines sont bonnes, quelle que soit leur origine.

— Alors, comme tout reste ouvert au moins jusqu'à 22 heures, que diriez-vous de Chez Irène ?

— Très bien.

Ils verrouillèrent derrière eux et descendirent à pied, sans dire un mot, en direction de la rue Royal. A un carrefour, le vacarme de la rue Bourbon leur parvint aux oreilles. Deux officiers de la police montée surveillaient les environs, au cas où les fêtards se seraient faits trop enthousiastes. Un peu partout, des serveurs hélaient les passants, vantant les cocktails de l'établissement, la qualité de l'orchestre ou, dans certains clubs, les talents des « danseuses ».

Jackson lui-même fut entrepris par une femme à grandes dents qui l'incitait à monter voir l'habileté de « Wicki la coquine » à la « pole dance ». Il sourit, l'air amusé.

— Désolé, je suis avec une amie, ce soir, répondit-il.

— Elle peut venir aussi !

— J'aurais été ravie de voir cette Wicki, intervint Angela, mais nous allons dîner.

— Notre offre est exceptionnelle, insista la femme. Les fessées ne coûtent que cinq dollars, avec ou sans pantalon. Et il y a un très bon menu.

— Et on mange juste après avoir reçu la fessée, j'imagine ? Désolé, mais nous avons réservé ailleurs, répondit Jackson, le sourire aux lèvres.

Ils réussirent enfin à se libérer de l'importun personnage et poursuivirent leur chemin dans la rue Royal, où l'on trouvait surtout des antiquaires et des boutiques et qui, de nuit, était infiniment plus calme que la tonitruante rue Bourbon.

Ils arrivèrent Chez Irène. On leur fit traverser la première salle pour les faire attendre au bar, où un pianiste chantait de vieux airs en s'accompagnant. Il venait de commencer *At Last* et avait une voix agréable. Jackson demanda à Angela si elle voulait boire quelque chose. Elle choisit un cabernet.

— C'est ma tournée, si vous voulez, proposa-t-elle.

Il eut un léger rire.

— Ne vous en faites pas ! Ce sera sur la note de frais.

— Nous allons dépenser l'argent des contribuables ? murmura-t-elle.

— Non, puisqu'en fait, c'est Adam Harrison qui finance l'unité spéciale. Je crois qu'il est né dans une famille fortunée et qu'il a su habilement gérer son héritage avec de bons placements. Je suis convaincu qu'il trouverait normal que ses employés s'offrent un verre et un dîner après avoir déterré un cadavre.

— Un squelette ! corrigea-t-elle.

— Disons un mort, admit-il en haussant les épaules, avec un petit sourire.

On leur servit à boire et, au même instant, une hôtesse vint les chercher pour les conduire à leur table. Angela aimait beaucoup Chez Irène. On y mangeait très bien, il y avait de belles nappes blanches, et surtout, le volume sonore y restait discret.

Elle remarqua que Jackson fascinait littéralement la serveuse, alors qu'elle-même éprouvait à l'égard de son nouveau patron une certaine réticence, ou du moins une certaine réserve. En fait, songea-t-elle, il savait énormément de choses sur les membres de son équipe, tandis qu'eux-mêmes ignoraient quasiment tout de lui, comme d'ailleurs des autres. Avec sa haute silhouette, ses manières courtoises, son sourire lent, il retenait l'attention et, apparemment, les gens tombaient très vite sous le charme.

— Eh bien, bilan du premier jour : découverte de vieux ossements, dit-il en buvant une gorgée de son scotch avec glaçons.

— Il fallait s'y attendre. C'était logique, répondit-elle.

Il se mit à rire.

— Logique ? Ce type était caché sous l'escalier

depuis l'époque de la Reconstruction, et vous l'avez déniché en moins d'une heure !

— Il suffisait de raisonner. Je suis très forte en logique, murmura-t-elle en faisant courir son doigt sur le bord de son verre.

— Parlez-moi un peu de vous, suggéra-t-il.

— Vous avez nos fiches. Vous savez déjà tout ! C'est plutôt à moi de vous interroger.

— D'accord. Allez-y.

— Quelles sont vos origines ?

— Ça ne se voit pas ? demanda-t-il en souriant.

— Vous êtes d'origine indienne, mais de quelle tribu ?

— Cheyenne.

— Et quoi d'autre ?

— Eh bien, britannique. Ecossais, pour être précis, mais ma mère a grandi à Londres.

— Sympa ! Vos parents sont-ils toujours en vie ?

— Non. Ma mère est morte d'un cancer il y a huit ans et mon père d'une crise cardiaque dans le mois qui a suivi.

— J'en suis désolée.

— Moi aussi. Et vous ?

— Mes parents sont morts dans un accident d'avion, vous avez dû le lire.

— Qu'avez-vous fait ensuite ?

— C'est mon tour ! coupa-t-elle. Etes-vous proche de votre famille ?

— Bien sûr, très proche. Je suis très « famille ». Et vous ? Comment vous entendez-vous avec votre frère ?

— Je l'adore. A moi ! Avez-vous des frères et sœurs ?

— Non.

— Ah ! Vous êtes enfant unique, dit-elle, l'air grave.

— Oui. Désolé.

— Ce n'est pas forcément rédhibitoire, plaisanta-t-elle. J'en connais plusieurs qui s'en sont très bien sortis.

— Vous faites dans les idées préconçues, je vois !

— Pas du tout. Simplement, lorsqu'on a des frères et sœurs, on apprend à partager, qu'on soit riche ou pauvre. Et on est sensible à ce qui leur arrive, c'est tout.

— N'oubliez pas que je suis cheyenne, rappela-t-il avec un regard amusé.

— Et alors ?

— Alors, nous avons un grand sens de la communauté, de la tribu.

— Donc, vous vous appuyez sur la tradition…

— Sur celle-là et aussi sur celle de l'Ecosse, bien connue pour ses clans.

— En somme, le groupe passe avant l'individu, c'est cela ?

Jackson se mit à rire.

— Nous avons la réputation de batailler entre tribus, c'est vrai, mais pour ma part, je m'entends bien avec tout le monde.

La serveuse revenait avec les plats. Angela demanda un autre verre de vin et Jackson un deuxième scotch. Il taquina gentiment la serveuse, sans se montrer pesant. Il souriait encore quand la jeune femme rapporta les boissons et s'éloigna.

— Est-ce que vous voyez des fantômes ? demanda Jackson de but en blanc.

Angela se figea, surprise par la question. Elle se força à avaler une bouchée et riposta :

— Et vous ?

Il but une gorgée de scotch et la regarda sans ciller.

— Je crois que beaucoup de choses étonnantes sont possibles, mais qu'il y ait des fantômes comme ceux qu'on voit dans les films, sûrement pas. S'ils existent, ils sont là en permanence. Ils n'ont pas besoin d'apparaître en pleine nuit en faisant sursauter les gens comme des animaux pris dans la lueur des phares.

— Logique, jeta-t-elle.

— Pardon ?

— Je dis : c'est logique. S'ils existent, ils existent aussi de jour, pas seulement de nuit.

— Et Griffin ? reprit Jackson.

Angela se figea de nouveau. Il avait vraiment l'art de poser des questions gênantes au moment où elle commençait à se détendre.

— Que voulez-vous savoir ? Il est mort, répondit-elle prudemment.

— Vous arrive-t-il de le « voir » ?

Elle secoua la tête.

— Non.

— Vous avez vécu ensemble pendant des années, n'est-ce pas ?

— Cinq, pour être exact.

— Aviez-vous eu le pressentiment qu'il allait mourir ?

Elle fixa Jackson, tendue comme une corde de piano.

— Quand on nous a dit que les métastases s'étaient étendues partout, y compris dans les os, oui, j'ai eu ce pressentiment.

— Excusez-moi. Je me demandais simplement si cela ne vous aurait pas donné… des antennes.

— Des antennes ?

— Un talent paranormal pour voir les fantômes, disons. J'aimerais être sûr que vous avez surmonté votre deuil et êtes bien ancrée dans la réalité.

— Si j'ai surmonté mon deuil ? Non, bien sûr, au sens où on n'accepte jamais la perte d'un être aimé.

Mes parents et Griffin vivent éternellement en moi. Pour autant, j'accepte la réalité de leur mort, naturellement. Ils ont disparu, définitivement. Aucun d'eux ne revient me prendre par la main pour me guider vers des cadavres ou des enfants égarés.

Elle se tut, s'humecta les lèvres, puis prit son verre de vin et l'avala d'un trait. Cela manquait sûrement d'élégance, mais elle s'en moquait. Son interlocuteur, capable de se montrer courtois, prévenant, et même drôle, pouvait aussi s'avérer extrêmement déstabilisant.

— Et vous ? demanda-t-elle d'un ton plus acerbe qu'elle n'aurait voulu. Est-ce que vos agents morts reviennent vous parler la nuit ? Vous demander pourquoi vous n'êtes pas arrivé à temps pour les sauver ?

Jackson resta parfaitement impassible. Le regard bleu fixé sur elle ne trahissait aucune émotion.

— Non, répondit-il. Ils sont morts et, comme vous, j'accepte le fait. Comme vous aussi, cela dit, je reste hanté par leur souvenir.

Angela rougit. Il avait eu tort de la provoquer sur ses deuils, certes, mais elle l'avait imité, et en des termes nettement moins amènes.

— Pardonnez-moi, murmura-t-elle maladroitement.

Bon sang, voilà qu'il fallait qu'elle s'excuse, maintenant !

— Ce qui est certain, reprit-il, c'est qu'on ne peut pas réécrire le passé. Nous n'avons d'autre choix que de faire de notre mieux dans le présent pour que nos missions soient couronnées de succès. Prendrez-vous un dessert ? Un café ?

— Non, je vous remercie.

— Vous ne voulez pas partager un pudding ? Ici, il est extraordinaire.

Elle se recula sur son siège, encore mal à l'aise, sidérée par la capacité qu'avait Jackson de rester imperturbable quoi qu'il arrive. Elle se rendit compte qu'il l'avait mise à l'épreuve pendant tout le dîner.

— Non, ça va, merci, répondit-elle.

— Un autre verre de vin ?

— Pourquoi pas, après tout ?

Il commanda du vin et, pour lui, du pudding et du brandy. La conversation prit un tour normal. Il évoqua son amour pour La Nouvelle-Orléans, où il avait travaillé près d'un an à ses débuts.

— Cet Etat est particulier, expliqua-t-il. Les lois, en Louisiane, sont encore inspirées du Code Napoléon français, alors que le reste du pays s'est fondé sur le droit anglais. Cela explique certaines différences, comme le fait qu'il y ait ici des « paroisses » au lieu de « comtés ».

— Je sais, j'ai habité Tulane, indiqua-t-elle avant de se rappeler qu'il était au courant, puisqu'il avait lu son dossier.

— Vous y avez étudié l'histoire et la philosophie, n'est-ce pas ?

Elle acquiesça, puis demanda :

— Et vous ? Vos études ?

— J'ai fait six ans d'université : histoire, histoire des religions et psychologie. J'aimais ça, et j'aurais pu rester étudiant toute ma vie, mais cela ne paye pas les factures.

Angela fronça les sourcils.

— Psychologie ? Voilà pourquoi vous êtes dans l'unité des sciences comportementales, alors. Vous allez pouvoir m'éclairer. Je me suis dit aujourd'hui qu'une femme se consacrant à aménager la demeure de son mari de manière aussi constante que Regina n'aurait pas pu se suicider, alors que, pour être honnête, l'hypothèse du suicide m'avait paru jusque-là parfaitement logique. Qu'en pensez-vous ?

— Difficile à dire. Je ne la connaissais pas, répondit Jackson.

On leur apporta les boissons et le dessert. Jackson se montra persuasif et Angela accepta de goûter le pudding, effectivement délicieux. Elle éprouvait une curieuse sensation d'intimité à grignoter dans son assiette. Elle n'avait pas fait cela depuis des années, depuis la mort de Griffin.

Tout en sirotant son brandy, Jackson reprit :

— Regina semblait effectivement très dévouée à son mari, comme si elle avait décidé de reprendre les rênes de sa vie, et cela seul contredit l'idée de suicide. Cela dit, le fait d'avoir perdu son enfant a pu la faire basculer.

— Basculer, mais comment ? En sautant du balcon ?

— C'est ce que nous devons prouver.

Ils partirent peu de temps après, descendirent d'abord la rue Chartres, très calme, puis tournèrent rue Saint-Pierre pour regagner la rue Dauphine en traversant de nouveau la rue Bourbon. Distraite, Angela marchait quelques pas devant Jackson et un homme l'accosta.

— Hé, chérie, tu veux venir à une fête ?

C'était un étudiant, blond, accompagné d'autres étudiants tout aussi blonds. Il avait l'air inoffensif. Angela se savait parfaitement capable de se défendre, mais Jackson la rejoignit d'un pas souple et glissa un bras autour d'elle.

— Pas ce soir, répondit-il d'un ton léger. Passez une bonne soirée et amusez-vous bien.

Les étudiants s'éloignèrent. Jackson relâcha Angela mais resta à sa hauteur, et ils reprirent leur marche en silence. Jackson savait sûrement qu'elle aurait pu riposter seule, mais Angela songea qu'il avait désamorcé habilement la situation.

Quand ils arrivèrent, la demeure se dressait dans la pénombre, élégante et blanche sous les reflets de la lune, avec, aux fenêtres, les quelques lumières qu'ils avaient laissées allumées. Ces fenêtres évoquaient des regards, comme si les fantômes d'âmes perdues, derrière les vitres, contemplaient le monde qu'ils avaient quitté, songea Angela.

La maison, en elle-même, n'avait rien de maléfique, mais le *mal* avait rôdé derrière sa façade et y rôdait peut-être encore.

Brusquement, Angela se sentit absolument convaincue que Regina Holloway ne s'était pas suicidée.

Chapitre 4

Avant de monter se coucher, Jackson fit le tour de la maison pour vérifier le système d'alarme.

Il constata deux choses : d'une part, que toutes les fenêtres étaient correctement reliées au système ; d'autre part, en revanche, que si le portail de la cour était lui aussi sécurisé, ce n'était pas le cas du mur. N'importe qui pouvait y grimper. Evidemment, ensuite, il fallait le code pour entrer dans la maison.

Le jour de la mort de Regina, quelqu'un avait donc pu faire l'escalade, profitant de l'obscurité pour déjouer la vigilance de la police.

Regina, qui était chez elle, avait fort bien pu négliger de mettre l'alarme. Et, pour peu qu'elle-même, ou l'un des domestiques, ait oublié de fermer les portes intérieures, puis la fenêtre donnant sur le balcon, alors...

La nuit, cependant, s'écoula paisiblement.

Angela Hawkins dormait encore quand il s'éveilla. Il descendit dans la cuisine, dénicha de quoi faire du café et, dans le réfrigérateur, un paquet de muffins. Il en prit un, qu'il grignota tout en appelant le bureau du sénateur pour solliciter un rendez-vous.

Il tomba sur la secrétaire, qui lui passa l'assistant, Martin DuPre. Jackson renouvela sa demande, sentant DuPre réticent, puis le sénateur lui-même prit la ligne. Il promit qu'il viendrait vers 5 heures ou 5 h 30. L'enquête en cours était sa priorité absolue, ajouta-t-il. Comme le Sénat de l'Etat, qui siégeait à Baton Rouge, n'était pas en session, il en avait profité pour venir quelques jours à La Nouvelle-Orléans. Il n'avait pas remis les pieds dans la demeure depuis la mort de sa femme et avait pris un logement en ville.

Après avoir raccroché, Jackson s'était plongé dans ses notes quand on sonna. Il alla ouvrir et vit sur le seuil un jeune homme, une guitare en bandoulière, un baluchon à la main.

— Bonjour, dit le visiteur.

— Je peux vous aider ?

Le jeune homme tendit la main.

— Vous devez être Jackson Crow. Je suis Jake Mallory. Je sais qu'il est très tôt, mais comme j'habite dans le coin et que j'étais réveillé, je suis venu.

— Ravi de faire votre connaissance, Jake. Entrez donc.

Jackson avait parlé d'un ton calme, courtois, mais il se demandait bien quelle mouche avait piqué Adam Harrison.

Jake Mallory, en effet, n'avait pas vraiment la tête de l'emploi. Il était grand — presque aussi grand que Jackson lui-même —, mince, avec des cheveux auburn un peu longs, habillé de manière simple mais correcte. Il devait faire battre le cœur des adolescentes, mais il avait plus l'air d'un musicien des rues que d'un enquêteur dans une équipe d'élite.

A moins que les membres de ladite équipe ne soient censés avoir tous l'air atypique ?

Jake entra dans le grand salon en poussant un sifflement admiratif.

— Waouh ! J'ai entendu parler de cette demeure toute ma vie, mais je n'y étais jamais entré.

Il posa son sac et laissa doucement glisser sa guitare sur le parquet.

— Oui, c'est une belle maison, reconnut Jackson.

Jake tourna les yeux vers lui.

— C'est impressionnant ! Et immense, apparemment. Comment la nuit s'est-elle passée ?

— Sans incident. Vous voulez que je vous fasse visiter ? Ou vous préférez faire le tour des lieux tout seul ?

— Comme vous voudrez, dit Jake en glissant les mains dans les poches revolver de son jean.

Il se mit à rire et ajouta :

— On venait souvent rôder dans cette rue, quand on était gamins. On se mettait au défi de s'approcher le plus possible, tellement on avait entendu d'histoires de fantômes sur l'endroit !

— Je me suis renseigné là-dessus, et j'ai les plans du bâtiment, mais vous en savez sûrement plus long que moi sur cette bâtisse.

— Vous, en revanche, vous devez être très documenté sur mon compte, étant donné la mission, répliqua Jake. En tout cas, à l'idée que je vais dormir ici, sur place, je n'en reviens pas.

— J'en conclus que vous n'avez pas peur des fantômes, alors.

— Je suis fasciné par l'inconnu, au contraire !

Jackson savait que Jake, né et élevé à La Nouvelle-Orléans, avait fait des études de musique à Yale, puis était revenu dans sa ville natale s'intégrer à un orchestre local. Il avait retenu l'attention d'Adam Harrison pour ses stupéfiantes capacités à retrouver des disparus. Lors de l'ouragan Katrina, qui avait dévasté la ville, il avait permis de sauver de nombreux survivants. Jackson ignorait s'il avait d'autres talents particuliers. Personne, dans son groupe, ne semblait vraiment professionnel, si l'on mettait à part la formation de policière d'Angela.

Jake lui jeta un regard aigu.

— J'imagine que nous allons être mis à l'épreuve, cela dit, n'est-ce pas ?

— Mis à l'épreuve ?

— Eh bien, dans la mesure où on m'appelle en général pour rechercher des personnes égarées, je me demande un peu ce que je fais ici. Regina Holloway n'est pas égarée, elle est morte. Personne n'a besoin de la retrouver. Cela dit, vous avez découvert un squelette, hier, non ?

— Pour être précis, c'est Angela Hawkins qui a fait la trouvaille. Mais comment le savez-vous ?

— Je vois que vous n'avez pas encore lu le journal ou regardé la télévision, ce matin.

Jackson fronça les sourcils.

— C'est déjà dans les médias ?

— Bien sûr ! Nous avons beau être dans le Sud profond, connu pour son mode de vie nonchalant — et ses politiciens corrompus, soit dit en passant —, nos journalistes n'en sont pas moins redoutables qu'ailleurs. Le fait que la police et les médecins légistes soient venus ici hier soir n'est pas passé inaperçu, surtout que cela se produit pour la deuxième fois en peu de temps. L'officier Devereaux a fait faire une déclaration par son porte-parole. Cela n'a pas empêché la presse de multiplier les spéculations.

— Il va me falloir un journal…

— J'en ai un dans mon sac, et je vais demander à ce qu'on nous livre la presse à domicile tous les matins. Cela vous permettra de garder l'œil sur les rumeurs.

— Que dit-on sur le fait qu'une équipe d'experts se soit installée dans la maison ? s'enquit Jackson.

— Seulement que le sénateur a demandé une enquête complémentaire, rien de plus. Aux yeux du grand public, la mort de sa femme l'a tellement abattu qu'il est prêt à tout pour prouver qu'elle ne s'est pas suicidée.

— Est-ce que vous la connaissiez ?

— Non, mais je l'ai déjà vue. Elle était très aimée, comme son mari. Ici, en Louisiane, il apporte une bouffée d'oxygène.

Le sourire de Jake s'élargit et il enchaîna :

— Rappelez-vous ! En dépit de ses excès, les gens adoraient Huey Long, dans les années 1930, parce qu'il faisait bouger les choses et ne laissait personne au bord de la route. Pour le sénateur Holloway, c'est pareil. Il se bat pour financer de grands projets et pour que tout le monde ait du travail. En outre, avant le drame, il était bon époux et bon père.

Sous ses allures décontractées, Jake cachait une vive intelligence, songea Jackson. Finalement, sa présence serait une vraie valeur ajoutée. Plus qu'il ne l'aurait cru.

— Cela dit, même avec les hommes politiques qui semblent les plus lisses, on ne sait jamais totalement ce qu'ils pensent, souligna Jackson. Ils ont tellement l'habitude de jouer la comédie…

— C'est vrai, mais Holloway passe bien mieux que ses confrères. Je suis d'ici, je les connais tous !

Il y eut une pause dans la conversation. Jackson eut soudain l'impression qu'on les observait et se retourna. Angela Hawkins les regardait depuis le seuil. Il se dit de nouveau que c'était une très belle femme, avec un air bien trop angélique pour le flic qu'elle était, d'ailleurs. Même s'ils avaient beaucoup bavardé, la veille, elle gardait une grande réserve qui maintenait les autres à distance comme une cotte de mailles. Sous cette froideur, cependant, il la devinait capable d'un sourire lumineux. En fait, il était intrigué par sa personnalité. Il avait envie d'en savoir plus.

— Hé, bonjour ! s'écria Jake.

Jackson fit les présentations.

— Angela, Jake... Jake, Angela.

— Vous avez bien dormi ? Pas de fantômes qui rôdent dans les couloirs ? demanda Jake.

On avait l'impression qu'il demandait si elle avait croisé du monde en faisant son marché.

— J'ai dormi comme une souche ! répondit-elle. Bienvenue dans l'équipe !

Jake sourit. Angela lui rendit son sourire. Visiblement, ils avaient tout de suite créé un lien amical. Jackson se surprit à être un peu jaloux.

— Merci ! Je suis ravi d'être là, lança Jake.

— Voulez-vous que je mette Jake au courant de tout ce que je sais sur la maison ? proposa Angela à Jackson.

— Oui, volontiers, répondit-il.

Il avait parlé d'un ton un peu contraint, s'en rendit compte et se trouva ridicule. Ils étaient collègues, non ? Il n'allait tout de même pas se conduire comme un macho, vouloir être à tout prix « le chef », craint et respecté, préféré aux autres. Il repensa à son équipe précédente, avec laquelle il avait travaillé pendant cinq ans. Chacun avait sa spécialité, ils étaient complémentaires et avaient appris à travailler en harmonie, comme une machine bien huilée. C'était venu au fil du temps, cela dit. Cette fois, ils en étaient au tout début. Même si ses précédents coéquipiers avaient connu une fin tragique, il fallait qu'il donne leur chance aux nouveaux, qu'il leur laisse trouver leur place. Tout comme, d'ailleurs, il fallait lui aussi qu'il réapprenne à être un leader, avec l'indispensable mélange de fermeté et de souplesse qui s'imposait.

— Allez-y, reprit-il. Racontez-lui tout.

Il regagna la cuisine, pour reprendre la lecture des notes qu'il avait rédigées après la découverte des vestiges de la première victime probable de Madden C. Newton et son entretien avec Andy Devereaux. Il se gourmanda intérieurement de son brusque accès de jalousie, sans parvenir à s'en débarrasser totalement. Analyser froidement ses émotions, c'était une chose. Les maîtriser complètement, c'était une autre paire de manches.

— Je joue souvent rue Frenchman, expliqua Jake à Angela. Depuis l'ouragan, les choses ont beaucoup changé. Comme les gens ont tenté de survivre en s'installant où ils pouvaient, les différents quartiers n'ont plus le même visage. Les touristes continuent à venir rue Bourbon, en quête de plaisirs faciles, mais on n'y trouve plus la même variété de musique qu'auparavant. Enfin, beaucoup moins. Les bars de la rue Bourbon ne passent plus de jazz mais de la pop — Journey, Bon Jovi... des choses faciles et qui « déménagent ». Evidemment, comme La Nouvelle-Orléans est pétrie de contradictions, rien ne dit qu'un beau jour, un grand nom du sax ne va pas refaire irruption dans un bar à touristes !

— C'est vrai, La Nouvelle-Orléans peut toujours réserver des surprises, acquiesça Angela.

Elle trouvait le jeune homme extrêmement sympathique.

— Vous connaissez la ville ? demanda-t-il en haussant les sourcils, tandis qu'elle le conduisait vers le salon équipé en vidéo.

Il prit place au bout d'un sofa. Elle s'installa à l'autre bout, face à lui, en repliant les jambes sous elle.

— Oui, répondit-elle. J'ai grandi en Virginie mais je venais souvent quand j'étais à l'université, tant j'adore la ville. En me retrouvant ici, j'ai presque l'impression de rentrer chez moi, même si les circonstances sont moins drôles.

— A ce propos, je peux vous demander quelles sont vos compétences ?

Elle hésita, puis répondit :

— Eh bien, j'imagine que je fais partie des « trouveurs », comme vous, répondit-elle. C'est bien votre cas, n'est-ce pas ?

Il hocha la tête.

— Oui, effectivement. Je crois que… j'ai un certain don pour retrouver les disparus.

Il baissa la voix et tourna les yeux vers la porte.

— Comment… comment cela se passe-t-il pour vous ? demanda-t-elle.

— Eh bien… la première fois, on avait kidnappé le fils d'amis à moi, un garçonnet de cinq ans. Deux autres enfants avaient été kidnappés la veille et l'un d'eux était mort : on avait retrouvé son corps. Vous imaginez l'angoisse de mes amis... Alors, j'ai rêvé qu'un enfant me prenait par la main et m'emmenait vers un bayou, près de Slidell. En me réveillant, j'y suis allé. Là, j'ai retrouvé le corps d'un deuxième enfant, et surtout, tout près, j'ai senti que le troisième petit était là, prisonnier dans une vieille cabane des marais. Il était vivant et s'en est sorti. J'étais fou de joie mais l'expérience m'a considérablement secoué, même si j'ai continué à vivre comme avant. Pressentir des événements, avoir des visions de situations, de personnes... Ce n'est pas toujours facile. Cela suscite la méfiance. Certains de vos amis se détournent, soit parce que vous leur faites peur, soit parce qu'ils préfèrent mettre des distances avec quelqu'un qu'ils ne trouvent pas tout à fait « normal ».

Jake s'interrompit, eut un léger rire puis reprit :

— J'ai même perdu quelqu'un de très proche... l'amour de ma vie, à cause de ça. Enfin, quand on a ce genre de sixième sens, le seul moyen de garder l'esprit, c'est de s'en servir à bon escient, pour tenter de lutter un tant soit peu contre la dépravation et la méchanceté qui règnent partout. Comme j'habite une ville qui a terriblement souffert, j'ai pu me rendre utile.

— Est-ce que vos visions se manifestent toujours en rêve ? demanda Angela.

— Quelquefois, pas toujours. Et pour vous ?

Elle se rendit compte qu'elle tournait à son tour les yeux vers la porte.

— Eh bien, j'éprouve des sensations qui évoquent un peu une baguette de sourcier... Et par moments, oui, je vois des choses en rêve. Quand... quand mes parents sont morts, dans un accident d'avion, j'ai eu... une vision. Je les ai vus marcher vers une vive lumière, en compagnie d'autres gens... Le thérapeute que j'ai vu par la suite m'a expliqué que j'avais fait en sorte de voir ce dont j'avais besoin pour pouvoir surmonter le chagrin.

— Mais vous ne l'avez pas cru, n'est-ce pas ?

— Non, effectivement. Cela dit, la thérapie m'a appris à être extrêmement prudente dans ce que je disais !

Jake fixa sur elle ses yeux verts, l'air rieur.

— Moi, je connais des gens qui voient des fantômes, de manière courante, dit-il.

— Vraiment ?

— Oui. Je vous les présenterai.

— Ils habitent ici ?

Jake opina.

— Est-ce qu'Adam Harrison les connaît ? Pourquoi ne font-ils pas partie de notre équipe ?

— Eh bien, pour être franc, Nikki et Brent ont trois enfants en bas âge, maintenant. Je suis sûre qu'Adam a pensé à eux, mais ils sont un peu débordés. Je pense qu'ils auraient eu du mal à s'absenter, entre l'école, les services religieux, les activités sportives des enfants... Ce sont des gens très sympathiques. C'est Adam qui nous a présentés, d'ailleurs.

— Je vois. Je comprends Adam. Il s'est dit qu'il y aurait besoin d'une équipe très soudée, capable de tenir dans la durée, d'apprendre à vivre et à travailler ensemble.

— A votre avis, est-ce que Regina Holloway s'est suicidée ? reprit Jake.

Angela le dévisagea un moment puis répondit simplement :

— Non.

— Alors, vous pensez que la maison est hantée ?

Angela eut un léger rire et expliqua en pesant ses mots :

— Disons que ce que je crois, c'est qu'une maison *peut* être hantée. Il peut y avoir des bruits bizarres pendant la nuit, des revenants dans les couloirs… Mais je suis persuadée qu'aucun fantôme n'a poussé Regina par-dessus le balcon.

— D'accord avec vous, dit une voix.

C'était celle de Jackson Crow. Angela tourna vivement la tête. Jackson avait dû terminer ses occupations, et, debout sur le seuil, les regardait. Elle sentit ses joues s'empourprer. Depuis combien de temps était-il là ?

— Je voulais juste rappeler à Jake qu'il devrait monter se choisir une chambre, reprit Jackson, son regard bleu plus énigmatique que jamais. Le reste de l'équipe ne va pas tarder à arriver.

— D'accord. Je pense que je vais m'installer dans le couloir où vous êtes, répondit Jake. Pour le reste, je sais me débrouiller, et je sais aussi faire la cuisine, si nécessaire.

— Je vais vous aider, proposa Angela.

— Oh ! je n'ai que ma guitare et mon sac.

— Je vais porter la guitare. J'y ferai très attention. Ce serait dommage que vous la laissiez tomber dans l'escalier !

— O.K., dit Jake.

Ils passèrent devant Jackson, qui continuait à les dévisager. Elle se demanda pourquoi. Elle se demanda aussi pourquoi elle avait elle-même, soudain, tendance à l'éviter.

Sans doute parce que la première image qu'il avait d'elle, c'était lorsqu'elle maniait une pioche avec furie.

Or, elle avait aussi un côté vulnérable qu'elle ne souhaitait pas lui révéler.

Bien sûr, elle avait confiance en elle et se fiait à son propre jugement. Seulement, il y avait quelque chose dans la façon dont il la scrutait…

Bref, alors qu'en général elle se moquait de l'opinion des autres, en l'occurrence elle avait *envie* que Jackson Crow l'apprécie.

— Salut !

Le quatrième membre de l'équipe, Whitney Tremont, venait d'arriver. Comme Jake, elle avait toujours vécu à La Nouvelle-Orléans, avec cette différence que Jake était purement « anglo-saxon » alors que Whitney, elle, était créole. Jackson vit donc arriver une petite femme d'un mètre soixante, toute fine, débordant d'énergie, avec des cheveux frisés, des yeux noisette et la peau couleur d'ambre. Elle avait un rire contagieux et une voix douce, mélodieuse.

On lui avait encore envoyé une gamine, songea Jackson.

Cela dit, son regard trahissait une grande intelligence. Elle avait toujours été brillante élève et avait étudié l'ethnologie, l'histoire des religions et la philosophie, tout en décrochant par-dessus le marché un diplôme de cinéma à l'université de New York. Son arrière-grand-mère était une prêtresse vaudou très connue qui tenait en ville une boutique appelée Tout ce que vous croirez, rue Rampart. Whitney avait aidé la police à démanteler une secte prétendument vaudou qui avait entrepris des sacrifices humains. Deux jeunes gens étaient morts, victimes d'un sinistre rituel où l'on buvait du sang.

D'après le dossier, la jeune femme avait une grande capacité à se faire très vite accepter dans n'importe quel groupe et parvenait ainsi à filmer là où aucune caméra n'avait jamais été acceptée. Elle connaissait à fond le maniement de la vidéo et du son, et Jackson savait que, comme Will Chan, qui n'était pas encore arrivé, c'était pour cette raison qu'elle avait été recrutée.

— Bonjour, répondit-il en lui prenant des mains son gros sac en tapisserie. Vous êtes Whitney Tremont, n'est-ce pas ? Entrez donc.

— Vous devez être Jackson Crow. J'adore ce nom !

— Merci.

— Alors, comme ça, vous avez déjà déterré des cadavres ? J'arrive trop tard ! dit Whitney en riant.

— C'était un squelette, répliqua Jackson en souriant. C'est Angela Hawkins qui l'a trouvé.

— Je suis impressionnée. Tout le monde ici est convaincu que d'autres fantômes qui attendaient leur heure vont sortir des placards, maintenant. J'espère bien en capturer un ou deux sur pellicule ! J'ai tout un matériel dans la camionnette.

Jackson regarda derrière elle. Il vit, assis au volant, un jeune homme qui ressemblait beaucoup à Whitney et devait être son frère. Il lui fit signe de la main. Le jeune homme salua à son tour.

— Je vais ouvrir le portail de la cour et demander aux autres de venir vous aider, dit Jackson. Enfin, les deux qui sont déjà là !

— D'accord, répondit gaiement Whitney. C'est mon frère, Tyler, qui conduit. Je vais le prévenir.

Jackson héla Angela et Jake et, quelques instants plus tard, ils se retrouvèrent tous dans la cour pour sortir les caisses de l'arrière de la camionnette. Jackson décida de tout déposer dans le grand salon. Il débrancha l'alarme afin d'ouvrir en grand les portes-fenêtres.

En une demi-heure, ils avaient tout déchargé.

Tyler dépassait Whitney d'une bonne tête. Il coopérait joyeusement, comme s'il venait d'amener sa sœur en colonie de vacances. Quand tout fut terminé, il prit congé en la serrant dans ses bras et déclara d'un ton soudain sérieux :

— Sois prudente, surtout ! Ne t'avise pas d'aller fourrer ton nez un peu partout. Pas de risques inutiles, hein ?

— Je suis une grande fille, Tyler, assura-t-elle en l'étreignant à son tour.

— Vous comprenez, expliqua Tyler à Jackson, elle a tendance à « foncer dans le tas », et de préférence quand les gens sont armés…

— Nous la tiendrons à l'œil, répondit Jackson en riant. C'est promis.

Tyler opina.

— Je sais qu'Adam ne vous l'aurait pas envoyée s'il ne vous faisait pas confiance.

Il fit une pause et regarda autour de lui.

— Ainsi, voilà donc la demeure Newton… Eh bien, ça n'a pas précisément l'air d'une chambre des tortures, mais j'imagine que ça donne un peu le frisson pendant la nuit. Faites attention, tout de même ! Il y a dix ans, un gamin poursuivi par les flics est tombé du balcon, tête la première. Exactement comme Mme Holloway. C'est sans doute une coïncidence, mais peut-être que l'endroit porte malheur, aussi.

— Nous allons tous veiller les uns sur les autres, assura Jackson d'un ton grave.

Tyler embrassa sa sœur une dernière fois et prit congé. Whitney haussa les épaules.

— Je ne pense vraiment pas que l'endroit porte malheur, pour ma part ! Il va y avoir quelqu'un d'autre pour filmer, n'est-ce pas ?

— Oui, un nommé Will Chan, confirma Jackson. Nous l'attendons encore.

— Vous verrez, nous serons très disciplinés ! dit Angela.

— Et moi, je suis nettement plus costaud que j'en ai l'air ! souligna Jake en riant.

— Ça tombe bien, parce que maintenant, je vais remettre l'alarme et vérifier toutes les portes et toutes les fenêtres, intervint Jackson. Je vous rappelle les règles : personne n'ouvre le portail sans me prévenir d'abord. Nous garderons l'alarme débranchée dans la journée, afin de pouvoir ouvrir les portes-fenêtres sur les balcons des chambres

— Oui, et tant mieux, s'écria Whitney, car j'aurais vraiment regretté de ne pas pouvoir profiter du balcon !

Elle semblait profondément admirative devant la demeure, et pas impressionnée le moins du monde.

— Je vais aider Whitney à s'installer, pendant que vous faites le tour, déclara Angela.

— Je n'en aurai pas pour longtemps, dit Jackson.

En fait, cela lui prit bien plus de temps qu'il n'aurait cru. Après avoir vérifié toutes les chambres du premier étage donnant sur la façade, il reprit l'escalier et monta directement au second étage, où il n'était pas encore allé.

Visiblement, personne n'était venu y faire le ménage. Tout était couvert d'une poussière épaisse, et l'on avait l'impression que le temps s'était arrêté des siècles plus tôt. Une rangée de mannequins de couturière s'alignaient contre le mur, au-dessous des trois lucarnes percées dans le toit. Jackson s'assura que l'alarme était bien branchée sur chacune d'elles. Les vêtements posés sur les mannequins allaient des tenues de soirée d'avant-guerre aux robes des années 1950, à jupe très ample. Il y avait une vieille machine à coudre dans un coin. Une énorme caisse grillagée contenait des jouets anciens, des soldats de bois, des poupées de porcelaine, des maillets de croquet, des arceaux, des balles, et bien d'autres choses encore. Un couloir s'ouvrait sur la gauche, donnant sur une rangée de dortoirs qui avaient dû abriter d'abord les esclaves, puis la domesticité.

Il mit un temps fou à vérifier chacun des vasistas, puis retraversa la grande pièce pour passer dans l'aile latérale. Il n'y avait là que deux chambres assez grandes, entièrement vides, mais dont les fenêtres étaient elles aussi sécurisées. Il redescendit enfin au rez-de-chaussée et termina par les fenêtres qui donnaient sur la rue.

La demeure était vraiment immense et, même avec le système d'alarme, même en dépit du fait que la police avait tout examiné, il persistait à se demander si un intrus n'aurait pas pu y pénétrer sans se faire voir.

En revenant dans le grand salon, il constata que l'équipe avait bien avancé. Un vaste écran était installé à une extrémité et toute une série de câbles, de fils et d'équipement étaient disposés le long du mur.

— Nous étions en train de nous demander quelles pièces raccorder en premier, dit Angela en le regardant d'un air visiblement surpris.

— Qu'est-ce que j'ai ? demanda-t-il.

— Vous avez l'air d'un fantôme ! expliqua Whitney en pouffant.

— On dirait que vous êtes tombé dans un sac de plâtre ! renchérit Jake. Vous êtes monté au grenier ?

Jackson poussa un grognement et baissa les yeux

sur sa tenue. Les manches de sa chemise étaient toutes blanches.

On sonna à l'entrée. Il alla ouvrir en se disant que le dernier membre de l'équipe arrivait.

Il se trompait, car il vit une femme afro-américaine, mince, élancée, droite comme un I et visiblement très âgée. Elle fronça les sourcils en apercevant Jackson et marmonna une sorte de formule, comme pour chasser les mauvais esprits.

Angela se précipita et tendit la main à la vieille dame.

— Bonjour. Je suis Angela. Excusez-le, il est couvert de poussière. Puis-je vous aider ?

— Grand-mère ! s'écria Whitney en surgissant. Je ne t'attendais pas si tôt !

Jackson pivota pour observer la visiteuse, qu'Angela avait fait entrer dans le hall.

— Qui êtes-vous, madame ? demanda-t-il.

— Je suis Mama Matisse. Whitney ne vous a pas prévenu qu'elle m'avait demandé de venir ? Vraiment, Whitney, tu exagères. Tu sais bien que je n'aime pas m'imposer à l'improviste.

— Excuse-moi, grand-mère, répondit Whitney en pâlissant. Je n'ai pas encore eu le temps de le leur dire.

— Effectivement, confirma Jackson. Etes-vous une prêtresse vaudoue, madame ?

— Oui, mais je suis aussi l'arrière-grand-mère de Whitney.

Jackson se demanda s'il devait se fâcher, puis se dit que cette femme pourrait sans doute les aider. Elle avait un regard empreint de sagesse. Il pencha la tête de côté et déclara :

— Même si Whitney n'a pas eu le temps de s'expliquer, entrez donc, madame. Je suis sûr que vous nous serez utile.

Il regarda Whitney d'un air de reproche. Elle leva les mains, l'air suppliant, et expliqua :

— Mama Matisse était amie avec les deux femmes de chambre qui travaillaient ici, Jackson. Elle a assez bien connu Regina et le sénateur. Je me suis dit qu'il serait intéressant de l'écouter.

Jackson hocha la tête.

— D'accord. Je monte deux minutes prendre une douche. Si vous voulez, madame, Whitney va vous emmener dans la cuisine et vous offrir un café ou un thé... D'accord ?

— Merci. Je suis venue vous aider, répondit Mama Matisse avec une impressionnante dignité, et je ferai de mon mieux. A vrai dire, la police n'a pas prêté grande attention à mes propos. Or, je peux déjà vous dire une chose : le jour où Regina Holloway est morte, l'une des femmes de chambre, Renee, s'était précipitée chez moi pour me dire qu'il y avait des fantômes dans la maison. Elle avait raison au sens où il règne ici des forces maléfiques. Quant à savoir si ce sont des fantômes, c'est à vous de le découvrir.

Chapitre 5

Mama Matisse, assise dans la cuisine, posa un long doigt osseux sur sa tasse de thé.

— Comme je le disais, Whitney m'a demandé de venir parce que je connaissais les domestiques, mais aussi parce que j'ai reçu Regina Holloway à titre professionnel.

Angela haussa les sourcils et regarda alternativement la vieille dame et Whitney.

— Ah bon ? Elle vous avait consultée ?

— Regina Holloway aimait beaucoup mon arrière-grand-mère et se fiait à sa sagesse, expliqua Whitney.

Mama Matisse opina puis enchaîna :

— Les deux domestiques, Trini et Renee, ne veulent pas remettre les pieds dans cette maison. Elles ont bien trop peur. Le sénateur leur a donné de l'argent le temps qu'elles trouvent un autre travail. Comme elles vont rester à La Nouvelle-Orléans, car elles n'ont pas le choix, elles préfèrent ne pas parler d'histoires de fantômes, pour ne pas faire fuir les employeurs. Si on les interroge, que ce soit vous ou la police, elles ne diront rien. En revanche, elles sont d'accord pour que je m'exprime à leur place et que je vous confie ce qu'elles m'ont raconté. A titre confidentiel.

— Nous en sommes très reconnaissants, dit Angela.

— Vous comprenez, elles n'ont pas envie qu'on les prenne pour des folles, qu'on les juge *locas*, comme dit Trini en espagnol.

— La réputation de mon arrière-grand-mère est solidement établie, dit Whitney. On la sait très sensée et énormément de gens viennent la consulter. Quelle que soit leur religion, d'ailleurs : juifs, chrétiens, bouddhistes… ou même adeptes du vaudou !

— Je vous promets solennellement que rien ne sortira d'ici, assura Angela.

Mama Matisse la regarda bien en face.

— Si jamais vous devez répéter mes paroles, l'essentiel est que vous ne mentionniez pas ces deux femmes. Vous pouvez m'attribuer ce qu'elles ont dit, cela ne me dérange pas.

Angela hocha la tête. A l'évidence, la vieille dame ne devait pas facilement accorder sa confiance, mais comme son arrière-petite-fille lui avait demandé de venir, elle était là.

— Donc, reprit Mama Matisse, le jour du drame, Trini et Renee travaillaient toutes les deux dans la maison…

— Et elles ont vu quelque chose, n'est-ce pas ? Elles vous l'ont raconté ? s'enquit Angela.

— Oui. Elles ont vu un fantôme ou, en tout cas, quelque chose qu'elles ont pris pour un fantôme. Il s'agissait d'un homme. Elles l'ont aperçu dans un couloir, puis il a disparu aussitôt, comme s'il se volatilisait. Regina Holloway leur avait dit qu'elle allait prendre un peu de repos, et c'est seulement ensuite qu'on leur a expliqué qu'elle s'était suicidée en escaladant son balcon. Sa mort les a bouleversées.

— On le serait à moins, murmura Angela.

— Trini et Renee n'ont pas cru une seconde à l'hypothèse du suicide et moi non plus, reprit Mama Matisse. Regina était catholique. Elle allait à l'église tous les dimanches matin et parfois même pendant la semaine. Sa foi était profonde. Les catholiques n'approuvent pas le suicide, qu'ils considèrent comme une offense à Dieu.

— Elle avait terriblement souffert de la mort de son petit garçon, cela dit, non ?

— Elle avait énormément de chagrin, bien sûr. J'étais présente un jour où le sénateur lui a dit qu'ils auraient d'autres enfants, qu'ils feraient tout leur possible. Mme Holloway lui a répondu que personne ne remplacerait jamais Jacob. Il l'a admis, bien sûr, mais il a répété qu'ils avaient toujours voulu avoir d'autres enfants et qu'ils les auraient. Alors, elle lui a dit qu'elle voulait en avoir d'autres, naturellement, qu'elle adorait les enfants, qu'elle l'aimait, lui, et qu'elle allait continuer à aménager la maison pour leur future famille. Ils avaient même parlé de tous les enfants malheureux qui existent et caressé l'idée non seulement d'avoir d'autres enfants, mais aussi d'en adopter.

— Ce n'est pas le discours de quelqu'un qui songe au suicide, effectivement, fit remarquer Jackson depuis le seuil de la cuisine.

Il s'était douché, changé, et s'avança d'un pas résolu, plus séduisant que jamais. Il se versa une tasse de café et s'assit sans façon en face de Mama Matisse.

— Regina Holloway devait vraiment être quelqu'un de très sympathique, reprit-il. Comment était leur entourage ? Qui étaient leurs proches ? Comment cela se passait-il au quotidien ?

— Je ne savais rien de leur vie quotidienne, monsieur Crow, répondit la vieille dame.

Angela remarqua que, même si Jackson ne s'était pas présenté, elle savait qui il était.

— Je ne venais pas très souvent ici, ajouta Mama Matisse. Je sais cependant que Regina avait beaucoup d'amis, mais qu'elle éprouvait régulièrement le besoin d'être seule, pour ne pas les entendre répéter en permanence à quel point ils étaient désolés qu'elle ait perdu son fils.

— Il faudra vraiment que nous interrogions les femmes de chambre, intervint Jackson.

Mama Matisse lui jeta un regard noir.

— Je vous l'ai dit, elles ne parleront à personne. Elles ont fait leur déclaration à la police et ne diront rien d'autre.

— Mais si l'affaire vient au tribunal, répondit-il, et même si je vous suis très reconnaissant d'être venue…

— Croyez-vous donc que la justice peut tout résoudre, monsieur Jackson ? Je vous aurais cru plus averti.

Jackson soutint calmement le regard de la vieille dame. Angela était sûre qu'il était contrarié mais, comme à l'ordinaire, il n'en laissait rien paraître.

— Non, effectivement, répondit-il. Vous avez raison, les juges n'ont pas forcément toutes les réponses. Alors, puisque vous étiez proche d'elles, dites-nous vraiment tout ce que vous savez. David Holloway, comme tous les hommes politiques, connaît sûrement beaucoup de monde. Que savez-vous de son entourage ?

— Voyons… Parmi ses proches, il y a d'abord l'assistant, M. DuPre, et puis la secrétaire, Lisa Drummond. Martin DuPre est sur tous les fronts. Il s'efforce de préserver le sénateur, qui est encore très atteint par ce qui s'est passé. Il est très dépendant de ses collaborateurs. Il apprécie beaucoup M. DuPre. Il est convaincu qu'il fera un jour une belle carrière politique, lui aussi.

— Une chose m'intrigue : le Sénat de l'Etat de Louisiane siégeant à Baton Rouge, pourquoi Holloway désirait-il tellement avoir une somptueuse demeure ici, à La Nouvelle-Orléans ? Est-ce que vous le savez ?

— L'explication est très simple, répondit Mama Matisse en souriant. Leur résidence principale a toujours été ici, à La Nouvelle-Orléans. A Baton Rouge, ce n'était qu'un pied-à-terre.

— Oui, je comprends, dit Jackson. En outre, Baton Rouge n'est pas très loin, n'est-ce pas ?

— Cent cinquante kilomètres, répondit Mama Matisse. Voilà pourquoi le sénateur a un chauffeur. Il profite des trajets aller-retour pour travailler dans sa voiture.

— Il doit souvent être retenu à Baton Rouge par ses fonctions, cela dit, non ?

— Oui, je suppose.

— Est-ce que Mme Holloway restait seule ici, quand il était absent ?

— Oui, souvent, même si le sénateur faisait tout son possible pour être présent. Quand ils ont emménagé, la session parlementaire n'était pas encore ouverte. Vous savez, je n'étais pas la conseillère spirituelle de Mme Holloway. Elle avait un confesseur personnel. Un jour, cela dit, elle m'a demandé de pratiquer un contre-sort.

— Un contre-sort ? s'étonna Jackson.

— Oui, une précaution contre les maléfices. Certes, Regina Holloway, qui était très pratiquante, respectait sa propre foi et avait fait bénir la maison par le père

Adair. Mais elle était de La Nouvelle-Orléans, et on n'échappe pas à ses origines... Un contre-sort n'a rien à voir avec la magie noire, utilisée lorsqu'on veut nuire à quelqu'un.

Whitney s'éclaircit la gorge et prit la parole.

— Mon arrière-grand-mère fait souvent des contre-sorts, déclara-t-elle. Ces rites sont toujours à manier avec beaucoup de précaution. Il ne faut jamais souhaiter nuire à un adversaire. Par exemple, si on veut se débarrasser d'un fantôme, il faut lui souhaiter de trouver la paix en espérant que, pour lui, le moyen de trouver cette paix, c'est de disparaître.

Mama Matisse acquiesça en hochant solennellement la tête.

— Je vois, dit Jackson.

Angela n'était pas du tout sûre qu'il « voie » réellement quoi que ce soit, mais elle n'en dit rien et se contenta de demander :

— En somme, Regina Holloway n'avait pas peur, dans la maison ?

— Non, je ne pense pas. Elle ne craignait pas de rester chez elle.

— Et le chauffeur, Grable Haines ? Est-il toujours au service du sénateur ? Lui arrivait-il aussi de véhiculer Mme Holloway ? reprit Jackson.

— A ma connaissance, répondit la vieille dame, Regina ne montait en voiture que quand elle devait accompagner le sénateur quelque part. Elle ne conduisait pas elle-même. Il arrivait que des amis viennent la chercher, mais d'une manière générale, elle préférait ne se déplacer que dans le Quartier français. Elle faisait ses courses d'épicerie rue Royal, où il y avait aussi une modiste qu'elle aimait beaucoup... Elle aimait aussi se promener jusqu'à Jackson Square et s'asseoir dans la cathédrale. En fait, elle avait tout sous la main et, surtout, elle haïssait les voitures.

— Parce que son fils a été tué dans un accident de la route ? s'enquit Angela.

— Probablement, répondit Mama Matisse en haussant les épaules. En tout cas, les rares fois où elle montait dans un véhicule, c'était avec le sénateur et Grable Haines. Je crois qu'elle aimait bien Grable. Tout le monde l'apprécie. C'est un très bel homme. Cela dit…

La vieille dame se pencha vers Jackson pour ajouter :

— Dans certains cas, il n'est pas bon qu'un homme soit trop séduisant. Il a tendance à penser que tout lui est dû.

— Certes, admit Jackson. Je comprends.

Elle le regarda en souriant.

— Vous comprenez, mais vous n'approuvez pas forcément, n'est-ce pas ?

Il lui sourit à son tour. C'était comme s'ils se mettaient l'un l'autre au défi, mais on sentait en même temps un profond respect mutuel, songea Angela.

— A votre avis, demanda-t-elle, est-ce un *fantôme* qui a tué Regina Holloway ?

— Je n'étais pas là le jour où elle est morte, je vous l'ai dit, rappela Mama Matisse.

— Mais que pensez-vous de cette possibilité ? insista Jackson.

— Je sais que c'est ce que croient Renee et Trini. Quand Renee a vu l'apparition, Trini se trouvait dans la buanderie, dans le même couloir. Renee l'a appelée en hurlant. Trini est arrivée au pas de course et elle *pense*, elle aussi, avoir vu un homme qui s'est aussitôt volatilisé. Elle s'est signée et elles sont toutes les deux revenues dans la cuisine en implorant la protection de la Vierge, mais la cuisine était vide.

— Vous n'avez toujours pas répondu à notre question, remarqua Jackson avec un nouveau sourire.

— Ma conviction profonde, c'est que le mal existe, répondit-elle. Je ne fais que vous rapporter ce que m'ont dit ces deux femmes. C'était la fin de leur journée et, peu de temps après, elles ont été raccompagnées à la porte par Mme Holloway et elles sont parties. Comme elles avaient eu très peur, elles sont venues directement me voir.

— Elles n'avaient pas parlé du fantôme à leur employeuse ?

— Non. Apparemment, elle ne croyait pas aux fantômes. Elles n'ont pas eu envie de lui raconter l'histoire.

— L'alarme était-elle mise ?

— Oui. Elles l'avaient entendue la mettre. Mme Holloway se montrait toujours très prudente quand elle était seule. D'ailleurs…

Mama Matisse hésita un moment, puis enchaîna :

— Elle redoutait particulièrement la cave. Elle n'y descendait jamais sans être accompagnée et veillait à toujours bien verrouiller la porte.

Jackson jeta un coup d'œil à Angela, qui regardait la vieille dame.

— Savez-vous de quoi elle avait peur ? demanda-t-il à cette dernière.

— Non, je l'ignore. Regina disait simplement que les caves, comme les greniers, sont par nature des endroits étranges, évoquant des mausolées du passé, et que cela la mettait mal à l'aise.

Jackson médita un moment l'information puis reprit :

— Pourtant, elle devait avoir conscience que son mari avait forcément des ennemis, puisqu'il faisait de la politique.

— C'est vrai.

— Parlez-moi un peu du garde du corps, Blake Conroy.

Mama Matisse eut une moue méprisante.

— Il aurait mieux fait de protéger Mme Holloway, celui-là ! D'après les filles, il passait son temps à manger et laissait toujours la cuisine en désordre. Il mettait du désordre partout, d'ailleurs. C'est un grand type, costaud.

— Se montrait-il désagréable ? Impoli ?

— Il est très impoli d'être désordonné, non ?

Angela sourit et vit que Jackson, lui aussi, était amusé.

— Pourquoi M. Holloway a-t-il un garde du corps ? Parce qu'il fait de la politique ? demanda Jackson.

— Eh bien, il y a des gens — des groupes, même — qui ne l'aiment pas beaucoup, répondit Mama Matisse.

— Vous en connaissez ? Vous pourriez m'en dire quelque chose ? Nous avons beau adorer cette ville, vous en savez beaucoup plus long que nous, pour être franc.

— Le discours du sénateur Holloway, c'est qu'il est dommage que les gens se battent au lieu de chercher ensemble des solutions. Que dans un monde difficile comme celui-ci, il faut être capable de compromis, qu'il a confiance dans la Louisiane, confiance dans La Nouvelle-Orléans et dans les capacités de tous les citoyens à vivre ensemble. Et enfin, que cela suppose de ne pas reproduire les mêmes erreurs.

— Vous n'avez pas l'air convaincue par ces propos, souligna Jackson.

Angela lui jeta un regard étonné. Elle n'avait rien perçu de particulier dans le ton de la vieille dame.

— C'est un homme politique, voilà tout, répondit cette dernière en haussant les épaules.

— Alors, dites-moi. Qui peut lui en vouloir ? Qui sont ses ennemis ?

— D'abord, l'organisation appelée « les Aryens », répondit-elle.

— Ils sont donc représentés ici ?

— Les Aryens ne sont que de vulgaires bigots, voilà tout, jeta Jake Mallory d'un ton méprisant.

Il s'appuya contre le comptoir pour ajouter :

— C'est une émanation d'un groupe né au départ dans le Dakota du Nord. Ici, à La Nouvelle-Orléans, les gens les ignorent. Ils sont tellement extrémistes qu'ils feraient passer Archie Bunker pour un humaniste.

— Archie Bunker ? murmura Whitney.

— Tu ne regardes jamais la télévision ? demanda Jake d'un ton taquin. Archie Bunker est un personnage raciste et antipathique de la série *All in the family*, qui donne un précieux éclairage sur l'évolution des mentalités contemporaines.

— Nous ferons l'analyse des programmes télé une autre fois, lança plaisamment Jackson.

— Il est exact que les Aryens haïssent le sénateur Holloway, reprit Whitney, debout à côté de Jake. Ils mènent campagne contre les mariages interraciaux, par exemple. C'est absolument ridicule.

Avec un petit rire, elle ajouta :

— Pour eux, je suis l'exemple vivant de ce qu'il ne faut pas faire ! Ils sont convaincus que la race noire fait dégénérer l'Amérique et que toutes les femmes enceintes de métis devraient avorter.

— Charmant ! s'écria Angela d'un ton sec.

— Il y a aussi une autre organisation, l'Eglise du Christ ressuscité, dit Mama Matisse.

Whitney reprit la parole pour expliquer :

— C'est un mélange entre les baptistes, les catholiques et les presbytériens.

— Ce qui, coupa Jake en faisant la moue, est une insulte pour les uns comme pour les autres.

— Ils ne croient qu'à une chose, ajouta Whitney, l'austérité absolue. Ils se lèvent au coucher du soleil, se couchent avec les poules, ne dansent pas, ne boivent pas, n'ont pas de relations sexuelles avant le mariage… Ceux qui commettent l'adultère sont automatiquement exclus. Ils pensent aussi que les Haïtiens, lors du tremblement de terre, n'ont eu que ce qu'ils méritaient, comme d'ailleurs La Nouvelle-Orléans avec l'ouragan Katrina. Pour eux, ces catastrophes qui ont tué des milliers de gens n'étaient qu'un châtiment divin. Ils font campagne contre le sénateur Holloway parce qu'il est résolument pour les réformes sociales. Quand il a ouvert un lieu d'accueil pour les mères célibataires, ils ont été horrifiés.

— Ce n'est pas logique, dit Jackson en fronçant les sourcils. S'ils sont contre l'avortement, pourquoi ne viendraient-ils pas en aide aux mères célibataires ?

— Parce qu'elles ne devraient pas exister, tout simplement.

— Je vois…

— Bref, c'est pour toutes ces raisons que le sénateur a besoin d'un garde du corps, conclut Mama Matisse en hochant la tête d'un air grave. Je crois qu'il a discrètement enquêté sur ces organisations, pour voir de quoi elles seraient capables. Je n'en sais pas plus, tout ça est resté très confidentiel. Mais je sais qu'il craint qu'elles ne l'agressent physiquement.

— Vraiment ? Ils iraient jusqu'à l'assassinat ? demanda Jackson.

— Eh bien, il y a eu le cas d'un médecin de New York venu ici ouvrir une clinique de planning familial, expliqua Whitney. On le voyait souvent à la télévision. C'était un homme intelligent. Il affirmait qu'il valait mieux, pour une jeune fille enceinte et démunie, pouvoir avorter très vite et dans de bonnes conditions, plutôt qu'accoucher dans les toilettes et jeter le bébé aux ordures.

— Que lui est-il arrivé ? demanda Angela.

Whitney se tourna vers elle et fit une petite grimace triste.

— Il a été renversé par une voiture un jour où il sortait de sa clinique, dans le quartier des affaires. L'accident n'est pas lié à celui qui a coûté la vie du petit Holloway.

Angela comprit que Jackson avait tiré tout ce qu'il pouvait de Mama Matisse. Elle se pencha vers la vieille dame en déclarant :

— Encore tous nos remerciements d'être venue nous parler, madame. C'était vraiment très gentil à vous.

Mama Matisse se leva et jeta un coup d'œil à Whitney.

— Tu sais où me trouver… Si c'est nécessaire, vous pouvez revenir me voir.

Elle se tourna ensuite vers Jackson et le dévisagea un moment avant de laisser tomber :

— Vous êtes capable de trouver la vérité… si vous vous autorisez vous-même à le faire.

— Merci de votre confiance. Souhaitez-vous que l'on

vous reconduise quelque part ? demanda-t-il en se levant à son tour. C'est le moins que nous puissions faire.

— Je vous remercie, mais je vais marcher. Si je suis arrivée jusqu'à quatre-vingt-dix ans, c'est parce que je traverse le Quartier français à pied tous les jours. Merci encore de votre amabilité.

— Merci à vous, dit Jackson.

Surprise, Angela vit Mama Matisse tendre la main. Jackson la lui serra et ils échangèrent un long regard entendu, puis Mama Matisse sourit et ils se dirigèrent tous les deux vers l'entrée.

— Toute cette histoire est si tragique..., murmura Whitney.

— Oui, et c'est une bonne chose que ton arrière-grand-mère soit venue, répondit Angela. Car elle a raison : les femmes de chambre ne nous auraient sûrement rien dit.

— Mama Matisse est la seule à qui Renee se soit confiée, quand elle a cru voir un fantôme. Mama Matisse me l'a avoué ensuite, après la mort de Regina.

— Mais est-on sûr qu'il se soit agi d'un fantôme ? Est-ce que ça n'a pas pu être une illusion d'optique, une hallucination ? Ou même un intrus qui serait vraiment entré dans la maison ?

— On pourrait épiloguer à l'infini, fit remarquer Jake en secouant la tête. Surtout que maintenant, nous avons plutôt trop de suspects que pas assez.

— Oui, bien trop, acquiesça Angela. J'adore ton arrière-grand-mère, Whitney. Elle est fantastique. J'espère vraiment avoir l'occasion de la revoir.

— Elle est merveilleuse, n'est-ce pas ? A la fois profondément sage et très bonne. En même temps, c'est une fine mouche. Elle n'accorde pas facilement sa confiance.

Whitney se mit soudain à rire et ajouta en jetant un coup d'œil vers l'entrée :

— Elle a bien compris que notre patron est un incrédule, par exemple. Cela dit, je crois qu'elle voit aussi autre chose en lui. Quelque chose d'un peu caché, qui en fait quelqu'un de particulier…

Angela resta pensive. Jackson Crow, qui se montrait toujours très courtois et parfaitement indéchiffrable, avait-il vraiment quelque chose de particulier, hormis le fait qu'il ne la trouvait visiblement pas très sympathique ? En fait, oui, s'avoua-t-elle en faisant intérieurement une petite grimace. Mama Matisse avait raison. On sentait chez Jackson un côté profondément enfoui, qu'il s'interdisait de laisser voir, et bizarrement, elle mourait d'envie de savoir de quoi il s'agissait. Elle voulait mieux connaître l'homme qui se cachait derrière cette façade impassible. Pourquoi était-ce lui qu'on avait chargé de diriger leur équipe, par exemple ?

Pour son expérience, songea-t-elle, un peu sarcastique. Et ses compétences en psychologie comportementale.

Alors même qu'il ne voulait pas admettre qu'elle possédait un don particulier…

Elle se leva et déclara :

— Vous m'excuserez… je monte une minute.

— Veux-tu que quelqu'un t'accompagne ? proposa Jake.

— Non, pas pour l'instant, merci.

Elle monta l'escalier quatre à quatre et se dirigea vers la chambre qui avait été celle de Regina Holloway.

Là où la malheureuse s'était tenue juste avant de mourir.

Angela fit une pause, puis s'allongea sur le lit et ferma les yeux, comme l'avait sans doute fait la disparue avant la tragédie.

Elle se concentra sur le personnage de Regina, sur sa vie d'avant. Un cadre agréable, un mari aimant... un enfant.

Regina avait aimé sa maison. Elle n'en avait pas eu peur, même bouleversée de chagrin.

Angela imagina sa tristesse, sa douleur. Puis elle rouvrit les yeux...

Et, alors, elle vit deux enfants. Assis par terre un peu plus loin, en tailleur, ils jouaient aux osselets. Ils étaient adorables. La petite fille avait des tresses blondes et une robe de calicot qui lui tombait aux chevilles. Le petit garçon portait des culottes courtes, une chemise de coton écru, un gilet gris.

Angela resta parfaitement immobile en se demandant si elle rêvait ou si un mystérieux pouvoir du cerveau humain lui permettait de « voir » une scène du passé.

« Annabelle ! s'écria le petit garçon en se penchant pour rattraper l'osselet rouge qui avait roulé plus loin. Il faut les jeter juste devant toi, sinon ils s'écartent trop. Regarde, je vais te montrer. »

Il prit quatre osselets dans son poing et, d'un geste preste, ramassa le dernier. « Tu vois ? »

Annabelle hocha la tête et tendit la main à son tour, mais sa lèvre inférieure tremblait. « J'ai peur, Percy. J'ai si peur ! Je n'aime pas du tout cet endroit. »

« Il n'y a pas de raison d'avoir peur, Annabelle. Papa et maman sont là. M. Newton va nous aider. Il est très gentil. »

« Je veux rentrer à la maison ! »

« Nous n'avons plus de maison, Annabelle. »

« Mais papa a dit que nous allions partir d'ici ! »

« Oui, sauf si M. Newton lui trouve un travail. Et si papa gagne de nouveau de l'argent, nous pourrons racheter une maison et nous n'aurons pas à quitter nos amis. »

« Mais nos amis aussi sont presque tous partis, avec la guerre ! »

« La guerre est finie, Annabelle, dit le garçonnet d'un ton ferme, et nous avons perdu. Nous sommes bien obligés de repartir de zéro. »

Annabelle se mit à pleurer.

Percy la prit dans ses bras pour la consoler.

« Ne pleure pas, Annabelle. Tout va s'arranger. »

— Mais qu'est-ce que vous faites ?

La voix de Jackson Crow fit sursauter Angela. La vision s'évanouit et elle se redressa brusquement.

— Vous vous êtes endormie ? reprit Jackson, l'air intrigué.

— Non, répondit-elle en se mettant debout, je réfléchissais. Que se passe-t-il ?

— Nous allons déjeuner.

Elle faillit répondre qu'elle préférait rester sur place jusqu'à leur retour, mais il dut deviner, car il la devança en déclarant :

— Je tiens à ce que tout le monde vienne. Cela nous permettra de mieux nous connaître les uns les autres, de créer des liens, dans un autre cadre que cette maison.

Elle hocha la tête mais, quand il se détourna, elle s'immobilisa de nouveau, pensive.

Elle avait « vu » les enfants, dans cette pièce. A l'endroit même où Regina Holloway se trouvait avant de sortir sur le balcon… et de mourir.

— Angela ! insista Jackson en faisant volte-face.

— J'ai décidé de m'installer dans cette chambre, répondit-elle.

— Pas question !

— Si, j'y tiens. C'est très important.

— Je doute que ce soit une bonne idée, rétorqua-t-il. J'ai le plus grand respect pour vos compétences, mais je refuse que qui que ce soit dorme ici. Surtout pas vous.

Elle se planta devant lui, les mains sur les hanches.

— Je ne suis ni folle, ni déprimée, et je n'ai pas la moindre intention de sauter par-dessus le balcon. Il faut que je m'installe ici. Je crois que je pourrai sentir quelque chose.

— Cette pièce va devoir être examinée, jeta-t-il sèchement.

— Justement. Raison de plus !

Jackson la foudroya du regard.

— Si vous vous installez ici, je vais être obligé de déménager moi-même dans la chambre voisine, dit-il.

— Rien ne vous y oblige, répondit-elle en haussant les épaules. Adam Harrison m'a fait venir pour mon sixième sens. Il est logique que je me place dans les meilleures conditions possible.

— Angela, je ne vous laisserai certainement pas seule dans cette aile !

— N'oubliez pas que je suis flic.

— Peut-être, mais le patron de l'équipe, c'est moi.

— Vous êtes donc censé utiliser au mieux les compétences des uns et des autres, non ? Je ne prends aucun risque inutile, voyons ! Il y a des alarmes partout. Et si, comme vous y tenez, vous prenez la chambre voisine, et que par extraordinaire je courais le moindre danger, vous pourriez voler tout de suite à mon secours. Je ne suis pas une petite chose fragile, vous savez.

Il la dévisagea un moment, puis répliqua :

— Nous sommes tous vulnérables, même armés. Le meilleur tireur du monde n'est pas à l'abri de...

— J'en ai conscience.

Il se tut, rivant sur elle son regard d'un bleu glacier. Il allait sûrement refuser de nouveau, répéter que c'était lui qui commandait, que si cela ne lui plaisait pas, elle pouvait partir...

Mais il n'en fit rien.

Il poussa un profond soupir, l'air agacé.

— Bon. Nous nous installerons dans cette aile en rentrant de déjeuner.

Elle sourit.

— Tant mieux. Je serai ravie de vous avoir pour voisin.

— Quand vous obtenez gain de cause, votre sourire devient presque carnassier ! commenta-t-il avec une pointe d'humour.

— Je crois que j'ai eu raison d'insister.

— Maintenant, venez. Nous avons un programme chargé. Cet après-midi, le sénateur lui-même va venir ici et, avant son arrivée, je veux savoir ce que nos jeunes experts en vidéo comptent faire de leur équipement.

Angela passa devant lui pour sortir, le sourire aux lèvres.

En redescendant, ils virent que le grand salon était vide.

— Eh bien, les gamins sont partis avant nous, on dirait ! s'écria-t-il.

Angela se mit à rire.

— Les « gamins » ? Ils ne sont pas si jeunes que ça ! protesta-t-elle.

— A peine vingt ans passés !

— Et quel âge avez-vous donc, Mathusalem ?

— Trente-quatre ans.

Avec un sourire en coin, il précisa :

— Mais ce ne sont pas tant les années qui comptent que l'expérience… les heures de vol.

— Certes ! murmura-t-elle tandis qu'il remettait l'alarme et verrouillait derrière eux.

— Où allons-nous ? s'enquit-elle.

— Chez Maspero. Vous connaissez ?

— Oui.

Ils se mirent en marche, puis Angela demanda :

— Mama Matisse nous a vraiment fourni des informations précieuses, ce matin, non ?

— Absolument, même si je pense que Whitney aurait dû nous avertir de sa venue.

— Je suis certaine qu'elle allait le faire mais n'en a pas eu le temps, souligna Angela.

— Admettons.

— La police a sûrement interrogé les femmes de chambre, après le drame. A votre avis, ont-elles pu faire des déclarations dont ils ne nous auraient pas parlé ? Pour conforter l'hypothèse du suicide, par exemple ?

— Non, je ne crois vraiment pas. Si les flics ont conclu au suicide, c'est après avoir tout envisagé. Les domestiques, qu'ils ont effectivement interrogées, ont confirmé que l'alarme était branchée, que tout était sécurisé. Il n'y avait aucune trace de lutte sur le corps de Regina Holloway…

— Mais à votre avis, est-ce que l'un de ces groupes, de ces sectes, dont nous avons parlé peut être impliqué dans l'affaire ?

— C'est possible, sauf que Regina n'a ouvert la porte à personne. J'en suis convaincu.

— Et que pensez-vous du « fantôme » aperçu par Renee dans un couloir ?

— Elle a peut-être été victime d'une hallucination. Ou alors, quelqu'un s'était vraiment introduit dans la maison.

— Pourtant, Renee dit que l'apparition s'est littéralement volatilisée, objecta Angela.

— Alors, la façon dont l'intrus s'est éclipsé est un mystère. Que pensez-vous des théories sur la suggestion psychique ?

— Je pense qu'on peut réellement manipuler les esprits.

— Absolument, acquiesça-t-il, et bien plus qu'on n'imagine. Prenez l'exemple des voyantes. Lorsqu'elles prédisent quelque chose et que les gens y croient, cela se produit. Ce sont des prophéties autoréalisatrices.

— En d'autres termes, d'après vous, il suffit de croire qu'une maison est hantée pour y voir des fantômes ?

— C'est un peu ça.

— Et vous, vous ne croyez pas du tout aux phénomènes de hantise ?

— Pas exactement. Je pense que nous sommes tous « hantés » d'une manière ou d'une autre. A gauche, mademoiselle Hawkins, à gauche ! Vous marchez trop vite. Le restaurant est juste là.

Maspero, situé sur une place, était un endroit sympathique, bourré de touristes. On y mangeait bien, pour un prix raisonnable. Les « gamins » de l'équipe avaient déjà trouvé une table. Ils s'étaient assis côte à côte et Jackson et Angela prirent place en face.

Ils avaient commencé les hors-d'œuvre : il y avait des assiettes de crevettes, de langoustines, d'oignons grillés. Angela se rendit compte qu'elle mourait de faim et se mit à picorer. Ils passèrent ensuite commande des plats principaux et, quand on les eut servis, la conversation revint sur l'enquête.

— Quelle est la suite du programme ? demanda Jake.

— Cet après-midi, nous devrions avoir la visite du sénateur, répondit Jackson. En fin de journée, nous attendons l'arrivée de Jenna et de Will. L'équipe sera au complet.

— Quel sera leur rôle ? s'enquit Angela.

— Jenna, qui est irlandaise, est infirmière. Quant à Will, il est acteur et, surtout, illusionniste.

— Nous sommes vraiment tous très différents, remarqua Angela. Vous êtes profileur, je suis policière, Jake est musicien…

— Il est aussi ingénieur du son et redoutable en informatique, rappela Jackson.

— Ah ! murmura Angela.

— Et nous aurons donc aussi une infirmière et un illusionniste, fit remarquer Whitney, sans oublier que, moi, je suis experte en vidéos et en techniques de l'image, y compris pour distinguer les images trafiquées.

— Une infirmière, ce sera pratique si nous nous faisons une entorse en trébuchant dans les câbles, plaisanta Jake.

Jackson ne releva pas et Angela se demanda s'il n'avait pas eu des raisons plus sérieuses pour faire venir une infirmière. Elle le regarda, mais il se contenta de déclarer :

— Will est très réputé pour ses talents de prestidigitateur. On lui avait même demandé d'animer une émission de télévision sur le paranormal, mais il a refusé.

— C'est intéressant, soupira Whitney en les observant tour à tour, parce qu'il m'est arrivé d'être accusée d'avoir truqué un enregistrement. Je ne l'avais pas fait, bien sûr, et j'étais absolument furieuse. Cela dit, j'aurais mieux fait de laisser croire que c'était vrai et de m'en tirer par une pirouette. Car finalement, l'enregistrement a littéralement disparu, et j'ai dû démissionner juste avant d'être licenciée.

— Qu'y avait-il sur le film ? demanda Angela.

— Cela ressemblait au fantôme d'une femme en train de flotter. Nous avions tourné dans une ancienne plantation. Cela arrive souvent, et quand les documentaires doivent passer à la télévision, les producteurs ont l'habitude de faire jouer les scènes de fantômes par des acteurs. Seulement, le tournage de la scène n'avait même pas commencé, et cette image était déjà là... Je n'ai jamais compris comment on a pu penser que j'avais pu tourner ça sans actrice, sans lumière et sans montage, mais le fait est là. On m'a accusée.

— C'est vraiment étrange, fit remarquer Angela en se tournant vers Jackson.

— Il arrive qu'on voie des choses curieuses sur les images et qu'il y ait vraiment eu manipulation, répondit-il. Mais nous, nous aurons Will et Whitney, et surtout Jake, qui est un « hacker » de talent.

Il regarda Jake en souriant.

— Je n'ai jamais rien fait d'illégal. Je m'y connais un peu en informatique, c'est tout, protesta Jake.

Une fois le déjeuner terminé, Jackson proposa de rentrer à la demeure avec Angela, au cas où le sénateur arriverait en avance. Les deux autres furent chargés d'aller acheter des provisions.

Il indiqua à Jake et Whitney où se trouvait le supermarché de la rue Royal, puis se remit en route vers la rue Dauphine avec Angela.

Une fois de plus, la maison avait l'air aussi normale que n'importe quelle autre maison de la rue. Il tapa le code de l'alarme et ouvrit la porte.

— Vous êtes vraiment sûre de vouloir dormir dans la chambre de Regina Holloway ?

— Absolument, assura-t-elle.

— D'accord. Alors, nous allons y transporter vos bagages, et je prendrai la chambre voisine.

Ils se mirent à l'œuvre. Angela se rendit compte que la demeure était si vaste que même lorsqu'ils seraient au complet, après l'arrivée des deux derniers, ils pourraient ne jamais se croiser, sauf s'ils descendaient dans la cuisine au même moment.

Elle venait de poser sa valise dans sa chambre, et elle était sortie sur le balcon, quand elle vit le portail s'ouvrir et une berline noire s'avancer dans la cour.

Le chauffeur descendit de voiture. Il était grand, brun, bel homme. Il ouvrit la portière arrière avec un sourire qui creusa deux fossettes sur ses joues. Il devait s'agir de Grable Haines.

Un premier personnage s'extirpa du véhicule. C'était une véritable montagne de muscles au crâne rasé qui ne pouvait être que Blake Conroy, le garde du corps.

Un troisième homme apparut, mince, élégant, âgé d'environ trente-cinq ans. Il balaya les alentours du regard, l'air aux aguets. Sans doute Martin DuPre, l'assistant du sénateur.

Angela vit enfin sortir le sénateur, qu'elle reconnut pour l'avoir déjà vu en photo. Il était aussi grand que son chauffeur, solidement bâti, avec des cheveux poivre et sel et un visage rugueux, aux traits saillants, empreint de caractère. Son expression était tendue, grave, presque douloureuse. Angela l'observa, le cœur serré.

Il leva les yeux vers la façade et l'aperçut, plantée sur son balcon. Son regard se voila. Il crispa le poing et le porta à son cœur.

Elle se rendit compte qu'elle se tenait exactement à l'endroit d'où Regina Holloway était tombée.

Ou à l'endroit où on l'avait poussée.

Elle frémit, et son émotion dut se lire sur son visage car, à cet instant, le sénateur lui sourit et la salua d'un geste de la main.

Au rez-de-chaussée, Jackson sortit par la porte-fenêtre du salon pour accueillir les visiteurs. Angela quitta prestement le balcon et revint dans la chambre.

Elle s'immobilisa un instant, pour voir si elle éprouvait une quelconque sensation liée à la femme qui avait vécu à cet endroit avant de mourir.

Elle ne sentit rien et se dirigea vers la porte. Alors, à ce moment précis, elle eut l'impression qu'on la frôlait... qu'on lui caressait la joue. C'était si léger qu'elle aurait pu l'imaginer...

— Regina ? murmura-t-elle avec douceur.

Personne ne répondit. Elle se précipita vers l'escalier, curieuse de connaître enfin le sénateur. Et, aussi, les hommes qui l'accompagnaient.

Chapitre 6

— Je suis ravi de vous rencontrer, monsieur Crow. Je suis très reconnaissant à Adam Harrison d'avoir fait venir cette équipe.

Le sénateur devait avoir une quarantaine d'années, mais il en paraissait dix de plus. Ses tempes grisonnaient nettement. Il s'efforça de sourire, révélant une solide dentition. Sa poignée de main était ferme.

— Nous ferons de notre mieux, promit Jackson.

Ils se tournèrent vers Angela, qui venait d'apparaître sur le seuil et les rejoignait, un peu essoufflée.

— Mademoiselle Hawkins ? dit le sénateur en tendant la main.

— Oui, je suis Angela. Enchantée de faire votre connaissance, répondit-elle. Je tiens à vous présenter mes excuses. J'ai vu que vous m'aviez aperçue sur le balcon et…

— Ne vous inquiétez pas, répondit-il avec un sourire triste. L'espace d'un instant, j'ai cru voir un ange, mais je sais que vous êtes ici pour enquêter. Vous avez le droit d'aller partout.

— C'est vous qui avez découvert votre femme après le drame, monsieur Holloway, n'est-ce pas ? demanda Jackson.

L'interpellé le regarda bien en face.

— Vous le savez, non ? C'est dans le rapport de police.

— Je sais, mais je dois tout reprendre point par point avec vous. J'en suis désolé.

— Si nous rentrions ? proposa Angela.

Elle ajouta en dévisageant le sénateur :

— Regina avait un vrai talent de décoratrice. L'aménagement intérieur est magnifique.

— Oui, elle avait un goût très sûr, répondit-il en contemplant la façade pendant quelques instants, comme s'il hésitait à pénétrer dans la maison. J'aime particulièrement la cuisine.

— Eh bien, allons nous y installer, alors, suggéra Angela.

— Je vais faire les présentations, intervint Jackson en souriant aux compagnons du sénateur. J'espère ne pas me tromper… Je suis Jackson Crow, et voici Angela Hawkins. Vous, vous devez être Blake Conroy, le garde du corps, n'est-ce pas ?

Il s'était tourné vers le géant au crâne chauve. In petto, il se dit qu'un homme aussi massif n'avait pas dû pouvoir escalader le mur.

— Quant à vous, vous devez être Martin DuPre, poursuivit-il en serrant la main de l'interpellé. Je crains que nous ne fassions souvent appel à vous, Martin.

DuPre, dans son costume Armani bien coupé, semblait mince et très entraîné. Même en présence du garde du corps, il ne quittait pas le sénateur d'une semelle, comme pour ajouter une barrière de protection.

— Et voici enfin Grable Haines, conclut Jackson. C'est vous qui véhiculez tout le monde, je crois.

— Je vais où le sénateur me le demande, répondit Haines. Mon travail, c'est de lui simplifier la vie.

— Entrons donc bavarder quelques instants, reprit Jackson.

En fait, il aurait aimé séparer un moment les membres du groupe et, alors qu'ils franchissaient la porte-fenêtre, il suggéra :

— Seriez-vous d'accord pour faire un tour avec Angela et lui redire tout ce que vous avez constaté la nuit du drame, monsieur le sénateur ? suggéra-t-il.

Holloway serra les lèvres, mais il hocha la tête.

— Vous venez, monsieur ? dit doucement Angela.

Elle sentait l'homme plutôt bien disposé à son égard. Même si la visite n'apportait aucun indice nouveau, ils en tireraient au moins un éclairage sur les rapports entre le sénateur et ses proches employés, et parviendraient à mieux cerner la personnalité d'un homme épris de son épouse et totalement convaincu qu'elle n'avait pas pu se suicider.

Angela jeta un coup d'œil à Jackson, qui esquissa un sourire d'acquiescement. Finalement, même s'il ne l'aimait pas beaucoup et la prenait pour une cinglée, il lui faisait suffisamment confiance pour qu'elle interroge le sénateur.

Ils finissaient par faire équipe, tout compte fait.

— Par où êtes-vous entré, le jour du drame ? demanda-t-elle à Holloway. Par la rue ou par la cour ? Pardonnez-moi si je vous fais répéter certaines choses. Je sais que ce n'est pas facile pour vous.

— Exact, dit-il.

Jackson avait fait entrer l'assistant, le garde du corps et le chauffeur dans la cuisine. Angela elle-même était dans le grand salon avec le sénateur.

Il regarda autour de lui pendant un moment, le visage empreint de tristesse. En apercevant l'équipement vidéo et les caméras, il fronça brièvement les sourcils, puis reprit son examen de la pièce sans rien trahir d'autre, contemplant le mobilier couvert de draps et poussé contre les murs.

— Cette pièce aurait été magnifique, murmura-t-il.

— Cette demeure est toujours à vous, rappela-t-elle.

Il poussa un soupir.

— Oui… Quand nous l'avons achetée, elle était à l'abandon depuis des années, car les occupants successifs la disaient hantée. Mais nous ne croyions pas aux fantômes et nous l'avons eue pour un bon prix. Cela dit…

Il fixa sur Angela un regard grave.

— Vous avez trouvé un squelette dès le jour de votre arrivée, n'est-ce pas ? Je savais que je pouvais faire confiance à Adam Harrison.

— Les ossements que j'ai dénichés dans la cave n'ont rien à voir avec la mort de votre femme, vous savez, assura-t-elle. Il s'agit simplement de la première victime de Madden C. Newton. Newton était un redoutable criminel qui exploitait les malheurs des autres.

Pour revenir au présent, elle enchaîna :

— Donc, vous êtes entré côté rue, le jour du drame ? Vous n'étiez pas revenu avec votre chauffeur ?

— Non, effectivement. J'étais rentré à pied. Mon bureau se trouve dans le quartier des affaires, pas très loin. J'avais appelé Grable pour lui dire que je n'aurais pas besoin de lui ce jour-là. Je lui avais simplement demandé de garder son portable à portée de main.

Le chauffeur n'avait donc pas d'alibi à l'heure où Regina Holloway était morte.

— Je vois. Donc, vous êtes passé par l'entrée principale…

— Oui. J'ai tapé le code de l'alarme et utilisé mon propre trousseau de clés.

— L'alarme était donc mise ? Vous en êtes certain ?

Il opina.

— Oui. Il me semble bien… Oui, l'alarme y était. Je me rappelle avoir entendu le déclic.

— Et ensuite ?

— J'ai appelé Regina, mais elle ne m'a pas répondu, évidemment, dit-il d'un ton amer.

— Alors, vous êtes monté directement à l'étage…

— C'est cela.

— Refaisons votre trajet, voulez-vous ?

Le sénateur se dirigea vers l'escalier monumental. Elle le suivit. Sur le palier du premier étage, il prit à droite, dans l'aile perpendiculaire au bâtiment principal. Là, il s'immobilisa.

Angela était convaincue qu'il avait profondément aimé sa femme. Il restait immobile, le visage crispé de chagrin, l'air infiniment plus vieux que son âge.

— Ça va ? demanda-t-elle gentiment.

Il s'ébroua puis reprit sa marche.

— Oui, ça va. Je suis donc entré dans notre chambre. J'ai vu qu'elle avait dû s'allonger un moment sur le lit. Elle adorait cette pièce et s'y reposait quand elle s'accordait un peu de répit, car c'était une femme très active, qui ne s'arrêtait jamais. D'ailleurs, c'est la raison pour laquelle j'avais tenu à acheter la propriété. Je savais que cela lui donnerait un projet, l'occuperait…

— Qu'avez-vous fait en constatant qu'elle n'était pas là ? Etes-vous redescendu voir au rez-de-chaussée ? A la cuisine, peut-être, où elle aurait pu être en train de cuisiner ?

— Non, répondit-il en secouant la tête. J'ai vu que

la porte-fenêtre du balcon était ouverte. Il y avait un magnifique coucher de soleil et je me suis dit qu'elle avait pu vouloir profiter de la fraîcheur du soir. Je suis sorti sur le balcon, je l'ai appelée... puis j'ai baissé les yeux vers la cour.

Sa voix s'était brisée d'émotion. Il se couvrit le visage de ses mains. Angela lui posa doucement la main sur l'épaule et attendit en gardant le silence. La moindre parole, en cet instant, lui aurait paru déplacée.

Le sénateur resta ainsi un moment puis redressa la tête, le visage déformé par le chagrin.

— Elle avait les yeux ouverts, dit-il d'un ton haché. Grands ouverts... Elle gisait sur le dos, le cou tordu, avec du sang qui coulait... Mais son regard semblait fixé sur moi. A moins que...

— A moins que ? insista Angela.

— A moins qu'elle n'ait vu quelque chose, juste avant de mourir. Quelque chose de terrifiant, de si atroce qu'elle ne l'a pas supporté. Et je... je crains fort de savoir ce que c'était.

— Quoi donc ? demanda Angela, surprise.

— Un fantôme.

Troublée, Angela resta muette quelques instants, puis répondit :

— Vous venez de me dire que votre femme et vous-même ne croyiez pas aux fantômes, pourtant.

— Je n'y croyais pas... jusqu'à ce que nous venions vivre ici.

— Et donc, vous... vous pensez que votre femme a vu un spectre ?

Il exhala un profond soupir et fixa les yeux sur Angela.

— Il y avait ici des pièces où elle n'aimait pas entrer quand je n'étais pas là. Elle disait qu'elle s'y sentait mal à l'aise. Quant à moi, je sais simplement qu'une fois où j'étais dans la cuisine, j'ai eu l'impression que l'on m'observait. J'ai tourné la tête vers la porte de la cave et... j'ai vu quelque chose. Une sorte d'ombre gigantesque... Et puis, cela a disparu. Etait-ce un fantôme ? Je l'ignore. En tout cas, je me suis senti littéralement glacé et une sueur froide m'a coulé dans le dos. Je me suis trouvé ridicule d'avoir eu aussi peur, mais un peu plus tard, ce jour-là, Regina m'a demandé si je croyais aux fantômes. J'ai répondu que non, bien sûr, et elle non plus, lui ai-je rappelé. Seulement, quand elle est morte... J'ai repensé à cet épisode. Surtout lorsque les gens ont commencé à me regarder comme un monstre qui l'avait poussée au suicide. C'est parfaitement faux et je suis convaincu, maintenant, que ce sont des fantômes qui l'y ont conduite. Voilà pourquoi votre équipe doit enquêter, comprendre ce qui s'est réellement passé et en apporter la preuve. Pour moi.

Jackson, assis dans la cuisine, s'efforçait de paraître naturel et détendu tandis qu'il interrogeait les trois hommes qui tenaient en permanence compagnie au sénateur Holloway. Ils avaient échangé quelques propos sur l'équipe de football de La Nouvelle-Orléans, les Saints, et sur d'autres équipes sportives. Jackson apprit que Blake Conroy, le géant, avait été catcheur. Grable Haines avoua avoir fait de la prison quand il était jeune, pour de petits vols. Quant à Martin DuPre, il adorait la politique depuis toujours.

— La politique est indissociable du pouvoir, dit-il. On ne peut pas la laisser aux mains de n'importe qui. J'ai beaucoup de chance d'être au service du sénateur

Holloway. J'apprends énormément à son contact. C'est une véritable bénédiction.

— Tout le monde aime le sénateur Holloway, renchérit Blake en opinant du chef.

— Mais il a tout de même besoin d'un garde du corps ? demanda Jackson.

— Forcément ! répondit Conroy. C'est un homme politique et, surtout, ce n'est pas un tiède. Il ne revient pas sur ses convictions et si jamais il change d'avis, c'est qu'on lui a apporté un nouvel éclairage.

Tout en parlant, Conroy buvait un soda. La bouteille semblait minuscule dans ses mains énormes.

— En fait, la plupart des activistes religieux d'extrême-droite sont contre lui, fit remarquer DuPre.

— On m'en a cité quelques-uns, dit Jackson : les Aryens et l'Eglise du Christ ressuscité.

— Les Aryens sont des crétins, jeta Grable.

— Seulement, ils ont le droit de s'exprimer, c'est la loi. On ne peut rien faire contre eux, commenta DuPre.

— Oui, eh bien, heureusement qu'ils ne sont pas nombreux dans le coin ! riposta Blake en frappant du poing dans sa paume. Ce sont des néo-nazis de la pire espèce. Ils aimeraient bien euthanasier tous ceux qui ne sont pas de race blanche, mais comme c'est illégal, ils tuent avec des mots. Ils sont redoutables. Ils expliquent que si Dieu avait voulu que nous ne soyons qu'une seule race, il l'aurait fait, et que s'il y en a plusieurs, c'est qu'il y a une raison. Voilà leur genre d'arguments.

— Euh... il me semble bien me rappeler qu'il n'y avait qu'une seule race, au départ, pour le peu d'anthropologie qu'il me reste, répondit Jackson.

— Oui, en plus ! dit DuPre. Heureusement, le sénateur est inflexible. Quoi que ces...

Il s'interrompit, jeta un coup d'œil à Grable et reprit :

— Quoi que ces *crétins* puissent faire, il reste toujours calme, maître de lui, sans céder d'un pouce.

— Et avec l'Eglise du Christ ressuscité ? s'enquit Jackson.

— Alors eux, ils sont vraiment bizarres, répondit Grable. Ils ont des rites secrets, comme dans une loge maçonnique.

— Tu ne vas tout de même pas les comparer aux francs-maçons ! protesta Blake. Mon père était franc-maçon et son organisation construisait des hôpitaux pour les enfants. Ça n'a rien à voir.

— En tout cas, là, il faut être membre pour pouvoir assister aux cérémonies et ils ont même un évêque, un nommé Richard Gull, et un grand conseil qui compte cinq membres. A mon sens, ils devraient être interdits. J'ignore pourquoi on les laisse faire.

— Il y a de tout, dans ce pays, même une secte dans laquelle les gens adorent des *Martiens*, fit remarquer DuPre. Les gens sont libres de croire ce qu'ils veulent. L'Etat n'a pas à mettre son nez là-dedans.

— Il y a bien des lois pour protéger les animaux, mais ça n'empêche pas les adeptes de la Santeria de sacrifier des chèvres, riposta Blake.

— Comme les princesses vaudoues qui torturent des serpents ! ajouta Grable en frissonnant.

— Lequel te fait le plus pitié ? se moqua Blake. La princesse, ou le serpent ?

— Pour en revenir à nos moutons, pourriez-vous me parler un peu du jour où Regina Holloway est morte ? intervint Jackson.

Il les avait observés en train de bavarder, de manière détendue, comme des collègues qui n'avaient pas grand-chose en commun mais partageaient la même estime pour leur patron.

La question les rendit graves. Il y eut un silence, puis Grable lança :

— C'était une journée qui avait bien commencé. Comme j'avais du temps libre, j'étais allé jouer au casino et j'avais gagné. En fin de journée, j'ai été prévenu de la mort de Regina, par téléphone. Je suis revenu tout de suite, mais le coroner et les flics étaient déjà sur place, il y avait des barrières partout. Le sénateur était dans le salon de télévision, avec DuPre.

L'intéressé poussa un soupir.

— Il pleurait, il sanglotait... C'était affreux. Je l'avais emmené dans une autre pièce pour qu'il soit un peu tranquille.

— Pourquoi n'étiez-vous pas avec lui ? demanda Jackson à Blake. Excusez-moi, mais... vous êtes son garde du corps, non ?

Blake secoua la tête.

— Il m'avait dit qu'il travaillerait toute la journée dans son bureau et qu'il n'aurait pas besoin de moi.

— Alors, où avez-vous vous-même passé la journée, monsieur Conroy ?

— Chez moi. Comme je suis rarement en congé, j'en ai profité pour m'occuper un peu dans le jardin, mais dès que j'ai eu le coup de fil de DuPre, j'ai foncé ici, évidemment. Le sénateur était méconnaissable. Pendant les jours qui ont suivi, on avait l'impression qu'il ne savait plus ce qu'il faisait. J'ai passé mon temps à le surveiller et à le suivre partout. Un coup il voulait travailler, un coup il voulait bavarder, puis il voulait un café, puis il fallait aller lui chercher quelque chose à l'appartement... Je peux vous dire que je n'ai pas chômé.

— Et vous, monsieur DuPre ? demanda Jackson. Où étiez-vous, ce jour-là ?

— Moi ? Je n'ai pratiquement pas quitté le bureau de la journée. J'avais proposé au sénateur de le raccompagner ici, mais il n'avait pas voulu. Il m'avait dit qu'il n'aurait pas besoin d'aide et qu'il comptait passer une soirée tranquille avec Regina, déclara tristement DuPre.

Aucun des trois, sauf DuPre, n'avait donc d'alibi, songea Jackson. Blake Conroy, qui avait à peu près la corpulence d'un yéti, n'aurait sans doute pas pu escalader le mur. Cela semblait plus facile pour Haines et DuPre, tous deux minces et agiles.

Pour l'instant, en tout cas, il allait devoir vérifier leurs dires et leurs emplois du temps.

Il tourna la tête vers la porte : Angela était de retour avec le sénateur.

Ce dernier tendit sa carte de visite à Jackson.

— Vous avez là mon adresse, mon numéro au bureau et mon numéro de portable. J'ai pris un appartement rue Decatur, au-dessus de la rivière. J'aimerais autant que nos prochains entretiens se déroulent là-bas.

DuPre, Haines et Conroy, comprenant qu'il prenait congé, se levèrent.

— Merci d'être venu ici aujourd'hui, répondit Jackson. Je comprends que ce soit difficile pour vous.

— Merci du travail que vous faites, répondit Holloway d'un ton sincère. Je compte sur vous. Quand je saurai la vérité, je pourrai enfin laisser Regina reposer en paix.

Il se tut un moment, puis reprit :

— Et dire que je ne croyais pas aux fantômes… Oh ! je ne sais plus quoi penser… Peut-être ai-je laissé Regina trop souvent seule dans cette maison. Sans doute aurais-je dû passer plus de temps avec elle... Ce qui n'aurait peut-être rien changé, d'ailleurs. Car s'il y a bel et bien des revenants, cela a sans doute été au-delà de ce qu'elle pouvait supporter.

Jackson, surpris de cette déclaration, jeta un coup d'œil à Angela. Celle-ci battit des paupières et hocha imperceptiblement la tête.

— Vous pensez donc que des spectres hantent cette maison, monsieur le sénateur ? demanda-t-il.

— Le seul fait de votre présence tend à le confirmer, non ? riposta Holloway. Il n'a fallu qu'une soirée à Mlle Hawkins pour déterrer un squelette dans la cave. Si ma femme est tombée du balcon, c'est qu'elle a été poussée. Dieu seul sait par qui. Peut-être même par un *fantôme*.

— C'est parce que j'étais en train de lire un livre sur Madden C. Newton que j'ai compris qu'il y avait des ossements, monsieur, souligna Angela.

Il fronça les sourcils.

— De quand date cet ouvrage ?

— Oh ! il est ancien...

— Alors, pourquoi l'auteur n'a-t-il pas retrouvé lui-même ce squelette ? Parce qu'il n'avait pas de sixième sens, voilà pourquoi, souligna le sénateur avec emphase.

— En fait, l'auteur précise que Madden C. Newton vantait souvent sa cave à ses visiteurs et expliquait qu'il adorait la pénombre sous l'escalier, expliqua Angela. Voilà ce qui m'a donné l'idée d'aller y fouiller, tout simplement.

— Si ça se trouve, intervint Jackson d'un ton un peu sec, l'auteur n'a pas creusé lui-même pour la seule et bonne raison qu'il n'avait pas accès à la maison. Mais même s'il l'avait eu, il n'avait peut-être pas les capacités d'Angela à lire dans les pensées des victimes... et des tueurs eux-mêmes.

— Peut-être, admit le sénateur avec courtoisie. Quoi qu'il en soit, je vous laisse le soin d'enquêter. Bien entendu, ces messieurs sont à votre disposition.

Il serra la main de Jackson puis sortit de la cuisine pour regagner la cour, suivi du trio qui salua de la main en marmonnant des « au revoir ».

Jackson contourna le comptoir et sortit à son tour dans la cour. Angela lui emboîta le pas.

Il était désormais clair que le sénateur Holloway voulait que l'on désigne un meurtrier, réel ou fantomatique. Tout valait mieux que de conclure au suicide de son épouse. Dans la cour, Grable Haines ouvrit l'une des portières arrière de la voiture. DuPre s'enfila sur le siège, suivi du sénateur. L'énorme garde du corps prit place en dernier dans le véhicule, à l'avant.

Le portail s'ouvrit et la berline s'engagea silencieusement dans la rue.

— Il y a une hiérarchie entre les trois, commenta Jackson. Le plus proche du sénateur, c'est DuPre. Ensuite vient Conroy, et seulement après, Haines. DuPre est convaincu d'être le plus haut placé dans l'estime de son patron. Il sait qu'il a reçu une bonne éducation et c'est sans doute le seul qui soit promis à un bel avenir.

— Comment s'entendent-ils entre eux ? demanda Angela.

— Assez bien, apparemment.

Jackson se tourna vers la jeune femme.

— Qu'est-ce qui a pu pousser le sénateur à croire aux fantômes, tout d'un coup ? demanda-t-il.

— Je ne sais pas, cela m'a étonnée aussi, répondit-elle. Nous avons parlé de la mort de Regina. Il m'a dit qu'elle avait la nuque brisée et les yeux grands ouverts, comme si elle avait vu quelque chose qui l'avait terrorisée. Il m'a dit aussi qu'il avait aperçu une ombre dans la cuisine, un jour. Cela lui avait fait très peur, mais il n'a pas osé en parler à sa femme. Maintenant, il pense que ce sont des fantômes qui l'ont tuée, effectivement. Il m'a confié que beaucoup de gens lui en avaient voulu après le drame, qu'on l'avait accusé d'avoir poussé sa femme au suicide à cause de sa froideur. J'ai l'impression qu'il veut pouvoir blâmer quelqu'un d'autre et, de préférence, un esprit. Si nous parvenons à prouver que la maison est hantée, il se sentira vengé.

— Les esprits ne peuvent tuer personne, déclara Jackson d'un ton ferme.

— Et en plus, je ne vois vraiment pas comment nous pourrions prouver la hantise de manière scientifique. Peut-être le sénateur pense-t-il que si une équipe d'experts du paranormal *affirme* qu'il y a des fantômes sur place et qu'ils manipulent et terrorisent les gens, cela suffira.

— Il faut que j'examine les photos du bureau du procureur, répondit Jackson en revenant vers la cuisine.

Il ouvrit son ordinateur, qu'il avait laissé sur place depuis le petit déjeuner, s'assit et afficha plusieurs documents qu'il avait téléchargés.

Angela s'était mise debout derrière lui. En même temps qu'il voyait paraître à l'écran une lugubre scène macabre, il prit conscience du parfum de la jeune femme, subtil et envoûtant. Une mèche des cheveux dorés d'Angela lui effleurait l'épaule. Les yeux rivés sur l'ordinateur, elle ne s'en rendit pas compte.

Il avait déjà regardé les clichés à plusieurs reprises. Cette fois, il se concentra sur les yeux de Regina Holloway.

— Autrefois, les médecins légistes examinaient les pupilles des victimes, car on était convaincu que la dernière scène qu'elles avaient vue s'était imprimée sur la rétine, murmura-t-elle. En tout cas, il est certain qu'elle a l'air terrifié.

— Non seulement terrifié, mais en train de fixer quelque chose ou quelqu'un, fit-il remarquer.

Il fit défiler plusieurs photos puis se leva brusquement, manquant bousculer Angela au passage.

Il la rattrapa par le bras et s'excusa d'un grognement.

— Désolé ! Venez, remontons voir sa chambre.

La présence de la jeune femme l'empêchait de se concentrer. Une partie de son cerveau réfléchissait à la position du corps de Regina, mais l'autre s'attardait sur Angela, sur la douceur de sa peau, l'énergie vibrante qui émanait d'elle…

Il se secoua résolument. Ils allaient devoir travailler en équipe, il ne fallait pas l'oublier.

En outre, il soupçonnait fort qu'Angela était convaincue que des fantômes rôdaient autour d'eux et même, sans doute, lui adressaient la parole. Une conviction qu'il désapprouvait fortement.

Cela dit… peut-être y avait-il une petite part de vérité dans l'histoire. Est-ce que, par hasard, il refusait d'admettre qu'il pouvait se tromper ?

Non, bien sûr. La mort de Regina avait une explication parfaitement rationnelle, et il y avait un criminel en liberté.

Il prit le grand escalier, conscient d'avoir Angela sur les talons. Une fois dans la chambre de Regina, il sortit sur le balcon et se pencha par-dessus la rambarde en repensant à la position du corps.

— Elle n'est pas tombée tête la première, dit-il au bout d'un moment. Elle a basculé sur le dos.

Angela s'approcha, tourna le dos à la rambarde et s'appuya des deux mains.

— Elle était donc dans cette position, commenta-t-elle.

— Exactement. Il vous paraît possible de se suicider en se jetant ainsi *en arrière* ?

— Techniquement, ce n'est pas impossible…

— Mais c'est hautement improbable, vous êtes d'accord ?

— C'est vrai. Seulement, rappelez-vous le vieil adage de Sherlock Holmes : « Une fois éliminées toutes les impossibilités, l'hypothèse restant, aussi improbable qu'elle soit, doit être la bonne. »

— Conan Doyle croyait aux fantômes, rappela Jackson, et le sénateur Holloway paraît convaincu que nous sommes sur leur piste.

— Ce qui est vrai, non ? murmura Angela après quelques secondes de silence.

— Je viens d'une équipe de profileurs experts en sciences comportementales…

— Et moi, je suis un flic qui espère bien être promue au rang d'enquêteur, répondit-elle en riant. Apparemment, il y a des gens pour qui la chasse aux fantômes est une pratique tout à fait respectable, Jackson. Adam Harrison nous a réunis parce qu'il nous fait confiance. Il nous sait capables de prouver que les fantômes n'y sont pour rien mais, aussi, de lire ce qui s'est réellement produit dans le passé. Car qu'est-ce qu'un fantôme ? Pour certains, ce n'est qu'un souvenir. Pour d'autres, c'est une expérience du paranormal qui leur permet de surmonter un deuil, un traumatisme. Si nous ouvrons notre esprit à tous les possibles, en partant du principe que la science n'a pas encore exploré toutes les capacités du cerveau humain, nous pouvons accomplir notre mission sans nous soucier des aspects qui semblent vous embarrasser.

— Rien ne m'embarrasse ! protesta-t-il.

Il n'était pas totalement franc, s'en rendit compte et dissimula une petite grimace.

Oui, qu'étaient finalement les fantômes ? Des souvenirs ?

Il était bien obligé d'admettre qu'il avait déjà vu des spectres — ne fût-ce que dans les mécanismes subtils de son cerveau — et que ces apparitions lui avaient permis de sauver deux vies humaines.

Angela, qui fixait maintenant sur lui son regard clair, avait raison. Enfant, il avait été sauvé par un fantôme... ou par le souvenir d'un fantôme, car il avait vu le portrait de l'apparition, un guerrier médiéval.

Aujourd'hui encore, il lui arrivait souvent de repenser à l'épisode. Jeune garçon, en Ecosse, il était parti faire du cheval avec des amis. Il s'était mis à galoper et avait fait une chute. Il se revoyait, gisant au milieu de la forêt tandis que ses compagnons s'éloignaient, persuadés qu'il était devant eux. Alors, un homme était venu à son secours. Il l'avait soulevé, emmené, déposé sur le pas de sa porte. Plus tard, en déambulant dans la demeure de ses ancêtres, du côté de sa mère, il s'était arrêté devant un tableau. Il avait déjà vu ce portrait auparavant mais, maintenant, il savait qui c'était : c'était l'homme qui l'avait sauvé... ou, en tout cas, quelqu'un qui lui ressemblait beaucoup. Il préférait croire à une ressemblance étonnante, évidemment. Mais il n'arrivait pas à être totalement sûr.

Il aurait probablement dû suivre les conseils d'Angela :

réfléchir, se concentrer, éliminer une à une les différentes possibilités.

Tout à coup, elle éclata de rire.

— Vous avez déjà vu un fantôme, avouez-le ! s'écria-t-elle.

— Et vous, vous en avez vu plusieurs, répliqua-t-il.

Elle souriait toujours.

— Oh ! je ne sais pas au juste ce que j'ai vu... Je crois que l'univers nous réserve bien des surprises. Disons que... oui, j'ai eu des pressentiments, comme un parent quand son enfant est en danger.

Il la dévisagea, vaguement jaloux de la voir aussi à l'aise avec ses convictions, si confiante. Elle ne faisait pas d'esbroufe sur ses dons de double vue. Elle les acceptait avec simplicité.

Jackson sourit brusquement.

— Eh bien, nous verrons comment les choses tournent, au fur et à mesure. Nous ne faisons que démarrer, après tout. Je soupçonne Adam d'avoir eu envie de tenter cette expérimentation depuis très longtemps.

Angela sourit plus largement, comme si elle acceptait un nouveau degré d'intimité entre eux. Comme si, peut-être, elle finissait par l'apprécier.

— Oui, et je suis ravie de faire partie de l'équipe, déclara-t-elle. C'est un bon groupe, avec des gens sympathiques.

— Où sont passés les gamins, d'ailleurs ? Il y a longtemps qu'ils auraient dû être rentrés des courses !

— Ils ne devraient pas tarder, répondit Angela en fronçant les sourcils.

Il se rendit compte qu'elle avait toujours le dos appuyé à la rambarde du balcon et se penchait légèrement vers l'arrière. Il eut une vision d'un corps en train de tomber et comprit qu'une simple poussée aurait suffi à la précipiter dans la cour, exactement comme Regina.

Il ne put s'empêcher de tendre le bras pour l'éloigner du bord en la rapprochant de lui.

— Désolé, murmura-t-il.

— Je ne risquais pas de basculer, je vous rassure ! répondit-elle en le regardant dans les yeux.

Cependant, elle n'était pas contrariée et n'avait eu aucun geste de recul. Pendant un moment, il sentit ses sens bouillonner, et une sorte de pulsion primitive l'enflammer tout entier. Elle portait vraiment bien son prénom, tant elle avait l'air angélique, avec son élégance et sa chevelure dorée.

Il avait envie d'être proche d'elle, de la protéger. Y compris contre elle-même, si nécessaire.

Non seulement elle ne semblait pas gênée d'être contre lui, mais elle paraissait même amusée.

— Je sais prendre mes précautions, vous savez, lui dit-elle d'un ton taquin.

— Même les plus entraînés peuvent commettre une erreur. Je l'ai vu de mes propres yeux, y compris dans mon entourage, répondit-il d'un ton plus crispé qu'il n'aurait souhaité.

Elle lui effleura la joue du bout des doigts, dans un geste amical, gentiment familier.

— Je sais, murmura-t-elle. Excusez-moi.

Il lui prit la main, tenté d'en dire plus, conscient de vivre un précieux moment d'intimité. Ils ne se connaissaient que depuis vingt-quatre heures et pourtant, sans doute à cause du contexte dramatique où ils se trouvaient, il avait l'impression que leur relation était beaucoup plus ancienne.

A moins que l'explication ne soit pas le contexte,

mais cette attirance magnétique qu'il éprouvait à son égard... et qu'il aurait éprouvée de toute façon, même en d'autres circonstances.

Il ne pouvait détacher ses yeux des siens. Il voulait en savoir plus sur elle.

— Etes-vous... totalement sincère ? demanda-t-il à voix basse.

— Que voulez-vous dire ?

— Je sais ce que vous avez fait dans la police, j'ai le détail de votre carrière... Mais avant ? Que s'est-il réellement passé, dans cet accident d'avion ?

Elle le dévisagea fixement. Il crut un instant qu'elle allait éluder, faire une réponse banale, mais après un moment d'hésitation, elle murmura :

— Vous pensez déjà que je suis folle...

— Je sais de quoi le cerveau humain est capable. Nos visions, si illusoires soient-elles, peuvent nous paraître bien réelles... Sérieusement, Angela, dites-moi. Que vous est-il arrivé exactement ?

Elle prit une profonde inspiration et détourna les yeux. Il comprit qu'elle était résolue à se confier, même s'il s'agissait de souvenirs douloureux.

— Eh bien... durant le vol, il y avait une tempête, mais l'hôtesse nous répétait qu'il ne s'agissait que de turbulences, comme un bateau affrontant les vagues. Pourtant, alors que j'avais seulement douze ans, j'ai compris qu'elle se trompait et que nous allions vivre l'enfer. A un moment, elle est passée devant nous, blanche comme un linge, en se signant. L'avion s'est mis à tanguer dans tous les sens, puis il s'est retourné. Alors, j'ai su que c'était vraiment grave. Je me suis jetée dans les bras de ma mère, qui était assise à côté de moi. Elle m'a serrée contre elle pour me protéger...

Les autres passagers ont commencé à hurler. Souvent, j'entends encore leurs cris résonner dans ma tête...

— Je comprends, murmura Jackson.

— Certains parlaient dans leur portable, pour dire adieu à leurs proches. D'autres gémissaient en continu... Tout est allé très vite. Les pilotes ont sûrement fait de leur mieux, mais j'ai su plus tard qu'ils avaient tenté en vain d'atterrir au milieu d'un véritable cyclone. L'avion s'est fracassé en touchant le sol, projetant des bagages dans tous les sens. Je me suis retrouvée la tête en bas. Des flammes ont commencé à jaillir du fuselage. J'ai réussi à défaire ma ceinture de sécurité. Je criais, j'appelais mon père et ma mère, tout en rampant pour sortir de la carlingue...

Elle s'interrompit. Jackson insista dans un chuchotement :

— Et alors ?

— Alors ? Je ne sais pas s'il s'agissait d'une hallucination, mais... j'ai soudain vu tous les passagers, baignés d'une lueur dorée, se lever et marcher vers la source de lumière. J'ai voulu me lever aussi pour les suivre. J'ai aperçu ma mère, j'ai crié son nom, mais elle était déjà loin, suivant mon père... Il la regardait avec une expression d'immense tristesse qui, pourtant, exprimait aussi beaucoup d'amour et d'espoir. Je leur ai hurlé de m'attendre, mais ils ne m'entendaient pas... Tout à coup, un homme vêtu de blanc s'est penché sur moi. Il m'a caressé doucement les cheveux en murmurant : « Non, petite, laisse-les aller... Toi, tu dois rester. Tout ira bien. Regarde cette lumière merveilleuse et sache, au fond de toi-même, qu'elle te protège. » Il m'a touché le visage et j'ai fermé les yeux. Quand je les ai rouverts, des sirènes retentissaient partout. J'avais atrocement mal et je me suis évanouie de nouveau. J'ai passé des semaines à l'hôpital. Heureusement, mon frère Eamon était là. Il n'avait pas pris l'avion avec nous. Il avait trois ans de plus que moi et passait l'été en colonie, pour faire du foot.

— Donc, vous avez survécu... et vous pensez avoir vu vos parents marcher vers la « lumière », ou le paradis, tandis qu'un ange de bonté vous affirmait que vous deviez rester ici-bas ?

— Oui, c'est à peu près ça, dit-elle avec un haussement d'épaules. Vous devez me croire plus folle que jamais, mais dans un sens cela s'explique, non ?

— En tout cas, vous vous en êtes sortie.

— Oui. Mes fractures se sont consolidées, mes brûlures ont guéri, et par bonheur, je n'ai gardé aucune cicatrice.

— Ensuite, donc, vous êtes entrée dans la police et y avez résolu beaucoup d'affaires. Est-ce lié à ce drame ?

— En fait, non, répondit-elle avec un sourire triste. Je suis tombée amoureuse d'un homme qui est mort d'un cancer. Cela m'a convaincue que je devais mettre toutes mes compétences au service des autres. Ce n'est pas que je sois particulièrement altruiste ou philanthrope, mais ça m'a semblé la seule chose à faire.

— Je vous vois tout de même comme quelqu'un d'altruiste, murmura-t-il.

Il se rendit compte, en prononçant ces mots, qu'il commençait à l'apprécier beaucoup.

Vraiment beaucoup, même, en dépit de son irritation, en dépit de la première vision qu'il avait eue d'elle... une pioche à la main.

Maintenant, ils partageaient un moment d'intimité qui n'était pas seulement d'ordre physique. Cela allait plus loin, comme la rencontre de deux âmes, même si le mot lui semblait un peu ridicule.

— Et vous ? demanda-t-elle doucement. Nous n'avons pas eu accès à votre dossier, vous savez !

Il fut dispensé de répondre car, au même instant, on sonna à la porte et des cris joyeux retentirent du rez-de-chaussée, flottant jusqu'au balcon où ils se trouvaient.

— Venez nous aider, nous sommes chargés ! lança Whitney.

La sonnette tinta de nouveau.

Jackson recula d'un pas.

— J'ai l'impression que les gamins sont de retour, mon poussin, dit-il doucement.

Chapitre 7

Durant l'heure qui suivit, ils rangèrent toutes les provisions, puis Whitney et Jake défirent leurs bagages. Angela s'installa dans l'ancienne chambre de Regina et disposa ses vêtements dans les tiroirs et les penderies. De temps à autre, elle faisait une pause pour voir si elle sentait de nouveau la présence des enfants, tout en se demandant si leur apparition pourrait aider l'équipe dans son enquête. Cependant, elle n'éprouva aucune sensation particulière. La chambre, par ailleurs magnifique, restait une chambre comme une autre. Angela avait laissé la porte-fenêtre ouverte pour profiter de la brise. On était encore au printemps et le temps n'était pas lourd et humide, comme il le deviendrait en été.

Elle ne cessait de s'interroger sur Jackson Crow. Elle le trouvait beaucoup plus humain qu'au début, et s'étonnait encore de lui avoir parlé de l'accident d'avion et de cet homme vêtu de blanc qui lui avait dit que son heure n'était pas encore venue d'aller vers la « lumière ».

Un léger coup frappé à la porte interrompit le cours de ses pensées.

Jackson s'appuyait nonchalamment contre l'embrasure. La vision parut familière à Angela, alors qu'ils se connaissaient depuis si peu de temps. Finalement, songea-t-elle, il devait forcément croire — au moins un peu — à la vie après la mort, sans quoi Adam ne lui aurait pas confié cette mission. Sans doute aussi avait-il été très affecté par la disparition de certains de ses collègues.

Elle repensa à l'équipe actuelle. Ils étaient tous très différents, et les « gamins » étaient si jeunes qu'elle faisait presque fonction de « senior », mais ils étaient aussi tous complémentaires. Adam avait visiblement choisi avec le plus grand soin les personnalités et les talents.

— Vous êtes occupée ? demanda Jackson.

Elle montra les tiroirs du menton.

— Non, j'ai presque fini.

— Si jamais vous sentez qu'il y a un squelette dans un coin, prévenez-moi, que je me mette à l'abri.

— J'ai laissé la pioche à la cave, répliqua-t-elle sur le même ton que lui, avec un léger sourire. Vous n'avez rien à craindre.

Il s'avança dans la pièce.

— Pas de pressentiment sur des fantômes qui seraient assis sur votre lit, non plus ?

— Pas le moindre, assura-t-elle.

Il se laissa tomber sur le matelas.

— Alors, que pensez-vous du sénateur ?

— Eh bien, vous l'avez entendu comme moi, n'est-ce pas ? Il tenait beaucoup à avoir des chasseurs de fantômes.

— Je sais, mais qu'avez-vous pensé de son état d'esprit ? De ses émotions ?

— La mort de sa femme l'a profondément bouleversé, surtout que c'est lui qui l'a trouvée. Et vous, de votre côté, quelle impression tirez-vous des collaborateurs ?

— Ils peuvent tous être suspects. Le jour du drame,

ils étaient tous ici, en ville. Le sénateur Holloway travaillait. Blake Conroy affirme qu'il était dans son jardin. Quant à Grable Haines, il jouait au casino.

— Et Martin DuPre ?

— Il était dans les bureaux, mais je ne sais pas s'il a beaucoup croisé le sénateur. Le quartier des affaires n'est pas très loin d'ici. Vingt minutes à une demi-heure à pied, en marchant vite. Beaucoup moins en taxi, s'il n'y a pas d'embouteillage. DuPre a peut-être une voiture personnelle, d'ailleurs. Je ne les ai pas encore vus séparément.

— Quelle est la suite du programme ? s'enquit Angela.

— Aujourd'hui ? Il va bientôt faire nuit. Nous allons simplement installer les caméras et commencer à faire des essais, voir si nous avons des surprises à l'écran.

— Vous croyez que c'est possible ?

— Je n'élimine aucune hypothèse, répondit Jackson en haussant les épaules.

— Jamais ?

— Jamais !

Il jeta un coup d'œil à sa montre et reprit :

— Presque 19 heures… La journée a été longue. Je vais descendre prendre une bière. A propos, Jake Mallory adore les sushis et prétend les préparer divinement. Cela vous convient ? Il y a aussi des nouilles chinoises et des soupes.

— Je mange de tout, assura-t-elle. Tant qu'il ne s'agit pas de cervelle de singe…

Il se leva en riant.

— Vous venez ?

Le soleil se couchait. Angela avait envie d'accompagner Jackson, et aurait bien bu une bière aussi, mais c'était presque l'heure où Regina Holloway était morte. Si jamais il devait y avoir des manifestations dans la pièce, c'était le moment idéal, l'occasion ou jamais d'ouvrir son esprit aux appels du passé, qu'il s'agisse d'apparitions fantomatiques ou des mystérieux mécanismes de son propre cerveau.

Evidemment, se rappela-t-elle, Jake lui-même avait affirmé avec force qu'il connaissait des gens ayant *vu* des revenants.

Peut-être étaient-ils fous de penser ainsi. Peut-être...

— Je vous rejoins dans quelques minutes, dit-elle.

— Je vous garde une bière au frais.

Curieusement, quand Jackson fut sorti, la pièce parut soudain très vide, dépourvue de vie. Angela s'efforça de chasser cette impression. Elle ne le connaissait que depuis vingt-quatre heures ! Et puis, la veille, n'avait-il pas paru sans arrêt sur la défensive ? Peut-être l'avait-il fait exprès, cela dit, pour affirmer son autorité sur l'équipe. Maintenant, elle avait l'impression de l'avoir un peu plus percé à jour, de discerner la vulnérabilité qu'il cachait derrière une façade imperturbable. Il avait beau savoir qu'il n'était pour rien dans la mort de ses anciens équipiers, il ne pouvait s'empêcher de se sentir coupable.

Peut-être aussi s'étonnait-il des collaborateurs qu'on lui avait attribués. Des « gamins », un peu atypiques, sans rien des experts aguerris auxquels on aurait pu s'attendre dans une enquête sur des crimes en série.

Elle s'allongea sur le lit, ferma les yeux et tenta de se concentrer sur la vision qu'elle avait eue des enfants en train de jouer aux osselets. Il était horrible d'imaginer de quelle façon ils étaient morts, et incroyable de songer que Madden C. Newton avait réussi à commettre ses forfaits sans que personne ne l'entende. Sans doute avait-il torturé ses victimes dans la cave, mais elle avait l'intuition que les enfants avaient succombé ici, dans cette pièce. Elle pensa au petit Percy, le courageux garçonnet qui essayait de rassurer sa petite sœur…

Elle avait le cœur serré d'imaginer leur frayeur quand Newton, l'homme censé aider leur père, avait surgi avec une hache.

En dépit des décennies écoulées, elle se surprit à prier pour que les enfants n'aient pas trop souffert, pour que leur supplice n'ait pas duré trop longtemps. Cela dit… Percy avait-il été témoin du meurtre de sa sœur ? Ou bien avait-il été le premier à mourir ?

La chambre, maintenant, baignait dans l'obscurité. Angela n'avait pas ouvert les yeux mais elle devinait la pénombre, tout comme elle sentait la brise légère qui s'engouffrait par la fenêtre ouverte en soulevant les rideaux.

Elle releva lentement les paupières.

Le petit garçon était là. Il l'observait, l'air mélancolique.

Elle resta immobile, n'osant même pas cligner des yeux. Il avait un visage grave, l'expression étrange d'un vieillard ayant longtemps vécu.

« Soyez prudente… Je vous en prie, soyez prudente », dit-il.

Etait-ce un rêve ?

— Percy ? chuchota-t-elle.

Alors, comme chassée par un souffle de vent, l'apparition s'évanouit.

Angela attendit, pétrifiée, et se rendit compte qu'elle avait peur. Car ce n'était pas un rêve : il avait surgi parce qu'elle pensait à lui. C'était tout ce qu'il y avait de plus réel.

Evidemment, les scientifiques auraient arguë du pouvoir étonnant de l'imagination...

Partagée entre la frayeur et l'espoir, le cœur battant, elle ferma de nouveau les yeux et les rouvrit, mais il n'y avait plus personne. La pièce était vide.

Elle s'assit sur son séant. Les lumières du couloir et de la cour jetaient une lueur mouvante dans la pénombre. La porte de la chambre était entrouverte, comme celle de la salle de bains et, pendant un court instant, comme un enfant qui a peur du noir, Angela craignit qu'un monstre ne sorte d'un placard pour se jeter sur elle.

Elle maîtrisa résolument ses craintes et patienta. Oui, il régnait dans cette maison un esprit maléfique, une force mauvaise, plus ou moins tangible, mais tout ce que l'esprit humain pouvait renfermer de malfaisant n'avait rien à voir avec l'apparition de cet enfant. Elle voulait le voir de nouveau, certaine qu'il s'agissait bien de Percy.

A cet instant, elle entendit des rires jaillir dans la cuisine et quelqu'un gratter les cordes d'une guitare.

C'était Jake, expert en informatique mais aussi musicien.

Jackson lisait un article consacré à la découverte du squelette, assis sur un tabouret près du passe-plat qui ouvrait sur la cour. Il s'étonnait de se sentir aussi à l'aise. L'atmosphère était conviviale : Jake jouait de son instrument tout en lançant des consignes culinaires à Whitney. Le dîner serait succulent, assurait-il.

C'était un bon guitariste. Il avait apporté une guitare sèche et chantonnait d'une façon comiquement braillarde, ce qui faisait tellement pouffer Whitney qu'elle était obligée de s'interrompre régulièrement. Jackson devait s'avouer que même lui avait envie d'éclater de rire. Il se réjouissait que l'équipe s'entende aussi bien. Puis Whitney fit mine de se rebeller et cria à Jake qu'elle avait épluché les légumes, rissolé son fichu riz et qu'il était temps qu'il se remette à l'ouvrage.

Avec un soupir, Jake posa sa guitare et prit le relais en remerciant Whitney de sa préparation. Jackson se replongea dans son article.

L'auteur livrait brièvement les faits, mais aussi, naturellement, suggérait que la maison était de nouveau hantée et évoquait la mort tragique de Regina Holloway. Jackson se réjouit de trouver sous sa plume une citation d'Andy Devereaux :

> *Les enquêteurs qui ont découvert les ossements vont se plonger dans l'histoire de la maison et vérifier qu'elle ne contient aucune autre mauvaise surprise avant que le sénateur Holloway ne la remette en vente. En effet, étant donné son histoire sulfureuse, rien n'exclut que ses placards ne recèlent — au sens littéral — bien d'autres squelettes.*

Dieu merci, il n'était nulle part fait mention d'une équipe spécialisée dans la chasse aux fantômes.

— Jackson ?

Il releva la tête. Whitney, le sourire aux lèvres, lui tendait une bouchée piquée sur une fourchette. Il sourit à son tour en se rappelant ce qu'avait dit Angela et dit à voix haute :

— Ce n'est pas de la cervelle de singe, au moins ?

Whitney pouffa et Jake, penché sur ses fourneaux, éclata de rire.

— Non, rassurez-vous, lança-t-il. Tant que j'aurai la direction des opérations, il n'y en aura pas, je vous garantis !

— C'est du saumon avec des crevettes, de l'avocat et un peu de crème, expliqua Whitney.

Jackson croqua la bouchée.

— Délicieux ! commenta-t-il. Je vois que nous avons hérité d'un vrai cordon-bleu.

— Maître-queux, s'il vous plaît ! protesta plaisamment Jake.

— Eh bien, ce ne sera pas toi tous les jours, en tout cas, riposta Whitney. Tu es bien trop directif !

— C'est normal, non ? Tu es l'assistante, tu obéis aux ordres…

— Finalement, d'accord, dit Whitney. J'accepte qu'on me donne quelques ordres si je n'ai pas à préparer les repas tous les jours.

Elle prit la place de Jake devant les casseroles et, tout en tournant sa cuiller de bois, ajouta :

— Cela dit, je suis la reine du jambalaya !

— Le jambalaya ? Mais c'est délicieux ! s'écria Angela en entrant dans la cuisine. Quelle bonne odeur ! Est-ce que nous mangeons ici, ou dans la salle à manger ? Plutôt dans la salle à manger, comme dans le grand monde, non ? A moins que ce ne soit réservé aux jours où nous aurons des invités ?

— Je suggère plutôt la cour, lança Jake, qui se mit à chantonner : « La salle à manger, c'est pour les invités, mon frère, c'est pour les invités, pour ceux qui sont ronds en rentrant de la rue Bourbooon ! »

Whitney eut un gémissement consterné.

— Arrête, je viens d'inventer une super-chanson ! protesta Jake.

Il exagérait un tantinet, évidemment, mais son talent musical était indéniable. Jackson se dit qu'il devait passer des heures à méditer tout en grattant son instrument. Cela devait l'aider à réfléchir.

— Entendu, mettons-nous dans la cour, dit Whitney.

Tout le monde se mit à transporter les assiettes, les plats et les lampes. En un instant, tout fut prêt. Certes, ils avaient conscience de s'installer précisément à l'endroit où Regina Holloway était tombée, mais après tout ils étaient là pour enquêter sur sa mort, et c'était une manière de lui rendre hommage.

— En fait, déclara Whitney en leur faisant passer les sushis, je suis sûre que Regina Holloway croyait aux esprits, d'une façon ou d'une autre.

— Qu'est-ce qui vous fait dire ça ? demanda Jackson. Votre arrière-grand-mère affirme qu'elle ne croyait pas aux fantômes. De quels « esprits » parlez-vous ?

— Eh bien, même si Regina est allée consulter mon arrière-grand-mère à plusieurs reprises, je pense qu'elle se livrait aussi à certaines pratiques de son côté. J'ai trouvé des bougies rouges, dans un placard. On les utilise dans un certain type de contre-sort assez courant, et Mama Matisse ne m'a jamais dit que Regina lui avait acheté des bougies rouges. Je me demande bien comment elle s'en servait.

— Bonne question ! s'exclama Angela.

— Je passerai voir mon arrière-grand-mère, demain, pour lui demander si elle sait quoi que ce soit.

— C'est une bonne idée, dit Jackson. Mama Matisse est une véritable mine, Whitney. Angela, je pense qu'il vaudrait la peine que vous alliez vous aussi à la boutique. Si ça se trouve, Mama Matisse vous dira des choses auxquelles nous n'avons pas pensé et qui pourront s'avérer très importantes.

— J'aimerais effectivement t'accompagner, Whitney, si cela ne t'ennuie pas, répondit Angela. Surtout que je n'y connais pas grand-chose en vaudou !

— Le vaudou n'est sûrement pas ce que tu crois.

— Je n'ai aucune idée préconçue, je t'assure ! s'exclama Angela en riant.

— Tant mieux. Je dis ça parce que la plupart des gens n'y voient que des histoires de magie noire et de zombies, alors qu'il s'agit d'une religion très sérieuse. Ceux qui la pratiquent réellement seraient incapables de faire le mal. C'est un peu comme dans les cultes Wicca, où on sait que si on commet des méfaits, ils se retournent contre vous. Prends les contre-sorts, par exemple. Je ne sais pas si nous nous sommes suffisamment expliquées. On ne peut pas souhaiter que quelqu'un qu'on n'aime pas disparaisse, par exemple — qu'il passe sous un train ou tombe d'une falaise, ce genre de chose... Donc, si on a un voisin désagréable, il faut lui souhaiter de trouver un nouvel emploi mieux payé, qui l'amènera à déménager. Ou alors, qu'il décide d'aller vivre chez sa sœur, à Cleveland, où il sera bien plus heureux...

Angela prit le flacon de sauce au soja tout en répondant :

— En l'occurrence, le problème de Regina n'était pas de se débarrasser de ses voisins, mais de chasser des fantômes.

— Exact ! Dans ce cas, elle devait prier pour qu'ils retrouvent la paix de l'âme et, ainsi, quittent sa maison. Evidemment, je ne nie pas que le vaudou connaisse des dérives, admit Whitney. Comme toutes les religions. A

Haïti, par exemple, le fait de créer des zombies est puni de prison. Or, beaucoup de gens le font. Cela repose surtout sur la manipulation, bien sûr, et sur l'utilisation de drogues, comme la toxine du poisson-globe.

— Mais cette religion est pratiquée par soixante millions de personnes dans le monde ! lança Jake en versant de la sauce sur ses sushis.

Il leva la tête pour enchaîner :

— En fait, ces pratiques sont apparues au XVIIIe siècle, quand les Européens sont allés chercher des esclaves dans un royaume qui s'appelait le Dahomey et correspondait au territoire actuellement constitué par le Nigeria, le Togo et le Bénin. Le mot « vaudou » ou « vodu », en langue fon, signifie « esprit », « divinité ».

La tirade de Jake fut récompensée par un haussement de sourcils et un petit sourire moqueur de Whitney, puis elle agita négligemment la main.

— Jake est né ici. C'est normal qu'il sache tout cela.

— Dis donc ! protesta-t-il. On a le droit de s'instruire, tout de même !

— Je précise, dit Whitney à Angela, que le vaudou vénère une divinité suprême, appelée « Bon Dieu », et une ribambelle d'autres dieux nommés « Ion » et qui sont inspirés des saints de l'Eglise catholique.

— C'est le cinéma qui a transformé les prêtres et prêtresses vaudous en monstres, renchérit Jake.

— Je suis vraiment curieuse de découvrir la boutique de ton arrière-grand-mère ! s'écria Angela.

— Tu verras. C'est très clair, très lumineux... digne de la prêtresse qu'elle est, répondit Whitney.

— Mais vous avez été élevée dans la religion catholique, n'est-ce pas ? souligna Jackson.

— Oui. Mes grands-parents paternels étaient

irlandais. Le père de ma mère était brésilien et le reste de sa famille est originaire d'Haïti, même s'ils sont installés à La Nouvelle-Orléans depuis des générations.

— Joli mélange, fit remarquer Jake, appréciateur.

— Revenons au programme, intervint Jackson. Demain, Whitney et Angela se rendront donc chez Mama Matisse. Je demanderai à Will et à Jenna de rester surveiller la maison. Sinon, vous vous en chargerez, Jake. Dites-moi, Whitney, j'imagine que même si vous n'êtes pas rentrée quand Will sera là, il sera capable de comprendre le maniement de vos équipements, non ?

— Ah, ça dépend ! répondit Whitney d'un ton taquin.

— Il est diplômé de cinéma de l'université de Los Angeles, que je sache.

— Alors, il n'aura pas de problème !

— Jake, vous viendrez avec moi. Vos connaissances sur la ville et le milieu politique local peuvent m'être utiles.

— Super. Où irons-nous ?

— Voir le sénateur à ses bureaux. Je veux me faire une idée précise des locaux. Je voudrais savoir exactement où ils se trouvaient, lui et son assistant, Martin DuPre, le jour de la mort de Regina Holloway. J'aimerais aussi voir séparément le chauffeur, le garde du corps et DuPre, pour les faire parler les uns des autres.

— Une petite séance de ragots, en somme ?

— Exactement.

— Parfait. J'adore les ragots !

Whitney intervint pour demander à Jackson :

— Vous pensez vraiment que quelqu'un est impliqué dans la mort de Regina ?

— J'en mettrais ma main au feu.

— Mais alors, vous ne croyez pas aux fantômes, ou

à tous les phénomènes paranormaux qui ne trouvent pas d'explication rationnelle ? insista-t-elle, perplexe.

— Je refuse de trancher. Je n'exclus pas qu'il puisse se produire des choses allant *au-delà* de ce que nous trouvons normal, mais en l'occurrence, qu'il s'agisse d'intuition ou de mon expérience sur les méfaits dont l'homme est capable, je suis absolument convaincu qu'un être bien réel est intervenu.

Il se tourna vers Jake et enchaîna :

— Quand nous en aurons fini avec le sénateur, nous irons essayer d'en savoir plus sur les Aryens et l'Eglise du Christ ressuscité.

— Je vois mal comment les Aryens auraient pu pousser Regina par-dessus son propre balcon, remarqua Angela. Elle ne leur aurait certainement pas ouvert.

— Sauf s'ils étaient venus armés, répliqua Jake. En général, quand on vous braque un fusil dans l'estomac, vous ouvrez la porte.

— Je suis sûre qu'ils ne seraient pas entrés. D'après tout ce que j'entends, Regina Holloway était une femme intelligente, objecta Whitney.

— C'est pour ça qu'à mon avis, elle a été victime d'un de ses proches, souligna Jackson. Quelqu'un qui connaissait ses habitudes, en qui elle avait confiance... Ce qui ne nous empêche pas d'enquêter sur les ennemis politiques du sénateur. J'ai hâte de voir ce qu'il y aura sur vos écrans, Whitney !

— Peut-être rien d'autre que Jake, en plein accès de somnambulisme, plaisanta Whitney.

— Pourquoi ? Tu aimerais savoir si je dors avec ou sans pyjama ? lança Jake sur le même ton.

— Dieu m'en garde ! s'exclama-t-elle en riant.

Angela se leva et se mit à rassembler les assiettes en déclarant :

— En tout cas, il est certain que Regina n'a pas été tuée par les fantômes de cette maison.

Il y eut un silence, puis Whitney demanda :

— Pourquoi ? Tu ne crois pas que cette maison soit hantée ?

— Je n'ai pas dit ça. Si les revenants symbolisent des souffrances passées, ils sont certainement très nombreux, au contraire. Ce que je veux dire, c'est qu'à mon avis, les « fantômes » qui sont ici n'auraient fait aucun mal à Regina. Ils auraient plutôt tenté de lui venir en aide.

Angela rentra dans la cuisine.

— Finissons de débarrasser, murmura Whitney.

— Nous allons le faire. Va plutôt finir ton installation, dit Jake. Moi aussi, j'aimerais voir si nous filmons quelque chose pendant la nuit.

Whitney obéit et les trois autres enlevèrent les reliefs du repas, sans dire un mot. Puis Angela envoya Jake aider Whitney tandis qu'elle se chargeait des derniers rangements avec Jackson. Quand ils eurent terminé, ils rejoignirent les deux jeunes gens dans le grand salon.

— Nous n'avons pas assez de caméras pour équiper tous les recoins de la maison, évidemment, dit Whitney. Nous avons donc sélectionné certains endroits, et nous nous relaierons dans la soirée pour surveiller les écrans. Ensuite, quand tout le monde sera parti se coucher — je crois que nous avons intérêt à prendre des forces pour demain —, je mettrai en mode enregistrement. Nous avons donc placé une caméra ici, trois autres dans les couloirs qui mènent aux chambres, ce qui fait quatre, et une cinquième dans le corridor du rez-de-chaussée qui mène à la salle de télévision. Il reste une dernière caméra que nous pensions installer dans la cave.

— Ça me paraît parfait, dit Jackson.

Au même instant, on frappa dans le hall. Les trois autres se figèrent.

— Ah ! Je crois que voilà un autre membre de l'équipe, dit Jackson en souriant.

Avant d'ouvrir, il se pencha pour regarder par l'œilleton. Un agent digne de ce nom ne prenait pas le risque de se retrouver face à un visiteur armé.

Surpris, il constata que Will Chan et Jenna Duffy étaient arrivés ensemble, alors que Jenna venait de Boston et Will, de Miami.

— Bonjour ! dit le jeune homme quand Jackson eut ouvert. Je suis Will Chan, et voici…

— Jenna Duffy, j'imagine ! compléta Jackson en leur serrant la main à tous deux. Entrez. Nous étions justement en train d'installer les caméras pour la nuit.

— Nous arrivons au bon moment, alors ! lança Jenna avec une légère trace d'accent irlandais.

Aucun de ces jeunes gens n'était timide, songea Jackson, amusé. Will et Jenna avaient fait connaissance à l'aéroport, quand Will avait entendu Jenna donner l'adresse de la rue Dauphine à un taxi. Maintenant, le petit groupe s'était rapidement présenté et semblait très à l'aise. Tout le monde se proposa pour aider les nouveaux venus à monter leurs bagages, et Angela remarqua que Will était venu avec des magnétophones et des micros.

— Montrons-leur d'abord leurs chambres, suggéra Jackson.

— Il en reste deux très agréables dans l'aile gauche du premier étage, dit Whitney. Jake et moi sommes juste à côté. Nous avons profité de celles que Jackson et Angela ont libérées.

— Alors, nous serons côte à côte. C'est mieux, non ? dit Will à Jenna.

— Tout à fait d'accord, répondit-elle en souriant. Je dois dire que dans cette maison, j'aime autant avoir quelqu'un pas trop loin !

Jenna était l'archétype de la jeune Irlandaise, avec ses yeux d'un vert intense et sa chevelure auburn coupée à la Jeanne d'Arc, encadrant joliment son visage ovale. Will Chan, lui, était grand, plus trapu que Jake Mallory. Il venait de Trinidad, où Indiens, Chinois et Anglais s'étaient harmonieusement mêlés, et constituait une vivante illustration de ce mélange, avec ses cheveux noirs et lisses coupés court, ses yeux noirs en amande et des traits classiques qui évoquaient de lointaines origines grecques.

— Allons, montez les bagages et rejoignez-nous ici, dit Jackson.

Angela, se retrouvant sans valise à porter, resta en bas avec lui. Brusquement, elle se tourna pour lui faire face et lança :

— Vous savez que vous me mettez mal à l'aise ?

— Ce n'est vraiment pas mon intention, même si…

— Même si ?

— Eh bien, vous me faites penser au personnage d'Eleanor, dans *La maison hantée*, de Shirley Jackson. Eleanor a eu une vie difficile et elle se laisse littéralement envahir par les légendes qui entourent sa demeure.

— Quel coup bas, vraiment bas ! s'écria Angela. Comment osez-vous me comparer à elle ? Oui, j'ai perdu des proches, mais je les aimais beaucoup, et j'aime mon métier de flic. Cela n'a rien à voir !

— Désolé. Je voulais simplement dire qu'on peut facilement être influencé par...

— En outre, vous n'êtes qu'un menteur, monsieur Crow ! coupa-t-elle en lui agitant l'index sous le nez.

— Moi ? Quand donc ai-je menti ? protesta-t-il, stupéfait.

— On peut mentir par omission. Or, vous ne nous avez rien dit de votre passé, alors que nous nous doutons bien que vous n'avez pas été choisi par hasard. Nous ne sommes pas idiots !

— Peut-être m'a-t-on confié cette mission justement parce que je suis un sceptique, riposta-t-il. Vous avez tous tendance à... enfin, vous êtes tous très enclins à croire aux fantômes. Moi, je suis plus du genre saint Thomas. J'ai besoin de preuves. Montrez-moi un fantôme et je vous croirai.

Angela arqua un sourcil.

— Un jour, vous me direz la vérité, je vous le prédis ! jeta-t-elle.

Jackson pivota en entendant des pas dans l'escalier.

— Voilà, nous sommes prêts ! lança Whitney.

Jackson s'approcha des écrans que Whitney avait disposés dans le grand salon. Sur l'un d'eux, il vit leur petit groupe en train de déambuler, tandis qu'un autre montrait un couloir vide, et un autre encore le palier de l'étage, vide également. Pendant que Whitney préparait un câble de raccordement interminable, pour la caméra de la cave, Jake remonta l'escalier en quelques bonds, tout en déclarant :

— Regardez l'écran ! Je vais vous faire signe.

Will se plaça devant la rangée de récepteurs.

— C'est bon ! cria-t-il. Whitney, fais-moi signe aussi pour me dire que tout va bien, quand tu seras dans la cave, et nous aurons fini.

— Evidemment que tout ira bien ! répliqua Whitney.

— Je vais t'aider à descendre la caméra, lui proposa Angela.

La perspective de revoir la cave semblait l'inquiéter, songea Jackson. Ce qui était naturel, vu qu'elle y avait déterré un squelette.

— Non, répondit-il à voix haute, restez, j'y vais. Cette caméra m'a l'air très lourde. Surveillez les écrans.

— Bon, entendu, répondit-elle avec lenteur en le dévisageant.

Will et Jenna restèrent avec elle.

Jackson souleva la caméra et se dirigea vers la cuisine, suivi de Whitney qui posait le câble au fur et à mesure, le plus près possible du mur afin d'éviter que quelqu'un ne s'y prenne les pieds.

Une fois dans la cuisine, ils descendirent à la cave. Jackson alluma l'ampoule, Whitney fit son installation et ils saluèrent de la main, devant l'objectif.

— Ça va, là-haut ? Nous sommes dans le champ ? demanda Whitney.

Jackson la regarda, surpris de l'entendre parler aux autres. Elle pouffa et expliqua :

— Il y a un micro… juste ici, au-dessus du tripode qui soutient la caméra.

— Parfait ! murmura-t-il.

— Vous êtes superbes ! entendit-il Will déclarer.

— Tout marche ! renchérit Angela. Les couloirs, le corridor, le grand salon, et maintenant la cave.

— Très bien, nous remontons ! dit Jackson.

Il regagna le salon avec Whitney. Tout le monde fixa

un moment les écrans, sur lesquels rien de particulier ne se produisait.

— Je vais rester regarder encore un moment, dit Will.

— Quand vous serez fatigué, venez me chercher. Je vous remplacerai pour quelques heures, répondit Jackson.

— Très bien.

— Je peux prendre le relais à 4 heures du matin, indiqua Jenna. J'ai l'habitude, c'est l'heure à laquelle je me levais quand j'étais infirmière !

— Super ! Comme ça, il y aura une garde toute la nuit, dit Will.

— Je croyais que nous pouvions enregistrer pendant que tout le monde dort ? fit remarquer Jackson.

— On peut, il y a assez de mémoire, répondit Whitney, mais si quelqu'un reste éveillé, c'est encore mieux.

— Bon. En tout cas, si vous tombez de sommeil, n'hésitez pas à enregistrer.

— Je vais me coucher. Appelez-moi si nécessaire, intervint Angela.

— C'est promis, dit Whitney, mais Will et moi sommes venus pour filmer, après tout, alors… Bref, tout ça va s'organiser au fur et à mesure, n'est-ce pas ?

Elle s'était tournée vers Jackson, l'air interrogateur.

— Absolument, assura-t-il en souriant. Tout s'ajustera en temps utile.

Il s'étonnait de découvrir à quel point il trouvait toute son équipe sympathique, alors même que Will et Jenna venaient juste d'arriver. C'était drôle, d'ailleurs, parce que même s'il avait tout juste trente-quatre ans, et Angela à peine trente, ils se sentaient les « vieux » dans ce groupe de jeunes gens. Les « gamins », comme ils les avaient surnommés, faisaient d'ailleurs preuve d'un grand sens de la hiérarchie.

— Bon travail, les enfants ! dit-il à voix haute. Je crois comprendre qu'on nous envoie au lit, Angela !

— Cela me va très bien, répondit-elle en riant.

Il lui tendit la main. Elle la prit et il ajouta :

— Eh bien, nous vous laissons prendre les choses en main, jeunes gens. Est-ce que tout le monde a pensé à verrouiller la porte-fenêtre de sa chambre ?

Les autres hochèrent la tête à l'unisson.

— Parfait. Je vais mettre l'alarme et vérifier également ma porte-fenêtre. A demain matin.

On échangea des bonsoirs, puis Jackson et Angela montèrent l'escalier, tournèrent dans le couloir et s'arrêtèrent devant leurs chambres respectives. Jackson fit une pause puis demanda :

— Vous êtes sûre de vouloir dormir là ?

— Certaine. C'est important.

— Alors, d'accord, « chef », plaisanta-t-il. Bonne nuit.

Leurs chambres se jouxtaient : s'il y avait le moindre bruit suspect, il l'entendrait. Pourtant, il n'aimait pas l'idée de la savoir dans la chambre de Regina.

— Tout ira bien, assura-t-elle. Bonne nuit à vous.

— Vérifiez bien votre porte-fenêtre.

— C'est promis.

— Et surtout, n'hésitez pas à m'appeler si nécessaire.

— Je n'hésiterai pas.

Elle l'embrassa sur la joue. Le geste, doux et spontané, le surprit.

— Merci pour tout, ajouta-t-elle à voix basse.

Elle entra dans sa chambre, sans fermer à clé la porte qui donnait sur le couloir.

Jackson entra dans sa propre chambre et prit sur sa

table de nuit la télécommande qui commandait toute l'alarme de la maison. Il l'actionna, puis ouvrit le tiroir pour vérifier que son Glock 22 était toujours là.

C'était le cas. En un sens, ce n'était pas une surprise, car ils n'avaient pris aucun risque, mais quand on travaillait pour le sénateur Holloway, un homme dont on ne pouvait prendre les menaces dont il faisait l'objet à la légère, mieux valait se montrer prudent.

Il se mit au lit, le cerveau en ébullition, et s'efforça de chasser les pensées qui l'assaillaient pour pouvoir s'endormir.

Une fois allongée, Angela se rendit compte qu'elle n'éprouvait aucune sensation particulière. Elle se sentit déçue.

Elle sombra rapidement dans le sommeil et se mit à rêver.

Les enfants lui apparaissaient. Ils étaient au pied de son lit et Percy s'efforçait de consoler la petite Annabelle, qui pleurait.

A cet instant, *l'homme* entra dans la chambre.

C'était Madden C. Newton.

Il avait une quarantaine d'années et n'était pas très grand. Ses cheveux légèrement ondulés grisonnaient et de longs favoris encadraient son visage. Il n'était ni beau, ni laid, avec des pupilles très pâles.

— Mes enfants ! lança-t-il en souriant.

Les deux petits se serraient l'un contre l'autre.

— Monsieur ? dit Percy en reculant d'un pas.

— Quel enfant bien élevé ! s'écria Newton, feignant le ravissement. Bien élevé et sûrement très attentionné, n'est-ce pas ? Dis-moi, mon garçon, si ta sœur était en danger, tu ferais tout pour la protéger ?

Troublé, redoutant ce qu'il pressentait, le garçonnet balbutia :

— Je serais prêt à mourir pour elle, monsieur !

— Eh bien, tu vas mourir ! rétorqua Newton.

— Pourquoi, monsieur ?

A cet instant, Madden C. Newton exhiba la hache qu'il cachait derrière son dos et la plaça sous le nez des enfants. La lame luisait sous la lueur de la lampe à kérosène qui éclairait la pièce.

La petite Annabelle comprit la première que l'homme comptait vraiment utiliser son arme contre eux.

— Non, cria-t-elle, hystérique, non ! Papa ! Maman !

Newton éclata de rire.

— Ah, c'est que papa et maman ne sont pas disponibles, pour l'instant !

Il rit de nouveau, amusé de sa plaisanterie.

— Annabelle, fuis ! lança Percy en poussant sa petite sœur vers la porte.

Hélas, Newton bloquait le passage. A l'instant où Annabelle tentait de le contourner, il abattit violemment son arme et trancha la gorge de la fillette. Percy poussa un hurlement.

Madden C. Newton fit un pas en avant.

Percy se mit à courir dans tous les sens pour lui échapper, mais ce fut en vain. Madden C. Newton leva de nouveau sa hache et frappa de toutes ses forces. Percy s'effondra dans un jet de sang et mourut, les yeux grands ouverts.

— Ah, que c'est bon ! s'écria Newton, pantelant.

Il se mit à genoux et entreprit de lécher le sang qui coulait sur le plancher.

Angela s'éveilla en sursaut. Une douce clarté lunaire baignait la chambre, plongée dans la pénombre, car elle n'avait pas tiré les rideaux. Pendant un moment, elle crut voir Madden C. Newton, serrant l'enfant qu'il venait d'assassiner. Alors, malgré ses nerfs d'acier, malgré tout son entraînement, malgré le Smith & Wesson .22 à portée de main dans la table de nuit, elle se mit à crier.

Son hurlement suraigu, prolongé, déchira la nuit.

Chapitre 8

Jackson Crow n'avait jamais bondi aussi vite hors de son lit.

En un éclair, il se retrouva dans la chambre d'Angela. Il ne semblait rien se passer d'anormal, sauf qu'Angela, pliée en deux sur son lit, ouvrait des yeux terrifiés, comme si elle venait de voir surgir une armée de monstres.

— Angela ? dit-il doucement.

Elle ne répondit pas.

Il vint s'asseoir sur le bord du lit. Elle n'eut même pas l'air de le voir. Il glissa un bras sur ses épaules : elle était glacée.

— Angela ! répéta-t-il en chuchotant.

Elle battit enfin des paupières et tourna la tête vers lui.

Elle le reconnut enfin, reprit conscience, eut un léger sourire et rougit si violemment qu'il la vit changer de couleur en dépit de l'obscurité.

— Oh ! balbutia-t-elle. Je...

— Oui ?

— Est-ce que je... vous ai réveillé ?

— A vrai dire, oui, ce cri était assez glaçant !

— Je suis vraiment désolée.

Elle tremblait. Il mourait d'envie de la serrer contre lui, de la rassurer, mais il était obligé de garder les distances qui incombaient à un chef d'équipe. C'était difficile. Il sentait sous sa paume la chaleur de sa peau, douce comme le satin. Elle fixait sur lui un regard confiant et ses cheveux blonds luisaient sous un rayon de lune comme l'image même de la tentation. Il aurait été si facile de l'étreindre, de caresser ce corps sensuel qu'il devinait sous son vêtement ! Elle avait choisi en effet une chaste chemise de nuit en coton pour dormir dans une maison occupée par un groupe, et pourtant, il se dit qu'aucune tenue n'aurait pu la rendre plus attirante.

— Ne vous excusez pas, murmura-t-il.

Elle se pencha vers lui. Il portait un pantalon de pyjama en flanelle et était torse nu. Si jamais elle s'appuyait complètement contre lui, il n'était plus sûr de pouvoir contrôler ses réactions physiques les plus élémentaires.

— Quelle idiote je fais ! s'écria-t-elle, furieuse contre elle-même. J'ai déjà eu des cauchemars, comme tout le monde, mais je n'ai jamais hurlé comme ça !

Elle laissait manifestement monter sa contrariété pour tenter de calmer le tremblement qui la secouait encore.

— Que s'est-il passé ? demanda-t-il.

— Un simple cauchemar, justement.

Avant qu'il ait pu l'interroger de nouveau, ils entendirent une cavalcade dans le couloir. Jake entra le premier, suivi de Will, de Jenna et de Whitney.

— Qu'est-ce qui s'est passé ? s'écria Jake.

— Mon Dieu, vous êtes tous là ! Je suis vraiment confuse ! s'exclama Angela.

Jackson se félicita secrètement de l'arrivée des autres. Il s'écarta légèrement. Son envie irrépressible de prendre la jeune femme dans ses bras pour aller plus loin qu'un simple réconfort s'atténua sans disparaître, mais au moins, il la contrôlait.

— Angela a fait un cauchemar, répondit-il.

— Ah bon ? demanda Will, intrigué.

— Je suis désolée. Je n'avais jamais crié ainsi, répéta Angela.

— Voyons, Angela, tu n'as pas besoin de t'excuser, dit Whitney à son tour, en venant s'asseoir de l'autre côté du lit. Une fois, dans un bed-and-breakfast, en Angleterre, j'ai rêvé que les néons qui clignotaient dans la rue étaient les lumières d'un vaisseau d'extraterrestre, en train d'atterrir. J'ai tellement hurlé que mon petit ami a failli être arrêté pour agression ! Toute la maison m'avait entendue. Je ne vous raconte pas comment on nous a regardés au petit déjeuner !

— Ce n'est rien de grave, alors ? insista Jake, visiblement soucieux pour Angela.

— Ce n'est rien du tout. Je suis consternée de vous avoir réveillés, assura-t-elle.

— Je ne dormais pas, dit Whitney.

— Moi si, déclara Jenna en souriant, mais je suis habituée à être éveillée à n'importe quelle heure par des urgences. Je vais me rendormir tout de suite. Toi aussi, j'espère. Veux-tu que je vienne te tenir compagnie ?

— Non, merci, répondit Angela en secouant la tête. Je suis morte de honte, mais à part ça, tout va bien.

— Alors, bonsoir. Je regagne mon lit ! lança Will en bâillant. Surtout, si tu as un problème de nouveau, n'hésite pas à nous appeler !

— Absolument. Peut-être pas cette nuit, ironisa gentiment Jake, mais n'importe quelle autre, quand tu veux.

— Tu ne préfères pas que je reste, tu es sûre ? insista Jenna.

— Certaine. Allez tous dormir, je vous en prie. Tout ira bien. A demain matin, et encore merci ! dit Angela.

Les quatre autres s'égrenèrent dans le couloir. Jackson entendit Jenna et Will souhaiter bonne nuit à Whitney et à Jake au passage. Il ne savait pas s'ils s'étaient chuchoté autre chose.

Angela tourna les yeux vers Jackson. Ils se touchaient presque... Pas tout à fait.

— Alors, de quoi avez-vous rêvé exactement ? demanda-t-il.

Elle détourna le regard.

— Oh ! vous savez comment sont les cauchemars... On pense tout se rappeler en s'éveillant, et puis ça s'évanouit aussitôt.

— Pas un cauchemar qui fait pousser de tels cris... Je pense vraiment que vous ne devriez pas dormir dans cette pièce.

— Je reste, répondit-elle, têtue. Il y a ici une sorte d'aura, quelque chose que je devrais pouvoir sentir... C'est trop important.

Jackson croisa les bras en s'adossant au mur.

— Vous vous rappelez ce que je vous ai dit tout à l'heure ? Je ne sais pas si vous avez lu le roman de Shirley Jackson, ou vu le film, mais Eleanor devient folle et finit par se suicider pour pouvoir rester dans la maison, dit-il d'un ton sec.

— Arrêtez de me comparer à elle ! s'emporta Angela. Je suis flic, je suis quelqu'un de parfaitement sensé et je ne risque absolument pas de perdre la tête, même si j'ai parfois l'impression que vous me trouvez cinglée !

Jackson éclata de rire.

— Je ne crois pas que vous soyez cinglée, enfin, pas plus que le commun des mortels. Si je fais allusion à ce film, c'est que l'idée de départ y est d'enquêter sur le paranormal. Alors, si jamais des fantômes s'amusent à vous jouer de vilains tours, même s'ils n'existent que dans vos cauchemars... cela peut mettre en danger votre santé mentale.

— Ne croyez pas ça. Je sais me défendre, même si, je l'admets, j'ai fait un affreux cauchemar. J'ai *besoin* d'être dans cette chambre.

— Je vous suggère de dormir ailleurs au moins pour cette nuit. Nous avons une grosse journée, demain, et vous avez besoin de repos.

— Je n'ai vraiment pas envie de déménager maintenant...

— Prenez ma chambre, insista-t-il. Je viendrai ici.

— Je n'ai aucune intention de vous déranger !

Tout à coup, elle tressaillit et se leva d'un bond.

Sa chemise de cotonnade, au clair de lune, était presque transparente. Jackson devinait largement ses formes et n'osait imaginer les délices qu'il ne voyait pas.

— Cela ne me dérange pas du tout, dit-il à voix haute.

Puis, en la voyant commencer à déplacer une lourde commode ancienne, appuyée contre le mur, il enchaîna :

— Mais qu'est-ce que vous faites ?

— Aidez-moi ! se borna-t-elle à répondre.

— Maintenant, oui, je crois que vous êtes vraiment cinglée !

Elle se tourna vers lui en riant.

— Regardez donc ! Il y a une porte, ici. Vous voyez cette ligne, sur le papier peint ? Cela donne sur votre chambre. Nous laisserons cette porte ouverte pour la nuit. Ainsi, vous ne serez qu'à quelques mètres.

Jackson vint examiner le papier peint, les sourcils froncés. Effectivement, ce qu'il avait pris pour une jointure entre deux lés de papier était bien l'encadrement d'une porte, habilement dissimulée. Tout en se demandant pourquoi on avait mis la commode devant, il aida Angela à la pousser et ils découvrirent une poignée.

Jackson l'abaissa : le battant s'entrebâilla et vint cogner contre une armoire, dans la chambre adjacente.

— Je n'en reviens pas ! s'écria-t-il.

— Venez, nous allons déplacer aussi le meuble de votre chambre, dit Angela.

Elle sortit sans attendre sa réponse, entra dans la pièce voisine, alluma le plafonnier et se mit à pousser l'armoire. Il s'empressa de venir l'aider, voyant qu'elle n'y arriverait pas seule en dépit de son énergie, puis ouvrit la porte en grand. De son lit, il voyait désormais tout l'intérieur de la chambre d'Angela.

— Bon sang !

Une vision du corps voluptueux de la jeune femme, entêtante comme le parfum de chèvrefeuille qui émanait du jardin, embrasa de nouveau sa libido.

— Vous voyez ? s'écria-t-elle, ravie.

— Parfait ! acquiesça-t-il.

Elle courut vers lui, le saisit par les bras et se hissa sur la pointe des pieds pour l'embrasser sur la joue. En s'écartant, elle glissa brièvement contre le torse nu de Jackson et, pendant un court instant, leurs regards se croisèrent.

Il devina qu'elle aussi était troublée, qu'elle éprouvait cette même attirance irrépressible, venue du fond des âges, qui pousse un être vers un autre.

Elle recula, embarrassée, plus charmante que jamais.

— Merci, murmura-t-elle. Je veux dire, maintenant,

je peux rester dans cette chambre et j'y serai en sécurité. Vous entendrez tout ce qui se passe. Vous pourrez même me voir dormir.

— Je sais !

Elle recula encore d'un pas, comme si elle se méfiait d'elle-même.

— Eh bien, bonne nuit, reprit-elle.

Il sourit enfin, amusé de la gêne qu'ils éprouvaient, et songea qu'il allait avoir bien du mal à retrouver le sommeil. Angela avait peut-être fait des cauchemars, mais les rêveries érotiques qu'il risquait d'avoir à son sujet représentaient une autre forme de torture.

Il réussit néanmoins à rester de marbre. Il ne fallait surtout pas oublier qu'ils étaient, avant tout, des collègues. Son professionnalisme coutumier devait l'emporter.

Ils enquêtaient sur une femme, morte dans cette maison. C'était une mission aussi importante que s'ils avaient été chargés de guetter un tueur en série, et c'était lui le responsable de l'enquête.

Il était hors de question, comme il en mourait d'envie, de saisir Angela dans ses bras, de l'entraîner vers le lit et d'oublier le monde entier en se livrant avec elle à des ébats effrénés.

Par bonheur, elle fonça vers son propre lit, s'y jeta et se blottit sous le drap en lançant :

— Dormez bien. Et encore merci !

— De rien, jeta-t-il d'une voix rauque.

Il alla éteindre le plafonnier et revint se couler sous ses couvertures. S'il fermait les yeux, peut-être…

Non. C'était trop risqué. Son imagination se mettrait à vagabonder, et alors…

Il garda les yeux grands ouverts, fixés sur Angela.

Et la regarda dormir.

— Grand-mère ! s'écria Whitney avec enthousiasme, en embrassant son arrière-grand-mère qui, dans sa boutique, aidait un groupe de touristes à faire son choix.

— Whitney, ma chérie ! répondit Mama Matisse avec chaleur.

Angela dévisagea Mama Matisse avec sympathie. La vieille dame grisonnait mais avait encore des mèches d'un noir luisant, et l'un des visages les plus frappants qui soient, avec des pommettes hautes, un nez droit, des lèvres généreuses et des pupilles de jais. Sa chevelure était soigneusement tressée et elle portait une robe multicolore.

— Voici Angela Hawkins, que tu as rencontrée hier, reprit Whitney.

— Je me rappelle très bien. Je ne suis pas idiote, ma petite fille, plaisanta Mama Matisse en serrant la main d'Angela. Whitney vous a présentés comme des amis, pas comme des collègues et, pour moi, c'est un signe, car Whitney ne compte que des gens bien parmi ses amis.

— Merci ! Je suis ravie de vous revoir, répondit Angela. J'avais très envie de découvrir votre boutique.

Mama Matisse n'avait pas lâché sa main et plongea ses yeux dans les siens.

— Vous êtes une amie à part… Je peux sentir votre énergie.

— Merci beaucoup, répéta Angela.

Elle-même tombait sous le charme du lieu et de sa propriétaire. La boutique était emplie de livres, d'affiches, d'œuvres d'art, et décorée avec beaucoup de goût. Sur une table étaient disposés des gris-gris et des fétiches ; sur une autre, il y avait des potions, des huiles de massage, des produits de soin. On voyait bien sûr beaucoup de poupées vaudoues munies d'épingles, toutes différentes, et Angela remarqua sur certaines des petites étiquettes qui précisaient : « Région du cœur, pour les affaires d'amour » ou « La tête, pour résoudre des problèmes difficiles ».

— Que puis-je pour toi, chère enfant ? demanda Mama Matisse à Whitney, mais sans quitter Angela du regard. J'ai déjà répondu à toutes vos questions.

— Nous essayons de mieux comprendre la situation, répondit Angela elle-même, et vous avez bien plus d'intuition que n'importe qui. J'espérais que vous nous feriez part de votre opinion personnelle sur toutes les personnes impliquées dans cette affaire.

— Eh bien, comme je vous l'ai dit, j'ai effectivement pratiqué un contre-sort pour Regina, une tâche délicate et dangereuse si elle n'est pas bien menée. Mais c'est la seule fois où je sois entrée chez elle.

— Nous avons trouvé des bougies rouges et nous nous demandons si elle n'aurait pas fait d'autres types de conjurations, dit Angela.

Mama Matisse secoua la tête.

— Je ne l'ai jamais entendue mentionner ces bougies, mais je ne serais pas surprise qu'elle ait pratiqué la magie, car elle n'était pas heureuse. Elle ne risquait pas de me l'avouer, cela dit, car elle savait que j'apprécie modérément le sénateur Holloway.

— Ah bon ? C'est la première fois, mis à part des groupes de fanatiques, que j'entends quelqu'un critiquer le sénateur, s'étonna Angela.

La vieille dame haussa les épaules.

— Lorsqu'un ouragan dévaste la région, j'attends d'un responsable qu'il vienne lui-même dans le ghetto, au milieu des maisons effondrées, pour aider à déblayer les débris. Pas qu'il se contente de pérorer devant les micros. Je sais, il y a de la drogue dans le ghetto, mais il y a aussi beaucoup de pauvres gens qui n'ont pas eu de chance. Dans une situation dramatique, un élu doit payer de sa personne, pas envoyer les autres travailler à sa place. C'est la même chose lors d'une marée noire. On veut voir les responsables au milieu des pêcheurs, côte à côte avec les volontaires, nettoyer de leurs propres mains les oiseaux couverts de pétrole...

— Peut-être était-il très occupé à négocier avec les experts, suggéra Angela.

Mama Matisse haussa de nouveau les épaules. Elle n'avait pas l'intention de discuter.

— Vous m'avez demandé mon opinion : je vous la donne, voilà tout, dit-elle. Je n'ai pas beaucoup d'estime pour ceux qui surgissent sur une plage souillée juste au moment où les télévisions sont en train de filmer. Voilà, c'est dit.

Elle sourit puis ajouta :

— Venez dans mon bureau. Sandra s'occupera des clients. Sandra ?

Elle avait haussé légèrement la voix. La jeune Sandra, qui renseignait un couple de clients, leva la tête et salua Whitney de la main.

— Nous sommes derrière, Sandra, dit Mama Matisse.

La vendeuse hocha le menton et passa derrière le comptoir s'installer à la caisse. Même les boutiques de vaudou n'étaient pas à l'abri des voleurs, qui pillaient aussi les églises et, d'une manière générale, tous les lieux de culte.

Un coin de la pièce où elles pénétrèrent avait été aménagé en une sorte de chapelle, à l'intention des pratiquants sincères du culte. Des tapis couvraient le plancher et un autel vaudou se dressait contre un mur. Au-dessus trônaient des statues de saints, mais on voyait aussi un crâne, des ornements tribaux africains et, dans des plats, des pièces de monnaie avec des bonbons.

— C'est Loa, chuchota Whitney à Angela en montrant quelques statues et d'autres objets moins reconnaissables.

Le reste de la pièce faisait office de bureau, avec un ordinateur, une imprimante, des classeurs de dossiers, une calculatrice dernier cri et un superbe bureau sculpté devant lequel étaient disposés des sièges rembourrés. D'innombrables photos des enfants, petits-enfants et arrière-petits-enfants de Mama Matisse, mêlées aux livres de la bibliothèque, donnaient à l'ensemble une touche personnelle et chaleureuse. Sur les étagères s'alignaient des ouvrages sur le spiritualisme, une bible et une bonne série de romans policiers et de thrillers, signe que la vieille dame aimait aussi se distraire.

— J'imagine que vous souhaitez mieux comprendre nos rituels ? demanda cette dernière à Angela.

— Oui, j'aimerais en savoir plus.

— Alors, je vais vous donner quelques explications, répondit Mama Matisse d'un ton professionnel. Tout d'abord, même si nous venons d'Afrique, notre religion est différente de celle de nos ancêtres. En passant par Haïti, nos anciens cultes se sont mêlés aux croyances de l'homme blanc. Dans le vaudou, cela dit, nous ne voyons pas le diable de la même manière que les catholiques. Nous avons un esprit, Kalfu, qui contrôle les esprits malveillants de la nuit, et n'est ni bon ni mauvais. Le vaudou, en fait, ne voit pas les choses en noir et blanc. C'est à la fois une école de pensée et un culte qui, s'il est bien pratiqué, nous entraîne vers ce qu'il y a de plus beau dans l'existence.

— Je vois, dit Angela. Comme les autres religions, elle enseigne à bien se comporter avec ses semblables. Cela dit, certains se livrent réellement à la magie noire, non ?

Mama Matisse agita la main.

— Oui, comme tout autre culte, le vaudou peut être utilisé de manière maléfique, c'est vrai. Papa Doc, le dictateur haïtien qui tenait son pays d'une main de fer avec ses Tontons Macoutes, déformait nos croyances pour en faire un moyen de contrôle sans pitié. Il passait son temps à transformer ses proches en zombies, en recourant à la toxine du poisson-globe qui, dans la magie noire, permet de « tuer » quelqu'un et, ensuite, le ramener à la vie. Or, le vaudou, ce n'est pas ça ! Le vaudou, c'est un Dieu et des saints qui se consacrent à nous aider, à nous guider à travers toutes les difficultés de la vie. Ses adeptes aspirent à ce qu'il y a de plus grand et de plus merveilleux dans le monde et dans la nature. Seulement, comme je l'ai dit, et comme dans la religion catholique, certains détournent les dogmes pour servir leurs propres intérêts. Par exemple, les « Bokor » pratiquent un vaudou essentiellement centré sur la magie noire. N'oubliez pas non plus que Hollywood a donné du vaudou l'image de créatures à demi rongées, surgissant des tombes des cimetières, et répandu le mythe des poupées de cire que l'on pique d'épingles pour nuire à son prochain… Je vends moi aussi des poupées, mais elles servent à trouver des réponses aux questions que l'on se pose, pas à casser la jambe de quelqu'un ou à le faire périr dans un accident. Si quelqu'un utilise une poupée à dix, vingt ou même à cent dollars pour faire du mal, c'est parce qu'il a réussi à s'insinuer dans l'esprit de sa victime.

— Nous y avons pensé... En d'autres termes, la magie noire peut fonctionner comme une prophétie autoréalisatrice ? s'enquit Angela.

Mama Matisse hocha la tête, l'air grave.

— Mais, poursuivit Angela, si Regina Holloway vous a demandé de faire un contre-sort sur la maison, et qu'ensuite elle ait acheté ailleurs des objets de rituel, c'est bizarre, non ?

La vieille dame médita un moment puis répondit avec lenteur :

— Tout ce que je sais, c'est qu'elle ne m'a jamais acheté de potions, de fétiches ou de purifications. Cela dit...

Elle se tut de nouveau. Angela patienta en tendant l'oreille.

— Cela dit, reprit Mama Matisse, elle est effectivement venue ici à la boutique, une fois.

— Pour vous voir ? demanda doucement Angela.

Le regard de son interlocutrice se perdit dans le vague, comme si elle revivait la scène.

— La pauvre femme était désespérée. Elle avait tellement aimé son fils ! C'était comme si une partie d'elle-même était morte avec lui. Quand elle est venue, elle ne savait plus à quel saint se vouer. Elle était prête à tout. Elle voulait que j'intercède pour elle auprès d'un loa, afin d'être sûre que son petit garçon était avec les anges...

— Vous lui avez parlé ? Cela l'a troublée ? demanda Angela.

Mama Matisse opina sans la regarder.

— Elle était assise ici, devant moi. Je lui ai dit que dans toutes les croyances, on pensait que les âmes pures montaient dans une forme de paradis... Mais cela ne l'a pas convaincue. Elle s'est lamentée d'être devenue une mauvaise épouse. J'ai eu beau répondre qu'elle était simplement malheureuse, elle m'a dit qu'elle éloignait son mari, qu'elle ne savait pas le réconforter, alors que lui aussi avait perdu son fils.

— Sa douleur devait être immense, murmura Angela.

Mama Matisse parut de nouveau pensive, comme sur le point d'ajouter quelque chose. Angela se tut, laissant Whitney intervenir.

— Grand-mère, si tu sais quoi que ce soit qui puisse nous être utile, il faut vraiment nous le dire, insista-t-elle.

— Savoir ? Je ne sais rien, rétorqua la vieille dame.

Angela retenait son souffle.

Whitney, cette fois, éclata de rire, sans plus s'efforcer d'être diplomate.

— Alors, grand-mère, dis-nous à quoi tu penses, même si ce n'est pas une certitude ! Nous ne le répéterons à personne, pas même à nos collègues, si tu veux. Nous sommes très prudents, tu sais ! Allons, laisse un peu parler ton intuition, je t'en prie…

— Eh bien, dit enfin Mama Matisse, je peux me tromper, mais… j'ai eu l'impression que le couple Holloway ne fonctionnait pas aussi bien qu'on le croyait. En fait, le jour où Regina est venue, le sénateur est venu la chercher, avec son trio de chiens de garde. Le chauffeur, celui qui s'appelle Grable, s'est montré assez aimable. Il a regardé nos livres et a bavardé avec Sandra. Le garde du corps est resté debout, les bras croisés. Quant à Martin DuPre, il était visiblement nerveux. Le sénateur était pendu à son portable et DuPre n'arrêtait pas de le regarder, puis de me regarder moi, quand je suis sortie du bureau pour revenir dans la boutique avec Regina. J'ai eu l'impression que le sénateur était en ligne avec quelqu'un qu'il n'aurait pas dû appeler en présence de sa femme, et que cela gênait DuPre. A mon avis, d'ailleurs, ce DuPre est bien plus superstitieux qu'il ne veut le laisser paraître. Il semblait craindre que je n'aie dit à Regina des choses qu'elle n'aurait pas dû savoir.

Angela fronça les sourcils.

— Vous croyez que le sénateur Holloway avait une liaison ? demanda-t-elle, incrédule.

Mama Matisse haussa les épaules.

— Sa femme était dépressive, c'est un homme de pouvoir... Peut-être voyait-il quelqu'un d'autre, sans pour autant avoir de liaison proprement dite. Une fois de plus, je peux me tromper, mais ce jour-là, le sénateur m'a vraiment fait mauvaise impression. Il a raccroché et s'est approché de sa femme avec gentillesse, mais on voyait bien qu'il voulait l'emmener le plus vite possible. Il n'avait pas envie qu'on raconte partout que sa femme consultait une prêtresse vaudoue pour communiquer avec l'au-delà. Il l'a prise par le coude, l'air autoritaire, en me jetant à peine un coup d'œil, et il a lancé « Paye cette femme, Regina, et allons-nous-en ». On voyait bien qu'il n'avait que mépris pour la boutique et pour le vaudou.

Angela s'efforçait de rattacher cette nouvelle information à tout ce qu'elle savait déjà du sénateur. Même un homme bon pouvait sortir du droit chemin, après tout. Avec une femme inconsolable, il avait pu avoir envie de se réconforter ailleurs, pour sauver sa carrière, son travail. C'était humain. Personne n'était parfait, et aucun homme politique ne pouvait tenir toutes ses promesses, qu'il s'agisse de ses administrés ou de sa propre famille.

Elle fit mine de se lever, mais Mama Matisse l'arrêta d'un geste.

— Donnez-moi votre main, mon enfant !

Angela se rassit et tendit la main.

Mama Matisse la tint un long moment dans la sienne. La petite main blanche d'Angela reposait comme de la neige sur la peau brune et tavelée de la vieille dame. Mama Matisse serra les paupières un moment, puis les rouvrit.

— Vous êtes forte, dit-elle enfin, forte et intelligente. Vous avez subi dans votre vie des deuils tragiques, mais ils vous ont rendue ouverte et tolérante à beaucoup de choses, certaines bonnes, d'autres mauvaises. Vous êtes très sensible à la souffrance des autres… Il vous faut apprendre à endurcir votre cœur. Les esprits qui nous guident peuvent nous jouer des tours. Ecoutez leur message, mais ne vous laissez pas abuser. Ne franchissez jamais la ligne. Le monde est empli de fantômes du passé, de souvenirs des catastrophes, des tragédies, mais aussi des bonheurs enfouis. Les esprits qui demeurent dans l'entre-monde ne peuvent pas partir, ou ne le veulent pas, car ils savent dans leur sagesse qu'ils peuvent prévenir certaines choses…

Mama Matisse se tut. Elle garda le silence un long moment, les yeux rivés sur Angela. Cette dernière sentit qu'elle lisait en elle comme dans un livre et comprit : la vieille dame avait deviné qu'elle *voyait* des choses, ou d'ailleurs les rêvait, mais que même dans ses rêves, les événements se reproduisaient tels qu'ils s'étaient produits. Un frisson parcourut Angela, puis, soudain, elle eut une impression de chaleur, comme si une force passait de Mama Matisse en elle, courant dans ses veines.

— Soyez forte et apprenez à faire confiance aux

autres, reprit enfin la prêtresse, car personne, qu'il soit homme ou femme, ne peut prendre sur ses épaules le fardeau des tragédies passées sans le soutien et la vitalité de son entourage.

Mama Matisse relâcha enfin la main d'Angela : elle avait manifestement dit tout ce qu'elle avait à dire. Elle se leva, droite, mince et incroyablement digne.

— Si jamais vous avez besoin de moi, revenez me voir, ajouta-t-elle, avec ou sans Whitney, en compagnie de vos amis si vous le souhaitez. Ne vous souciez pas de croire ou non au vaudou. Chaque religion prend un chemin différent, mais la voie des esprits peut avoir bien des noms.

Angela et Whitney se levèrent à leur tour.

— Merci, Mama Matisse, dit Angela avec gravité. Je reviendrai.

La vieille dame eut un grand sourire.

— J'en suis sûre, et je m'en réjouis. Maintenant, Whitney, ma fille, fais une bise à ton arrière-grand-mère et filez, toutes les deux.

Un instant plus tard, les deux jeunes femmes se retrouvaient sur le trottoir.

— Alors ? lança Whitney. A ton avis, est-ce que le sénateur avait une liaison dont Regina aurait eu vent, ce qui aurait achevé de la désespérer et l'aurait poussée au suicide ?

— Nous avons examiné le balcon, nous avons vu des photographies du corps de Regina *in situ*, Whitney. Il est impossible qu'elle ait pu se propulser de cette hauteur *le dos tourné*. Elle ne s'est pas suicidée : il s'agit d'un meurtre.

— Pourtant, Jackson n'a pas encore lancé la police sur cette piste, objecta Whitney.

Angela haussa les épaules sans répondre. Whitney la dévisagea un moment avant de reprendre :

— Tu as vu quelque chose, dans cette chambre, n'est-ce pas ?

— Pour l'instant, hélas, pas grand-chose qui puisse nous aider, répondit Angela.

— Mais tu as tout de même senti un phénomène, j'en suis sûre... Allons donc prendre un café. L'un de mes amis en tient un tout près d'ici. Le jardin est très calme, à cette heure-ci, et c'est le meilleur café au pécan de la ville.

Whitney, bien sûr, connaissait beaucoup mieux les bonnes adresses locales qu'Angela. Quelques minutes plus tard, elles savouraient un délicieux café accompagné de beignets de crevettes, parmi les plus savoureux qu'Angela eût jamais mangés.

— Tu as fait une forte impression sur mon arrière-grand-mère, déclara Whitney. Et quand elle t'a tenu la main... Elle est très intuitive, tu sais. Elle a deviné que tu avais un don de double vue.

— De double vue, pas vraiment ! protesta Angela.

Whitney sourit.

— Pourquoi le nier ? C'est une chance ! Le mien est très peu développé. C'est pour cela que je me suis passionnée pour tout ce qu'on peut découvrir avec des enregistrements. Oh ! je sens certaines choses, bien sûr, beaucoup plus que la plupart des gens, mais j'ai vraiment l'impression que ton sixième sens est supérieur au mien.

— Rien n'est moins sûr, murmura Angela en souriant à son tour. Nous avons tous été élevés à refuser le paranormal et nous devons lutter pour développer nos dons.

— Cela dit, si Adam nous a tous réunis, c'est bien parce que nous sommes complémentaires, non ? Adam voit des fantômes, tu sais. Enfin, un fantôme : celui de son fils, Josh. Il a mis des années avant de le sentir et, finalement, c'est arrivé. Pour lui, c'est un immense réconfort.

— Il le voit vraiment ?

Whitney sourit de nouveau.

— Oui, et d'ailleurs, ça semble bizarre aux gens qui ne connaissent pas ses activités. En fait, au départ, c'est Josh qui avait un don de double vue. Il est mort dans un accident mais il a légué son talent à l'amie qui était avec lui. Cette femme est la première personne avec laquelle Adam ait travaillé, je crois. Il y a des années de cela. Bref, au début, Adam s'est contenté de mener quelques investigations, de manière très discrète. Puis des gens importants ont entendu parler de lui, il s'est mis lui-même à solliciter son réseau de connaissances... Finalement, il s'est résolu à monter une équipe de professionnels pour élargir ses enquêtes sur le paranormal.

Whitney s'exprimait d'un ton pragmatique, comme si elle avait parlé d'un entrepreneur qui montait sa propre entreprise après avoir fait des chantiers ici ou là.

Angela repensa à son propre cas. Dans la brigade de police où elle travaillait, il était certain qu'on la regardait souvent comme un cas à part, même quand on la connaissait bien. A l'école de police, on l'avait souvent taquinée, les nouvelles recrues la prenaient à partie... mais ses amis avaient vite fait de les décourager, en rappelant que même si Angela avait souffert du deuil de ses proches, c'était une vraie dure à cuire. On risquait fort d'avoir le dessous, si l'on s'en prenait à elle.

Cela ne s'était pas présenté. Elle était résistante, certes, et s'entraînait énormément en cardio-training, mais serait-elle vraiment venue à bout des grands costauds que l'on trouvait dans la brigade ?

— Nous formons une équipe inhabituelle, c'est vrai, dit-elle à voix haute.

Whitney, qui n'abandonnait pas facilement, reposa la question qui la taraudait.

— Alors, dis-moi… Quelle vision as-tu eue, dans la chambre de Regina ?

— C'est difficile à interpréter…

Whitney agita la main avec impatience.

— J'en suis sûre, mais dis-moi tout de même !

— J'ai vu des enfants, répondit Angela avec un soupir. Une petite fille, Annabelle, et son grand frère, Percy. Ils faisaient partie des premières victimes de Madden C. Newton.

— Tu es toute blanche, dit brusquement Whitney.

— Blanche ?

— Oui, tu es devenue livide. Je suppose que tu les as vus morts ?

— Pire que ça. Je les ai vus en train de se faire tuer, avoua Angela.

— Ah…, fit pensivement Whitney.

— Pourquoi dis-tu « Ah » ?

— Parce que ces enfants ne sont pas de mauvais esprits, et qu'ils devraient être en train de mener une paisible existence dans l'au-delà. Ce que tu as vu est une hantise dite « résiduelle », une scène qui a dû se répéter un grand nombre de fois. Si, dans ta vision, les enfants étaient actifs…

— Ils l'étaient, dit Angela. Percy s'est penché sur mon lit.

— Alors, c'est bien ça ! Je me demande si Regina Holloway les a vus aussi…

— C'est possible.

— Peut-être avait-elle également un don de double vue, ou était-elle très influençable...

— Tu veux dire, manipulable ? Sensible à la suggestion ?

— Ce n'est pas à exclure.

— Mais qui aurait pu lui souffler de se jeter du balcon ?

— Un être humain, répondit Whitney, ou alors...

— Ou alors ?

— Ou alors, un fantôme exceptionnellement puissant.

Angela éclata de rire.

— Je croyais que ton arrière-grand-mère, qui est une femme exceptionnelle, avait dit qu'un contre-sort chassait les fantômes. Alors, s'est-il agi d'un fantôme qui n'aurait pas senti les effets du contre-sort, ou d'un être en chair et en os qui a fait croire à Regina qu'il y avait dans sa chambre le revenant d'un petit garçon, et l'a ensuite poussée par-dessus le balcon ?

— C'est exactement la question que nous devons nous poser ! déclara Whitney en se penchant en avant. Maintenant, raconte-moi comment tu as deviné qu'il y avait un squelette dans la cave.

Angela dévisagea sa nouvelle amie en poussant un soupir.

— Je me suis interrogée sur le tueur, puis sur la victime. J'ai tenté d'imaginer la scène qui avait pu se passer entre eux... Il s'agissait probablement du premier crime de Newton, en tout cas à La Nouvelle-Orléans, et il devait encore être en train de tester sa méthode. Il était donc logique qu'il entraîne Petti dans la cuisine, puis le fasse passer devant lui dans l'escalier de la cave et l'assomme avec une pioche ou une bêche. En bas, il ne risquait pas d'être entendu. En mettant des herbes sur la terre battue, il pouvait ensuite dissimuler l'odeur, le temps que le corps se décompose et que la peau se momifie autour des os.

— Si ça se trouve, nous découvrirons bien d'autres choses, dans cette cave, souligna Whitney.

— A propos, as-tu vu des détails inhabituels, sur tes écrans ?

Whitney eut un sourire énigmatique et malicieux.

— Mais oui, figure-toi ! Will et moi allons vous montrer ça ce soir. Oui, cela a commencé !

Chapitre 9

L'Eglise du Christ ressuscité occupait un bâtiment massif du XIXe siècle, fraîchement repeint et scintillant sous le soleil. Il se dressait rue Saint Charles, en retrait de la voie, et occupait tout le pâté de maisons.

Jackson, au volant de la voiture de Jake, se gara de l'autre côté de la rue pour examiner l'édifice. Jake, à côté de lui, lisait à voix haute les dernières fiches envoyées par l'officier de police Andy Devereaux.

« Le bâtiment principal de l'église remonte à 1840 : il était à l'origine consacré au culte baptiste… »

Jake leva les yeux pour commenter en tendant le doigt :

— C'est celui-ci. De part et d'autre, les ajouts datent du début du XXe siècle. La congrégation baptiste a ensuite déménagé, et en 1970, l'endroit est devenu un night-club très chic. L'Eglise du Christ ressuscité a racheté l'ensemble dans les années 1990. « L'évêque » actuel est un certain Richard Gull. Il édicte les préceptes et assure l'administration et la gestion avec un conseil de cinq membres dont l'identité, cependant, n'est connue que des adeptes.

— Pourquoi ? s'enquit Jackson.

Jake haussa les sourcils.

— Pourquoi ? Mais je n'en sais rien ! Je lis la fiche.

— O.K., désolé. Continuez.

— L'évêque habite dans l'aile gauche. L'aile droite abrite les adeptes qui sont à la rue ou ont besoin d'être hébergés, dit Jake, poursuivant sa lecture. Tiens ! L'officier Andy a griffonné des notes, en bas...

« Ces sans-logis sont apparemment surtout des femmes. Tout le monde reste bouche cousue. »

Jackson, qui s'y connaissait en sectes, savait qu'on y trouvait toujours un gourou dominateur : Jim Jones, David Koresh... Des personnages charismatiques, abusant des faibles et des démunis en leur faisant miroiter une vie bien différente de la misère où ils se débattaient. Des cyniques qui se constituaient en général un harem de proies faciles, sous prétexte d'honorer une quelconque divinité.

— Bon, dit-il à voix haute. Donc, Richard Gull habite en face de son harem, et le corps principal de l'église se trouve entre les deux. Intéressant.

Il ouvrit sa portière. Jake s'écria :

— Qu'est-ce que vous faites ? Je croyais que nous allions juste regarder de l'extérieur !

— Je veux voir de plus près.

— Attendez, je vais y aller, moi. Vous avez l'air bien trop redoutable, ils vous prendront pour un vengeur résolu à les décimer ! Moi, j'aurai simplement l'air d'un jeune homme en quête de conseils spirituels...

Jackson réfléchit : Jake avait raison. Il portait un T-shirt banal, à l'emblème de l'équipe des Saints, tandis que lui-même avait une une chemise et une veste bien coupées, même si sa veste était en cuir.

— O.K. Essayez d'en savoir le plus possible et revenez ici.

Jake regarda à droite et à gauche avant de traverser la rue et s'engagea en sautillant dans l'allée pavée de briques qui menait à l'église. Par une étrange ironie, un vieux cimetière juif s'étendait à l'angle de la rue, presque caché derrière une énorme pancarte sur laquelle on lisait :

EGLISE DU CHRIST RESSUSCITÉ

A ceux qui respectent la vie sous toutes ses formes, à ceux qui aiment leur prochain, nous montrons le chemin.

Sermons de l'évêque le dimanche.

Vous qui voulez croire, vous êtes les bienvenus.

La porte s'ouvrit avant même que Jake ne l'atteigne. De la voiture, où il s'était recroquevillé au volant, Jackson vit le jeune homme adresser un sourire dévastateur à la jeune femme qui avait ouvert. Elle parut hésiter, puis s'écarta et fit entrer le visiteur.

Quelques instants plus tard, Jake ressortait et retraversait. Jackson lui ouvrit la portière en lançant :

— J'étais sur le point de faire intervenir la cavalerie !

Jake éclata de rire.

— Mais je ne suis parti que dix minutes !

— Alors, qu'avez-vous appris ?

— Déjà, j'apporte de la lecture, répondit Jake en tirant quelques tracts de sa poche. Et surtout, surprise…

— Au fait, Jake ! coupa fermement Jackson.

— J'ai trouvé à l'intérieur trois jeunes filles en train

de faire le ménage. C'est très moderne, avec des bancs bien durs, un autel, une grande croix…

— C'est ça, la surprise ?

Jake rit de nouveau.

— Non, bien sûr ! Ecoutez bien : ces trois jeunes filles étaient toutes enceintes.

— Quel âge ont-elles ?

— Difficile à dire, mais pas plus de quinze ou seize ans pour l'une d'elles, je dirais. Surtout, je soupçonne que le futur père est un seul et même personnage : l'évêque. Il y a son portrait sur l'autel, un tableau presque aussi grand que la croix, avec son nom en lettres dorées : Richard Gull. Assez beau, les cheveux grisonnants, l'air imposant… mais il y a autre chose.

— Quoi donc ?

— Son regard, répondit Jake. Il a les mêmes yeux de fou que Charles Manson. On a l'impression que cette secte est sur le point de préparer un massacre.

Jenna avait déniché une pile de coussins dans l'un des placards. Elle les disposa par terre, devant les écrans du grand salon. Elle avait également retiré les draps qui couvraient l'ameublement, de sorte qu'avec leurs affaires posées ici et là et leurs manteaux accrochés dans le hall, la demeure prenait une allure presque intime, comme s'ils étaient chez eux ou, en tout cas, invités chez des amis.

En revenant avec Whitney, Angela se sentit réconfortée d'être accueillie par Jenna et Will, qui avaient déjà examiné tous les enregistrements réalisés la nuit précédente.

— Vous allez voir, ça fait froid dans le dos ! s'écria

Jenna avec enthousiasme. Quelqu'un veut de la limonade, du thé glacé ? J'ai aussi préparé du pop-corn. Je vais le chercher.

— Tu as fait du pop-corn ? s'écria Angela, incrédule.

— Pourquoi pas ? C'est un peu comme une soirée entre amis à regarder des DVD, non ? dit Jenna.

— Je suis ravie. C'est une très bonne idée !

Will interrogea Angela sur sa visite à la boutique vaudoue. Elle expliqua qu'elle pensait avoir appris beaucoup de choses et, quand Jenna réapparut avec le pop-corn, la limonade, le thé glacé et les verres, elle entreprit de raconter qu'apparemment Mama Matisse appréciait très modérément le sénateur.

— Je pense même qu'elle se méfie de lui, renchérit Whitney. Elle le soupçonne d'être bien moins honnête et franc qu'il n'y paraît.

— Est-ce étonnant ? C'est un politicien, après tout, intervint Will en riant.

— Je ne sais plus quoi penser, reprit Angela. Quand j'ai discuté avec lui, il semblait très affecté par la mort de sa femme. Il donnait vraiment l'impression de l'avoir beaucoup aimée.

— Mon arrière-grand-mère est en tout cas persuadée qu'il avait une liaison quelconque, ou qu'il a trompé sa femme au moins une fois, déclara Whitney.

— Cela fait de lui un adultère, mais pas un meurtrier pour autant, souligna Jenna.

— C'est vrai, admit Angela. Nous en rediscuterons quand Jackson et Jake reviendront. En attendant, maintenant que nous avons des rafraîchissements, regardons le film !

— C'est parti ! dit Will. Jenna et moi avons visionné toutes les bandes une à une, mais mieux vaut les faire passer toutes en même temps sur les écrans, car il n'y a pas grand-chose sur la plupart d'entre elles.

— Voulez-vous que j'éteigne la lumière ? demanda Whitney.

— Si tu veux, mais il fait encore jour, dit Will. Cela ne changera pas grand-chose.

— Je peux tirer les rideaux...

— Laissez tomber et lancez donc les écrans ! coupa Angela.

Ils s'installèrent confortablement sur les coussins, un verre à la main, le bol de pop-corn posé par terre devant eux.

Will fit d'abord passer les bandes à vitesse rapide, puis, à un moment, ralentit. Sur l'écran le plus à gauche, Angela vit Jackson surgir brusquement à la porte de sa chambre, les cheveux ébouriffés, le regard inquiet, son torse bronzé et musclé se découpant sur la lumière du couloir.

Will se tourna vers elle.

— Que s'était-il passé ? demanda-t-il.

Angela, en dépit de ses dix ans de plus, se sentit soudain aussi jeune que ses camarades et s'empourpra comme une adolescente.

— Hé, ça ne te concerne pas ! lui lança Jenna.

— Attention, ce n'est pas du tout ce que vous croyez ! se hâta d'expliquer Angela.

— Oh ! nous ne croyons rien ! s'exclama Whitney en riant.

— J'ai fait un cauchemar et je me suis réveillée en hurlant, vous le savez bien, poursuivit Angela.

— C'est vrai, quand on monte le son, on entend un cri glaçant, fit remarquer Will, compatissant.

Angela leur jeta tour à tour un regard noir.

— Bref, conclut-elle, Jackson a volé à mon secours !

— Je me demande s'il aurait eu l'air aussi inquiet en venant prendre ma défense, ironisa Whitney.

— Dites-moi, le grand chef est vraiment sexy, torse nu, non ? demanda Jenna en pouffant.

— Oui, c'est amusant de voir ce que font les adultes pendant la nuit, finalement, plaisanta Will.

— Maintenant, les jeunes, ça suffit ! coupa fermement Angela.

— As-tu changé de chambre ? demanda Jenna, désormais sérieuse.

Angela hésita puis, forte de sa conversation de la matinée avec Whitney, se dit qu'après tout, ils avaient tous une certaine expérience du paranormal.

— Non, répondit-elle en secouant la tête. Je tiens à occuper cette pièce. Cela dit, ce cauchemar était vraiment atroce et il m'a vraiment secouée. Après votre venue, Jackson et moi nous sommes rendu compte qu'il y avait une porte de communication entre nos deux chambres et nous l'avons laissée ouverte. C'était une façon pour lui de prendre ses responsabilités de chef d'équipe tout en acceptant de me laisser dormir là, en dépit du danger.

— Du danger ? répéta Jenna. Tu penses donc qu'un phénomène quelconque, dans cette pièce, a pu causer la mort de Regina ?

— Non, je ne veux pas dire ça. En fait, je… j'ai vu apparaître deux enfants victimes de Madden C. Newton, admit-elle. Ainsi que… Newton lui-même, en train d'attaquer ces deux enfants, Annabelle et Percy. C'était absolument horrible. La terreur de ces gamins dépassait l'imagination.

— Tout ça provenant de l'au-delà..., murmura Jenna qui la dévisageait, l'air troublé.

— Oui, ces meurtres ont vraiment eu lieu, renchérit Will, pensif, et tu as un don qui te permet de les revivre. Pourtant, j'avais cru comprendre que les Holloway affirmaient ne pas croire aux fantômes...

— Quand le sénateur a acheté cette maison, il affirmait même dans la presse qu'il comptait ramener cette ruine à la vie, lança Whitney.

— C'était sûrement une façon de parler, dit Jenna.

Will ramena les jambes contre sa poitrine en haussant les épaules.

— En fait, c'est ton extraordinaire sixième sens qui te fait voir des choses, Angela, et je ne suis pas sûr que d'autres puissent les sentir comme toi. Comment savoir, par exemple, ce que Regina a pu percevoir ? Qui sait si elle n'a pas été l'objet d'une manipulation lui faisant croire qu'elle regardait un fantôme ? Elle a eu la nuque brisée dans sa chute, mais son corps ne portait aucune trace de lutte. Elle ne s'est pas débattue. Alors, comment diable est-elle tombée du balcon ?

— Peut-être y avait-il quelqu'un qu'elle connaissait, dont elle ne s'est pas méfiée, suggéra Jenna.

— Ou bien elle a été victime d'une illusion, intervint Will.

Tout en parlant, il glissa la main derrière l'oreille de Jenna et fit apparaître un billet de un dollar.

— L'illusion, ajouta-t-il, peut prendre bien des aspects.

— En l'occurrence, tu n'as fait qu'un vulgaire tour de prestidigitation, souligna Whitney.

— Oui, mais *tous* les tours de magiciens sont fondés sur de la prestidigitation. C'est là que je veux en venir :

les illusions ont toujours une base bien réelle, rétorqua Will.

— Peut-être, mais ce n'est pas une illusion qui a poussé Regina Holloway par-dessus bord, fit remarquer Angela. Même si je suis convaincue que les hallucinations peuvent être très puissantes. Finalement, ce que nous cherchons, c'est peut-être… je ne sais pas, un fantôme, un jeu de miroirs, et quelqu'un, derrière, qui tire les fils…

Tandis qu'ils bavardaient, les enregistrements avaient continué à défiler sur les écrans. Angela poussa soudain un petit cri en montrant l'image de la cave.

— Qu'est-ce que c'est que ça ? s'écria-t-elle.

— Ah ! Voilà ce que nous voulions vous montrer, répondit Will, satisfait.

Ils fixèrent le récepteur. Will revint quelque peu en arrière.

D'abord, ils ne virent que le bas de l'escalier de la cave, puis une ombre se mit à bouger.

D'abord à peine discernable, elle commença à grossir et à s'assombrir, comme si une énorme bête dissimulée sous une cape s'agitait lentement.

Puis elle parut se dissoudre et, soudain, s'évanouit. La cave redevint déserte.

Jackson reçut l'appel d'Angela au moment où il démarrait pour rejoindre le quartier des affaires.

— J'ai un nouvel indice pour vous, déclara-t-elle.

— Ah bon ? Lequel ?

— Il vient de Mama Matisse, que nous avons bien fait d'aller voir. Elle n'aime pas beaucoup le sénateur, contrairement à tous les gens que nous avons rencontrés. Elle est convaincue qu'il a une liaison.

— Tiens donc ! Effectivement, c'est un indice, répondit-il en jetant un coup d'œil à Jake. Qu'est-ce qui fait penser à Mama Matisse qu'Holloway verrait une autre femme ? demanda-t-il à Angela. Est-ce pour ça qu'elle ne l'aime pas ?

— Non, je ne crois pas. Elle trouve qu'il ne s'est pas beaucoup retroussé les manches pendant les catastrophes qui ont frappé la ville. Pour elle, il fait partie de ces élus qui viennent nettoyer un ou deux oiseaux devant les caméras, pendant une marée noire, et tournent les talons aussitôt. Je ne sais pas... J'avais pourtant l'impression que le chagrin d'Holloway était sincère.

— Et pour la liaison ? Pourquoi a-t-elle des soupçons ?

— Eh bien, Regina est allée la trouver, une fois, et le sénateur est venu chercher sa femme à la boutique. Il a eu une attitude assez méprisante envers Mama Matisse et son vaudou et, surtout, a brusquement interrompu une conversation téléphonique quand elle a surgi. Rien de tout cela ne constitue des preuves, évidemment, mais c'est instructif, car nous étions tous convaincus que le sénateur était blanc comme neige. En fait, c'est peut-être un acteur consommé, ce qui n'aurait d'ailleurs rien d'étonnant de la part d'un politicien.

— Eh bien, merci. Je garde cela à l'esprit, répondit Jackson. Jake et moi nous rendions justement au bureau du sénateur. J'espère pouvoir interroger séparément ses divers collaborateurs.

— A propos, il y a aussi autre chose...

Angela raconta ce qu'ils avaient vu sur l'écran de la cave.

— Une ombre ? répéta Jackson.

— Oui, dans la cave elle-même. C'est très étrange.

— Que fait-elle ? s'enquit Jackson.

— Rien. Elle apparaît puis disparaît… Mais c'est troublant.

— A quoi pensez-vous ? A un fantôme ? Il y a peut-être simplement quelque chose qui jette une ombre, remarqua Jackson, conscient de trahir son scepticisme.

Certes, il était large d'esprit, mais il avait vu bien des trucages. En fait, on en revenait toujours à deux concepts de base : l'énergie, qui se conservait et ne mourait pas, et l'esprit humain, si avide de croire à l'existence d'un au-delà qui compenserait les souffrances de la vie sur Terre. Et il ne manquait pas de sectes, du genre de l'Eglise du Christ ressuscité, qui dévoyaient des principes respectables pour en faire des outils de manipulation et de contrôle.

— Je… je ne sais pas ce que c'est, répondit Angela avec hésitation. Il faudra que vous voyiez par vous-même. Bonne chance pour la suite.

— Merci… et soyez tous prudents.

— Certainement, assura Angela.

Jackson glissa son portable dans sa poche de chemise.

— Voici l'immeuble, dit Jake.

Jackson hocha la tête tout en cherchant des yeux une place libre. Le bâtiment avait un parking, mais il préférait se garer dans la rue pour éviter la berline dans laquelle le chauffeur du sénateur, Grable Haines, devait attendre son patron.

Il dénicha une place et ils sortirent du véhicule.

— Et maintenant ? demanda Jake.

— Trouvez-moi le chauffeur, ordonna Jackson.

— A vos ordres !

Les mains dans les poches, Jake s'éloigna en sifflotant.

Jackson entra dans l'immeuble, constata que les bureaux du sénateur étaient au cinquième étage et s'approcha de l'ascenseur. Construits au début du XXe siècle, les locaux étaient sans prétention, mais bien entretenus.

Au cinquième étage, il se retrouva dans un vestibule. Blake Conroy était assis sur une chaise devant une batterie d'écrans. Il accueillit Jackson d'un sourire.

— Tiens ! Bonjour. Vous venez voir les bureaux du sénateur à La Nouvelle-Orléans ? lança-t-il.

Il avait sûrement vu, sur sa vidéo, Jackson entrer au rez-de-chaussée.

— Oui, j'aimerais bavarder un peu avec lui, me faire une idée de la façon dont cela se passe quand il est ici. Je constate déjà que personne ne peut venir le voir sans que vous ne le sachiez…

— Exact, monsieur, répondit Blake, content de lui.

Son crâne chauve était luisant. Il était vêtu de son costume habituel, mais sa cravate était défaite.

— Cela dit, vous n'étiez pas sur place le jour où Mme Holloway est morte, n'est-ce pas ? dit Jackson.

Blake rougit.

— Non, effectivement. Le sénateur n'avait aucun rendez-vous, ce jour-là. Il est venu travailler et s'est enfermé. Lisa Drummond était là, je crois. S'il y avait eu le moindre danger, elle pouvait donner rapidement l'alarme. Quant au sénateur, il n'est pas du genre à se laisser faire. Il a un Glock dans son tiroir et il sait s'en servir.

— Je vois. Pourtant, il a besoin d'un garde du corps ?

— Oui, pour les lieux publics. Il ne tient pas à ce qu'on le voie se promener avec une arme.

— Ce ne serait pas bon pour son image, c'est ça ?

Blake opina en haussant les épaules.

— Voilà. Même si nous sommes en Louisiane, il préfère ne pas s'exhiber armé. Je suis là pour le protéger. Avec tous ces maniaques qui traînent dans les rues... On n'est jamais vraiment à l'abri.

— Et quand vous êtes ici, vous surveillez les écrans...

— Oui. Le sénateur sait qu'il est populaire, mais il est prudent. Quant à Lisa, elle est secrétaire, pas judoka. Si quelqu'un s'en prenait au sénateur ici même, elle ne pourrait pas faire grand-chose. Bref, sauf les jours où ils s'enferment à clé pour régler de la paperasse, des factures... je suis à mon poste.

— De combien de congés disposez-vous ? demanda Jackson.

— Pas beaucoup. Quelques jours de temps à autre, c'est tout.

— Dont le jour du drame...

— Oui. Le sénateur voulait rester seul pour préparer quelques discours, relire son programme...

— Mais alors, est-ce que son assistant n'aurait pas dû être présent ?

— Il arrive que le sénateur préfère réfléchir sans personne. Il est parfois pesant d'être toujours entouré, non ?

— Et la secrétaire ?

— Vous allez la voir. Vous vous ferez une opinion, répondit Blake.

— Elle était là, ce jour-là ?

Blake fronça les sourcils. Il avait dû recevoir un peu trop de coups sur la tête dans sa carrière et s'efforçait visiblement de rassembler ses souvenirs.

— Je ne me rappelle pas, avoua-t-il. Il faudra le lui demander. Elle note tout dans l'agenda. Je veux dire, si elle a oublié, elle n'aura qu'à consulter le planning. Ça m'étonnerait qu'elle ait oublié, cela dit. Un jour pareil, ça ne s'oublie pas. C'était affreux.

— Je vous remercie. J'ai l'impression que vous vous entendez vraiment bien, entre vous.

— Entre nous ?

— Eh bien, vous-même, Martin DuPre et Grable Haines.

Blake haussa les épaules, l'air embarrassé. Sans être une lumière, il n'était pas totalement demeuré.

— Oui, oui, ça va..., répondit-il.

Jackson se mit à rire.

— Vous n'avez pas l'air très convaincu !

— Nous aimons tous beaucoup le sénateur. Grable est un chic type, mais il a un problème : il aime trop le jeu. Les femmes aussi, d'ailleurs. Il n'a qu'à sourire et elles sont folles de lui. Ça me rendrait presque jaloux ! Enfin, à part ça, ça va. Il nous arrive d'avoir des heures à tuer ensemble, nous nous tenons compagnie.

— Et avec Martin DuPre ?

— DuPre ? Il ne rêve que de faire de la politique, lança Blake.

— Vous ne l'aimez pas beaucoup ?

— Je n'ai pas dit ça.

— Mais vous le pensez...

— Moi, je reçois mes ordres du sénateur, et je n'apprécie pas que DuPre s'imagine pouvoir me commander en claquant des doigts. Je l'ai déjà dit au sénateur, d'ailleurs. Sinon, eh bien... DuPre est un peu trop bien élevé. Quand il n'est pas avec le sénateur, il est chez lui, en train de travailler sa diction, d'étudier le marketing, la façon de convaincre les foules. Je trouve qu'il en fait trop, voilà.

— Il faut de tout pour faire un monde, commenta Jackson, compréhensif.

— Evidemment. J'imagine que vous allez fouiller dans notre passé, non ? Eh bien, autant vous mettre tout de suite au courant. J'ai fait trois ans pour homicide. Je me suis battu avec un type et il est mort. Ce n'était pas vraiment ma faute. Il avait un couteau et je ne me suis pas laissé faire. Voilà, vous aurez beau chercher, vous ne trouverez rien d'autre sur moi. J'ai payé ma dette et, surtout, j'ai trouvé la paix intérieure.

— Ah bon ? Comment ça ?

— J'ai rencontré Dieu. Je suis devenu chrétien et je ne m'en cache pas, au contraire.

— C'est toujours une bonne chose, quand quelqu'un trouve sa voie, assura Jackson. D'ailleurs, puisque nous y sommes, que pensez-vous de l'Eglise du Christ ressuscité ?

Blake le dévisagea puis secoua la tête.

— Ces gens-là ? Ils sont la proie du démon, voilà ce que je pense. Le Christ aime tous les hommes. Il ne rejette personne, même ceux qui errent et n'ont pas encore trouvé leur voie. Il n'a jamais dit qu'on avait le droit de coucher avec des mineurs ou de nuire à son prochain. Dans cette secte, ce sont des fous furieux qui cultivent la haine. Le Dieu que j'honore m'enseigne l'amour. Eux, je ne comprends même pas à quoi ils croient.

— Vous n'avez jamais eu d'ennuis avec Regina ou David Holloway pour des questions de religion, n'est-ce pas ?

Blake eut un grand sourire.

— Au contraire ! Regina et moi, nous adorions discuter. C'était une bonne catholique et je la taquinais d'aller consulter des voyantes et se faire tirer les cartes. Elle me parlait de ses croyances, moi des miennes, et nous passions de bons moments. Quant à David Holloway, c'est un modéré. Il dit simplement qu'on a le droit de débattre et qu'ici, en Amérique, tout le monde peut croire ce qu'il veut, du moment qu'il ne fait de mal à personne.

— Et vous croyez vraiment que les disciples du Christ ressuscité peuvent faire du mal ?

— Ils n'ont pas encore été épinglés pour quoi que ce soit, mais pour moi, faire du lavage de cerveau sur des enfants, c'est rédhibitoire. Vous devriez enquêter sur eux, conclut Blake avant de se taire, l'air gêné.

— A votre connaissance, y a-t-il eu des échanges désagréables entre eux et le sénateur ? demanda Jackson.

— Pas que je sache, répondit Blake, de plus en plus mal à l'aise.

— Et avec les Aryens ?

— Ce sont des c..., laissa tomber sentencieusement Blake, dans tous les sens du terme. Il ne faut pas les écouter.

Il se tut de nouveau.

Jackson sourit. Il n'avait pas l'intention de lâcher le morceau.

— Allons, j'ai l'impression que vous ne me dites pas tout sur le sénateur, insista-t-il. Personne n'est totalement parfait, non ?

— Il fait tout son possible, répondit Blake avec réticence. La seule chose qui me vienne à l'esprit, c'est de l'avoir entendu parler avec DuPre, un jour, et... il s'agissait d'un genre de paiement.

— DuPre demandait de l'argent ?

— Ce n'était pas pour lui, murmura Blake.

— De quoi parlez-vous ? De chantage ?

— Je ne dirai rien de plus, répliqua Blake avec fermeté. Tout ça, ce ne sont que des impressions, et je peux me tromper. Si vous voulez en savoir plus, vous poserez la question au sénateur.

Il montra une porte et enchaîna :

— Allez-y, entrez. Je n'ai pas besoin de prévenir Mlle Drummond. Vous ferez connaissance tout seul.

Jackson haussa les sourcils, puis comprit qu'il ne tirerait rien d'autre du garde du corps. L'homme appréciait son patron et n'irait pas au-delà de vagues allusions. S'il se passait quelque chose entre le sénateur et sa secrétaire, c'était à lui de le découvrir.

Il ouvrit la porte et entra dans un bureau qui ressemblait à beaucoup d'autres : une grande table, un ordinateur, un agenda ouvert, des photographies, un Interphone. De nombreux dossiers trahissaient un travail intense.

Lisa Drummond était différente de ce qu'il avait imaginé. Ce n'était pas une jeune et sémillante secrétaire mais une femme d'une quarantaine d'années, aux cheveux blonds sévèrement coiffés. Elle avait beau être mince et non dépourvue de charme, elle était loin d'être aussi jolie que l'avait été Regina Holloway.

— Bonjour. Que puis-je faire pour vous ? demanda-t-elle avec un sourire, tout en examinant Jackson avec attention.

Le sénateur Holloway avait peut-être un garde du corps, mais à l'évidence, sa secrétaire, elle aussi, veillait jalousement sur lui.

— Vous êtes Lisa Drummond ?

— Oui, c'est moi.

Jackson sourit à son tour et tendit la main.

— Jackson Crow. J'enquête sur les circonstances de la mort de Mme Holloway.

— Ah, oui, bien sûr. Ravie de vous rencontrer, dit Lisa Drummond, qui semblait effectivement contente mais, aussi, un peu nerveuse.

— Je me demandais si le sénateur pouvait m'accorder quelques minutes d'entretien, reprit Jackson.

La secrétaire fronça les sourcils.

— N'est-il pas venu vous voir ?

— Si, bien sûr. Nous lui en sommes reconnaissants, d'ailleurs.

— Il déteste cette maison, vous savez.

— Cela peut se comprendre, fit remarquer Jackson.

Il attendit patiemment. La femme le dévisageait toujours.

— Alors, vous pensez que je peux le voir ? reprit-il enfin.

— Je vais le lui demander.

Elle ne se servit pas de l'Interphone mais se leva. Elle était vêtue d'un tailleur strict, avec un chemisier blanc et des chaussures à haut talon. Elle avait de jolies jambes, remarqua Jackson, toujours hanté par l'idée que le sénateur avait peut-être une liaison. Cela dit, ce n'était pas forcément avec sa secrétaire.

Elle disparut dans le bureau voisin. Jackson entendit un bref échange. Le sénateur et sa secrétaire parlaient trop bas pour qu'il comprenne, mais il perçut une légère frayeur dans la voix de la femme.

La porte se rouvrit. Lisa Drummond lui jeta un regard crispé et se tapota les cheveux en déclarant :

— Monsieur Crow, si vous voulez me suivre...

Jackson entra.

— Bonjour, dit le sénateur en se mettant debout, la main tendue. Vous avez décidé de venir me voir ici ?

— Oui, j'ai encore quelques questions à vous poser, si cela ne vous ennuie pas, répondit Jackson.

— Pas du tout. C'est moi qui vous ai fait venir, après tout. J'ai suffisamment harcelé Adam Harrison pour qu'il me trouve quelqu'un. Je suis à votre disposition. Asseyez-vous, je vous en prie.

Jackson prit place en face du sénateur. Lisa Drummond s'agitait à côté du bureau.

— Pouvons-nous vous offrir quelque chose ? Un café, un thé ? Une boisson plus forte ? proposa Holloway.

— Non, rien, je vous remercie.

— Vous pouvez nous laisser, Lisa, dit le sénateur d'un ton courtois, mais ferme.

La secrétaire sourit et sortit lentement de la pièce.

— Alors, monsieur Crow, en quoi puis-je vous aider ?

— Je crois comprendre que votre femme a consulté une prêtresse vaudoue, lança Jackson.

L'expression du sénateur changea brusquement. Son attitude détendue disparut et ses traits se figèrent. Il agita la main en répliquant :

— Je ne saurais vous dire à quel point la mort de notre fils l'avait affectée. Elle était inconsolable.

— Etiez-vous d'accord pour qu'elle cherche du réconfort auprès d'autres religions ?

— Le vaudou ? Une religion ? jeta le sénateur.

— C'en est une, effectivement.

Holloway fit la moue.

— Oui, comme cette Eglise du Christ ressuscité qui prêche la haine... Il suffit de s'enregistrer en ligne pour devenir pasteur de n'importe quoi, maintenant. Je vénère notre Constitution, mais par moments...

Il se tut, puis reprit :

— Je ne devrais pas dire cela, mais le fait est que ce prétendu vaudou a sûrement brouillé l'esprit de Regina. C'est d'ailleurs ce dont je veux m'assurer : que sa croyance aux fantômes, au vaudou, à toutes ces niaiseries, a fini par la perdre, elle qui était si intelligente. Car finalement, où est la frontière entre la liberté de pensée et la folie ?

— Même si, à La Nouvelle-Orléans comme ailleurs, la plupart des gens respectent les lois, toutes les religions établies ont leurs fanatiques, dit doucement Jackson. En outre, j'avais cru comprendre que, pour vous, votre femme avait été assassinée, pas qu'elle s'était suicidée.

— Même si elle s'est suicidée, répondit Holloway en inclinant la tête, je veux savoir pourquoi. Je veux la vérité. Si vous me prouvez que cette maison est hantée, j'aurai certes du mal à le croire, mais je n'ai pas d'autre option. La moitié de la ville pense qu'elle a été tuée par des fantômes… J'ai besoin de savoir.

— Nous explorons toutes les pistes, monsieur Holloway. Pour l'instant, j'ai une autre question à vous poser, poursuivit Jackson d'un ton grave.

— Allez-y.

— Avez-vous déjà été victime de chantage ?

— Victime de chantage ? répéta Holloway en écarquillant les yeux. Non !

Jackson hocha la tête.

— D'accord. Est-ce que, cependant, vous avez déjà trompé votre femme ?

— Nous n'allons pas tous descendre à la cave, ce serait idiot, fit remarquer Whitney.

Ils avaient fini de visionner l'enregistrement. Les caméras filmaient maintenant en temps réel et rien n'apparaissait sur les écrans.

— Pourquoi pas ? objecta Will. Mieux vaut être nombreux, au contraire.

— Ce n'était qu'une ombre, rien d'autre, dit Jenna.

— S'il y a une ombre, c'est que quelque chose la projette ! souligna Will.

— Dans ce cas, ce quelque chose était un fantôme, dit Whitney.

— Ma foi, peut-être, admit Will, car je ne vois pas quel objet peut avoir une ombre aussi…

— Je suis d'accord avec Whitney, dit soudain Angela. Il est inutile d'y aller tous. S'il s'agit d'un fantôme, en effet, c'est peut-être celui d'une personne qui s'effarouchait facilement de son vivant, et qui, en voyant surgir tout un groupe, n'osera pas sortir. Je suggère que l'un de nous descende, qu'un autre fasse le guet dans la cuisine et que les autres surveillent les écrans.

— D'accord, acquiesça Whitney, et j'ajoute que nous devrions faire ça avant le retour de Jackson.

— Attendez, c'est tout de même lui le chef, lança Jenna, et il est assez ouvert à nos suggestions, en général !

— Oui, mais nous savons également ce qu'il pense des gens qui prétendent avoir des visions, répliqua Whitney.

Angela lui jeta un regard d'approbation. Whitney faisait preuve de beaucoup d'intuition.

— Il se fait du souci pour notre sécurité, aussi, renchérit Will.

Angela déplia les jambes pour se redresser.

— Je descends ! annonça-t-elle. Will, tu m'attendras

dans la cuisine, à portée de voix. Jenna et Whitney, vous restez surveiller le tournage.

— D'accord, dit Will en se levant à son tour. Je m'y connais en prestidigitation, et croyez-moi, l'ombre que nous avons vue n'était pas une illusion. N'est-ce pas, Whitney ?

— Je jure que nous n'avons pas touché au film, assura cette dernière. Je n'ai fait aucune « manip ». Nous avons bel et bien filmé quelque chose.

— Alors, Jackson a raison, intervint nerveusement Jenna. Nous devrions penser à notre sécurité avant tout.

— Nous sommes ici pour enquêter, rétorqua Angela. C'est ça, la priorité !

— Oui, mais..., balbutia Jenna.

— Mais quoi ?

— Eh bien, c'est toi qui as retrouvé des restes humains, dans la cave. Enfin, un squelette... Et s'il y a quelque chose...

— Raison de plus pour que j'y aille, assura Angela. Viens, Will.

Ils se dirigèrent tous les deux vers la cuisine et ouvrirent la porte de la cave. Au sommet de l'escalier, Will fit une pause. Angela croisa son regard.

— Je ne bouge pas d'ici, déclara-t-il.

— Voyons, Will, un fantôme ne peut rien me faire, objecta doucement Angela.

Elle descendit l'escalier. Au bas des marches, le trou qu'elle avait creusé avec Jackson était resté ouvert, entouré de rubans pour éviter qu'il ne soit piétiné.

Angela décida de s'asseoir juste à côté, les jambes croisées.

Puis elle ferma les yeux.

Elle avait compris, maintenant, que les fantômes

lui apparaissaient en général quand elle rêvait, qu'il s'agisse de rêves éveillés ou non.

L'essentiel était de vider son esprit, d'oublier ce qui l'entourait pour ne plus se concentrer que sur le passé.

Elle resta immobile et respira doucement, en se répétant quelques mantras de yoga qu'elle connaissait.

Même si, évidemment, elle ne risquait pas d'atteindre le nirvana, songea-t-elle ironiquement.

Puis elle rouvrit les yeux et son sang se figea.

L'ampoule unique qui éclairait la cave d'une lumière chiche laissait voir dans la pénombre tout un fatras d'objets abandonnés, des balais, des serpillières, de vieux outils.

C'était la lumière qui créait les ombres. La lumière, autrement dit l'énergie, la vie. Et la mort modifiait l'énergie.

Alors, elle le vit enfin... C'était un homme, habillé d'une redingote, d'un gilet et d'un chapeau haut de forme. Abrité dans un recoin sombre, sous l'escalier, il lui jetait des regards nerveux, comme s'il redoutait sa réaction.

Puis, prudemment, il fit un pas en avant.

Il n'y a rien à craindre, pensa silencieusement Angela. *Il n'y a rien à craindre.*

Elle ne savait pas qui elle tentait de rassurer, de l'apparition ou d'elle-même.

Elle se rendit compte qu'elle avait ouvert les yeux et observait le spectre bien en face.

Et puis... elle sentit soudain qu'une foule l'entourait, de plus en plus nombreuse. Des hommes, des femmes, les yeux fixés sur elle. La plupart étaient vêtus de costumes victoriens, mais d'autres avaient des tenues plus récentes. Il y avait même un jeune homme avec un T-shirt, et un autre, aux cheveux longs, semblable à n'importe quel adolescent dans la rue... sauf qu'il ne venait pas du dehors.

Angela aurait juré qu'une femme lui avait caressé la joue.

Ce sont des victimes, songea-t-elle. *Des victimes de Madden C. Newton. Il les a tous tués, soit ici, soit ailleurs, mais ils sont tous enterrés ici. Tous les corps n'ont pas été découverts, et leur esprit est resté sur place, pour tenter d'aider ceux qui n'avaient pu échapper à la folie meurtrière de ce spectre, au-delà de la mort.*

Tout à coup, l'ampoule électrique se mit à briller de façon aveuglante, comme si elle explosait, et des grains de poussière argentés virevoltèrent dans une étrange lueur soufrée.

— Angela ! Angela !

Elle entendit appeler et, l'espace d'un instant, ne se rendit pas compte que les cris provenaient du salon. C'étaient les voix de Jenna et de Whitney.

— Angela ! Remonte tout de suite !

Chapitre 10

Le sénateur Holloway baissa la tête et jeta un coup d'œil sur sa gauche. En général, c'était le signe qu'une personne s'apprêtait à mentir.

— Non, répondit-il d'une voix rauque. Je n'ai pas eu de liaison. J'aimais Regina.

Jackson garda le silence un moment, puis se pencha et répondit d'une voix lente, en détachant ses mots :

— On peut aimer sa femme et avoir besoin de réconfort auprès d'une autre, monsieur.

Holloway leva la tête. Jackson se rendit compte qu'il serrait son crayon au point de le briser. Il fixa son interlocuteur droit dans les yeux et déclara d'un ton empreint d'autorité :

— Je le répète, monsieur Crow, je n'ai jamais eu de *liaison*. Je suis resté entièrement disponible pour mon épouse, chaque fois qu'elle a eu besoin de moi. Moi aussi, j'ai perdu un fils, mais cela ne m'a pas empêché de comprendre la détresse d'une mère. Autrefois, c'était une épouse active, dévouée à sa famille. Mais ensuite, contrairement à moi, elle n'a pas eu de responsabilités dans lesquelles se plonger. Elle était totalement désemparée. J'ai veillé sur elle. Si, maintenant, je veux savoir ce qui s'est réellement passé, je peux vous garantir que cela n'a rien à voir avec une quelconque *liaison* de ma part.

— Merci, monsieur le sénateur. Je vous présente mes excuses, mais j'avais besoin de vous entendre confirmer cela. Après tout, vous avez demandé une enquête fouillée, n'est-ce pas ? Revenons à votre épouse. Avait-elle vraiment commencé à croire aux fantômes ? A votre avis, quelqu'un s'est-il introduit dans la maison pour la tuer ? Ou bien s'est-elle suicidée parce qu'elle ne supportait plus l'existence ?

Holloway se leva brusquement. Le crayon cassa dans sa main.

— Elle ne s'est pas suicidée à cause de moi ! D'ailleurs, elle ne s'est pas suicidée du tout. Peut-être est-elle... morte de peur. Si c'est le cas, c'est parce qu'il y a quelque chose dans cette maison, et je vous demande de trouver quoi.

Jackson se remémora une phrase de Shakespeare : « La dame proteste trop, il me semble. » En l'occurrence, ce n'était pas une dame qui parlait. C'était le sénateur David Holloway.

La façon même dont il revenait sans cesse sur le terme de « liaison » était d'ailleurs suspecte. Jackson aurait juré qu'il niait simplement avoir eu des relations durables, ce qui n'excluait pas les aventures sans importance à ses yeux.

Il se demanda ce que Lisa Drummond en aurait pensé, si jamais elle était concernée.

Il se leva.

— Merci de m'avoir accordé cet entretien, monsieur le sénateur. Comprenez-moi... Je ne vous poserais pas toutes ces questions si nous n'étions pas en quête du moindre indice. On ne sait jamais quelle piste peut surgir d'une simple conversation.

— Bien entendu, mais si vous imaginez que j'ai fait souffrir mon épouse en fréquentant quelqu'un d'autre... vous vous trompez.

— C'est probable. Cela dit, avez-vous déjà songé que quelqu'un d'autre, à part vous, aurait pu vouloir empêcher votre femme d'évoquer une éventuelle liaison ? Dans l'hypothèse où elle aurait *cru* que vous en aviez une ?

Jackson n'espérait pas de réponse. Il se contenta de tendre la main en concluant :

— Une fois de plus, merci encore.

Il sortit du bureau et gagna la sortie en saluant gaiement de la main Lisa Drummond. Celle-ci le regarda sans réagir, le visage livide. Dans le vestibule, il s'arrêta un instant près de Blake Conroy.

— Où pourrais-je trouver Martin DuPre ? lui demanda-t-il.

— Dehors, quelque part... Le sénateur l'a envoyé régler quelques affaires, répondit Blake en dévisageant Jackson, le sourire aux lèvres.

— Ah ! Et dans ces cas-là, c'est Grable Haines qui lui sert de chauffeur ?

— Parfois. Pas toujours.

— Ce qui ne m'avance pas beaucoup... Merci tout de même, Blake.

— Je n'essayais pas d'être évasif ! protesta l'homme.

— Je sais, et je n'étais pas non plus sarcastique. Merci encore.

Ignorant l'ascenseur, Jackson s'engouffra dans l'escalier. Cela irait plus vite.

Une fois dans la rue, il remarqua un tract collé sur un réverbère. Le titre attira son attention. On y lisait :

BATTEZ-VOUS POUR NOTRE NATION !
Nous luttons contre les politiques d'intégration raciale.
Nous défendons le vrai peuple de ce pays.
Rejoignez-nous !
Réunion ce soir.

C'était signé :

Les Aryens, pour l'Amérique.

Jackson s'approcha pour lire l'adresse. Au même moment, il entendit Jake le héler :

— Je suis là, patron !

Le jeune homme se trouvait de l'autre côté de la rue, adossé contre la voiture.

Jackson le rejoignit.

— Alors ?

— Alors, notre ami chauffeur est garé juste au coin, répondit Jake. Vous voulez que je vous montre ?

— Non. Je suis sûr que vous avez déjà bavardé avec lui, en jouant la complicité entre simples exécutants qui attendent les ordres…

— Exactement ! confirma Jake en s'esclaffant. Je me suis dit que c'était le meilleur moyen.

— Cela a donné quelque chose ?

— Ma foi, oui !

— Et quoi donc ?

— Il a un point faible…

— Ah bon ? Lequel ?

— Le jeu, expliqua Jake.

Jackson fronça les sourcils.

— Et il vous l'a dit comme ça, de but en blanc ?

— C'est venu dans la conversation. Le jour où Regina est morte, il était au casino, certain de se refaire au poker pour payer ses dettes de jeu, mais ça n'a pas marché. Il avait pensé faire un emprunt au sénateur, qui était compréhensif et aurait accepté. Seulement, il y a eu un hic…

— Lequel ?

— Regina elle-même. Elle l'aimait bien, il en est sûr, mais elle voulait qu'il mûrisse et travaille pour payer ses dettes, au lieu d'aller quémander de l'argent au sénateur.

— Et maintenant, où en est-il ?

— Holloway l'a dépanné. Il est censé rembourser en faisant des heures supplémentaires, en servant de chauffeur à des proches de son patron, ce genre de chose…

— Autrement dit, une fois Regina morte, le sénateur lui a prêté de l'argent ?

— C'est ça. Grable affirme qu'il ne lui avait rien demandé. Le sénateur l'a convoqué dans son bureau, lui a dit qu'il payerait pour cette fois, la dernière, et que cela ne devait pas se reproduire.

— Vous avez bien travaillé, commenta Jackson.

Jake eut un grand sourire.

— Oh ! il suffit d'avoir du doigté… vous ne croyez pas ?

— Si, plus ou moins. Bref, Grable avait intérêt à la mort de Regina…

— Exact. Et vous, qu'avez-vous récolté ?

— Voyons voir. Je pense que le sénateur a une liaison et je soupçonne qu'il s'agit de sa secrétaire, Lisa Drummond. Elle n'a rien d'une femme fatale, mais elle est sur place, et elle est visiblement très attachée à son patron.

— Hmm… le sénateur avait donc un secret. Pourtant,

c'est lui qui nous a fait venir... Et puis, même s'il couchait avec une autre, il n'en aimait peut-être pas moins sa femme.

— Entièrement d'accord.

— Autre chose ?

— En fait, ils ont tous un mobile. Blake Conroy, le garde du corps, est un repris de justice. Il a tué un type dans une bagarre. Il s'est converti ensuite, cela dit, et avoue qu'il parlait souvent de religion avec Regina Holloway. Il n'aime pas beaucoup Martin DuPre, mais il pense que le chauffeur est un type correct.

— Et qu'avez-vous tiré de DuPre ?

— Je ne l'ai pas vu. Apparemment, il se déplace beaucoup pour le sénateur.

— Oui, c'est un type très occupé, ce qui ne réjouit pas excessivement Grable Haines, d'ailleurs. Il passe son temps à véhiculer DuPre.

— Sauf qu'en ce moment, DuPre n'est pas là et que le chauffeur, lui, y est, souligna Jackson.

Jake haussa les épaules.

— Je sais, et j'ignore où est DuPre aujourd'hui. Grable l'attend, car il doit l'amener dans le centre, ce soir, pour dîner avec des clients dans un restaurant, rue Chartres. L'une de ces grandes brasseries pour touristes.

— Des clients ? Lesquels ?

— Grable ne me l'a pas dit. Je crois qu'il n'en sait rien. En tout cas, il en veut à DuPre de se montrer arrogant, contrairement au sénateur. DuPre, apparemment, aime se donner de l'importance, et d'après le chauffeur, il se verrait bien prendre la place du sénateur.

— Vous pensez que Grable est jaloux ? Qu'il y a un contentieux entre lui et DuPre ?

— C'est possible. Tout comme il se peut que DuPre

ne soit qu'un imbécile prétentieux, ce qui expliquerait que personne ne l'aime.

Jackson se mit à rire.

— Je vois. Certains sont détestés parce qu'ils sont blancs, noirs, chrétiens, juifs… Lui, ce serait pour la seule raison que c'est un salaud. Mais alors, pourquoi le sénateur le garde-t-il ?

— Il est peut-être efficace pour régler certaines affaires, suggéra Jake.

— Oui. Quelles que puissent être ces « affaires »…

Le portable de Jake se mit à sonner. Il s'excusa, décrocha, écouta, puis fronça les sourcils, jeta un coup d'œil à Jackson et détourna les yeux, signe qu'à l'autre bout du fil on parlait sûrement de Jackson lui-même.

— D'accord… Nous sommes en chemin. Non, je ne dirai rien, murmura-t-il.

Il raccrocha puis expliqua :

— Apparemment, ils ont filmé quelque chose dans la cave… Une forme qui tentait de s'en prendre à Angela.

Angela avait bien senti, dans le soudain tourbillon de lumière, une zone obscure, comme un rayon noir, malfaisant, mortifère. Dans l'aveuglante lumière, infiniment puissante, cette ombre n'avait pu lutter, et avait tenté en vain de se répandre, en poussant un cri de rage silencieux. Angela avait enregistré tout cela à l'instant même où les autres l'avaient appelée, et rien d'autre ne s'était produit.

La porte, en haut de l'escalier, s'était ouverte brusquement, et Will s'était précipité en criant. Elle avait couru vers lui, et ils avaient quitté précipitamment la cave pour se retrouver dans la cuisine inondée de soleil.

Whitney et Jenna étaient accourues, et ils s'étaient tous dévisagés en silence pendant un moment.

— Que s'est-il passé ? avait enfin demandé Jenna.

— Que veux-tu dire ? avait répondu Angela, étonnée. C'est vous qui m'avez crié de sortir !

— Nous avons vu une forte lumière, puis des ombres, et la lumière est devenue si éblouissante que le film avait l'air de brûler. Et alors, une sorte de... de grande chose noire a foncé sur toi ! expliqua Whitney. Et tu étais toute seule en bas !

— Je sais que l'ampoule s'est soudain mise à briller incroyablement, dit Angela, et ensuite... Mais voyons plutôt ce que vous avez filmé.

— Pas tout de suite, coupa Will en la scrutant. Quand je suis arrivé, il n'y avait rien... alors, dis-nous d'abord ce que toi, tu as vu.

Angela tremblait encore sous l'effet de cette force malfaisante qu'elle avait perçue. Elle se souvint, quand elle était rentrée avec Jackson après dîner, de la façon dont elle avait observé la maison en songeant qu'une force mauvaise devait encore y résider.

Or, elle venait de percevoir nettement cette force, en bas, dans la cave. Cette ombre qui avait surgi, c'étaient les puissances maléfiques luttant contre la lumière, incapables d'accepter le fait que...

— Attendez, lança-t-elle à Jenna et Whitney. Qu'avez-vous vu *exactement* pour me hurler de remonter ?

Les deux interpellées échangèrent un coup d'œil avant de la fixer de nouveau.

— Comme nous te l'avons dit, répondit Jenna. Une... une sorte d'ombre énorme, dans cette lumière étrange... Et toi au milieu, isolée...

— Oui, presque comme s'il y avait eu quelqu'un qui

projetait cette… cette chose noire, en dépit de la lueur, renchérit Whitney.

— Et qui fonçait vers toi, ajouta gravement Jenna.

Angela regarda Will en haussant les sourcils.

— Alors, quand elles ont hurlé, je me suis précipité, évidemment ! lança-t-il.

— Et toi, qu'est-ce que tu as vu ? lui demanda-t-elle.

— Rien, à part toi.

— Bon, dit Angela en se tournant de nouveau vers Whitney et Jenna. Cette ombre fonçait sur moi, d'accord. Mais que faisait-elle précisément ?

Jenna et Whitney échangèrent un nouveau coup d'œil.

— C'était… menaçant, répondit Jenna.

— Comme si cette chose allait essayer de t'envelopper, de t'engloutir dans le noir, ajouta Whitney.

— Alors que juste avant, toute cette lumière, c'était si beau ! reprit Jenna. Et puis, quand cette ombre a surgi, j'ai eu incroyablement peur pour toi. Je n'ai pas vu de queue fourchue ou de regard luisant, bien sûr, mais… c'était terrifiant.

— Maintenant, raconte-nous ce qui est arrivé avant, Angela, ordonna Will.

Elle hésita un moment, puis répondit :

— Je vais vous le dire, mais ensuite nous irons regarder le film et… j'aimerais que vous ne le répétiez à personne. Personne ! Pas même à Jake et Jackson. Sinon, je nierai ! Vous, vous pouvez comprendre, parce que vous savez qu'il existe des phénomènes inexplicables. Mais avec les deux autres, surtout Jackson, je préfère… m'en tenir aux faits.

— Nous ne dirons rien, c'est promis, assura Whitney. Mais nous voulons savoir !

— Eh bien… il y avait des gens. L'homme qui a été

tué ici par Madden C. Newton, par exemple, le nommé Nathaniel Petti, celui dont je pense avoir déterré le squelette le jour de mon arrivée... Il était debout sous l'escalier, l'air... intimidé. Et puis, j'ai senti d'autres présences, et vu tout un groupe... Des femmes en robe longue, des hommes en redingote, avec des chemises de coton écru... Ils tournoyaient autour de moi mais n'avaient rien d'effrayant. Ils avaient un air résigné, au contraire, et en même temps plein d'espoir, même si ça semble paradoxal. Et puis, cette lumière a soudain jailli de l'ampoule, et au moment où vous m'avez appelée...

— Oui, alors ? demanda Whitney, impatiente.

— J'ai senti la même chose que vous, avoua Angela avec un petit soupir. Je ne sais pas comment décrire ça. C'était comme... un déferlement de *haine*. J'ai eu peur, je l'admets. Mais Will a surgi et... c'est tout. Venez, allons voir l'enregistrement.

Les trois autres hochèrent lentement la tête. Ils retournèrent dans le salon. Whitney prit la télécommande et fit revenir le film en arrière, au moment où Angela descendait dans la cave.

Angela se vit arriver au bas des marches, puis attendre, assise.

— Il n'y a rien ! s'écria-t-elle.

— Attends un peu, dit Whitney.

La cave s'assombrit peu à peu, baignée d'une pénombre plus argentée que grisâtre, puis, soudain, dans une sorte d'explosion, l'ampoule se mit à briller de manière surnaturelle. Des grains de poussière voltigèrent comme de légers cristaux.

Alors...

Lentement, subtilement, une ombre commença à s'élever du sol en se tortillant sous la lumière, juste derrière Angela. Elle semblait avoir des tentacules, de longs doigts squelettiques qui se tendaient vers la jeune femme...

Prêts à la saisir.

La porte du salon s'ouvrit brusquement et un courant d'air s'engouffra dans la pièce. Retenant un cri, ils firent tous volte-face et virent Jackson et Jake, qui venaient de rentrer.

Will eut un rire bref en voyant qu'ils se mettaient tous debout d'un bond. Jackson retira lentement sa veste en les dévisageant, l'air crispé, nettement contrarié.

— Qu'est-ce qui se passe, ici ? jeta-t-il.

— Nous avons filmé un phénomène étrange dans la cave, s'empressa d'expliquer Whitney.

— Et vous ne m'avez pas appelé ? répliqua-t-il.

Whitney s'empourpra.

— J'ai appelé Jake. Je ne voulais pas donner inutilement l'alerte, mais j'ai voulu mettre tout de même quelqu'un au courant.

— Vous auriez dû m'appeler directement, répliqua Jackson d'un ton réprobateur.

Whitney, embarrassée, baissa les yeux.

— J'espérais que Jake serait... plus discret. Nous ne voulions pas que vous laissiez tout tomber pour vous précipiter ici.

— Bon. Voyons ce que c'est, reprit Jackson d'un ton brusque.

Il appuya sur la télécommande. Debout autour de lui, ils fixèrent l'écran, puis Angela jeta un coup d'œil à Jackson pour observer sa réaction.

— Mmm... c'est intéressant, dit-il.

— Intéressant, c'est tout ? s'écria Jake.

Jackson les regarda un par un, aussi imperturbable qu'à l'ordinaire.

— Eh bien, n'importe quel expert dirait qu'un afflux d'électricité a fait briller l'ampoule et que beaucoup de choses ont pu projeter une ombre. Du plâtre qui tombe, une poutre...

— Rien n'est tombé, coupa sèchement Angela.

— Et elle était toute seule en bas ! protesta Whitney.

— Il n'y avait pas le moindre courant d'air dans la cave, précisa Will.

— C'est une vieille maison, rétorqua Jackson. Les fondations sont anciennes. Elles peuvent bouger. Simple question de gravité.

— Mais alors... vous pensez que nous n'avons rien enregistré de particulier ? s'écria Whitney, stupéfaite.

Jackson eut enfin un sourire.

— Je ne dis pas ça. Je vous indique ce qu'un scientifique pourrait conclure en voyant le film.

— Alors, qu'est-ce que..., murmura Will.

— Pour commencer, je vous interdis à tous de descendre seuls à la cave, répondit Jackson. Il se peut, effectivement, qu'il y ait... quelque chose dans cette maison. Angela, qui nous sert de catalyseur, doit se montrer particulièrement prudente.

Il jeta à la jeune femme un regard sévère.

— Qu'avez-vous vu exactement, d'ailleurs ?

Elle soutint son regard sans ciller.

— Une très vive lumière, puis des ombres qui bougeaient. Mon imagination m'a peut-être joué des tours, mais j'ai eu l'impression que ces ombres prenaient forme humaine... Quant à ce que cela signifie exactement, je n'en sais rien.

— Vous n'avez pas été secouée ?

— Pas le moins du monde.

— Qu'en pensez-vous, Jackson ? s'enquit Jenna.

Angela répondit à sa place, sans le quitter des yeux :

— Je crois, effectivement, que des phénomènes étranges se produisent ici, ne serait-ce qu'à cause de l'histoire de cette maison. Nous avons déjà trouvé un squelette et je ne serais pas étonnée qu'un maniaque comme Madden C. Newton ait dissimulé d'autres restes humains, ici et là. Que ça s'accompagne de manifestations inexplicables ne m'étonne pas. Cela dit, est-ce un fantôme qui a tué Regina Holloway ? A mon avis, non. Dans mon expérience, les esprits qui restent ici-bas le font pour aider les vivants, pas pour les assassiner. Je suis convaincue qu'un criminel en chair et en os est à l'œuvre. Quant à savoir quels liens il entretient avec cette demeure, nous n'en savons rien pour l'instant, et c'est pour cela que nous enquêtons. Suis-je suffisamment claire ?

Des regards anxieux se tournèrent vers Jackson, dans l'attente de ses commentaires.

— Tout à fait claire, déclara-t-il. Voici donc où nous en sommes. Le sénateur Holloway, en dépit de sa réputation, et même s'il aimait sa femme, avait sans doute une liaison. Soit son personnel n'était pas au courant, soit il le savait et gardait le secret.

Angela lui jeta un regard surpris. Il avait totalement changé de sujet, comme s'il ne tenait pas compte de ce qui s'était passé dans la cave et de ce qu'ils avaient filmé. Sa volte-face était très déconcertante.

— A mon avis, poursuivit-il, il couchait avec sa secrétaire. Nous savons par ailleurs que Martin DuPre est unanimement détesté, et que Regina Holloway avait empêché son mari de donner de l'argent à Grable Haines pour payer ses dettes de jeu. Cet argent a été versé après la mort de Regina. Enfin, nous avons également appris que le garde du corps, Blake Conroy, a fait de la prison pour homicide quand il était jeune. J'ajoute que l'Eglise du Christ ressuscité dissimule apparemment un trafic de jeunes filles utilisées comme esclaves sexuelles. Cela dit, même si elle sert de couverture à de sombres pratiques, je ne vois pas quel lien elle aurait avec un meurtre commis dans cette maison. La remarque vaut aussi pour les Aryens, dont je ne vois pas quelle raison ils auraient eue de pénétrer ici et de commettre un forfait. Dans la mesure, cependant, où le sénateur les décrit comme de redoutables adversaires, nous allons garder l'œil sur ces deux organisations. Voici les éléments dont nous disposons pour l'instant. Maintenant…

Il se tourna vers Angela et conclut :

— Vous et moi sortons pour dîner.

— Ne vous inquiétez pas pour nous. Nous mangerons des sandwichs, lança Jenna d'un ton léger.

Jackson, qui regardait toujours Angela, ignora sa remarque. Elle soutint son regard, songeuse. Il avait exposé ses récentes découvertes d'un ton neutre, pragmatique, et s'était refusé à commenter ce qu'ils avaient enregistré. Pourtant, elle savait que c'était important. Cela représentait un véritable défi, même pour un esprit scientifique.

— Jackson… il s'est vraiment passé quelque chose, dans la cave, déclara-t-elle.

Il se contenta de hocher la tête.

Alors, elle comprit qu'il avait deviné. *Il savait.*

Et il avait l'intention de l'interroger.

— Alors ? Dîner ? insista-t-il poliment.

— C'est vous le patron !

— Bien. Soyez prête dans quinze minutes, d'accord ? Je voudrais faire un saut au musée de la rue Royal, pour voir s'ils ont des archives sur cette maison. Vous, Jenna, j'aimerais que vous alliez avec Jake à une réunion des Aryens ce soir. Nous avons vu une affichette. Cela se tient rue Carondelet. Vous êtes les seuls que je puisse envoyer…

— Ah bon ? Moi non ? demanda Whitney, faussement offensée.

— Ni moi non plus, apparemment ! ajouta Will.

— Malheureusement, je ne peux envoyer que des Blancs dans cette secte… Mais vous ne perdez rien pour attendre, répondit Jackson en souriant. Je vous envoie regarder qui entre et sort de l'Eglise du Christ ressuscité.

— C'est presque comme aller chez les Aryens, non ? Je frissonne ! s'exclama Whitney.

— Presque, mais pas tout à fait, répondit Jackson en riant.

Il se détourna pour gagner l'escalier puis, soudain, revint sur ses pas et lança :

— En votre absence à tous, laissez les caméras tourner. Et, je le répète, personne ne descend seul à la cave, ni ne reste seul dans la maison, d'ailleurs. C'est compris, tout le monde ?

Ils acquiescèrent, et il monta dans sa chambre en sifflotant.

Quand il eut disparu, Whitney murmura :

— Même s'il y a un meurtrier en chair et en os, je suis sûre qu'il se passe des choses anormales dans cette maison.

Jenna prit soudain la parole.

— Tu sais, Angela, j'ai déjà vu le même phénomène que toi, un jour, à l'hôpital. En fait, cette lumière, ce sont les esprits des morts. Tu les as rappelés du paradis, ou de l'au-delà, quel que soit le nom qu'on donne à ce qui se passe outre-tombe, et...

Elle se tut, comme si elle hésitait à poursuivre.

— J'ai besoin d'un verre, déclara soudain Will. Qui m'accompagne ?

Ils se dirigèrent tous les cinq vers la cuisine, silencieux, sauf Will qui explorait le réfrigérateur en proposant des boissons. Angela était tentée par un thé glacé, mais la situation l'avait mise mal à l'aise et la perspective d'un dîner avec Jackson l'intimidait. Elle demanda une bière, comme les autres, but une gorgée, puis, finalement, descendit la moitié de la bouteille d'un seul coup.

Jake la regarda d'un air compatissant.

— Ne t'en fais pas trop, ma puce, lui dit-il d'un ton taquin. Je ne pense pas que Jackson ait l'intention de te soumettre à la question, ce soir.

— Ah bon ? Pourquoi ?

— Parce qu'il veut suivre Martin DuPre, qui a justement un dîner prévu dans un restaurant.

— Oh ! tant mieux..., soupira-t-elle.

Ils s'étaient tous assis autour de la table et éprouvaient une étonnante mais agréable sensation de complicité.

— Raconte-nous ton histoire, Jenna, dit Angela.

Jenna but un peu de bière puis se lança.

— J'avais un patient, un vieux monsieur très gentil, nommé Jeter Miller. Il avait un cancer. On ne lui donnait que quelques mois à vivre, mais un jour, il est mort brusquement, d'un arrêt cardiaque. On n'a pas pu le ranimer et j'étais vraiment triste. Bref, le soir de sa mort, j'ai dû descendre à la morgue de l'hôpital, pour remplir des papiers. A un moment, je me suis retrouvée seule avec son corps, dans le « frigo » — c'est comme cela que l'on appelle le dépositoire —, et Jeter m'a pris la main. J'ai eu tellement peur que mon hurlement s'est étranglé dans ma gorge...

Elle se tut et prit une profonde inspiration.

— Il n'était pas vraiment mort ? demanda Will.

— Oh si, il était mort ! Ne me regarde pas comme ça. Je raconte rarement cette histoire...

— Excuse-moi. Je cherchais simplement à t'exprimer toute ma sympathie, murmura Will.

— Et après ? intervint Angela.

— Il s'est mis à me parler. Il m'a dit que son associé était venu saboter son intraveineuse pour provoquer une crise cardiaque. Jeter avait récemment décidé de laisser sa part de l'entreprise à son fils, après s'être réconcilié avec lui, et l'associé voulait éviter ça. Bref, alors que d'ordinaire on ne faisait pas d'autopsie pour les patients en stade terminal, j'ai fait des pieds et des mains pour qu'il y en ait tout de même une, et on s'est aperçu qu'il y avait eu du poison dans l'intraveineuse. Je suis redescendue à la morgue en me disant que j'avais dû rêver, la première fois, mais en me promettant de dire au mort que tout allait bien, et quand j'ai eu terminé, il m'a dit avec des larmes dans les yeux qu'il m'avait attendue pour me remercier, et alors... Eh bien, j'ai vu cette lumière aveuglante, la même que toi, Angela. Peut-être qu'en libérant Petti, quand tu as retrouvé son squelette, tu as aussi permis à tous les autres de rejoindre enfin leur destination dans l'au-delà.

— Merci, Jenna, dit Angela.

Elle tendit le bras pour serrer la main de la jeune

infirmière. Cette dernière but une longue gorgée de bière avant d'ajouter :

— Vous devez me croire complètement givrée...

— Sûrement pas nous, ma chère ! assura Whitney en levant sa bouteille de bière. A nous ! Aux chasseurs de fantômes, ou de paranormal, quel que soit le nom qu'on nous donne.

— Les chasseurs de fantômes ? J'aime assez, dit Will avec un sourire, en levant sa bouteille à son tour. Oui, trinquons à notre équipe, et faisons une promesse : aucun de nous ne pensera jamais que les autres sont fous. Nous savons que nous sommes tous agréablement différents, voilà !

Ils trinquèrent.

— Mais que faisons-nous de Jackson ? demanda Jake. Comment savoir ce qu'il pense ?

— Il pense qu'il est le patron, répondit Angela.

— Mais il *est* le patron, argua Jake en roulant des yeux.

— Techniquement, le patron, c'est Adam Harrison, corrigea Angela.

— En tout cas, c'est Jackson qui pilote l'équipe, répliqua Jake.

— Jackson est un brave type, intervint Will, et nous ferions mieux de ne pas lui mentir et de ne rien lui cacher. Il n'a jamais nié nos trouvailles, il dit simplement : « Donnez-moi des preuves. »

Angela se leva.

— Je vais me préparer pour le dîner, déclara-t-elle. Amusez-vous bien à jouer les détectives !

Elle quitta la cuisine. Whitney lui lança un dessous de verre en plaisantant :

— Si c'est vraiment un restaurant chic, rapporte-nous des doggie bags !

Angela se mit à rire et répondit par-dessus son épaule :

— D'accord, ce soir, je suis privilégiée... Mais on verra si ce n'est pas une illusion !

Elle monta l'escalier, heureuse de l'amitié naissante qui se forgeait avec ses collègues.

Une fois dans sa chambre, elle s'immobilisa. La porte qui communiquait avec la chambre de Jackson était poussée. Pas entièrement fermée, mais poussée.

Il tenait de toute évidence à sa vie privée.

La nuit tombait. C'était l'heure à laquelle Regina était morte, le moment exact où les ombres du passé se manifestaient, comme les personnages d'une pièce de théâtre qui, cependant, auraient parfois modifié leurs répliques. Elle se rappela sa frayeur, dans la cave, un peu plus tôt. Cela n'avait duré que quelques secondes, et dès l'arrivée de Will, tout était redevenu normal.

Mais que se serait-il passé si elle était restée en arrière ?

Impossible à dire. En revoyant la scène, sur les écrans de télévision, elle s'était rappelée avoir nettement senti quelque chose de malfaisant derrière elle. Une force sombre, prête à se jeter sur elle.

Or, les fantômes n'agressaient pas. Ils n'avaient pas cette énergie, même et surtout ceux qui hantaient la maison. Finalement, Jackson devait avoir raison : il y avait sûrement un meurtrier en chair et en os derrière le drame.

Elle s'assit sur le lit en fermant les yeux.

— Annabelle ? Percy ? appela-t-elle doucement.

Pendant un instant, ce fut le silence.

Puis, devant ses yeux, qu'il s'agisse ou non d'une hallucination, le petit garçon apparut et, quelques secondes plus tard, sa sœur se glissa craintivement derrière lui.

Ils n'étaient pas réels. Ils étaient translucides et elle pouvait voir le mur à travers eux.

Mais ils étaient là.

— *Aidez-nous, s'il vous plaît... C'est un homme très méchant,* dit Percy.

— Vous parlez de M. Newton ? Il s'est montré très cruel avec vous, répondit-elle.

Percy grimaça, baissa les yeux et hocha la tête. Puis il la releva.

— *Il y en a d'autres,* reprit-il. *Ils viennent dans cette maison et font de nouveau du mal... Parce qu'il pénètre leurs esprits.*

— *Il est très, très méchant*, renchérit Annabelle, agrippée à son frère.

— Mais vous, vous étiez de bons enfants, répondit Angela, et vous allez retrouver vos parents, là où ils vous attendent.

— *Non*, déclara Percy, l'air grave. *J'ai essayé d'aider la dame qui habitait ici, mais elle ne me voyait pas. Elle voyait seulement ce qu'ils lui envoyaient... Un autre méchant fabriquait des images, avec une lumière, et elle ne voyait rien d'autre.*

— Je ne comprends pas, Percy. Quel autre méchant ?

— *Il rentre comme il veut dans la maison. Il venait souvent, quand il y avait la gentille dame. Je n'ai pas pu l'aider... elle ne me voyait pas. Elle ne voyait que leurs images*, répéta Percy.

— Angela !

On frappa à la porte de communication et elle s'ouvrit.

Jackson apparut, grand, mince, solide, incroyablement *vivant.*

Elle regarda Annabelle et Percy, qui se dissolvaient doucement, puis se tourna de nouveau vers Jackson, craignant qu'il n'ait entendu sa voix et n'en conclue qu'elle parlait toute seule.

Seulement, le regard bleu de Jackson était rivé sur l'endroit où les enfants s'étaient tenus.

Il les a vus, se dit-elle. *Il a vu les enfants !*

A cet instant, cependant, Jackson pivota vers elle et lança d'un ton léger :

— Vous êtes prête ?

— Juste le temps de me changer, répondit-elle.

Il rentra dans sa chambre et referma la porte.

Chapitre 11

Angela marchait en silence à côté de Jackson, se demandant ce que les passants pensaient de leur couple, une jeune femme si blonde avec un homme aussi brun.

C'était la saison idéale pour se déplacer à pied. Une brise douce soufflait dans l'obscurité, tendre et tiède comme une caresse.

Elle aimait la diversité de La Nouvelle-Orléans, où se mêlaient tant d'origines, tant de cultures, tant de traditions.

Elle n'interrogea pas Jackson sur les fantômes des enfants. S'il les avait vus et voulait lui en parler, il le ferait le moment venu.

Il semblait pensif et, de temps à autre, regardait autour de lui tout en cheminant, comme s'il se rappelait soudain qu'ils n'étaient pas totalement à l'abri du danger.

— Jackson ? dit-elle au bout d'un moment.

— Oui ?

— Je suis sûre que vous avez eu des expériences paranormales. Forcément. C'est le cas de tous les gens qu'Adam a fait venir…

Il se tourna vers elle. Elle se dit qu'il allait nier, mais elle se trompait.

— J'ai eu des rêves prémonitoires, répondit-il.

Seulement, les rêves ne sont peut-être que de simples projections de notre cerveau, construites à partir des données dont nous disposons...

— Vous me donnerez un exemple ?

— Bon. Je vais vous raconter un épisode...

Il se tut un moment, le visage crispé, puis enchaîna :

— J'ai vu en rêve l'une de mes collaboratrices, Sally. Elle me disait à quel endroit le meurtrier que nous recherchions se cachait. Je me suis précipité. J'ai pu sauver deux autres collègues, mais... pas Sally. Elle est morte. Cela m'a beaucoup secoué. Adam Harrison a appris l'histoire de ce rêve et se demande sans doute, comme moi, s'il s'est agi de télépathie ou si j'ai eu simplement une brillante intuition. Je ne connais pas la réponse.

— Bref, vous restez sceptique ?

Jackson hésita avant de répondre :

— Je crois en Dieu, en tout cas en un Etre suprême, et je crois aussi que nous devons faire le bien autour de nous et nous défendre du mal. Quant à savoir s'il y a quelque chose au-delà de la mort, j'avoue avoir vu bien trop de truqueurs et de charlatans pour me prononcer. D'accord ?

Angela dissimula un sourire. Il avait déjà fait un bel effort de franchise.

— C'est une bonne idée, de passer au musée avant d'aller dîner, lança-t-elle d'un ton léger. Je suis contente que vous l'ayez suggéré.

Ils descendirent la rue, puis empruntèrent la rue Royal jusqu'au musée. Là, Jackson jura discrètement : il ne restait qu'un quart d'heure avant la fermeture.

— Nous pourrons revenir, proposa-t-elle.

— Entrons tout de même quelques minutes. Cela nous donnera au moins une idée de ce que nous cherchons. Ils ont un département d'archives qui fournira peut-être des pistes.

Une femme d'une soixante d'années, l'air avenant, les cheveux gris bien coiffés, refusa qu'ils payent l'entrée.

— Vous n'aurez pas le temps de voir grand-chose ! s'écria-t-elle. J'espère au moins que cela vous donnera envie de revenir. D'ailleurs, il y a une nouvelle exposition qui commence demain.

— Nous ne pourrions pas y jeter un coup d'œil avant ? demanda Jackson.

La femme lui montra un rideau noir, dans son dos.

— Non, hélas ! Tout est encore emballé.

— Je comprends.

— Cette exposition présente beaucoup de choses sur Madden C. Newton, le meurtrier, ajouta-t-elle. Et sur sa maison.

Elle ajouta avec un frisson :

— Cette maison me donne la chair de poule, d'ailleurs. Surtout depuis qu'il s'y est passé un nouveau drame !

— Qu'allez-vous montrer, par exemple ? s'enquit Jackson.

— Eh bien, il y a le document qui annonce la condamnation à mort de Madden C. Newton, entre autres.

— J'aurais tellement aimé y jeter un coup d'œil maintenant, insista Jackson avec son sourire le plus charmeur.

— C'est impossible. Les préparatifs sont encore en cours… Je suis vraiment désolée. Mais faites donc un tour rapide du musée, vous verrez, tout est disposé par ordre chronologique. L'exposition, elle, mettra l'accent sur la criminalité, les scandales, les faits divers.

Jackson la remercia. Ils eurent juste le temps de repérer la disposition des lieux. Les salles contenaient des documents passionnants, complétés de notices, et Angela regretta de devoir tout parcourir au pas de course. Trois cents ans d'histoire en trois cents secondes ! Surtout, elle avait le pressentiment que le musée lui réservait une surprise, qu'elle allait y trouver un indice vraiment important sur le mystère qui entourait la demeure.

Jackson l'entraîna vers le lourd rideau noir qui entourait la future exposition. Une affichette, épinglée sur le tissu, annonçait :

Retrouvez les personnages les plus
sinistres de l'histoire de cette ville, et
sachez quelle fin ils ont faite !

— Hélas, pas avant demain, grommela Jackson.

Un haut-parleur annonça soudain que l'établissement fermait ses portes.

— J'adore cet endroit, dit Angela. Je reviendrai sûrement.

Jackson, silencieux, regarda autour de lui, puis tira discrètement le rideau pour jeter un coup d'œil derrière.

Des vitrines étaient disposées en désordre. Un technicien en blouse lavait le sol. Il leva les yeux et lança :

— C'est fermé !

— Mes excuses, dit Jackson.

Il hocha la tête et referma le rideau.

— Eh bien, passons à la deuxième partie de la soirée, Angela. Il se fait tard. Vous avez faim ?

— Très ! Et quand le travail consiste à dîner dans un bon restaurant, c'est bien mieux que de...

— Que de déterrer des squelettes ?

— Exactement. Si je comprends bien, nous allons tenter de savoir ce que mijote Martin DuPre ?

— Oui. Ni Blake ni Grable ne l'apprécient... Autant essayer de comprendre pourquoi.

Angela réfléchit un moment avant de répondre :

— Tout cela reste confus, à vrai dire. D'accord, le sénateur a sans doute eu une liaison avec sa secrétaire avant la mort de sa femme, et peut-être après, d'ailleurs. Pourtant, son chagrin semble sincère. Personne ne peut jouer la comédie à ce point-là, même un politicien. Quant aux Aryens et aux adeptes de l'Eglise du Christ ressuscité, ils ont l'air effectivement fous à lier, mais ne font rien d'illégal. Enfin, même si ses collègues n'aiment pas beaucoup DuPre, ils soutiennent tous le sénateur... En quoi avons-nous avancé, finalement ?

— Nous en savons déjà plus qu'hier, répliqua Jackson.

Ils arrivaient devant le restaurant mais, à la surprise d'Angela, Jackson la prit soudain par le bras pour l'entraîner dans une autre direction.

— Que se passe-t-il ? demanda-t-elle, étonnée.

— Je viens de voir Grable Haines dans la berline du sénateur, juste devant la porte, et je préfère l'éviter. Nous allons faire le tour du pâté de maisons.

Ils hâtèrent le pas et revinrent par l'autre côté, à quelque distance du véhicule.

— Vite, faufilez-vous, murmura Jackson. Je vois DuPre. Ils ont dû prendre un verre avant de venir car ils sortent à l'instant de la voiture.

Le restaurant était situé dans un immeuble ancien, mais son décor était moderne. C'était bondé, signe que la nourriture était bonne, à moins que ce ne fût devenu le dernier endroit à la mode. Angela patienta dans la file des clients tandis que Jackson s'entretenait à voix basse avec l'hôtesse d'accueil.

Ils attendirent ensuite qu'une serveuse vienne les

conduire à leur table. Martin DuPre fit son entrée, accompagné de trois personnages. Ils ne virent pas tout de suite Jackson et Angela, mais se placèrent assez près dans la queue pour que leur conversation soit audible.

— Ma foi, DuPre, dit un homme court et trapu, on dirait que vous avez choisi l'endroit où il faut se montrer pour dîner. J'espère que vous avez aussi bien planifié la suite de la soirée !

— Faites-moi confiance, assura DuPre. Je suis né ici et je connais cette ville comme ma poche. Dès que nous aurons mangé, nous filerons rue Bourbon, dans un club où j'ai réservé. Vous ne vous ennuierez pas, je vous le promets !

— Bonne idée, commenta un autre membre du trio, plus grand que le premier. Mais rue Bourbon, n'y a-t-il pas surtout des boîtes de strip-tease pour étudiants ?

— Pas seulement, croyez-moi, répondit DuPre.

— Je suis partant pour tout, intervint le troisième. Quand on travaille d'arrache-pied, il faut savoir se détendre, et avec mon dernier-né, je n'ai plus tellement l'occasion de me distraire. Alors, rien de tel qu'une « soirée d'affaires » rue Bourbon, hein ?

Leurs propos mirent Angela profondément mal à l'aise. Ils étaient lourds. Des dragueurs d'âge mûr.

— Consternant, n'est-ce pas ? lui murmura Jackson à l'oreille.

— Eh bien… oui, même s'il faut des clients pour tout. En tout cas, cela va gâcher un dîner qui s'annonçait agréable. Sauf si DuPre nous remarque et demande une table très loin de nous.

— Chut ! Aucun risque, murmura Jackson en portant un doigt à ses lèvres.

Elle se rapprocha de lui, pour pouvoir chuchoter

plus facilement, et se sentit troublée. Il portait une chemise immaculée, fraîchement repassée. Il embaumait légèrement un after-shave à la senteur boisée. Elle se sentait fascinée par la texture lisse de sa peau bronzée, par ses cheveux aile-de-corbeau, par la lueur pétillante de ses yeux bleus.

— Qu'avez-vous fait ? demanda-t-elle à mi-voix. Vous avez soudoyé l'accueil pour qu'on nous place à côté d'eux ?

Avec un sourire malicieux, il expliqua :

— A côté, non. Juste derrière, hors de vue.

— Comment est-ce possible ?

— Vous verrez.

Effectivement, quand DuPre et ses compagnons furent conduits à leur table, Angela et Jackson se retrouvèrent à une table peu éloignée, cachée par la cabine de l'ascenseur, mais dans une position telle que la conversation des quatre hommes leur parvenait nettement, comme amplifiée.

Angela se pencha vers Jackson pour murmurer :

— Est-ce qu'ils nous entendent aussi, à votre avis ?

— J'irai me cogner à leur table comme par mégarde et nous le saurons, répondit-il.

Il ouvrit le menu. Les trois hommes parlaient pétrole. Cela avait à voir avec un projet d'inspection, et DuPre leur assurait que tout se passerait sans heurts. Angela prit son propre menu tout en tendant l'oreille.

L'homme trapu avait une voix particulièrement sonore.

— Eh bien, je suis ravi qu'Holloway vous ait envoyé à sa place, disait-il. C'est un brave type, mais il en a un peu trop vu, ces temps derniers. Oh ! je compatis, bien sûr, mais disons que… qu'il ne sait plus s'amuser.

Angela entendit son voisin — le plus grand du trio — répondre un ton plus bas :

— Il faut le comprendre. Du vivant de Regina, il savait cultiver ses électeurs, mais avec son deuil, c'est devenu plus difficile. Il reprendra vite ses bonnes habitudes, en vrai politique. Il faut lui laisser le temps.

— Vous savez, il m'inquiète, fit soudain la voix de DuPre, dans un chuchotement. Il est tellement convaincu que Regina ne s'est pas suicidée qu'il a fait venir une équipe d'experts. Théoriquement, ce sont des experts fédéraux, mais à mon avis, c'est une bande de charlatans, de vulgaires chasseurs de fantômes. Il voudrait qu'ils trouvent la preuve d'une présence quelconque, j'imagine. A moins qu'il n'essaye simplement de faire taire les rumeurs...

— Cela aussi, ça se comprend, répliqua le plus grand. Il ne peut pas laisser dire qu'elle a sauté de son balcon à cause de la conduite de son mari, tout de même ! Si vous voulez mon avis, Regina est restée un peu bizarre, après la mort de son fils. Il paraît qu'elle avait fait venir un prêtre catholique, et aussi un genre de prêtresse vaudoue.

— Peut-être que le vaudou a trop bien marché, ricana l'homme trapu, très diverti par son astuce.

La serveuse apparut devant Angela et Jackson, et suggéra le plat du jour, du mérou aux amandes. Ils acceptèrent. Angela remarqua que Jackson était particulièrement doué pour écouter ce qui se disait derrière eux sans qu'on s'en aperçoive. Il plaisanta aimablement avec la serveuse, s'arrangeant pour passer rapidement les commandes, et elle s'éloigna.

Angela se pencha vers Jackson.

— Faut-il conclure qu'Holloway, malgré sa réputation

sans tache, emmenait des types comme ça dans un... club privé de la rue Bourbon ?

— Cela ne veut pas dire pour autant qu'il passait à l'acte, répondit Jackson.

Elle hocha la tête.

Jackson lui prit la main.

— Il faut être lucide, reprit-il. Tout homme politique doit faire certains compromis. Je l'ai constaté chez les meilleurs d'entre eux, hommes ou femmes. C'est d'ailleurs pour cette raison qu'il est bien plus gratifiant d'être enquêteur.

Angela aimait le contact de sa main sur la sienne. Curieusement, dans ce restaurant bondé, cela donnait une précieuse sensation d'intimité.

Cependant, il la lâcha, l'oreille aux aguets.

Angela ne comprenait pas grand-chose à la conversation de leurs voisins, qui parlaient de forages, d'équipements et d'inspections. Ils avaient manifestement besoin d'un genre de permis, et Martin DuPre leur assurait que les inspecteurs sauraient se montrer compréhensifs.

Elle regarda le visage de Jackson, qui écoutait avec attention et qui, soudain, tressaillit imperceptiblement, comme s'il venait d'avoir confirmation de ce qu'il attendait.

C'était l'homme trapu, à la voix de stentor, qui s'exprimait, en frappant DuPre sur l'épaule :

— Mon petit DuPre, quand votre patron se lassera de faire des ronds de jambe, vous pourrez avoir sa place sans problème. Vous savez vous y prendre, vous !

Elle échangea un coup d'œil avec Jackson. Il eut un petit sourire entendu et leva son verre. Elle leva le sien, puis le reposa et se pencha de nouveau.

— Conclusion, DuPre est un petit intrigant hypocrite et flagorneur, d'accord. Mais cela en fait-il pour autant un meurtrier ?

— Non, répondit Jackson à voix basse, mais au moins, nous en savons plus sur ceux qui entourent le sénateur, et sur ce dont ils sont capables.

— C'est-à-dire, dans le cas de DuPre, qu'il ne reculerait devant pas grand-chose…

— Exactement.

— Messieurs, dit soudain DuPre, si nous passions à la suite du programme ?

Angela chuchota :

— Est-ce que nous les suivons rue Bourbon ?

Jackson sourit avec malice.

— Ça vous tente ?

— C'est un club de strip-tease ?

— Nous aurons la surprise !

Il héla la serveuse et régla rapidement. Ils attendirent que DuPre et ses compagnons soient sortis, puis les suivirent discrètement.

— Dieu merci, ce grossier patapouf parle si fort qu'on ne peut pas les rater, murmura-t-il.

— Vous êtes cruel !

— Ça ne me dérange pas qu'il soit gros, répliqua Jackson en haussant les épaules. C'est son langage et son attitude qui ne passent pas.

Elle ne répondit pas. En fait, elle se rendait compte qu'elle finissait par l'apprécier vraiment beaucoup. Il disait ce qu'il pensait, avec simplicité, et c'était la mentalité d'une personne qui l'intéressait, pas son apparence. En outre, ces histoires de gros sous le laissaient indifférent.

— Le pétrole pourrit tout, chuchota-t-elle avec une grimace.

Il lui jeta un coup d'œil rieur.

— Eh oui ! On voit que vous n'êtes pas du coin, ma chère. Ici, la moitié des gens gagnent leur vie grâce au pétrole, et beaucoup sont d'honnêtes travailleurs qui ne touchent pas de pots-de-vin et n'essayent pas de contourner la loi. Un jour, il faudra trouver d'autres ressources d'énergie, certes, mais l'argent du pétrole n'est pas condamnable en soi.

— Ai-je eu l'air de penser cela ? Excusez-moi. Je n'y connais pas grand-chose, c'est vrai.

— Ce sont surtout des problèmes de régulation qui se posent, comme dans tout, répondit Jackson avant de s'arrêter brusquement en fixant un point devant lui.

— Qu'y a-t-il ?

— Quelqu'un est en train de suivre Martin DuPre.

— Vraiment ? Qui ?

Il montra du doigt une jeune femme, à quelque distance devant eux, derrière DuPre et ses compagnons. Elle ne devait pas avoir plus de dix-huit ou dix-neuf ans, avec des cheveux blonds, un visage délicat, et un petit ventre arrondi que sa minceur rendait encore plus apparent. Quand DuPre et les trois autres firent halte à un carrefour, elle se plongea dans la contemplation d'une vitrine et, quand ils reprirent leur marche, recommença à les suivre.

Jackson émit un léger sifflement.

— Savez-vous de qui il s'agit ? demanda Angela.

— Oui et non.

— Que voulez-vous dire ?

— Elle est membre de l'Eglise du Christ ressuscité. C'est elle qui a ouvert la porte à Jake, aujourd'hui, quand il est allé les voir.

*
* *

Jake constata avec soulagement que les Aryens, ce jour-là, n'allaient pas recruter beaucoup de nouveaux adeptes.

Il y avait à peine une cinquantaine de personnes dans la salle. Assis à côté de Jenna, il applaudissait consciencieusement aux discours qui réclamaient le retour de la nation à ses possesseurs « de plein droit » et la suprématie d'une race sur les autres. Jenna, elle, se retenait pour ne pas exploser. Son visage d'ordinaire si pâle était marbré de rouge, et elle lui étreignait le bras en enfonçant les ongles dans sa chair.

— A-t-on jamais entendu de telles sottises ? murmura-t-elle. Ses « possesseurs de plein droit » ! Comme si les premiers habitants de ce pays n'étaient pas les Indiens, dont des colons *blancs* ont volé la terre ! Mon Dieu, je ne crois pas que je vais supporter ça jusqu'au bout ! D'où sortent-ils ? Ils n'ont pas encore compris que l'esclavage avait été aboli il y a longtemps, et que nous avons des lois sur l'égalité entre les races ?

Elle haussait la voix. Jake la pinça pour la faire taire.

— Aïe ! s'écria-t-elle.

— Tu vas nous faire repérer !

— Qu'ils nous jettent dehors, j'aime autant !

— Nous sommes venus enquêter, Jenna.

Elle serra alors les lèvres et se tut. Jake sourit en lui jetant un coup d'œil, pressentant qu'elle n'allait pas tarder à protester de nouveau. Cela ne tarda pas.

— Mais enfin, comment osent-ils, surtout ici ? chuchota-t-elle. La Nouvelle-Orléans est depuis toujours un mélange incroyable de cultures, de gens de toutes races et de toutes origines. On y parle encore français, espagnol, et…

— Je t'en prie, tais-toi ! intima-t-il.

Elle se tut de nouveau. Heureusement, le public était visiblement captivé par les harangues enflammées des orateurs et personne ne parut remarquer Jenna. Un jeune homme, maintenant, avait pris le micro et hurlait que la société était en pleine décadence et que si l'on devait y trouver de tout, les Aryens de pure souche, eux aussi, devaient y avoir leur place. Ils ne voulaient de mal à personne, ils demandaient simplement le droit de construire la société dont ils rêvaient.

Evidemment, cela impliquait de ne pas voter pour n'importe qui.

Le jeune homme entama alors une diatribe fanatiquement réactionnaire, qui aurait fait frémir le plus extrémiste des conservateurs.

Jake balaya l'assemblée du regard et, soudain, agrippa le bras de Jenna.

— Qu'y a-t-il ? demanda-t-elle en sursautant et en suivant son regard.

Alors, comme lui, elle aperçut le garde du corps, assis à l'autre bout de la salle.

Blake Conroy.

La jolie jeune femme enceinte suivait toujours Martin DuPre et ses compagnons, et Jackson et Angela suivaient la jeune femme.

Ils tournèrent rue Chartres pour rejoindre la rue Bourbon. Une fois là, l'inconnue s'arrêta, l'air infiniment triste.

— Allez lui parler, dit Jackson à Angela.

— Moi ? Mais que pourrais-je lui dire ?

— Demandez-lui si elle est perdue, si elle a besoin d'aide... Moi, je continue avec DuPre et les autres.

Retrouvons-nous devant le bar de cow-boys où il y a un taureau mécanique à l'entrée.

— Vous croyez que DuPre et ses amis vont monter dessus ?

— Non ! Mais c'est juste à côté du club privé où ils se rendent, qui est au fond d'une cour et emploie les « danseuses » les plus chères et les plus fameuses de La Nouvelle-Orléans.

— Oh…

Rieur, Jackson donna une petite tape à Angela pour la pousser en avant. Elle lui jeta un regard noir puis rejoignit la jeune fille. La rue Bourbon s'animait de plus en plus. Des flots de musique se répandaient par les portes ouvertes des bars et des clubs, rivalisant en volume sonore, et des employés, sur le seuil des établissements, distribuaient des tracts pour inciter les clients à entrer en vantant leurs spectacles et le prix dérisoires de leurs boissons.

L'inconnue, arrêtée près d'un marchand de hot dogs, observait DuPre et ses compagnons, qui s'éloignaient un peu, noyés dans la foule des promeneurs.

— Excusez-moi, dit Angela, vous avez l'air perdue. Puis-je vous aider ? Peut-être cherchez-vous un bar précis ?

La jeune fille lui jeta un regard vide, puis se mit à rougir.

— Non, je… je ne suis pas perdue. Je suis d'ici.

— Oh ! pardon… Je ne voulais pas vous déranger. Seulement, comme vous avez l'air fatiguée, désemparée, et que… vous êtes enceinte…

L'autre s'empourpra encore plus.

Angela lui tendit la main.

— Je m'appelle Angela Hawkins, à propos. Etes-vous sûre que je ne peux pas vous aider ?

La jeune fille secoua la tête.

— Non, non, il faut que je rentre, c'est tout. Je n'aurais pas dû venir.

— Voulez-vous que je vous trouve un taxi ? Où allez-vous ?

Son interlocutrice regarda plus loin dans la rue puis, soudain, s'appuya contre Angela, sans forces.

— A vrai dire, je ne me sens pas très bien, c'est vrai.

Angela suivit la direction de son regard. Un peu plus bas, au carrefour avec la rue Royal, il y avait un café-restaurant apparemment plus tranquille que la plupart des bars.

— Venez. Nous allons demander un verre d'eau.

Elle entraîna la jeune fille en la soutenant, entra dans l'établissement et la conduisit vers une table du fond, un peu à l'écart. Après avoir demandé de l'eau à la serveuse, elle suggéra à sa compagne de manger aussi un peu de gumbo, ou une soupe.

— Oh, je n'oserais pas...

— Allons, cela vous fera du bien, insista Angela.

Quelques instants plus tard, la serveuse revint avec une carafe d'eau et prit commande d'une soupe et d'une salade.

La jeune fille fixa sur Angela ses grands yeux noisette.

— Merci beaucoup, murmura-t-elle. Je... je m'appelle Gabby Taylor.

— Enchantée, dit gaiement Angela. Vous ne venez pas souvent par ici, j'ai l'impression !

Gabby Taylor secoua la tête.

— Si, cela m'est arrivé, mais c'était avant que...

— Que ?

— Que je ne devienne adepte. Je fais partie d'une Eglise, expliqua Gabby, un peu raide.

— Je vois. Donc, pas d'alcool...

— Ni alcool, ni danse... Nous essayons de servir, vous comprenez.

— De servir qui ?

— Mais... Dieu, bien sûr ! s'écria la jeune fille, choquée.

— Donc, vous le servez en ne buvant pas, en ne dansant pas ?

— C'est ça, et aussi en obéissant.

— En obéissant à qui ?

Gabby, les mains croisées sur son giron, baissa les yeux.

— Est-ce que vos parents habitent aussi La Nouvelle-Orléans ? s'enquit Angela.

— Mes parents ? Je ne les vois plus.

— Pourquoi ? Ils sont sûrement ravis de l'arrivée du bébé.

Gabby fit une moue, la tête toujours baissée.

— Ils ne sont pas au courant.

— Ah ! Ils vous ont... chassée de la maison ? Il y a eu un problème ?

— Non, non ! Mais comme j'appartiens à l'Eglise...

— Et les gens de l'Eglise ne veulent pas que vous voyiez vos parents ? Ce n'est pas très bon signe, Gabby !

La jeune fille leva la tête. Angela vit qu'elle avait les yeux pleins de larmes.

— Ils... Ils disaient que cela valait mieux et je les ai crus. J'étais sûre d'avoir raison de... vouloir servir.

— Pourtant, objecta Angela, d'un ton involontairement un peu sec, en général, les religions quelles qu'elles soient prônent l'amour entre les parents et les enfants, pas seulement envers Dieu !

Gabby, cette fois, s'était mise à sangloter ouvertement.

— Je sais... cela me semblait juste, mais maintenant... Même s'il faut aimer son prochain, il y a des façons qui... Je ne sais plus quoi penser. Ce soir, j'ai voulu savoir où il allait...

— Qui cela, « il » ? Le père de l'enfant ? C'est un dignitaire de l'Eglise ?

— Je n'ai pas le droit de le dire. Excusez-moi, murmura Gabby.

— A mon avis, vous devriez rentrer chez vos parents, Gabby. Est-ce qu'ils savent que vous êtes toujours en ville ?

— Oui. Ils ont essayé de me détourner de l'Eglise... mais ils n'ont pas le droit de m'empêcher d'aller où je veux. J'ai dix-huit ans.

Dix-huit ans, songea Angela. Enceinte, et en train de découvrir que la terre promise n'était pas ce qu'elle croyait.

On apporta la salade et la soupe. Gabby essuya ses larmes et se mit à manger avec appétit. Visiblement, elle avait faim. Angela se força à patienter et attendit qu'elle se soit restaurée avant de lui poser d'autres questions.

— Gabby, demanda-t-elle enfin, êtes-vous mariée au père de l'enfant ?

— Oui, bien sûr ! Enfin, pas au sens légal, mais aux yeux de l'Eglise, naturellement.

— Hmm... Et... est-ce qu'il a d'autres épouses ?

Gabby battit des paupières sans répondre.

— C'est oui, n'est-ce pas ? Et vous êtes en train de comprendre que quand on aime quelqu'un, on n'a pas envie de le partager. Ce soir, en outre, vous avez commencé à soupçonner que cet homme n'était pas ce que vous croyiez...

— Il... il est obligé de faire certaines choses, dans son travail. Il n'a pas le choix, balbutia Gabby.

— Foutaises ! s'exclama Angela d'un ton vif.

Mais qu'avait voulu dire Gabby, au juste ? Que le père de l'enfant travaillait à la fois pour le sénateur et pour l'Eglise ? Si c'était le cas, il trahissait les deux. En admettant que le sénateur lui ait demandé d'infiltrer la secte, il était allé vraiment très loin. Et si, au contraire, c'était la secte elle-même qui lui avait demandé d'entrer dans les bonnes grâces du sénateur ?

La jeune fille la fixait d'un air attentif. Angela comprit qu'elle avait eu raison de s'exprimer sans détour.

— Gabby, quand une organisation essaye de vous séparer de votre famille, elle vous fait de fausses promesses. Je sais à quel point on peut être tenté de s'intégrer à une communauté, de se sentir utile, mais j'ai l'impression que l'expérience vous a profondément déçue. Dites-moi, est-ce que vous aimez vos parents ? Comment vous entendiez-vous avec eux, avant de devenir adepte ?

— Oh ! nous nous aimons beaucoup. Ils étaient désolés de... de certaines de mes fréquentations. Mais avant, je... je fumais, je prenait des substances... Avec l'Eglise, j'ai arrêté.

— Dans la mesure où vous êtes enceinte, c'est une bonne chose. Est-ce que vous voulez cet enfant, d'ailleurs ?

— Oh oui, bien sûr ! Oui, je le veux.

— Alors, Gabby... rentrez chez vous. Rentrez chez vos parents. Ils n'attendent sûrement que cela.

— Rentrer ? balbutia Gabby.

— Oui. Maintenant. Voulez-vous que je vous accompagne ?

La jeune fille eut un bref sourire.

— Non, je peux y aller seule…

Puis son sourire s'évanouit et elle ajouta :

— Mais vous croyez vraiment qu'ils me reprendront, sans travail et… enceinte ?

— Ils vous aiment. Ils aimeront votre enfant, promit Angela, en priant le ciel de ne pas se tromper.

Gabby n'était pas partie parce qu'on la maltraitait, mais parce qu'elle était jeune et influençable. Ses parents l'accueilleraient sûrement à bras ouverts.

— Bon… je vais y aller, dit Gabby. Après ce qui s'est passé ce soir…

— Gabby, le père de votre enfant, c'est Martin DuPre, n'est-ce pas ?

Gabby la dévisagea en tressaillant, puis secoua la tête.

— Je… je ne peux pas vous dire qui c'est, je suis désolée. Je ne peux pas !

— Pourquoi ?

La jeune fille devenait agitée.

— Pourquoi ? Je… je ne sais pas. Tout un tas de raisons.

Elle mentait, évidemment. L'idée d'avouer que le père était bien DuPre la terrifiait.

Finalement, songea Angela, on en revenait toujours à la même interrogation : le sénateur Holloway savait-il que son assistant était impliqué avec l'Eglise du Christ ressuscité ? Lourdement impliqué, même, encore que son rôle ne soit pour l'instant pas très clair ?

— O.K., Gabby, calmez-vous. Je ne sais pas de quoi vous avez peur, mais ce qui compte, c'est que vous allez rentrer chez vous.

Gabby la scruta un long moment, puis eut enfin un sourire.

— Vous avez bien dit être Angela Hawkins ? dit-elle. Je connais votre nom. Vous enquêtez sur la maison de Madden C. Newton, celle qu'a rachetée le sénateur. Vous êtes une chasseuse de fantômes, c'est cela ?

— D'où connaissez-vous mon nom ? s'étonna Angela.

— Je l'ai lu dans le journal. Vous avez déterré un squelette dans la cave.

— Ah ! Oui, bien sûr, murmura Angela.

Tout à coup, Gabby eut l'air de nouveau terrifiée.

— Surtout, ne dites pas que vous m'avez rencontrée, je vous en supplie ! s'écria-t-elle.

Elle paraissait sur le point de bondir pour s'enfuir à toutes jambes.

Et retourner dans sa secte.

— Ne vous inquiétez pas. Je ne dirai rien à personne. Je vais vous mettre dans un taxi et nous ne parlerons plus de notre rencontre, d'accord ?

Gabby hocha la tête.

— Je ferais mieux de prévenir mes parents, murmura-t-elle.

Puis, avec un petit rire amer, elle ajouta :

— Sauf que je n'ai plus de portable. On nous les retire, comme l'argent.

— Comment êtes-vous arrivée jusqu'ici ?

— J'ai marché. Il n'y a que quelques kilomètres.

Angela tira son propre portable de son sac et le lui tendit.

— Allez-y... appelez vos parents, dit-elle doucement.

Profondément émue, elle vit les yeux de la jeune fille s'emplir de larmes quand sa mère, à l'autre bout du fil, décrocha.

— Maman ? murmura Gabby.

Le cri de joie de la mère s'entendit nettement, même si on ne comprenait pas ses paroles. Puis Gabby entreprit de s'expliquer, d'une voix entrecoupée, bouleversée d'émotion.

— Je rentre, maman ! Je reviens. Je ne vais pas tarder.

Au bout d'un moment, elle rendit le portable à Angela en s'essuyant les yeux.

— Je suis obligée de vous emprunter l'argent du taxi… Mais je vais chercher du travail. Je vous rembourserai.

— Ne vous en faites pas. Venez, je vais vous mettre moi-même dans le taxi. Vous allez passer une très bonne nuit, vous allez voir, assura Angela.

Elle avait hâte de mettre la jeune fille en sécurité avant qu'elle ne change d'avis. Elle laissa l'argent de l'addition sur la table et prit fermement Gabby par la main pour l'entraîner vers la sortie. Par chance, un taxi libre descendait la rue Royal.

Gabby lui étreignit la main.

— Pourquoi faites-vous ça pour moi ? chuchota-t-elle. Vous êtes si bonne, alors que vous ne me connaissez pas… Je suis sûre que vos parents sont merveilleux !

La gorge d'Angela se noua.

— Oui, ils l'étaient, murmura-t-elle.

— Oh… Que leur est-il arrivé ?

— Ils sont morts. Allons, ne pensez plus qu'à votre famille ! Montez et donnez-moi l'adresse.

Elle tenait à savoir où habitaient les parents de la jeune fille. Elle n'avait pas l'intention de la trahir, mais l'information pouvait s'avérer importante. Gabby donna une adresse dans le quartier de Metairie, et Angela gratifia le chauffeur d'un pourboire de dix dollars, pour plus de sécurité.

Elle regarda le véhicule s'éloigner, puis remonta lentement la rue Royal et tourna rue Bourbon.

Jackson ne se trouvait pas devant le bar de cow-boys. Elle traversa la foule de touristes avinés, découvrit la cour dont il avait parlé et s'avança. Au-delà des tireuses de cartes, qui avaient installé leurs tables sur les pavés, elle vit un petit bar qui proposait des boissons à emporter et, à côté, un néon qui annonçait :

Les meilleures strip-teaseuses de
La Nouvelle-Orléans !
Hommes et femmes bienvenus.
Discrétion assurée.

Beaucoup de ses amis seraient entrés sans hésiter, amusés et curieux, elle en était sûre.

Hélas, elle-même se sentait terriblement embarrassée.

Cela dit, elle ne pouvait pas rester indéfiniment rue Bourbon à faire le pied de grue. La plupart des passants étaient jeunes et bienveillants, mais elle finissait par se lasser de répondre en souriant aux nombreux « Hé, chérie ! » qu'on lui lançait.

Elle se dirigea vers l'entrée du club. Par bonheur, au même instant, son portable sonna. C'était Jackson.

— Où étiez-vous passée ? jeta-t-il de but en blanc. Cela fait presque une heure que vous êtes partie !

— C'est une longue histoire. Vous n'allez pas en croire vos oreilles. Où êtes-vous ?

— En train d'admirer la ravissante Lola Lolita pendant sa pole dance.

— Heureux homme ! Je suis dehors.

— Je viens vous chercher.

Un instant plus tard, il apparut sur le seuil et lui tendit la main.

— Venez !

Elle haussa les sourcils. Il insista :

— Allons ! Ce n'est pas si terrible.

— Bon, s'il le faut..., grommela-t-elle en lui prenant la main.

Une hôtesse aux seins énormes, ornés de pompons sur les pointes, les accueillit dans un vestibule plongé dans la pénombre. Elle portait une jupe moulante et son sourire était aussi large que sa poitrine.

— Bienvenue de nouveau ! dit-elle à Jackson. Et avec votre dame ! Vous avez eu envie d'être ensemble pour participer au spectacle. Je comprends ça !

Jackson serra Angela contre lui.

— Oui, rien de tel que d'être à deux pour admirer les danseuses, n'est-ce pas, chérie ?

— Oui, bien sûr, murmura Angela à contrecœur.

Elle attendit que l'hôtesse se soit retournée pour lui envoyer un coup de coude dans les côtes.

— Aïe ! s'écria-t-il, surpris.

L'hôtesse fit volte-face.

Jackson lui sourit.

— Ma femme aime la manière forte, dit-il suavement.

L'hôtesse éclata de rire.

— Tant mieux, nous sommes prêts à tout. Suivez-moi !

Chapitre 12

— Salaud, murmura Angela, les dents serrées, un sourire plaqué sur le visage.

S'il voulait jouer à ce jeu-là, libre à lui. Elle glissa son bras autour de sa taille et se hissa sur la pointe des pieds pour lui chuchoter à l'oreille :

— Avons-nous vraiment une chance d'apprendre quelque chose, ici ? Je peux m'en aller, vous savez. Je m'en voudrais de vous empêcher de lier plus ample connaissance avec ces dames.

Sans pouvoir s'en empêcher, elle lui mordilla l'oreille, puis s'écarta.

Il lui jeta un regard furibond, puis se mit à rire.

— D'accord… je l'ai bien cherché !

Elle était de plus en plus séduite par sa manière d'être, son sens de l'humour. Trop, sans doute, elle qui savait d'expérience à quel point l'amour pouvait faire souffrir.

On les conduisit à une table du fond, derrière celle qu'occupaient Martin DuPre et ses hôtes.

Jackson remercia l'hôtesse et ils s'assirent à une petite table ronde, recouverte de fausse fourrure noire.

Angela remarqua que le groupe de DuPre se trouvait tout près de la scène, sur laquelle une très jolie jeune femme fort dévêtue se livrait à d'étonnantes acrobaties autour d'une barre.

— Eh bien, l'endroit m'a l'air très confortable, fit remarquer Angela.

— DuPre et ses amis ont déjà eu une vingtaine de danses contact, murmura Jackson.

— Des « lap dances » ? Et vous, bien sûr, vous vous êtes contenté de regarder, n'est-ce pas ? dit-elle suavement.

— Je ne fais que mon devoir, riposta-t-il.

Puis il se pencha pour demander :

— Allez, racontez-moi.

— Eh bien, je crois que je me suis bien débrouillée. J'ai sûrement appris bien plus de choses sur Martin DuPre que vous ici, répondit-elle.

— Je vous écoute.

Elle lui raconta rapidement son entretien avec Gabby. Jackson l'écouta avec gravité.

— Donc, conclut-il quand elle eut terminé, Martin DuPre, quoique assistant du sénateur, est également membre de l'Eglise du Christ ressuscité. Un vrai paradoxe, non ?

— Je suis persuadée qu'il est le père de l'enfant, Jackson.

— Et vous pensez qu'il va subvenir à ses besoins ?

— Bien sûr, répondit Angela, indignée. C'est la loi ! Mais Gabby peut refuser, évidemment. Maintenant qu'elle a quitté la secte, elle n'aura peut-être plus envie d'en entendre parler, même si cela concerne le père de son enfant. Surtout que, ce soir, elle a découvert de quoi il était capable.

Jackson, plongé dans ses pensées, ne regardait même plus la strip-teaseuse affairée sur scène.

— Ce type est un vrai salaud, mais est-ce lui qui a tué Regina Holloway ? Et si oui, de quelle manière ? murmura-t-il.

— De quelle manière ? Regina a été poussée par-dessus la rambarde, répondit Angela, amère. Vous avez vu les clichés, comme moi.

— Certes, mais un goujat n'est pas forcément un meurtrier.

— Pour moi, il reste le suspect numéro un, objecta Angela.

Jackson ne répondit pas. Une serveuse presque aussi dévêtue que la danseuse vint prendre leurs commandes, puis s'éloigna. Ils restèrent silencieux un moment, puis Angela murmura :

— Jackson ?

— Oui ?

— Qu'est-ce que vous avez vu, ce soir ?

Elle était certaine qu'il avait compris le sens de sa question, mais il répondit :

— Je vous l'ai dit. Plusieurs lap dances.

— Non, dans ma chambre, corrigea-t-elle en secouant la tête. Enfin, dans la chambre de Regina.

Il resta de nouveau coi un moment, et elle se dit qu'il allait encore éluder.

Elle se trompait. Il fixa sur elle ses prunelles bleu sombre, avec l'expression impénétrable d'un sphinx.

— Je les ai vus, répondit-il.

— Qui ?

— Les enfants.

Elle eut l'impression que son cœur s'arrêtait de battre.

— Alors, vous...

— Oui, coupa-t-il, je vois souvent les mêmes choses que vous.

Il tourna de nouveau les yeux vers la scène.

— En d'autres termes, je vois ce que forge notre esprit, ce qui demeure ici-bas, ce qui de l'âme ou du cœur vient à notre secours quand nous avons désespérément besoin d'aide.

Angela osait à peine reprendre la parole. Jackson avait parlé d'une voix calme, mais elle comprenait qu'il venait de faire un aveu fondamental.

— Voilà qu'il recommence, murmura-t-il.

Angela vit que la danseuse avait quitté la scène et s'approchait des tables. DuPre avait déjà sorti un billet. La jeune femme le lui prit des doigts puis s'assit sur ses genoux et commença à se tortiller voluptueusement. Il ne la toucha pas.

— Vous savez, je n'ai vraiment pas l'habitude de ce genre de situation, chuchota Angela à Jackson.

Il lui prit la main et la serra.

— Nous pouvons partir, si vous voulez, répondit-il. Je sais tout ce que je voulais savoir.

— En fait, ce salaud mène une double vie ! jeta-t-elle. Il travaille d'un côté pour le sénateur, et de l'autre pour une secte qu'il est censé combattre. Il prépare sa carrière politique dans le dos de son patron et, en outre, c'est un jouisseur, toujours à l'affût de nouvelles proies. En sortant d'ici, il ira pervertir d'autres innocentes, sous couvert de religion... Comment le sénateur peut-il se montrer aussi aveugle, aussi naïf ?

— Je ne sais pas. J'imagine qu'après la mort de son fils, il a dû s'appuyer sur son entourage sans se poser de questions.

— Regardez-le ! Il est abject ! s'exclama Angela en désignant DuPre, dont le visage était maintenant enfoui entre les seins de la strip-teaseuse.

— Il en fait beaucoup, oui, reconnut Jackson. Réussir à convaincre le sénateur de sa loyauté, tout en trafiquant en cachette et en s'impliquant dans une secte plus que louche, c'est un tour de force. Effectivement, on se demande comment sa double vie n'a jamais été soupçonnée.

— Gabby le craint, vous savez.

— Qu'est-ce qui vous fait dire ça ? Elle le suivait, pourtant.

— Elle a refusé de nommer le père de l'enfant, alors que c'était facile à deviner. Elle avait trop peur. Nous devrions enquêter plus avant sur cette fameuse Eglise, et aussi dire au sénateur ce que nous savons sur son assistant, déclara Angela.

— Pas encore, répondit Jackson.

— Mais pourquoi ?

— Je veux d'abord savoir ce qu'Holloway sait exactement, ce qu'il ignore… bref, son éventuel degré d'implication dans l'histoire.

— Je ne comprends pas. Qu'aurait-il à voir avec une secte qui passe son temps à dénoncer ses prises de position ?

— Rien, probablement, et je pense même que lorsqu'il connaîtra l'implication de DuPre, il le mettra tout de suite à la porte. Cela dit, DuPre est tellement véreux, de toute façon, que le sénateur s'en est peut-être aperçu. Et si ça se trouve, il se sert de lui pour lui confier les sales besognes… et garder les mains propres.

— En lui faisant assassiner sa femme, par exemple ? demanda Angela.

Jackson eut un haussement d'épaules.

— Nous savons qu'il y avait quelqu'un dans la maison,

non ? répondit-il. Quelqu'un qui connaissait les lieux, qui pouvait aller et venir sans déclencher l'alarme...

Il s'interrompit et Angela vit son visage se crisper légèrement.

— Penchez-vous vers moi... Tenez-moi les mains et chuchotez, lui intima-t-il à voix basse.

Elle comprit aussitôt.

Martin DuPre venait de leur jeter un coup d'œil... Ils étaient repérés.

Heureusement, la pièce était plongée dans l'ombre. Elle se rapprocha de Jackson et baissa la tête, les yeux mi-clos.

DuPre repoussa la strip-teaseuse qu'il avait sur les genoux, puis se leva, s'excusa auprès de ses hôtes et prit la direction de leur table.

— Plus près ! chuchota Jackson.

D'un bras, il la serra étroitement contre lui et, de sa main libre, il lui prit le menton pour attirer son visage presque contre le sien.

— Il arrive ? chuchota-t-il de nouveau.

— Oui.

— Maintenant, pouffez discrètement.

— Pardon ?

— Un léger rire, Angela !

Elle laissa échapper un petit rire étouffé.

DuPre s'immobilisa un moment. Du coin de l'œil, tout en faisant semblant de parler à Jackson, elle vit qu'il les observait dans la pénombre, comme s'il hésitait encore à venir les saluer. Jackson le devina et murmura en haussant un peu le ton, d'une voix volontairement rauque, chargée de sensualité lascive :

— Le moment est venu d'aller nous isoler, vous et moi, non ?

— Oui, répondit-elle sur le même mode, je n'en peux plus…

DuPre recula. Jackson se leva en prenant Angela par la main.

— Que fait-il, maintenant ? chuchota-t-il en appuyant le front sur celui de la jeune femme.

— Il nous regarde.

— Je savais que cet endroit vous plairait. Beauté, sensualité…, ronronna Jackson, de manière un peu plus audible.

— C'est vrai.

— Je suis très excité…

Angela baissa la voix pour riposter d'un ton sifflant :

— Et moi donc ! Un vrai brasier.

Jackson eut un sourire malicieux en répondant :

— Il regarde toujours ?

— Oui.

Alors, Jackson l'attira à lui et l'embrassa. Le baiser n'était pas feint. Il était passionné, profond et, malgré elle, Angela se laissa emporter, oubliant leur mission, enivrée par la chaleur qui émanait du corps de Jackson, enflammée par le vertige du baiser. Elle ferma les yeux, envahie d'un désir infiniment plus érotique que le spectacle de strip-tease.

Jackson s'écarta légèrement et murmura, les lèvres contre les siennes :

— Il est toujours là ?

— Qui ?

— DuPre.

— Oh…

Elle tressaillit, puis se reprit, lui embrassa coquinement les lèvres et répondit dans un souffle :

— Non. Il est retourné s'asseoir, mais il nous observe.

— Bien. Maintenant, nous allons passer à l'action.

Tout en la prenant par le bras, pour faire le tour de la table, il feignit de jeter un coup d'œil vers la scène et s'exclama :

— Tiens, DuPre !

Il salua de la main. DuPre répondit, puis se remit debout pour s'approcher. Sur la scène, une autre jeune femme, qu'Angela avait entendu annoncer comme « Cherry Candy », se lovait autour du poteau.

Martin DuPre les regardait comme s'il venait de les apercevoir. Il eut un mince sourire et lança :

— Vous ici ! Je ne l'aurais pas cru. Je ne savais pas que vous étiez en couple.

Jackson se mit à rire en serrant Angela contre lui.

— Oui, nous avons fraternisé. Notre équipe est un peu spéciale.

— Des chasseurs de fantômes, c'est ça ? ricana DuPre.

— Nous aussi, nous sommes surpris de vous voir ici, fit remarquer Angela.

— Ça fait partie de mon travail, hélas. David Holloway n'apprécie pas trop, mais beaucoup de clients aiment se changer les idées. Mes hôtes sont dans le pétrole, précisa DuPre en montrant les trois hommes assis à sa table. Ils n'ont pas souvent l'occasion de se distraire.

Il sourit de nouveau en les scrutant. Visiblement, il ne mettait pas leur parole en doute.

— Quand même, je ne vous aurais pas vus dans ce genre de club..., reprit-il.

Jackson serra plus étroitement Angela contre lui.

— Cette jeune personne est un vrai volcan, quand elle veut. Elle sera encore plus déchaînée quand nous serons rentrés, hein, chérie ?

Angela plaqua un sourire sur son visage. Elle se sentait parfaitement ridicule.

— Il arrive à Jackson d'avoir besoin de stimulant, si vous voyez ce que je veux dire, susurra-t-elle d'un ton suave. Comme il travaille beaucoup, il lui arrive d'être un peu fatigué.

Elle sentit Jackson se contracter, mais son expression resta imperturbable.

— Qu'est-ce que je disais ? renchérit-il. Elle est insatiable.

— Waouh ! s'exclama DuPre en dévisageant Angela.

Elle avait glissé un bras autour de la taille de Jackson, qui la tenait par l'épaule, et en profita pour le pincer avec force. Il tressaillit mais ne changea pas pour autant de contenance.

— C'est au point, lança-t-il à DuPre, que je dois parfois l'emmener dans des clubs SM !

— Waouh ! répéta DuPre avec un regard appréciateur à l'intention d'Angela.

— Mais maintenant, nous devons rentrer... chéri, dit-elle.

— C'est vrai. Vous voyez, je suis à ses ordres, indiqua Jackson à leur interlocuteur.

— Eh bien, ravi de vous avoir rencontrés. Passez une bonne soirée, conclut DuPre.

— Bonsoir ! lança Angela d'un ton allègre.

Jackson salua de la main.

Ils se retrouvèrent enfin rue Bourbon, où régnait un vacarme assourdissant de musique et d'éclats de voix.

Angela se planta devant Jackson, furieuse.

— Alors comme ça, je fréquente les clubs SM ? s'écria-t-elle.

— Vous avez bien insinué que j'étais impuissant !

— Vous m'avez fait passer pour... une véritable tigresse !

— Ne sommes-nous pas tous des animaux, dans un sens ?

— Oh !

Elle l'incendia du regard et se mit en marche.

— Hé, lança-t-il en s'élançant derrière elle, je préfère une tigresse à une poule mouillée, vous savez !

Elle fit volte-face, prête à rétorquer vertement, puis vit son regard pétiller de malice. Il leva les mains en signe d'apaisement.

— Allons, c'était pour la bonne cause, ajouta-t-il.

Brusquement, Angela éclata de rire. Le sourire de Jackson s'élargit. Elle l'attendit et ils se remirent à marcher côte à côte.

— Quelle journée ! s'écria-t-elle. Je suis inquiète pour Gabby, vous savez. Elle était tellement terrifiée qu'elle m'a supplié de ne rien dire à personne. C'est louche. J'ai peur qu'elle soit encore en danger, même si elle est rentrée chez ses parents. Je ne sais pas s'ils auraient les moyens de la protéger, le cas échéant.

— Avez-vous pris son nom et son adresse ?

— Oui, et j'ai donné un bon pourboire au chauffeur.

— Rentrons, et de la maison, j'appellerai Andy Devereaux pour qu'il envoie une patrouille surveiller les alentours, près de chez Gabby.

Angela acquiesça et ils poursuivirent leur marche. Lorsqu'un passant un peu aviné s'approchait, Jackson la prenait par les épaules, ou glissait un bras autour d'elle, en un geste protecteur.

Quand ils arrivèrent, Whitney leur ouvrit la porte, très excitée.

— Vous ne devinerez jamais ce qui s'est passé ! lança-t-elle.

— Où donc ? demanda Jackson d'un ton bref. A l'Eglise du Christ ressuscité ?

— Non, répondit Whitney. En fait…

— A l'Eglise, nous avons passé trois heures à chanter des chansons des Beatles, coupa Will en arrivant derrière Whitney, et personne n'est entré ou sorti. Nous avons fini par rentrer.

— Et alors ? insista Angela.

Dans le salon, Jake et Jenna, qui étaient assis devant les écrans, se retournèrent.

— Devinez qui nous avons vu à la réunion des Aryens ? lança Jake.

— Blake Conroy, non ? répondit Jackson.

— Çà alors, comment le sait-il ? s'étonna Jake en interrogeant Jenna du regard.

— Simple déduction logique, fit remarquer Jackson. Nous avons suivi DuPre, et Grable Haines patientait dans la voiture, non loin du restaurant. Il devait sûrement s'ennuyer ferme, mais je ne pense pas qu'il ait bougé.

— Est-ce que la voiture était toujours là, quand nous sommes partis ? lui demanda Angela.

Elle se sentait coupable de ne pas avoir vérifié.

Jackson fit signe que oui.

— A mon avis, ajouta-t-il, Haines devait avoir l'ordre d'attendre DuPre. Donc, notre ami Blake Conroy était bien chez les Aryens… Voilà qui est intéressant. Est-ce qu'il vous a vus ? Lui avez-vous parlé ?

— Oui, dit Jenna.

— Jenna a même failli se faire lyncher ! précisa Jake.

— Ce n'est pas vrai !

— Bien sûr que si ! Tu n'arrêtais pas de répéter que tu n'avais jamais vu une telle bande de c… et de racistes !

— Personne ne m'a entendue, à part toi, jeta Jenna.

— Que vous a dit Conroy ? Comment expliquait-il sa présence ? demanda Jackson.

— Il prétendait être venu écouter ce qui se disait pour pouvoir prévenir le sénateur, répliqua Jake.

— Il était difficile de savoir s'il mentait ou non, ajouta Jenna.

— Allons, vous avez assez d'intuition pour deviner. Est-ce qu'il mentait, à votre avis ? insista Jackson.

— Franchement, je ne sais pas, répondit Jenna. En fait, il est venu nous saluer directement, comme s'il se posait lui aussi des questions sur notre présence… comme s'il avait lu dans mes pensées.

— Tu le crois vraiment capable de télépathie ? demanda Jake.

— En tout cas, je dirais qu'il a beaucoup de *flair* et que ça doit le rendre assez manipulateur.

Jackson approuva d'un hochement de tête, avant de déclarer :

— Excusez-moi un moment, je dois appeler Andy Devereaux. Racontez-leur donc nos pérégrinations, Angela. Cette fois, je crois que nous tenons une piste.

Il les laissa et monta l'escalier en tirant son portable de sa poche.

Les autres fixèrent Angela, l'air interrogateur.

— Effectivement, dit-elle, la soirée a été… fertile en événements.

Elle leur parla du dîner avec Martin DuPre et ses clients, puis de sa rencontre avec Gabby Taylor, et enfin du club de strip-tease où ils avaient terminé la soirée. L'épisode des lap dances amusa beaucoup

Jenna et Whitney, qui voulurent absolument savoir si elle avait essayé.

— Ne nous égarons pas ! répliqua-t-elle. Je m'inquiète pour Gabby. Jackson est en train d'appeler Andy pour lui demander d'envoyer une patrouille surveiller sa maison.

— Mais... est-ce qu'il ne faudrait pas prévenir tout de suite le sénateur que son bras droit pratique des détournements de mineure ? demanda Jake.

— Jackson préfère attendre un peu.

— Pourquoi ? Il pense qu'Holloway ne vaut pas mieux que tous ces politiciens qui réussissent à embobiner leurs électeurs ? grommela Jake.

— Il n'a pas embobiné mon arrière-grand-mère, en tout cas, dit Whitney.

— Si ça se trouve, le sénateur préfère ignorer ce genre d'histoire scabreuse, répondit Angela. Il laisse faire DuPre. En outre, il n'est pas illégal pour des adultes de fréquenter des clubs de strip-tease, pas plus d'ailleurs que d'avoir une liaison. Evidemment, si DuPre touche des pots-de-vin pour contourner certains contrôles, il commet un délit, mais nous ne savons pas si c'est le cas. D'ailleurs, il n'a rien commis d'illégal non plus avec Gabby Taylor. Elle est majeure, elle a rejoint l'Eglise et a couché avec DuPre de son propre gré. Elle a sûrement subi un vrai lavage de cerveau. DuPre est un personnage écœurant, absolument répugnant, mais une fois encore, il n'y a apparemment rien d'illégal dans tout ça.

— Sauf, comme je le disais, si certaines des filles de cette secte sont mineures, objecta Jake.

— C'est vrai, admit Angela, mais ça n'a plus grand rapport avec la mort de Regina Holloway. En tout cas, nous allons garder DuPre à l'œil. Ce soir, au club, il nous a vus, mais en revanche, il ne sait pas que Jackson a reconnu Gabby Taylor parce qu'elle t'avait ouvert la porte de l'église, Jake. Il ne sait pas non plus que j'ai parlé avec elle, évidemment.

— Rien de tout cela ne semble en rapport avec une maison hantée, murmura Jenna, et pourtant, il y a forcément un lien quelque part.

— Oui ou non. Je ne sais même plus ! soupira Angela. Je vais me coucher, les enfants, je n'en peux plus. A demain.

Ils la saluèrent et elle monta l'escalier pour emprunter le couloir qui menait à sa chambre.

Elle fit une pause à mi-chemin, dans la pénombre, pour voir si elle ressentait quelque chose de particulier. La demeure, en cet instant, était oppressante. Cependant, et même si les enfants fantômes tentaient visiblement de la mettre en garde, elle avait l'intime conviction que le danger ne venait pas de l'intérieur. Elle n'avait pas vraiment peur, même si, après l'épisode dans la cave, elle préférait ne pas y aller seule. Jackson l'avait d'ailleurs interdit et il avait bien fait.

— Ça va, Angela ?

Elle sursauta en entendant la voix de Jake et se rendit compte qu'elle venait du micro installé dans le corridor, avec une caméra.

— Oui ! Bonne nuit, répondit-elle en se mettant à rire.

Elle regagna sa chambre — la chambre de Regina — et alluma la lumière. Tout semblait normal. La porte qui donnait sur la chambre adjacente était simplement poussée et elle entendait Jackson parler au téléphone.

Impulsivement, elle ouvrit un peu plus le battant, comme pour se rassurer. Elle se sentait vaguement nerveuse, sans savoir pourquoi. Une longue douche tiède lui ferait du bien. Elle entra dans la salle de bains, qui avait été joliment refaite avec du mobilier ancien. Une baignoire à pieds de lion trônait à côté de la cabine de douche. Un double lavabo était encastré dans le marbre. Au-dessus, de ravissants placards de bois encadraient un grand miroir ovale. Elle se lava les dents, se rafraîchit le visage, puis se mit sous le jet bienfaisant de la douche.

Quelques instants plus tard, se sentant beaucoup mieux, elle ressortit et commença à se sécher quand, tout à coup, elle eut l'impression qu'on l'observait. Elle se figea et regarda autour d'elle : il n'y avait personne.

Alors, en se retournant vers le miroir, elle vit le reflet d'un visage. Elle crut d'abord que c'était le sien, puis se rendit compte, à travers la buée, que c'était celui d'une autre femme, très jeune, avec une expression torturée, les yeux rougis.

Les lèvres de l'apparition s'entrouvrirent comme pour pousser un cri, mais il n'y eut aucun son et, brusquement, sous le regard stupéfait d'Angela, glacée de terreur, le visage inconnu commença à se déformer, noircit, se décomposa, puis les yeux disparurent, ne laissant que deux orbites vides.

Angela poussa un cri étranglé. Devant elle, ce qui restait du crâne finit par disparaître entièrement, ne laissant plus que le miroir embué.

— Angela !

Elle n'avait qu'une serviette hâtivement nouée autour du corps, mais Jackson n'en fit pas moins irruption dans la pièce, en pantalon de pyjama, son Glock .22 à la main.

Il balaya rapidement la salle de bains du regard puis abaissa son arme.

— Que s'est-il passé ? demanda-t-il.

Angela déglutit. Même si Jackson voyait lui aussi, parfois, des apparitions, il allait vraiment la prendre pour une givrée, maintenant. Tant pis ! Autant valait dire la vérité. Elle resserra la serviette autour d'elle et répondit :

— J'ai vu un visage dans le miroir.

La phrase était sans doute maladroite, car Jackson haussa les sourcils, incrédule, comme s'il s'apprêtait à répliquer : « Un visage ? Oui, bien sûr, le vôtre ! »

— Celui d'une jeune femme, expliqua-t-elle.

Jackson restait sceptique.

— Ce n'était pas moi, Jackson, ajouta-t-elle. Il y avait une jeune femme qui m'observait. Ne me regardez pas comme ça, je vous en prie ! Vous avez vu vous-même les enfants fantômes, vous savez qu'il y a des esprits dans cette maison, des revenants, une énergie quelconque…

— Comment vous sentez-vous ? demanda-t-il, soudain grave.

— Ça va, répondit-elle avec une petite grimace, même si j'avoue avoir été un peu… prise au dépourvu. Excusez-moi.

— Ne vous excusez pas, murmura-t-il en secouant la tête.

— Merci.

— Eh bien, je vais laisser la porte ouverte, pour que vous puissiez dormir. N'hésitez pas à m'appeler.

— Vous savez, je ne suis pas…

Elle s'interrompit, hésitant sur la meilleure formule.

— Je ne suis pas une petite chose fragile, compléta-t-elle.

— Je sais. Moi aussi, s'il m'arrivait quelque chose, je serais rassuré de vous savoir tout près, répondit-il.

Angela sourit. Il reprit d'un ton taquin :

— On sait bien que vous n'avez pas froid aux yeux, vous vous souvenez ?

Ils se turent un instant, debout sur le seuil, elle drapée dans sa serviette, lui avec simplement son pantalon de pyjama et son Glock. Le temps semblait soudain s'être suspendu. Angela retint son souffle, en se rappelant le baiser qu'ils avaient échangé, le frisson qu'elle avait ressenti quand ils avaient mimé un couple en quête d'excitation. Sans doute allait-il l'enlacer…

Mais il fit un pas en arrière en se contentant de répéter :

— N'hésitez pas à m'appeler.

Elle hocha la tête, la gorge nouée.

Il tourna les talons et s'éloigna. La déception qu'elle éprouvait l'étonna.

— Jackson ?

Il pivota. Elle le rejoignit en maintenant la serviette qui la drapait et demanda :

— Qu'est-ce que ça pouvait être, à votre avis ?

— Quoi donc ?

— Ce visage, dans le miroir.

— Je ne sais pas, répondit-il en secouant la tête. Regardez donc dans votre ouvrage sur Madden C. Newton, pour voir s'il peut s'agir d'une de ses victimes. Ce n'était pas Regina Holloway, n'est-ce pas ? C'est dommage. Il serait intéressant d'avoir une conversation avec elle. Elle pourrait nous raconter ce qui s'est passé.

— J'aimerais bien voir Regina, effectivement. Après tout, comme elle a été assassinée, elle pourrait… rôder encore dans la maison, disons…

— Malheureusement, personne dans l'équipe n'a l'air de pouvoir entrer en contact avec elle, répondit Jackson.

— Evidemment, si elle s'est suicidée, elle n'a aucune

raison de rester en arrière… Mais je ne pense pas que ce soit le cas. Je pense qu'on l'a bel et bien tuée, mais qu'elle a préféré rejoindre son fils dans l'au-delà.

— Peut-être…, murmura Jackson. Oui, peut-être.

— Quoi qu'il en soit, ce visage n'était pas le sien. C'était quelqu'un de beaucoup plus jeune, une jeune fille de l'âge de Gabby Taylor.

— Alors, regardez dans le livre sur Newton, suggéra-t-il.

Il se détourna de nouveau.

— Jackson…

Il s'arrêta. Elle marcha jusqu'à lui et posa une main sur sa poitrine.

— Je… je n'ai aucun goût pour le SM, vous savez. Oh ! je suis très passionnée, mais je n'aime pas souffrir. Je n'ai aucune bizarrerie particulière. J'ose penser, cependant, que je suis assez excitante…

Il la dévisagea, puis ses lèvres s'étirèrent sur un lent sourire. Il jeta le Glock .22 sur le lit, enlaça Angela en écartant le drap de bain, lui souleva le menton et déposa sur sa bouche un long baiser sensuel.

— Vous m'avez emmené dans ce club pour soigner ma virilité défaillante, si je me rappelle bien, non ? demanda-t-il en s'écartant légèrement. Vous n'auriez pas dû vous donner cette peine, car je vais vous faire un aveu : vous êtes infiniment plus excitante, avec une simple serviette, que n'importe laquelle de ces filles à leur poteau.

— Est-ce que… je franchis la ligne jaune ? murmura-t-elle en s'étonnant d'éprouver de nouveau du désir, elle qui pensait avoir perdu toute appétence après la mort de l'homme qu'elle avait aimé.

Jackson n'avait rien à voir avec Griffin. Il était lui-même, mais elle soupçonnait qu'il détenait, aussi bien physiquement que moralement, tout ce qu'elle avait toujours cherché chez un homme. Une sorte de force intérieure, une étonnante capacité à affronter les aspects les plus cruels de l'existence tout en conservant son humanité, sa compassion, sa dignité…

Sans doute était-elle séduite aussi, à vrai dire, par sa façon de se mouvoir, par son torse nu. Elle ne savait plus. Serrée contre lui, elle se sentait chanceler.

— Allons à côté, murmura-t-il.

Il alla ramasser son arme, puis reprit la main d'Angela et l'entraîna vers la chambre voisine. Le drap de bain resta sur le sol.

Dans sa chambre, il glissa le Glock dans le tiroir de la table de nuit et se tourna vers Angela.

Il la regarda un long moment, et elle songea que ce seul regard était plus érotique que n'importe quelle caresse. Il la buvait littéralement des yeux. Elle sentit ses sens s'embraser avant même qu'il ne la reprenne dans ses bras. Il l'étreignit et ils échangèrent un nouveau baiser passionné.

Angela eut l'impression que tout tournait autour d'elle. Dans un vertige de sensations, elle se retrouva sur le lit, et ils ne furent plus que deux corps mêlés, avides de caresses à la fois fluides et passionnées. Jackson était un amant chevronné, tendre et subtil. Il fit courir une main experte dans son dos, sur ses cuisses, lui embrassa les épaules, les seins, qu'il titilla du bout de la langue, du bout des dents, sans se hâter, comme insouciant de son propre désir. Elle se lovait contre lui, savourant le contact de sa peau, s'émerveillant de le sentir vibrer au moindre frôlement, au moindre baiser. Puis, finalement, il l'étreignit et se coula en elle. Ce fut d'abord un plaisir suave, particulièrement intime, presque immobile, puis l'urgence de leur désir se fit plus forte et ils se mirent à se mouvoir sur un rythme de plus en plus frénétique, emportés par un tourbillon de jouissance.

Si jamais il y avait des fantômes dans la demeure, ils furent discrets et ne les dérangèrent pas.

Angela avait oublié tout ce qui l'entourait. Pendant quelques minutes miraculeuses, il n'y eut plus au monde que le corps de Jackson contre le sien, l'intensité de leur échange, une impression de pur émerveillement à se sentir ainsi liés. Ils s'arquaient, se tordaient, haletaient, riaient parfois ou échangeaient de longs regards avant de reprendre leur danse, tandis que Jackson lui caressait le torse et les seins. Puis tout se mit à tourner de plus en plus vite, et la pénombre parut soudain s'illuminer d'étincelles quand Angela, dans un long frisson, atteignit la jouissance, sentit Jackson se raidir dans un spasme et retomba à son côté, pantelante. Ils s'allongèrent, ruisselants, le cœur battant la chamade.

Angela reprit son souffle, sentant l'air se rafraîchir autour d'elle.

— Est-ce que… Eh bien, à ton avis, c'était une bonne idée ? murmura-t-elle. Avec notre mission…

Il s'appuya sur un coude, le regard pétillant.

— Nous sommes hors cadre professionnel, rétorqua-t-il.

Elle eut un léger rire en admirant secrètement le bleu incroyablement profond des yeux de Jackson.

— Je n'ai pas l'intention de passer toutes mes soirées dans un club de strip-tease, tu sais, reprit-elle.

— Ah non ?

— Nous n'avons pas perdu notre temps, bien sûr. Mais l'équipe…

— C'est moi qui la dirige. Je ne réponds qu'aux

ordres d'Adam et il ne m'a donné aucune consigne particulière.

— Oui, mais dans d'autres unités…

— Cette unité est à part. J'en suis le chef et, comme tel, je déclare que tout est en règle.

Elle sourit. Il lui caressa la joue, dans un geste lent et presque hypnotique.

Puis il l'embrassa et l'attira contre lui.

— Je vais d'ailleurs te prouver que je n'ai pas besoin de stimulants, murmura-t-il. Si tu es d'accord, bien sûr… petite tigresse.

Le seul contact de ses doigts et de ses lèvres aurait suffi à convaincre Angela d'accepter.

Quand Jackson s'éveilla, elle dormait encore. Il se leva sans bruit, puis la regarda, s'émerveillant que la créature passionnée qui avait dominé ses sens et sa libido pendant toute une nuit pût paraître aussi pure et innocente à la lumière du jour. Son corps, sous un rayon de soleil, se détachait sur les draps ivoire comme une statue d'albâtre, comme le rêve d'un sculpteur.

Il entra dans la salle de bains et referma doucement la porte. Il se doucha, se rasa et s'habilla, tout en réfléchissant aux fantômes qu'il avait vus juste avant qu'ils ne se dissolvent, le garçonnet et la fillette. Angela, il le savait, était pourvue d'un sixième sens bien plus développé que le sien, et cela l'inquiétait.

Surtout, cela remettait en question sa réticence de toujours : croire en l'existence de fantômes, et surtout de fantômes capables de manipuler les vivants.

En attendant, il avait beaucoup de choses à faire. La

journée serait chargée, et la priorité était maintenant d'en savoir plus sur la jeune Gabby Taylor.

Angela dormait encore lorsqu'il sortit de la salle de bains, et il préféra ne pas la réveiller.

Il descendit l'escalier tout en appelant Andy Devereaux sur son portable.

— Ici Devereaux. C'est vous, Crow ?

— Oui. Bonjour, Andy.

— Bonjour. J'ai envoyé une patrouille surveiller la maison de la jeune fille toute la nuit. Si vous voulez passer, nous ferons le point. Malheureusement, l'Eglise du Christ ressuscité a un très bon avocat qui connaît sur le bout des doigts les lois sur la liberté de culte, le respect de la vie privée et ainsi de suite. Nous ne pourrons pas les obliger à fermer sans motif. Bref, je ne pourrai rien faire sans un mandat d'arrêt solidement étayé.

— Je sais, Andy. Votre patrouille n'a rien remarqué d'anormal, pendant la nuit ? La jeune fille et ses parents sont en sécurité ?

— Il n'y a eu aucun incident, assura Andy.

— Vos hommes restent dans les parages ?

— Oui, ils surveillent.

— Merci, Andy. Je vais passer.

— D'accord, je vous attends.

Dans la cuisine, Jackson trouva Jenna debout. Elle sirotait un café en lisant le journal local.

— Vous avez déjà acheté la presse ? demanda Jackson.

— Jake le fait porter à domicile tous les matins. Nous nous sommes dit que vous auriez envie de savoir ce qui se passe en ville.

Jackson hocha la tête et s'assit. Jenna reposa le journal pour le regarder.

— Jackson, à votre avis… qu'est-ce qui rend les gens aussi *méchants* ?

— Tout le monde n'est pas méchant, loin de là, Jenna. La plupart des hommes sont de bonne composition.

— Mais certains sont littéralement malfaisants…

— C'est vrai.

— En écoutant les discours, hier, chez les Aryens, j'étais absolument horrifiée.

— Ce pays garantit la liberté d'expression, Jenna. On a le droit d'affirmer ses idées et d'essayer de convaincre les autres, même si certaines de ces idées nous semblent incompréhensibles.

— Incompréhensibles, et surtout, nuisibles !

— Je sais. Même si je reste confiant dans l'humanité au sens large, j'admets qu'il existe des êtres pernicieux.

Jenna, visiblement, restait perturbée par ce qu'elle avait entendu.

— Prenez Martin DuPre, reprit-elle. Il a l'air normal, apparemment, mais il est diabolique !

— Diabolique ? C'est un terme qui appartient à la religion et à une autre forme de justice, Jenna. Ici-bas, ce que nous devons condamner, c'est ce qui est *illégal*.

— Je comprends, mais… Nous savons, nous, qu'il y a une autre dimension à ces méfaits, n'est-ce pas ?

— C'est vrai, admit-il gravement.

— Ça me fait peur. Ce que je crois, c'est qu'après la mort, quelle que soit la forme de la survie — esprit, âme ou autre —, nous restons ce que nous étions, bons ou mauvais. Il y a des degrés, bien sûr. Mais dans certains cas, le mauvais est très proche du mal absolu…

— Peut-être.

— Et je sens le *mal* dans cette maison, insista-t-elle. Rappelez-vous cette ombre massive, dans la cave. La façon dont elle s'approchait d'Angela m'a terrorisée. Je ne sais pas comment l'interpréter, mais je suis morte d'inquiétude.

Jackson se leva et fit le tour de la table pour lui tapoter l'épaule.

— Voilà pourquoi nous devons nous serrer les coudes, Jenna, et ne jamais rester seuls ici. Je dois aller au poste de police. Si quelqu'un a besoin de quelque chose, appelez-moi.

— Nous ne devons pas bouger, ce matin ?

— Pour l'instant, non. Nous verrons la suite du plan d'action à mon retour.

Une fois à la porte, il hésita une seconde et ajouta :

— Quand Angela se lèvera, demandez-lui de regarder dans le livre sur Newton, voir si elle apprend du nouveau.

— Entendu, patron !

— Personne d'autre n'est debout ?

— Si, Whitney est partie faire son jogging. Elle ne va pas tarder. Will va venir préparer le petit déjeuner. Vous ne voulez pas l'attendre ?

— Vous me mettrez une assiette de côté.

Jackson hésita de nouveau, sans rien dire, et Jenna le regarda avec un petit sourire en assurant :

— Je veillerai sur Angela. Ne vous inquiétez pas. D'ailleurs, vous pouvez faire confiance à son sixième sens, à mon avis.

— Prenez soin de vous aussi, répondit-il.

— Bien sûr, mais je me sens bien dans cette équipe, vous savez. Angela a un vrai don, Jake aussi, à sa façon...

— Vous avez tous quelque chose de spécial.

— Nous donnons le meilleur de nous-mêmes grâce à vous, Jackson. Je suis sûre que vous avez des talents cachés dont vous ne parlez pas, mais le premier d'entre eux, c'est votre capacité à créer une vraie cohésion entre nous. Allez, filez !

Jackson sourit largement et vint lui planter une bise paternelle sur la tête.

— Merci ! lança-t-il.

Il prit les clés de la petite Honda de Jake garée dans la cour, ouvrit le portail avec la télécommande et se mit au volant pour se rendre au poste de police.

Andy Devereaux l'attendait.

— Désolé d'ajouter à votre charge de travail. Je sais que vous êtes très occupé, lui dit Jackson.

— Nous le sommes toujours, dans cette ville, mais si ça se trouve, vous me rendez service, car ces deux sectes de l'Eglise du Christ ressuscité et des Aryens se déchaînent contre le sénateur et nous donnent beaucoup de fil à retordre.

— J'ai envoyé Jake et Jenna à un meeting des Aryens, hier soir, lui dit Jackson.

— Alors ?

— D'après Jake, notre Irlandaise a failli se faire lyncher ! Mais le plus important, c'est que Blake Conroy était sur place. Il est venu saluer Jake et Jenna, et leur a dit qu'il venait se renseigner à la demande du sénateur.

Devereaux le scruta un moment et haussa les épaules.

— Soit il dit vrai, soit il joue le rôle qu'on attend de lui. Comment savoir ?

— Impossible pour l'instant, effectivement. Il y a plus grave…

Jackson raconta alors sa soirée avec Martin DuPre.

— Je n'en crois pas mes oreilles ! s'exclama Devereaux. DuPre ? Alors qu'il travaille pour le sénateur, il aurait partie liée avec ses adversaires les plus acharnés ?

— Apparemment, oui, à moins qu'il n'ait infiltré

l'Eglise du Christ ressuscité pour les espionner. Cela dit, même si je n'ai pas tout entendu de sa conversation, il avait vraiment l'air de mettre au point des dessous-de-table avec ces types. Et puis, n'oubliez pas la jeune fille. D'après Angela, elle était terrorisée, et je fais confiance à l'avis d'Angela. Cela ne me plaît pas du tout.

— Je connais les parents de cette Gabby Taylor..., grommela Devereaux. Ils étaient venus nous voir. Seulement, voilà, la gamine est majeure, les statuts de l'Eglise sont en règle, nous n'avions aucun moyen de l'empêcher d'adhérer. Qu'elle se soit donnée non seulement à Dieu mais aussi à DuPre, c'est malheureux, mais nous n'y pouvons rien. Alors, quant à lui demander s'il y a eu des disparitions...

— Et en imaginant qu'elle parle ?

— Vous connaissez la loi aussi bien que moi, Jackson, y compris la loi fédérale. Je peux toujours lancer des recherches, mais sous quel prétexte est-ce que j'arrêterais les responsables de cette secte ? Les filles sont consentantes.

— Si elles sont mineures, c'est un délit pénal, souligna Jackson.

— Oui, mais nous n'avons pas le droit de faire irruption simplement pour demander l'âge des adeptes.

— Si j'arrive à soutirer quelque chose à Gabby, cela vous aiderait, non ?

— Peut-être, mais n'avez-vous pas dit vous-même que vous vouliez une surveillance discrète, sans qu'elle sache que nous la protégeons ?

— Il faudra y aller en douceur, évidemment, surtout qu'elle a peur.

— Vous n'allez pas prévenir le sénateur que son adjoint est un salaud ? demanda Devereaux.

— Pas encore.

Jackson hésitait. Mis à part l'arrière-grand-mère de Whitney, tout le monde semblait prendre Holloway pour un saint. Il ne connaissait pas encore assez Devereaux pour lui confier ses doutes.

— En fait, reprit-il, je préfère explorer d'abord deux ou trois pistes.

Andy hocha la tête.

— Comme vous voudrez. Mais ne me mettez pas de bâtons dans les roues, Crow. Je suis responsable de la sécurité, dans cette ville.

— Je n'en ai absolument pas l'intention, Andy, et en outre, j'ai besoin de votre aide.

— O.K.

— J'aurai même besoin de vous, si jamais d'autres filles de la secte sont menacées. Avez-vous pu établir une liste des disparitions inexpliquées, comme je vous l'ai demandé ? Ça permettrait peut-être de comprendre ce qui effraye autant Gabby Taylor.

— L'un de mes hommes y travaille en ce moment. Les disparitions ne manquent pas, hélas. Nous recevons des myriades de signalements. Ce qui prend du temps, c'est d'établir si elles ont ou non un lien avec l'Eglise du Christ ressuscité.

— A mon avis, vous pouvez vous limiter à une tranche d'âge entre treize et vingt-cinq ans, trente au maximum, dit Jackson. Plus elles sont jeunes, plus elles sont influençables, surtout si elles ne sont pas heureuses chez elles. Les gourous sont généralement très habiles pour les manipuler. Cherchez des gamines qui se sentent rejetées par leur famille, incomprises, ayant quitté l'école, ce genre de chose… Voyez ce que disent les parents, quand il y a leur témoignage. Ils ont pu s'apercevoir d'une détresse, savoir que leur fille se droguait, par exemple, même si, à mon avis, la secte évite de recruter parmi les dealers.

— Entendu. Je vais passer le mot à tous nos correspondants, même si cela change un peu de l'ordinaire. En général, nous enquêtons sur des meurtres bien réels. Cette fois, ils seraient hypothétiques, et vous me faites chercher d'éventuelles victimes ! Dites donc, Jackson, vous ne trouvez pas qu'il y a suffisamment de crimes comme ça à La Nouvelle-Orléans, sans me demander d'en trouver d'autres ? plaisanta Andy.

— Merci, en tout cas. Je vais regarder aussi les fichiers fédéraux, mais je doute d'y trouver les détails dont j'ai besoin.

— Vous pensez vraiment qu'ils ont assassiné des filles, dans cette Eglise ? Ça ne vous paraît pas un peu tiré par les cheveux ?

— Qu'est-ce qui peut terrifier autant cette jeune fille, sinon un meurtre ? A propos, je voulais vous demander autre chose. A-t-on vérifié les déplacements du sénateur Holloway et de son équipe, le jour de la mort de Regina ?

— Oui. Vous avez vu le dossier, j'imagine. Leurs alibis étaient solides. En outre, le coroner n'a pas relevé la moindre trace de lutte. Quand le sénateur s'est mis à se poser des questions, sa femme était déjà morte et enterrée, et ce n'est pas la police qu'il a appelée, mais un type de Washington. Ce type vous a fait venir et mes supérieurs m'ont demandé de coopérer avec vous. Peut-être qu'Holloway finira par accepter la mort de sa femme, si des experts lui affirment que le coupable est un fantôme...

— Merci encore, Andy.

— Voulez-vous que je vérifie tout de même les alibis ?

— Pas tout de suite. Je vais confier ça à mon équipe, discrètement. Si nous faisons chou blanc, je vous appellerai.

— Appelez-moi aussi si vous avez du nouveau sur l'Eglise du Christ ressuscité, hein !

Jackson prit congé et retourna à la demeure.

Il était 9 heures.

Angela s'était endormie en se demandant ce qu'elle pourrait bien ressentir le lendemain matin : c'était la première fois qu'elle dormait avec un homme depuis la mort de Griffin. Elle n'avait jamais éprouvé, aussi rapidement, une telle sensation de confiance… d'intimité.

Surtout, elle n'avait jamais couché, jusque-là, avec un collègue de travail. D'ordinaire, c'était contre ses principes, mais cette fois, la chose semblait juste. Presque évidente. Elle avait suivi son instinct, sûre de ne pas se tromper.

En s'éveillant, elle se sentit plus convaincue que jamais d'avoir eu raison. Même si elle ignorait si la relation s'avérerait durable, solide, si elle se poursuivrait à l'issue de leur mission.

Elle resta immobile un moment, les yeux ouverts. Jackson était déjà descendu. Qu'allait-il se passer, maintenant ? Elle était entrée dans la police *après* la mort de Griffin, en se disant que si elle n'avait pu combattre la maladie, elle pourrait au moins chasser des criminels. Evidemment, se retrouver à parler avec des fantômes n'était pas aisé.

En même temps…

C'était la seule chose à faire : enquêter de manière

logique, certes, mais dans l'espoir que *l'illogique* interviendrait pour la guider.

Elle ferma les yeux. La présence des enfants dans la chambre était normale, mais *qui diable était la femme dans le miroir* ?

Elle se leva et gagna sa propre salle de bains. Là, elle prit une douche, dans une nuée de vapeur, mais aucun reflet ne réapparut.

Avait-elle été victime de son imagination ? Ce n'était pas impossible, après tout. Cela arrivait à tout le monde.

En se rappelant que Jackson lui avait conseillé de relire le livre sur Madden C. Newton, elle s'habilla et descendit dans la cuisine, où elle avait laissé l'ouvrage dans un tiroir.

Will était là, en train de préparer le petit déjeuner avec l'aide de Jenna et Jake. Jenna coupait du pain pendant que Jake posait des tasses sur la table. Au moment où elle entrait, Angela entendit un cri perçant dans le salon.

— Whitney ? Que se passe-t-il ? demanda Jake en se précipitant, Jenna et Will sur les talons.

Whitney, assise dans un fauteuil devant la batterie d'écrans, pointa le doigt sur l'un d'eux.

— La cave ! Il y a de nouveau quelque chose dans la cave !

Ils se plantèrent devant le récepteur.

Une ombre noire emplissait le sous-sol comme si une vague énorme venait de surgir. Elle ondulait, se tordait, s'assombrissait à vue d'œil.

— Descendons ! dit Jenna.

— C'est ça, pour que ce vampire nous avale ! protesta Jake.

— Il faut tout de même savoir ce que c'est, dit Whitney.

Au moment où elle parlait, ils entendirent la clé dans la serrure de l'entrée. Jackson était de retour.

— Venez voir, Jackson ! s'écria Whitney.

Il s'approcha de l'écran. Tout le monde regarda avec lui. La masse noire avait disparu.

— Oui ? Et alors ? demanda Jackson.

— Oh... Elle n'y est plus ! Pourtant, nous l'avons tous vue, dit Whitney, contrariée.

— Quoi donc ?

— L'ombre menaçante, notre vieille connaissance, expliqua Angela.

— Bon. Jake, venez avec moi, intima Jackson. Jenna, restez avec Whitney surveiller l'écran...

Il s'interrompit, puis reprit :

— Qu'est-ce que c'est que cette odeur de brûlé ? Allez voir dans la cuisine, Will. Quant à toi, Angela...

Il posa les yeux sur elle. Elle vit qu'il hésitait.

— Je descends avec toi, dit-elle.

— Je ne sais pas si c'est souhaitable. Si jamais il y a vraiment quelque chose...

— Raison de plus pour que je sois là, insista-t-elle. Je pourrai te tenir la main.

Il la fixa quelques secondes, l'air toujours imperturbable, mais avec une ombre de sourire. Visiblement, il pesait le pour et le contre entre ses sentiments pour elle et les obligations de l'enquête. Il la savait fragile, mais aussi sensible au paranormal ; elle se souvint qu'il avait déjà perdu tragiquement des collaborateurs, et que sa décision ne devait pas être facile à prendre.

En l'occurrence, elle avait raison de vouloir descendre, et il parut le comprendre.

— D'accord, jeune dame. Donnez-moi votre main et allons-y, répondit-il d'un ton léger.

Il l'entraîna, l'air strictement professionnel, et ils suivirent Jake dans la cave. Ils n'y trouvèrent cependant rien d'anormal, même après avoir attendu un moment en soulevant ici et là les divers objets entassés. Ils appelèrent ceux qui étaient restés en haut pour demander ce qu'il y avait sur les écrans, mais, là non plus, rien n'était signalé. Ils finirent par remonter.

Will eut beau se plaindre que son petit déjeuner avait eu tout le temps de carboniser, il s'avéra délicieux et tout le monde le complimenta. Jenna, qui avait battu les œufs et coupé le jambon en dés, insista pour s'attribuer une partie du mérite.

— Quel est le programme, aujourd'hui ? demanda Jake à Jackson.

— Nous allons au casino ! répondit ce dernier.

— Cool ! Avec l'argent des contribuables ? s'enquit Whitney, l'air ravi.

— Non ! Avec le nôtre, répondit Jackson en riant.

— Alors, nous n'irons pas loin ! s'exclama Will.

— Nous irons à trois, précisa Jackson. Je voudrais que nous interrogions les serveuses et les croupiers, pour savoir si Grable Haines est vraiment venu jouer, le jour de la mort de Regina.

— Je sais me montrer très bavard à une table de craps, souligna Jake.

— Je n'en doute pas !

Jake s'esclaffa.

— C'est un compliment, j'espère !

— Mais oui. Il est précieux de savoir faire parler les gens. Cela dit, c'est Will et Jenna qui vont venir avec moi, car vous, Jake, vous retournez à l'Eglise du Christ ressuscité, en prétendant être très intéressé. Vous, Angela et Whitney, vous retournez au musée de la rue Royal, voir l'exposition, qui a dû ouvrir. Trouvez tout ce que vous pouvez sur la demeure et, aussi, sur les macabres activités de Madden C. Newton. Il y aura peut-être des éléments que nous ne connaissions pas.

Il hésita un instant, puis ajouta :

— Angela, regarde surtout si tu trouves des portraits de toutes les personnes impliquées à l'époque de Newton, d'accord ? Et une dernière chose : interdit de rentrer seuls ici. Nous nous retrouverons tous au Café du Monde, à 3 heures, par exemple.

— Entendu, dit Angela. Pense bien à lancer les caméras avant notre départ, Whitney. Le temps de débarrasser et nous y allons.

Tout le monde mit la main à la pâte pour ranger le sel, le poivre, le ketchup, la confiture, et mettre les assiettes dans l'évier. Angela les rinça rapidement, avant de les disposer dans la machine à laver la vaisselle, et nettoya les casseroles.

Quand les autres eurent disparu, elle devina que Jackson s'approchait d'elle. Il glissa un bras autour de sa taille en demandant :

— Tu es en forme ?

Elle eut un petit sourire.

— C'est à toi de me le dire…

— Je réserve tous mes compliments sur la nuit passée pour plus tard. J'espère simplement que…

— Je n'ai aucun regret, assura-t-elle.

Le regard bleu de Jackson se fit plus grave.

— A part ça… il ne s'est rien passé d'autre, depuis l'apparition dans le miroir ?

— Non, rien, même si je me suis montrée très attentive. Gabby et sa famille vont bien, j'espère ? Tu me l'aurais dit, s'il y avait eu un problème, n'est-ce pas ?

Il hocha la tête.

— Je suis allé voir Andy Devereaux, ce matin. Rien à signaler.

— Tout de même, je reste inquiète.

— Moi aussi, mais je fais confiance à Andy pour garder l'œil sur eux. Nous ne pouvons pas faire grand-chose d'autre, pour l'instant.

— Nous pourrions faire arrêter ce salaud de DuPre !

— Pour quel motif ?

— Cela doit forcément se trouver.

— Sans doute, si nous creusions suffisamment. Mais si jamais il a commis un crime, mieux vaut y aller avec prudence.

Le casino n'était pas encore bondé, mais, même à cette heure matinale, l'atmosphère commençait à s'échauffer.

Jackson laissa Will et Jenna s'éloigner et se dirigea vers les tables de craps. Will s'installa à une table de poker, tandis que Jenna, après quelques tours de roulette, s'en fut flâner du côté des machines à sous.

Il y avait trois tables de craps. Jackson décida de s'essayer aux trois. Il engagea la conversation avec l'un des croupiers, expliqua qu'il adorait jouer mais préférait se modérer, car il connaissait des gens qui avaient eu des problèmes. L'un d'eux habitait La Nouvelle-Orléans, d'ailleurs. Il était fan de paris mais fréquentait aussi le casino... Jackson décrivit Grable Haines et se mit à jouer, espérant du croupier une réponse qui ne vint pas. Il partit alors acheter un hot dog et entreprit de sonder le vendeur, mais quand il eut mentionné les noms du sénateur et de Haines, l'homme resta indifférent.

Avant de passer à la deuxième table, il actionna

quelques machines à sous en bavardant avec les serveuses. Des pourboires généreux les rendirent loquaces, et il en trouva finalement une qui connaissait Grable, l'appréciait beaucoup et se rappelait le jour de la mort de Regina, dont le bruit s'était vite répandu.

— Grable était ici, ce jour-là, me semble-t-il, dit-elle. Demandez donc aux tables de craps.

Jackson retourna jouer à la deuxième table. Il prit des risques mais, par bonheur, sa manie ridicule de ne parier que sur le 11 lui porta chance, ce qui lui permit de continuer à papoter.

Les croupiers avaient conscience que leur chef n'était pas loin, mais lui répondirent aimablement. Il fallait savoir encourager les clients.

— Grable ? dit l'un d'eux. J'espère qu'il va bien, parce qu'on ne l'a pas revu, depuis la mort de l'épouse d'Holloway. Un type sympathique, Grable. Il avait passé toute la journée ici. Je pense que ça l'a déstabilisé.

— Parce qu'ensuite, il a culpabilisé de s'être amusé au moment du drame ?

— Oui. Le pauvre ! Il gagnait, en plus, si mes souvenirs sont bons, renchérit un autre croupier.

— Un bien triste événement, commenta Jackson.

C'était son tour de jouer. Il lança le dé, gagna encore et quitta la table. Il fit un signe de tête à Will, assis au poker, pour qu'il le rejoigne.

— C'est donc au craps que Grable joue ? demanda Will.

— Oui, et il était bien là le jour du drame, comme il nous l'a dit.

— Donc, il est blanchi ?

— A mon avis, oui. Il a fallu un certain temps au

meurtrier pour entrer et sortir de la maison, et Regina est morte en fin de journée.

— En tout cas, d'après le rapport du coroner.

— Effectivement.

— Soit une demi-heure à peine avant que le sénateur ne trouve le corps, c'est ça ?

— Oui, répliqua Jackson, à moins que...

— A moins que ?

— A moins que le sénateur n'ait « trouvé » le corps que parce qu'il l'y avait poussé lui-même.

Angela était heureuse d'avoir été choisie avec Whitney pour retourner au musée voir la nouvelle exposition. Elles traversèrent à pied le quartier du Vieux Carré, firent un peu de lèche-vitrines, admirèrent les vêtements et les chapeaux, la galerie d'art du Chien bleu, et firent une halte au café Community pour savourer un café aux noix de pécan. Angela adorait flâner dans cette ville à l'élégance désuète, d'une beauté nostalgique, mais en même temps grouillante de vie. Ici et là, on refaisait une façade, on arrosait les fleurs magnifiques des balcons.

Elles arrivèrent au musée et allèrent payer au guichet. La femme aux cheveux gris reconnut Angela et l'accueillit avec chaleur. Les deux jeunes femmes l'écoutèrent vanter les mérites de l'établissement, petit mais passionnant.

— Tu n'avais pas déjà visité ce musée ? demanda Whitney à Angela.

— Pas vraiment ! Nous l'avons parcouru au pas de course avec Jackson. Il s'intéressait surtout à la pancarte annonçant l'exposition !

— Tant mieux, nous allons pouvoir jouer les touristes, répondit Whitney.

Les collections permanentes montraient d'abord la ville à l'arrivée des Français. On y évoquait, en particulier, les deux incendies gigantesques qui avaient presque entièrement détruit les bâtiments d'origine. Suivait une partie sur l'occupation espagnole, dont dataient la plupart des bâtiments encore debout. La criminalité était alors élevée : sur le port, grouillant de monde, mendiants et voleurs s'en prenaient aux navires, aux riches marchands. Les documents évoquaient aussi les cruautés de la traite des Noirs, et une section était consacrée à la légende du Dr Lalaurie et de son épouse, dont on racontait qu'ils torturaient les esclaves et pratiquaient sur eux d'épouvantables opérations avant de les emprisonner dans leurs caves. Les cris des malheureux, morts sur place, avaient fait naître de nombreuses histoires de revenants, mais, précisait une pancarte, l'histoire des Lalaurie était très probablement inventée.

D'autres scandales célèbres étaient racontés dans les sections suivantes. Une maquette reconstituait la rue Gallatin, où bateliers et marins fréquentaient les bouges et des maisons closes. Une autre maquette présentait Storyville, un quartier chaud créé lorsque Sidney Story, un notable respecté, décida en 1897 de repousser la prostitution hors du Quartier français. Les filles de joie se replièrent alors dans la zone bordée par les rues Basin, Iberville, Saint-Louis et Robertson Nord, et les établissements de plaisir, du plus pauvre au plus luxueux, ne tardèrent pas à foisonner. On se mit à y jouer de la musique, et les bordels contribuèrent ainsi à la naissance du jazz de « Dixieland ».

Le malheureux Sidney Story dut être bien mortifié quand ces lieux de débauche prirent le surnom de « Storyville ». L'histoire dura une vingtaine d'années, puis le gouvernement fédéral finit par s'émouvoir que l'on déprave ainsi ses marins basés en Louisiane et mit définitivement fin à l'existence du quartier.

Un peu plus loin, Angela découvrit qu'Abraham Lincoln, dans sa jeunesse, avait connu les marchés d'esclaves de La Nouvelle-Orléans, spectacle à l'origine de sa farouche détermination de mettre fin à l'esclavage.

— Tu sais, ce président a été le plus « psychique » de tous, indiqua Whitney. Il croyait aux présages et a vu en rêve la façon dont il allait mourir.

— Comment savoir si on prédit vraiment les choses, ou si nous ne suscitons pas nous-mêmes les événements du fait de notre manière de penser ? suggéra Angela.

— Abraham Lincoln a été assassiné par John Wilkes Booth, au théâtre Ford, et je ne crois pas qu'il l'ait imaginé ! répliqua Whitney.

— C'est vrai !

Elles entrèrent enfin dans l'exposition. La première œuvre exposée était une maquette de la maison de Madden C. Newton, telle qu'elle était à l'époque où il avait commis ses atrocités. Elles se précipitèrent.

— Regarde ! Cette aile était encore séparée, alors, dit Whitney. Rien ne la reliait au bâtiment principal.

— Et si on voit tous ces personnages qui se dirigent vers l'entrée, expliqua Angela, c'est parce qu'il ne s'était pas débarrassé assez vite d'un cadavre. Les gens ont senti l'odeur, ont commencé à se dire qu'il devait être responsable des disparitions et ont appelé la police.

— C'est incroyable, la méchanceté dont certains êtres humains sont capables, murmura Whitney.

Angela s'approcha de plusieurs œuvres accrochées au mur. L'une d'elles était une photo de Madden C. Newton devant les juges. Elle le reconnut tel qu'il lui était apparu dans son cauchemar. Evidemment, il y avait son portrait dans le livre qu'elle avait lu… Ce qui avait sûrement influencé son rêve.

— Il ressemble à tout un chacun, remarqua Whitney.

— Pas tant que ça ! Regarde ses yeux. Il a le regard d'un dément !

Elles lurent les cartouches en silence, puis se remirent à déambuler.

— Angela ? Viens voir, appela Whitney au bout d'une minute.

Angela s'approcha. Le document était l'original de la condamnation à mort de Newton. A côté, une photo parue dans la presse de l'époque représentait sa pendaison, en public.

— Ça fait frissonner ! s'écria Whitney. Il est resté pendu trois jours et personne ne sait exactement quand on l'a emporté. Il a dû être enterré dans une tombe anonyme dont on a oublié l'emplacement.

— Vraiment ? demanda Angela en se penchant pour lire le cartouche. On aurait pu imaginer qu'ils avaient dispersé ses cendres après l'avoir brûlé vif !

— Trop médiéval ! répliqua Whitney en riant.

Angela revint sur ses pas pour examiner la maquette de la demeure et les modifications de structure survenues quand on avait relié les deux bâtiments.

Elle parcourut ensuite encore une fois toute l'exposition, mais sans rien découvrir de nouveau sur Madden C. Newton. Elle trouva cependant plusieurs portraits de ses victimes, réalisés par des photographes de l'époque comme Matthew Brady et d'autres. L'un d'eux la toucha particulièrement : il représentait un homme et son épouse, avec leurs deux enfants.

C'étaient ceux qu'elle avait vus… les enfants fantômes de sa chambre.

— Ce sont eux, n'est-ce pas ? murmura Whitney.

— Oui.

Whitney se tut un moment, puis reprit :

— Jenna est convaincue que… que tu as libéré certains esprits, dans la cave, en retrouvant le squelette de Nathaniel Petti. D'ailleurs, je me demande pourquoi les enfants apparaissent dans la demeure. Après tout, on a découvert leurs corps depuis longtemps, et ils ont été enterrés avec leurs parents.

— Ils ne m'en ont pas parlé. Ils essayent de m'expliquer ce qui leur est arrivé, mais n'y sont pas encore vraiment parvenus…

— Tu as l'air perplexe. Pourquoi ?

Angela se tourna vers Whitney. Elle fit une moue hésitante, puis se souvint qu'ils s'étaient promis de tout se dire, sans craindre de paraître plus « givrés » les uns que les autres.

— Eh bien, hier, en me séchant après la douche, j'ai vu un visage dans le miroir de la salle de bains. Le visage d'une femme. J'espérais d'ailleurs voir son portrait dans l'exposition.

— Etait-elle effrayante ? demanda Whitney. Je suis vraiment jalouse de tes capacités à voir ces choses-là. Tu as quelque chose de spécial… On a l'impression que les fantômes *veulent* que tu les voies.

— Pour ce que ça m'amuse ! soupira Angela. Ils me

tapent sur l'épaule, me font une peur bleue et disparaissent, c'est tout !

Elle se pencha de nouveau sur la maquette de la maison. Elle avait l'impression qu'un détail important lui échappait, mais ne voyait pas lequel. Elle consulta alors sa montre.

— Il va être temps d'y aller, je crois. Tu es prête ?

— Oui, répondit Whitney.

Celle-ci se dirigea vers la sortie puis, soudain, s'immobilisa.

— Oh !

Angela pressa le pas pour la rejoindre.

Sur le mur, une photo représentait une scène de pendaison, en noir et blanc. Un accompagnement sonore faisait entendre le grincement de la corde contre le bois. L'homme suspendu était Madden C. Newton, et l'image était en fait un agrandissement du cliché qu'elles avaient vu un peu plus tôt.

Au-dessus, un cartouche proclamait :

Il a récolté les fruits de ses péchés et de sa noirceur !

Certes, Madden C. Newton avait largement mérité de mourir, et même de rôtir en enfer, songea Angela.

Cependant, quelque chose dans la silhouette pathétique et le bruit de fond crissant la déstabilisait. Les yeux rivés sur l'image, elle eut presque l'impression que l'homme se tournait vers elle et fixait sur elle le terrible regard qu'il avait eu dans son cauchemar.

Elle entendait les hurlements des enfants résonner à ses oreilles…

Ils avaient été vengés, certes, puisqu'on avait arrêté et exécuté leur meurtrier. Pourtant, ils étaient restés ici-bas.

Comme la femme du miroir… Dont, d'ailleurs, elle n'avait pas trouvé le moindre portrait.

— Sortons d'ici ! s'écria-t-elle.

Laissant Whitney derrière elle, elle se précipita vers la sortie.

Chapitre 13

Quand Jackson arriva au Café du Monde avec Will et Jenna, Jake Mallory était déjà en terrasse, ses longues jambes étendues devant lui. Il n'y avait pas encore trop d'affluence, mais beaucoup d'allées et venues. Dans la rue, un musicien jouait un air de Billy Joel et certains touristes, en passant, jetaient des pièces dans l'étui de sa guitare. De l'autre côté de la rue, devant le square Jackson, des enfants s'esclaffaient devant une jeune femme déguisée en statue argentée, parfaitement immobile.

Rue Decatur, on entendait le défilé des voitures, ponctué de Klaxon impatients.

Jake se souleva et salua de la main en voyant ses collègues. Quand ils approchèrent, il tira une chaise supplémentaire pour que tout le monde puisse s'asseoir à l'arrivée d'Angela et de Whitney, puis s'affala de nouveau sur son siège. Un serveur se montra et ils commandèrent leurs cafés au lait, thés et cafés, avec des beignets. Le temps était agréablement tiède et le resterait sans doute encore un mois, avant que la canicule ne s'installe.

— J'en suis à mon troisième café. Je vais être une vraie pile électrique, ce soir ! dit Jake.

— Tu n'as pas mis longtemps. Comment ça s'est passé ? lui demanda Jackson.

— Mal, répondit Jake. J'ai eu des problèmes avec un type.

— Ah bon ?

— Oui. J'ai sonné et une jeune femme m'a ouvert, différente de celle d'hier. Elle était visiblement majeure et n'était pas enceinte, sinon j'aurais été tenté d'appeler la police. Bref, j'ai redit la même chose que la veille, comme quoi j'étais intéressé par leurs activités, etc. A cet instant, ce type est arrivé, vêtu d'une sorte de robe de moine, et s'en est pris violemment à moi, en me lançant que j'étais un suppôt de Satan et que leur Eglise n'avait rien à faire de gens comme moi. J'ai essayé de discuter, mais comme j'ai eu l'impression qu'il était armé, je n'ai pas insisté.

— Eh bien ! Voilà qui est nouveau, commenta Jackson.

— Cela ne veut pas forcément dire qu'ils ont repéré Jake, intervint Jenna, mais seulement qu'ils sont inquiets que Gabby Taylor ait disparu. Ils ont pu trouver bizarre que Jake se présente aussi vite, même s'ils ne savent pas qui il est.

— C'est vrai, approuva Jackson.

Il fit glisser ses lunettes de soleil sur son nez pour regarder Angela et Whitney qui descendaient la rue Sainte-Anne vers la rue Decatur. Il sourit en les observant, tant elles étaient différentes — Angela semblable à une princesse des neiges, et Whitney si exotique, avec sa peau de miel et ses cheveux noirs. Il les vit s'arrêter au feu rouge en bavardant. Elles semblaient aussi intimes que des amies d'enfance, et cela lui fit plaisir.

En fait, il avait vraiment une très bonne équipe. Le cœur soudain serré, il se rappela son équipe précédente.

Eux aussi étaient des gens formidables, et trois d'entre eux avaient trouvé la mort…

Il leur fallait vraiment rester vigilants en permanence, ne pas se quitter d'une semelle et, surtout, ne faire confiance à personne d'autre. Même s'ils connaissaient tous les risques qu'ils avaient pris en acceptant de venir, il se sentait responsable et n'avait aucune envie de revivre le cauchemar précédent.

— Jackson ?

Il tressaillit et se tourna vers Will.

— Oui ?

— Comment allons-nous pouvoir nous rapprocher de Blake Conroy ? Et que pouvons-nous faire à propos de Martin DuPre et de l'Eglise du Christ ressuscité ? Je trouve insupportable de ne pas réagir. Nous pourrions au moins prévenir le sénateur pour qu'il se débarrasse enfin de sa fripouille d'adjoint, non ?

— Nous le ferons le moment venu, promit Jackson.

Ils se levèrent pour accueillir les deux jeunes femmes qui se frayaient un chemin vers leur table. Whitney s'assit en s'écriant :

— Oh ! ça fait du bien ! Nous avons marché des heures.

— Comment était l'exposition ? demanda Jackson.

— Intéressante, répondit Angela.

Le serveur réapparut avec les boissons et les beignets, et prit les commandes d'Angela et de Whitney.

— Avez-vous appris du nouveau ? demanda Jenna en époussetant le sucre glace tombé sur sa jupe.

— Nous avons vu une photo assez sinistre de la pendaison de Newton, répondit Whitney.

— Nous savons aussi que personne ne sait où il a

été enterré, ajouta Angela. Il est resté pendu au gibet pendant plusieurs jours.

— Comme à la grande époque des pirates ! commenta Jake.

— Heureusement que ça ne se fait plus ! s'exclama Whitney.

Angela se taisait, pensive.

— Il y a autre chose ? lui demanda Jackson.

— Il y a aussi une maquette de la demeure à l'époque de Newton, dans les années 1860, et quelques photographies tirées d'articles de journaux, répondit-elle.

Il la regarda comme si elle ne disait pas tout.

— Cette maquette sera utile pour repérer la disposition des lieux, ajouta-t-elle. Et vous, comment votre journée s'est-elle passée ?

— Utilement. Nous savons maintenant que le chauffeur a un alibi.

— On en est absolument sûrs ?

— A moins, évidemment, que le sénateur n'ait lui-même poussé sa femme par-dessus le balcon et que Haines n'ait été complice, répondit Jackson.

— Si David Holloway nous a appelés pour mener l'enquête, j'ai peine à croire qu'il soit coupable, remarqua Jenna en époussetant de nouveau sa jupe. Ces beignets sont délicieux, mais on met vraiment du sucre partout !

— Tu n'as qu'à souffler dessus, suggéra Will. Il s'envolera. En fait, ce n'est qu'une illusion.

— Il s'envolera mais ne disparaîtra pas !

— Tu ne vois pas les grains de poussière et, pourtant, ils sont toujours présents dans l'atmosphère.

— Tu ne vas pas te mettre à sortir un lapin blanc de derrière mes oreilles, j'espère !

— Un lapin, non, mais il y a d'autres possibilités.

J'ai fait un bon nombre de spectacles sous le feu des projecteurs, et tu n'imagines pas à quel point il est facile de créer l'illusion de la magie.

Il leva la main en l'air et, soudain, fit apparaître un foulard entre ses doigts.

Il était très habile, songea Jackson.

Angela tressaillit et se pencha soudain en avant.

— Ce n'est qu'un foulard, Angela ! assura Will. Neuf, propre…

— Ce n'est pas ça, dit-elle en secouant la tête. Je pense à une chose. Et si Regina avait *vu* quelque chose qui l'avait poussée à courir vers le balcon ?

— Un fantôme ? Tu penses que c'est un fantôme qui l'a tuée, maintenant ? demanda Whitney, perplexe.

— Non, non. Je veux dire… Prenez l'Eglise du Christ ressuscité, par exemple. Ils utilisent des techniques de lavage de cerveau qui… J'ai du mal à m'expliquer, excusez-moi. Mon idée, c'est que si on a inlassablement répété à Regina non seulement qu'il y avait des fantômes, mais qu'ils pouvaient venir se venger, on a fort bien pu créer un jeu d'illusions à son intention.

— C'est une bonne théorie, sauf qu'elle n'a pas pu se jeter volontairement *sur le dos* par-dessus le balcon, ou très difficilement, souligna Jackson.

— Peut-être l'a-t-on attirée sur le balcon par un genre de manipulation, suggéra Jake. Et puis, elle aura commencé à se méfier, et alors… on l'aura poussée.

Le serveur arriva avec deux cafés au lait pour Angela et Whitney.

Ils se turent pendant que Jackson payait la note.

— Cette hypothèse ouvre de nouvelles perspectives, reprit Jackson. J'ai déjà vu des gens amenés à faire des choses incroyables sous le seul effet de la suggestion.

En outre, la maison est ancienne, elle a une histoire particulière... et Regina avait peut-être un certain don de double vue, elle aussi.

— Je suis certaine que les fantômes de sa chambre ne lui auraient jamais fait de mal ! protesta Angela avec force.

— Je n'ai jamais dit ça. Simplement, à force d'entendre ressasser toutes ces légendes sur la demeure, il lui aurait fallu une force d'âme peu commune pour ne jamais imaginer que des revenants étaient peut-être tapis dans les coins. On savait qu'elle venait de perdre un enfant, et la légende des enfants assassinés par Newton est connue. De là à tenter de lui troubler l'esprit...

— Il aurait donc fallu la convaincre qu'il y avait un fantôme d'enfant dans sa chambre, et que ce fantôme voulait qu'elle aille sur le balcon ? En la faisant halluciner ? Mais comment s'y serait-on pris ? s'enquit Angela.

— Par l'illusion, une fois de plus ! rétorqua Will. Par des jeux de miroirs, avec l'aide de projecteurs.

— Mais il n'y a rien de tout cela, dans la maison. Ni la police ni nous-même n'avons rien trouvé, protesta Jake.

— Ce n'est pas tout à fait vrai, corrigea Whitney sous le regard étonné de Jake. Il y a quelque chose dans la cave, par exemple. Nous l'avons tous vu sur les écrans... Et ce n'est pas une illusion !

— Alors, retournons voir, dit Jackson en se levant. Tout le monde a fini ?

Trois heures plus tard, dans la cave, ils se redressèrent, sales et épuisés.

Ils avaient creusé ici et là, en espérant qu'Angela

aurait une intuition quelconque, mais elle n'avait rien senti et ils n'avaient pas trouvé le moindre squelette.

Le sous-sol gardait jalousement ses secrets.

Appuyés sur leurs pelles et leurs pioches, ils regardaient Angela, qui continuait à explorer les lieux. Jackson s'était assis un peu à l'écart, sur l'escalier.

— Ça ne marche pas, jeta-t-il.

— Toujours rien, Angela ? demanda Whitney.

Angela eut un rire déçu.

— Je ne vous aurais pas laissé éventrer la moitié de la cave si j'avais senti quelque chose, Whitney !

— Pourtant, je suis sûre qu'il y a un phénomène ici, insista Whitney, têtue.

Personne n'objecta.

— Arrêtons un moment, suggéra Jake. Sinon, nous allons finir totalement courbaturés.

— Bon, d'accord, admit Whitney. Je vais prendre une douche.

— Moi aussi ! lança Will.

— Et moi aussi, ajouta Jenna. Qui sait ? La solution nous apparaîtra peut-être en dormant.

Elle sourit à Angela et précisa :

— En tout cas pour ce qui te concerne, Angela !

L'intéressée haussa les épaules.

— Peut-être, mais à vrai dire...

— Cela ne marche pas toujours comme ça, n'est-ce pas ? acheva Will d'une voix douce. Ne t'en fais pas. Ça finira par venir.

Jackson se leva prestement.

— Eh bien, douche pour moi aussi. Ensuite, je pense que nous allons essayer autre chose.

— Quoi donc ? s'enquit Jenna.

— Le grenier, répondit-il. Jake, je te demanderai

dès demain de faire quelques recherches sur internet, à propos de l'Eglise du Christ ressuscité et de Martin DuPre. Tu fouilleras sur les réseaux sociaux, Twitter, Facebook… Les sectes y sont sûrement, puisqu'elles visent les jeunes. Je te donnerai les indications qu'Andy Devereaux m'a transmises et tu iras voir également sur les sites fédéraux. Ce soir, en tout cas, repos !

Il s'engagea dans l'escalier. Les autres le suivirent mais Angela hésita soudain, saisie d'un pressentiment.

— Attendez ! s'écria-t-elle.

Ils tournèrent les yeux vers elle.

— Je… je crois que Whitney a raison, reprit-elle.

— Mais encore ? dit Jackson.

— L'ombre que nous avons vue… ce n'est pas un fantôme ou un revenant habituel, une malheureuse âme défunte… C'est quelque chose de purement *malfaisant*.

— D'accord sur ce point, dit Jackson. Mais où ça nous mène-t-il ?

— Eh bien, dans la mesure où nous cherchons Madden C. Newton…

— Newton ? Mais il a été pendu, objecta Will, et ce sont les *victimes* que nous cherchons.

— Oui, il a été pendu, mais on ne sait pas où son corps a été enterré, répliqua Angela, et à mon avis, il est ici. Ce serait logique. Réfléchissez : à quel moment cette ombre s'est-elle jetée sur moi ? Exactement au moment où nous pensons avoir libéré des victimes, justement. Newton devait les empêcher de sortir, mais le pouvoir de la lumière s'est avéré trop fort. Cela dit, il est sans doute lui-même resté prisonnier, et s'est manifesté sous cette forme menaçante…

— J'approuve ton raisonnement ! s'exclama Whitney.

— Mais où serait son squelette ? Nous avons creusé pendant des heures, remarqua Jackson.

— Hélas, je n'en sais rien ! soupira Angela.

Jackson redescendit l'escalier pour s'approcher d'elle. Il lui sourit, lui posa une main sur l'épaule et essuya une trace de suie sur sa joue.

— Nous recommencerons demain, proposa-t-il. Pour l'instant, nous avons tous besoin d'une bonne douche et d'une pizza. Nous en profiterons pour jeter un œil sur les enregistrements.

Elle fronça les sourcils, contrariée, certaine d'être près du but. Puis elle croisa le regard de Jackson et comprit qu'il avait raison. Mieux valait d'abord une bonne nuit de sommeil. Surtout qu'à présent, elle ne serait plus seule pendant la nuit, rongée par l'image de l'ombre malfaisante... Jackson serait à côté d'elle.

— Allons, viens, dit-il gentiment.

Il la prit par la main pour remonter.

— Douche ! s'écria Will quand ils furent tous dans la cuisine.

Jenna l'approuva.

— Un bain pour moi ! s'exclama Whitney.

— Oui, un bain chaud... et très long ! renchérit Jake.

— Je vais appeler la pizzeria, proposa Angela. Une à la viande, une aux légumes et une au fromage, ça vous va ?

— Parfait ! dit Jake.

— Livraison dans une heure ?

— Disons une heure et demie, intervint Jackson.

Tout le monde se dirigea vers l'escalier.

— Une heure et demie pour prendre une douche ? demanda Angela à Jackson.

— Ça laisse du temps pour autre chose...

Une fois dans la chambre de Jackson, ils commencèrent aussitôt à se déshabiller mutuellement, avec des gestes avides. Quand ils furent à demi dévêtus, Jackson posa ses lèvres sur celles d'Angela, puis descendit dans son cou. Elle l'embrassa à son tour au creux de l'épaule, puis s'écarta brusquement.

— Beurk !

— Beurk ?

— Une toile d'araignée ! s'écria-t-elle. J'en ai plein la bouche !

— Allons, ça ne peut pas faire de mal, susurra-t-il en retirant ses chaussures.

Il passa sa chemise par-dessus sa tête, sans quitter la bouche d'Angela, puis l'entraîna vers la salle de bains. Le chemisier tomba par terre à son tour. Une fois dans la salle de bains, il écarta le pare-vitre de la douche tandis qu'Angela retirait ses sandales en se tortillant et s'extirpait de son jean. Elle saisit ensuite Jackson par la taille et enfonça la main dans sa ceinture tout en défaisant la boucle. Jackson se déshabilla, l'attira et l'embrassa de nouveau, savourant le contact de son corps nu contre le sien, déjà embrasé par ses premières caresses. L'eau se mit à jaillir. Ils se placèrent sous le jet délicieusement chaud, et restèrent un moment immobiles, le bas-ventre de Jackson palpitant contre l'abdomen d'Angela. Puis ils tendirent tous deux la main vers la savonnette, rirent quand elle leur échappa, se redressèrent et s'étreignirent de nouveau. Jackson, prenant d'autorité la savonnette, se mit à frotter Angela, dont la peau devint douce et glissante. Il fit descendre sa bouche vers ses seins, puis s'agenouilla, savonnant son ventre, puis son entre-cuisses, en faisant suivre ses caresses de baisers approfondis. Elle s'agrippa à ses épaules en gémissant, vacillant sous le jet puissant et sous la montée du plaisir. Alors, Jackson se releva, Angela noua les bras autour de son cou, prit la savonnette et parcourut son corps, s'arrêtant longuement sur l'érection de Jackson qu'elle sentait vibrer sous ses doigts. Elle l'embrassa, puis s'agenouilla à son tour. Jackson, bouillonnant de désir, vacillant, la souleva, la plaqua contre la paroi sous l'eau ruisselante, puis se ficha en elle, et tout se mit à tournoyer autour d'eux, comme dans un brasier liquide. Le rythme s'accéléra, se précipita, et ils s'étreignirent en un éclair de jouissance avant de s'affaler contre la paroi en trébuchant, le rire aux lèvres. La suie et les toiles d'araignées avaient disparu. Jackson ferma la douche et étreignit une dernière fois Angela pour un long baiser sensuel.

— Nous ferions mieux de nous sécher avant de nous fracasser le crâne sur les carreaux, murmura-t-elle.

— J'imagine déjà les gros titres : « UN COUPLE DE CHASSEURS DE FANTÔMES MEURT APRÈS AVOIR FAIT L'AMOUR DANS LA DOUCHE ».

Ils sortirent, attrapèrent des serviettes et se séchèrent mutuellement, éveillant de nouveau des sensations érotiques.

— Il reste dix minutes avant les pizzas, chuchota Jackson à l'oreille d'Angela.

— Ce qui aurait été trop rapide dans une douche glissante, mais sur un matelas…, murmura-t-elle en pouffant.

Elle laissa tomber la serviette pour rentrer dans la chambre et, sur le seuil, se retourna, parfaitement à l'aise dans sa nudité.

— Alors ? Tu veux comparer une douche avec un lit à colonnes ? lui demanda-t-elle.

— J'ai toujours aimé prendre des risques !

Il la rattrapa et ils se laissèrent tomber sur les couvertures.

Après une nouvelle étreinte, il lui donna un petit coup de coude.

— Pizza dans cinq minutes !

— Cinq ! s'exclama-t-elle en bondissant au bas du lit. Déjà !

— Il fallait bien que je prouve ma virilité, après toutes tes plaisanteries !

Elle leva les yeux au ciel et se précipita pour se rincer sous la douche, esquivant Jackson qui tentait de la saisir.

Quand ils arrivèrent dans la cuisine, l'un derrière l'autre, les pizzas avaient été livrées. Une salade, des bouteilles de soda et de thé glacé trônaient sur la table, et le couvert était mis. Tout le monde prit place.

— J'ai repassé l'enregistrement où on nous voit creuser dans la cave, annonça Whitney en servant la salade dans des assiettes qu'elle faisait passer. Nous nous retrouvons toujours devant la même énigme...

— Laquelle ? demanda Angela.

— L'ombre ! On la voit nettement rôder dans le coin qui forme le L du bâtiment. Au-dessous de la cuisine et des chambres que vous occupez.

— Nous redescendrons jeter un œil quand nous aurons fini, dit Jackson.

— A mon avis, l'hypothèse d'Angela est la bonne : le corps de Newton a dû être ramené ici, souligna Jake.

— On n'en sait rien ! fit remarquer Jenna.

— Ce serait logique, murmura Angela. D'un côté, on sait que le corps d'un meurtrier a disparu, et de l'autre il y a cette ombre dans la demeure, en permanence...

— Mais qui l'aurait ramené ? demanda Jackson.

Consulte ton livre, Angela. La réponse s'y trouve peut-être.

— Je l'ai lu et relu, en vain. Il contient surtout de longues descriptions macabres des crimes ! Je suis toujours abonnée à la bibliothèque de l'université, cela dit. Je pourrais consulter la presse de l'époque, elle est en ligne. Je pourrais aussi aller voir dans les archives du musée… Peux-tu me passer une part de pizza aux légumes, Jake, s'il te plaît ?

Tout le monde s'attaqua aux pizzas. Au bout de quelques instants, ils s'écrièrent en chœur qu'elles étaient délicieuses et qu'en tout cas, les événements ne leur avaient pas coupé l'appétit.

Quand ils eurent terminé, ils débarrassèrent rapidement et retournèrent dans le grand salon regarder les écrans. Whitney fit défiler l'enregistrement en accéléré, puis ralentit.

— Ici ! dit-elle.

On distinguait effectivement une forme noire qui se déplaçait dans un coin. Des volutes sombres s'agitaient le long des plinthes. Elles s'élevaient puis retombaient quand l'un d'eux parlait à voix haute, soulevait une pelle ou se déplaçait.

— De son vivant, c'était un lâche, murmura Jackson. Il devait isoler ses victimes pour agir. Il a sûrement séparé les enfants des parents, en ligotant ces derniers, parce qu'il ne pouvait s'en prendre qu'à une ou deux victimes à la fois.

Il se tourna vers les autres pour ajouter :

— C'est fréquent, chez les tueurs en série. C'est en sentant leurs proies impuissantes qu'ils éprouvent une vraie sensation de force. Alors, ils les droguent, les assomment, les attachent… Et ils ont pouvoir de vie ou de mort, sauf que ça se termine toujours par la mort. Voilà pourquoi nous avons vu l'ombre se dresser quand Angela était seule, et que pour l'instant, face à un groupe, elle se contente de ramper.

— Cela veut dire qu'il a pu faire peur à Regina Holloway, et que nous nous trompons en imaginant un vrai tueur ? demanda Jenna.

Jackson fronça les sourcils.

— Je ne crois pas. Je doute que la force nécessaire pour la faire basculer par-dessus la rambarde ait pu venir d'une apparition, même si Regina était terrorisée. Nous avons là deux mystères à résoudre, et nous ignorons encore s'ils ont un lien.

Il se leva et conclut :

— Je vais aller dormir.

— Nous nous relaierons cette nuit pour surveiller les écrans, dit Will.

— Deux par deux, n'oubliez pas ! répliqua Jackson d'un ton ferme.

— Whitney, veux-tu commencer avec moi ? Jenna et Will viendront nous remplacer dès le lever du jour, ce qui nous permettra de dormir jusqu'à midi, proposa Jake.

— Je préfère l'inverse. J'aurai besoin de toi pour faire des recherches sur internet, demain matin, rappela Jackson à Jake.

— O.K., boss ! lança Whitney.

— Attendez, moi aussi, je peux veiller, intervint Angela.

Jake vint glisser un bras sur ses épaules en objectant :

— Pas question ! Vous, les vieux, vous avez besoin de repos. Laissez-nous faire. Nous avons besoin de ton sixième sens, Angela, n'oublie pas ! Quant à Jackson, notre patron vénéré, il doit être en pleine forme. Allez vous coucher, tous les deux.

— Bon, d'accord ! Bonsoir, les enfants, répondit Angela.

Jackson lança un bonsoir à son tour et s'engagea avec Angela dans l'escalier.

— Je crois qu'ils ont deviné que nous couchons ensemble, dit Angela.

— Sans doute. Adam m'a confié une équipe de gens astucieux, répondit Jackson avec un grand sourire.

Elle sourit elle aussi en s'émerveillant du nouveau tour que prenait son existence. Cela avait été très rapide, mais c'était apparemment solide. Ce qu'elle partageait avec Jackson allait bien au-delà de l'attirance sexuelle. Ils connaissaient une véritable intimité, sur tous les plans. Ils avaient tous deux traversé des épreuves et, finalement, peut-être étaient-ils destinés à remonter la pente ensemble, en se soutenant mutuellement.

Cette nuit-là, cependant, elle fut de nouveau tourmentée de rêves, de bribes de cauchemar.

Elle se voyait parcourant un long corridor dans lequel, sans vraiment le vouloir, elle ouvrait les portes les unes après les autres.

La première donnait sur la chambre de Regina. Elle y voyait les enfants en train de jouer aux osselets. Le jeune Percy levait la tête vers elle et s'écriait : « J'ai essayé de prévenir la dame. Je voulais vraiment l'aider. J'avais vu ce qu'ils faisaient, ce qu'ils lui montraient... »

Puis la porte se refermait brutalement. Poursuivant son chemin, comme un automate, elle ouvrait la porte suivante.

Là, elle voyait Madden C. Newton. Il la regardait

droit dans les yeux. Un sourire lui étirait les lèvres. « Le mal engendre le mal », laissait-il tomber.

Il se retournait, et elle voyait alors qu'il tenait une hache à la main. La lame ensanglantée s'égouttait lentement sur le sol.

« Approchez, Angela. Venez voir ce que j'ai fait. »

Elle refermait la porte. Elle ne voulait pas voir.

Elle reprenait sa marche, consciente d'une force qui la poussait à avancer malgré elle, quand elle entendit soudain la voix de Will, répétant ce qu'il avait dit au Café du Monde : « Par l'illusion... par des jeux de miroirs. »

Angela ouvrit la porte suivante.

Elle voyait de nouveau Madden C. Newton, sa hache à la main. Cette fois, les corps mutilés des enfants gisaient à ses pieds.

— Espèce de salaud, vous êtes mort ! s'écriait-elle.

Il éclatait d'un rire jovial en ripostant : « Le mal ne meurt jamais ! On dit toujours que c'est l'amour qui est éternel, mais c'est faux. C'est le mal, et il est de mon côté. Il me rend immortel ! »

— Vous vous trompez, répliquait Angela. Le mal peut être vaincu, et il le sera.

Elle se rendait compte qu'elle osait répliquer car, tandis qu'elle se tenait dans le corridor, Madden, lui, se trouvait dans une pièce dont il ne pouvait pas sortir. Cette pièce n'était ni la chambre, ni la cave. On avait peine à la situer entre les deux.

Un frisson, cependant, la parcourait. Elle était flic, certes. Elle était entraînée.

Seulement, tirer sur un fantôme ne servait à rien.

Elle se figeait. Un cri s'étranglait dans sa gorge : il y avait quelqu'un derrière elle. Elle faisait volte-face en songeant qu'elle était prise au piège entre le repaire de Madden et le corridor.

En se retournant, cependant, elle reconnaissait la jeune femme du miroir.

« Le mal vit en lui, disait la femme. Il le répand partout... Aidez-moi, et que Dieu nous vienne en aide à tous ! »

Angela se redressa alors brusquement dans son lit pour s'obliger à s'éveiller, à chasser le cauchemar.

Jackson la prit dans ses bras et la serra contre lui.

— Qu'y a-t-il ? Que se passe-t-il ?

Elle tremblait sans pouvoir se contrôler.

— Il est ici, balbutia-t-elle, dans cette maison. Nous devons absolument le retrouver et l'annihiler, avant que...

— Avant que ?

— Que ce ne soit lui qui nous détruise.

Jackson, assis dans la cuisine avec Jake, parcourait les sites signalant des disparitions de jeunes femmes pour les croiser avec les informations reçues de la police de La Nouvelle-Orléans.

— Et celle-là ? dit Jake en pointant le doigt vers l'écran. Susanne Crimshaw, vingt et un ans. Vue pour la dernière fois chez elle, à Grand Biloxi. Elle s'est disputée avec sa mère et est partie retrouver des amis à La Nouvelle-Orléans, mais n'est jamais arrivée. Elle avait retiré mille dollars à la banque. Après ça, on n'a aucun autre relevé de carte bancaire. Sa mère n'a signalé son absence qu'au bout d'une semaine, en apprenant par les amis qui l'attendaient que Susanne ne s'était pas montrée.

Jackson nota les références du dossier et ils continuèrent.

Une certaine Lettie Hugues avait été portée disparue une semaine avant Susanne Crimshaw, mais son corps avait été retrouvé dans le lac Pontchartrain. Elle avait été tuée d'une balle dans la nuque, et son petit ami avait reconnu qu'ils étaient impliqués dans un trafic de drogue qui avait mal tourné.

Après avoir examiné plusieurs dossiers, ils retinrent finalement deux noms : celui de Susanne Crimshaw et celui de June Leven. Cette dernière avait disparu quatre mois plus tôt, sur son trajet entre Los Angeles, où elle étudiait, et New York. A la suite d'un scandale dans son université — un professeur avec lequel elle couchait avait été arrêté pour viol —, elle avait pris la fuite. Sa mère avait reçu une carte postale de La Nouvelle-Orléans dans laquelle June expliquait qu'elle avait « trouvé sa voie », que tout allait bien et qu'il était inutile de venir la chercher.

Jackson prit son portable pour appeler Andy Devereaux. Il lui donna les numéros des dossiers et lui demanda s'il y avait du nouveau sur les deux affaires.

— Elles sont toujours portées disparues, répondit Andy. Nous avons publié leur photo dans la presse mais cela n'a rien donné. Toutes les brigades ont également leur portrait, et s'ils les avaient trouvées en train de faire la fête rue Bourbon, nous l'aurions su.

— A condition qu'ils les reconnaissent, évidemment.

— Evidemment. Vous voulez que je lance un nouvel avis de recherche ?

— Oui, ce serait souhaitable. Merci.

Il raccrocha.

— Aurais-tu aperçu l'une ou l'autre de ces filles, à l'Eglise du Christ ressuscité ? demanda-t-il à Jake.

— Non, répondit Jake en secouant la tête. Que faisons-nous, maintenant ?

Angela arriva au même instant. Tout en se versant une tasse de café, elle s'approcha de l'ordinateur pour regarder, et laissa brusquement tomber la tasse et la cafetière, qui explosèrent au sol sans qu'elle y prenne garde.

Jackson et Jake sursautèrent. Jake tira Angela en arrière tandis que Jackson vérifiait rapidement qu'elle n'avait pas d'éclats de verre en bas de son jean.

Elle ne semblait toujours pas les apercevoir. Le visage rivé sur l'ordinateur, elle tendit la main en s'écriant :

— C'est elle !

Jackson suivit la direction de son regard. L'écran montrait une photo de Susanne Crimshaw, une jolie jeune femme aux cheveux châtains, aux grands yeux verts, à la bouche généreuse.

— Elle qui ? demanda Jake.

— La jeune femme du miroir. Elle est morte, parce que lorsqu'elle est apparue, son visage s'est peu à peu décomposé jusqu'à devenir un crâne.

Angela se tourna vers les deux hommes.

— Elle est ici, dans cette maison !

Avant qu'ils puissent répliquer, Jenna surgit en trombe dans la cuisine.

— Venez, venez vite ! leur ordonna-t-elle.

Jackson prit Angela par le bras. Ils se précipitèrent derrière Jenna, qui grimpait l'escalier et les entraîna vers la fenêtre de sa chambre.

De là, ils pouvaient voir la bâtisse d'à côté et, en se penchant, l'entrée sur la rue.

Jackson se demanda ce que voulait Jenna puis, en s'inclinant plus encore, il s'aperçut que Blake Conroy était en train de sortir d'une voiture. Le garde du corps regarda nerveusement autour de lui, ajusta sa casquette de base-ball sur sa tête, puis se hâta vers l'entrée de la maison voisine, monta les marches du porche, glissa une clé dans la serrure, jeta un dernier regard derrière lui et entra.

— Continuez à surveiller, jeta Jackson.

Il regagna en hâte la cuisine et tapa sur l'ordinateur l'adresse voisine de la leur. La maison appartenait à une entreprise, Central Marketing. Il s'aperçut qu'il s'agissait d'une couverture pour une compagnie nommée H. Family Associates, une filiale du groupe Genesis Urban Renewal, qui avait pour président du conseil d'administration David Holloway.

Jackson scruta l'écran un moment, puis fonça dans sa chambre, glissa son holster sur son épaule et tira son Glock du tiroir. Il enfila une veste pour dissimuler le holster et l'arme, et redescendit dans le hall en lançant :

— Ecoutez un peu !

Angela apparut sur le seuil du salon.

— Je vais faire une visite à côté. Surveillez les écrans.

Elle hocha la tête et réintégra le salon.

Jackson sortit en prenant soin de remettre l'alarme, puis se dirigea vers la maison voisine et se rendit compte que, là aussi, la porte était verrouillée.

Il décida de faire le tour de la bâtisse.

C'était une maison « shotgun », construite tout en longueur, avec une porte à chaque extrémité, ce qui permettait d'aérer à l'époque où la climatisation n'existait pas. Un second étage avait été ajouté à l'arrière.

La porte de la cour était elle aussi verrouillée. Jackson

entendit un bruit derrière lui et, instinctivement, porta la main à son arme.

— Ne bougez pas ! jeta une voix dans son dos. Et levez les mains ! Immédiatement !

Jackson n'avait nulle intention d'obéir. Il se retourna tout en tirant son Glock.

Et se retrouva face à Blake Conroy, qui brandissait un Smith & Wesson.

— On dirait que nous sommes dans une impasse, grommela Conroy sans lâcher Jackson du regard.

— Rien n'est moins sûr ! fit soudain une autre voix.

Les deux hommes levèrent la tête. Angela, accoudée à une fenêtre de la demeure Newton à côté de Jake, braquait son arme de service sur Conroy.

Conroy poussa un juron.

— A quel jeu jouez-vous, Crow ? grommela-t-il.

— J'essaye de savoir ce que vous faites dans cette maison, voisine de celle d'Holloway, et d'ailleurs gérée par une compagnie dont il est apparemment propriétaire.

Le large visage de Conroy vira au carmin. Il baissa son arme.

— Holloway ne sait pas que je suis ici, avoua-t-il.

— Qu'est-ce que vous faites là, alors ?

— Je... je ne peux pas vous le dire.

A l'immense surprise de Jackson, Lisa Drummond, la secrétaire du sénateur, sortit à cet instant de la demeure.

— Dis-lui la vérité, Blake, lança-t-elle. Cette situation devient ridicule. Rangez tous vos armes, je vous en supplie !

Jackson se garda bien d'obéir.

— Qui d'autre est avec vous ? demanda-t-il.

— Personne, je le jure, répondit Lisa.

— Bien. Blake, donnez-moi votre arme, reprit Jackson.

Ensuite, vous allez tous les deux passer devant moi, nous allons à côté pour une petite conversation. Je suis d'accord sur l'idée qu'il vaut mieux dire la vérité, mademoiselle Drummond. Ça éclaircira l'atmosphère.

Conroy commença à ranger son Smith & Wesson dans son holster.

— Non, pas de ça ! Donnez-moi votre arme, jeta Jackson.

— J'ai un permis, répliqua Conroy.

— Cela m'est égal. Allez !

Conroy jeta son revolver aux pieds de Jackson, qui se pencha pour le ramasser sans quitter l'homme des yeux.

— Allons-y. Angela ? appela-t-il sans tourner la tête.

— Will est devant, répondit-elle.

— Alors, en route ! ordonna Jackson.

Blake Conroy et Lisa Drummond s'avancèrent devant Jackson. Will, qui avait ouvert la porte de la demeure Newton, recula pour les laisser passer.

Angela était descendue, son arme toujours au poing.

— Je suis sûr que vous vous y connaissez en armes, Conroy, dit Jackson. Sachez qu'Angela a un Smith & Wesson SD9 à seize coups. Elle a l'air d'un ange, mais elle sait s'en servir.

— Je n'ai pas l'intention de tirer sur qui que ce soit, grogna Blake, irrité. Je suis chrétien, je vous le rappelle.

— Alors, dites-moi une fois pour toutes ce que vous mijotez.

Blake jeta un coup d'œil à Lisa, qui semblait à bout de nerfs et terrorisée.

— Rien d'illégal, bon sang ! reprit-il. Lisa et moi, eh bien… nous avons une liaison, voilà. Nous la gardons secrète parce que…

— Parce que vous êtes convertis ? Que vous n'êtes pas censés coucher avant le mariage ? demanda Jackson.

Blake détourna les yeux.

— Vous ne comprenez rien. Nous nous aimons...

— Je vois. Les règles sont à dimensions variables...

— Lisa a couché avec le patron, avoua Blake, avant de découvrir la voie.

— Grâce à vous, j'imagine ?

— Avec moi, il n'y a pas d'adultère, dit Blake à voix basse.

Lisa regarda Jackson. Elle semblait moins nerveuse.

— J'ai bien vu que vous aviez deviné que je couchais avec David, quand vous êtes venu, déclara-t-elle. Mais c'est fini. Depuis la mort de Regina. Cependant...

— Nous n'avons pas pu nous résoudre à avouer notre liaison au sénateur, compléta Blake. Nous avons peur de sa réaction.

Angela, qui braquait toujours son arme, intervint :

— Et donc, vous vous donnez rendez-vous dans la maison voisine ?

— Pourquoi pas ? riposta Lisa d'un ton las. C'est là que je retrouvais David. Il disait que c'était le plus simple et que nous pouvions toujours prétendre être venus pour affaire, si on nous voyait. Cette maison est à vendre. En outre, cela lui permettait de garder l'œil sur Regina. Oh ! je sais que j'ai eu tort, mais il avait vraiment besoin d'une présence féminine. Regina n'éprouvait plus rien pour lui. Elle ne pensait plus qu'à son fils. D'après David, elle était brisée. Il voulait la quitter, mais n'osait pas le faire tant qu'elle était dans cet état. Il préférait attendre. Et puis, elle est morte, et alors...

— Et alors ? demanda Jackson.

— Il a changé du tout au tout, répondit Lisa en secouant la tête. Je ne le reconnaissais plus. Il ne voulait plus venir ici. Il m'a demandé d'attendre et je n'ai pas osé lui dire que c'était trop tard.

— Pourquoi pas ?

— Eh bien… il me faisait peur, avoua-t-elle en jetant un coup d'œil à Blake.

Chapitre 14

Certaines personnes construisaient vraiment leur existence comme un jeu d'illusions permanent, songea Angela.

Ils étaient tous assis autour de la table avec Blake Conroy et Lisa Drummond et tentaient de comprendre ce que les deux complices racontaient.

— Bien. Quand avez-vous entamé des relations extra-professionnelles avec votre patron ? demanda Jackson à Lisa.

— Deux mois après la mort de son fils, environ. Sa société possédait la maison d'à côté depuis plusieurs années.

— Ah bon ? Il n'en est nulle part fait mention dans son dossier, pourtant. Or, si la police l'avait su, elle me l'aurait dit. Surtout qu'il s'agit de la maison voisine de celle-ci, où Regina est morte !

Lisa parut surprise, puis troublée.

— Eh bien, cette compagnie est filiale d'une autre, il y a plusieurs investisseurs… Le sénateur n'avait pas envie que l'on ébruite ce type d'opération. Il ne fait rien d'illégal, bien sûr ! Simplement, tout cela se fait sous couvert d'autres sociétés, si vous voulez.

— C'est illégal si ça dissimule des mouvements de fonds, souligna Jackson.

— En tout cas, tout cela n'a rien à voir avec la mort de Regina, protesta Lisa. Si le sénateur avait jugé ces informations utiles, il les aurait mentionnées à la police, bien entendu. Cette maison était surtout louée à des groupes, et a même été louée récemment à des productions de cinéma ou de télévision. Un jour, David m'avait demandé de le retrouver ici, pour une histoire de papiers. Il était incroyablement déprimé. Il m'a dit qu'il voulait être à proximité de Regina, au cas où elle aurait eu besoin de lui, mais qu'en fait cela ne servait à rien, qu'elle l'ignorait et ne s'occupait plus de lui, en dépit de tous ses efforts. Il s'est même mis à pleurer. Elle ne pensait plus qu'à retrouver son fils et à rien d'autre. J'ai d'abord voulu le réconforter, tout simplement, et puis... une chose en amenant une autre, nous avons commencé à nous fréquenter.

— Et ensuite, vous avez arrêté...

Lisa hocha la tête.

— Oui, à la mort de Regina, comme je vous l'ai dit. Ce jour-là, le sénateur était à son bureau. Quand je l'ai vu, il a réagi comme s'il ne me connaissait pas. Je pense qu'il essayait de se convaincre que rien n'était arrivé.

Blake s'éclaircit la gorge.

— J'aime Lisa depuis la première fois que je l'ai vue, déclara-t-il, et je n'étais pas au courant de sa liaison.

— Personne ne savait, au début, confirma Lisa. Blake, actuellement, est le seul au courant.

— Une chose m'échappe, cela dit, intervint Angela. Vous avez dit que vous aviez peur. De quoi donc ?

— De quoi ? Mais du fait que Regina était morte ! s'écria Lisa.

— En quoi cela vous concernait-il ? C'était même une chance pour vous, dans un sens. Ou bien croyez-vous que David a lui-même tué sa femme ?

— Cette maison est étrange. Quand il s'y est installé, David lui-même était devenu étrange, et sa bizarrerie n'a fait que s'aggraver au fil du temps. Avant, c'était un homme politique compétent, dévoué, brillant. J'adorais travailler pour lui. J'avais foi en lui…

— Et ce n'est plus le cas ? s'enquit Jackson.

Lisa but une gorgée du thé que Jenna avait posé devant elle.

— Je ne sais plus. J'ignore au juste à quoi c'est dû, mais… oui, j'ai peur. David était devenu obsédé par l'idée qu'il risquait de perdre sa femme. Il s'est mis à déléguer de plus en plus de choses à Martin DuPre, dont je ne suis pas certaine qu'il agisse au mieux de ses intérêts. J'ai tenté de le faire comprendre à David à plusieurs reprises, mais il n'a jamais voulu m'écouter.

— Nous avons un travail, nous le faisons, voilà, intervint Blake, et nous ne disons rien de notre relation au sénateur, parce qu'il est particulièrement fragile, en ce moment. Juste après la mort de Regina, il a fait venir Grable Haines dans son bureau pour lui remettre de l'argent dont Grable avait besoin. Grable m'a dit que le sénateur était tellement bizarre qu'il n'aurait même pas pris l'argent, s'il avait eu le choix.

— Il faut que je retourne au bureau, dit Lisa nerveusement.

— Moi aussi, dit Blake. Le sénateur devait sortir entre midi et 2, et il est presque 2 heures.

Lisa regarda Jackson.

— Nous voulons nous marier, Blake et moi, expliqua-t-elle, l'air sincère. Je vais devenir membre de son église et, dès que ce sera possible, nous organiserons le mariage.

— Elle dit vrai, confirma Blake. Pour l'instant, nous ne voulons pas mettre le sénateur dans l'embarras.

Jackson se pencha vers Blake pour lui demander :

— Pourquoi assistiez-vous à la réunion des Aryens ?

— C'est le sénateur qui me l'a demandé. Il voulait savoir de quoi il retournait, de quoi ils se plaignaient... Je vous en ai parlé quand je vous ai vus ! dit Blake en se tournant vers Jake et Jenna.

— Certes, reconnut Jackson, mais ça ne répond pas forcément à toutes les questions.

— Jusqu'à présent, je ne vous ai absolument rien caché, assura Blake.

Lisa se tourna vers lui.

— Tu n'avais pas parlé de moi, cela dit, n'est-ce pas ?

— Non, avoua Blake avec un coup d'œil vers Jackson, l'air embarrassé. Non, effectivement. Je n'ai pas dit qu'Holloway avait eu une liaison avec sa secrétaire, ni qu'elle en avait une avec moi.

— Si vous devez retourner travailler, allez-y, reprit Jackson, mais laissez-moi vous donner un conseil : dites au sénateur que vous vous fréquentez et que vous avez l'intention de vous marier.

— Oui, ça vaudrait sans doute mieux, admit Lisa en consultant Blake du regard.

— Je ne suis pas sûr que ce soit le bon moment, murmura ce dernier. Je sais que vous vous méfiez de moi parce que j'étais chez les Aryens, monsieur Crow, mais je jure devant Dieu que je n'ai fait qu'obéir. Le sénateur est devenu paranoïaque. S'il vous a fait venir, c'est qu'il a vraiment peur des fantômes, même s'il dit le contraire, et il se méfie d'absolument tout le monde.

— D'accord, admit Jackson avec lenteur, attendez encore, si vous préférez. Mais s'il apprend votre liaison plus tard, ou par accident, vous ne croyez pas que ce sera encore pire ?

— Il faut d'abord qu'il retrouve une certaine paix de l'esprit, qu'il comprenne que…

— Qu'il n'est pour rien dans la mort de sa femme, compléta Lisa. Maintenant, nous devrions vraiment partir. Sinon, nous prenons trop de risques.

Jackson hocha la tête en écartant les mains.

— Entendu. Allez-y.

Jenna se leva en déclarant :

— Je vous raccompagne à la porte.

— Je vais sortir le premier, s'il vous plaît, et emmener la voiture, dit Blake.

— Je rentrerai à pied, déclara Lisa.

Personne ne dit au revoir. La cuisine resta silencieuse jusqu'au retour de Jenna.

— Ils sont partis, et j'ai remis l'alarme, indiqua-t-elle en revenant.

— Tout ça est très intrigant, fit remarquer Whitney.

— Très, acquiesça Jackson.

— Le sénateur Holloway avait donc réellement une liaison, reprit Jenna.

Jackson opina.

— Oui, mais la vraie nouvelle, c'est qu'il est propriétaire de la maison voisine de celle-ci, et ce depuis des années.

— Qu'est-ce que ça peut bien signifier ? s'interrogea Jake.

— Je ne sais pas encore. Peut-être rien, peut-être beaucoup de choses… Entre la secte des Aryens, celle de l'Eglise du Christ ressuscité, une maîtresse, un garde du corps, un chauffeur, et un assistant qui s'est avéré être un vicieux et un menteur, voire pire, tout cela devient très confus.

— A mon avis, c'est à Martin DuPre que nous devrions nous attaquer, dit Jake. Si nous le perçons à jour, il y a fort à parier que tout le mystère qui entoure encore le sénateur s'effondrera.

Jackson se tourna vers Angela.

— Nous avons tout intérêt à en savoir plus sur l'Eglise du Christ ressuscité. Il suffit de voir à quel point Gabby Taylor est terrifiée à la seule idée que les adeptes puissent la retrouver… Nous devrions aller l'interroger, maintenant qu'elle est rentrée chez elle. Tu vas venir avec moi, Angela. C'est toi qui l'as mise en confiance, tu seras utile. Même si je sais que tu as peur de traumatiser une jeune femme déjà vulnérable.

Angela fit une petite grimace, mais acquiesça.

— D'accord. Quel est le programme, exactement ?

— Will et Whitney restent surveiller les caméras. Nous ne devons pas perdre une miette de ce qui se passe ici, même quand nous explorons d'autres pistes. Jenna, Jake, vous allez au siège des Aryens, pour essayer de savoir si Blake est membre. Comme la réunion où vous étiez s'est tenue ailleurs, vous appellerez Andy Devereaux pour avoir l'adresse du siège.

— Retourner voir ces gens-là ? Ça m'écœure, gémit Jenna en soupirant.

— Fais ton devoir, répliqua Jake, et ne me regarde pas comme ça. Ce n'est pas ma faute si tu es encore plus blanche que n'importe quel Aryen !

— Bon, allons-y, grommela-t-elle en lui jetant un regard sans aménité.

— Dites aussi à Devereaux que je le contacterai un

peu plus tard, ajouta Jackson en se levant à son tour. Une dernière chose : même si nous sommes encore loin de la vérité, il se peut que certains nous en croient proches, et cela peut les rendre dangereux… extrêmement dangereux. Si le sénateur n'a rien à voir dans tout ça, comme l'affirme Blake, et qu'il ait confié toutes ses affaires à Martin DuPre, Gabby Taylor court peut-être un grand risque.

— Tu les crois capables d'aller jusqu'à tuer les jeunes femmes qui quittent la secte, pour les empêcher de parler ? demanda Jake.

— Je sais en tout cas que la terreur de Gabby a sûrement un fondement. Parmi toutes les jeunes femmes qui disparaissent, certaines font simplement des fugues, d'autres entrent dans des sectes, mais d'autres encore sont assassinées. Viens, Angela. Nous prenons la voiture de Jake.

Elle hocha la tête.

— Oui, allons-y. Car ils tuent des jeunes femmes, c'est certain… j'ai vu l'une d'elles dans le miroir, ajouta-t-elle à voix basse.

Tandis que Jake et Jenna se rendaient à pied au siège des Aryens, situé non loin des bureaux du sénateur, dans le quartier des affaires, Angela et Jackson arrivèrent chez les Taylor. Ceux-ci habitaient un ranch modeste de Metairie, construit probablement dans les années 1940, songea Angela.

— Est-ce que nous n'aurions pas mieux fait de demander à Andy d'envoyer un officier avec nous ? Ou même de nous accompagner lui-même ?

Jackson fit signe que non.

— Si nous arrivons à faire parler Gabby, elle nous donnera sûrement des éléments suffisants pour faire inculper DuPre. Il y a déjà une voiture de patrouille en permanence, près de la maison, et j'ai prévenu Andy que nous venions ici.

— D'accord. Espérons que les Taylor nous laisseront entrer…

— Nous allons voir.

Angela avait eu tort de s'inquiéter. Dès qu'elle eut frappé, la porte s'ouvrit en grand et une femme mince, aux cheveux argentés, la serra dans ses bras avec enthousiasme.

— Merci ! Vraiment merci de nous avoir rendu notre petite fille. Gabby m'a tout raconté…

— Maman, tu vas l'étouffer ! s'écria Gabby en surgissant derrière sa mère et en souriant à Angela.

La jeune fille était métamorphosée. Elle n'avait plus du tout l'air abattu et semblait plus jolie que jamais.

— Bonjour ! dit Angela. Je suis ravie de vous voir tous aussi heureux !

— C'est elle ? fit une sonore voix masculine, derrière eux.

— Angela, je vous présente maman, Ellie, et voici papa, Sam, dit Gabby.

— Quant à lui, c'est Jackson Crow, répondit Angela.

— Enchanté, dit Jackson.

— Ravi de vous rencontrer, assura Sam Taylor.

Il était grand, mince lui aussi, le visage marqué. Angela se dit qu'il avait dû beaucoup souffrir du départ de sa fille.

— Nous ne vous remercierons jamais assez, ajouta-t-il.

— Oui, vraiment ! renchérit Gabby.

— Si nous pouvons vous aider en quoi que ce soit... Nous avions promis une récompense, déclara Ellie, et...

— Non, non ! coupa Jackson en souriant. Nous travaillons pour le gouvernement. Ce sont vos impôts qui nous payent !

— Nous venions simplement voir si tout allait bien, précisa Angela.

Sam étreignit sa fille.

— Maintenant qu'elle est revenue, qu'est-ce qui pourrait aller mal ? s'exclama-t-il.

Une expression de désarroi et de crainte traversa fugitivement le visage de Gabby, puis disparut.

— Oui, tout ira bien, confirma-t-elle.

— Et ce soir, nous partons en vacances ! s'écria Ellie. Gabby a besoin de changer d'air.

Jackson les regarda, tous les trois, avant de reprendre.

— Nous aimerions vous parler un moment.

Gabby perdit toute son assurance et se serait peut-être effondrée si son père ne l'avait pas soutenue fermement.

— Vous comprenez, Gabby, il faut que nous fassions interdire cette secte, expliqua Angela d'une voix douce. Il s'y passe des choses trop graves, et vous le savez.

— Pourrions-nous nous asseoir ? demanda Jackson à Sam.

L'homme hésita.

— Ma fille préférerait oublier tout cela, objecta-t-il.

— Nous avons désespérément besoin de son aide, monsieur Taylor. Ne souhaitez-vous pas à d'autres parents de retrouver aussi leur fille ?

Sam Taylor hésita. Sa fille intervint :

— Je ne peux pas vous dire grand-chose... Je n'ai aucune preuve. Et puis, si jamais vous intervenez là-bas, ils sauront que cela vient de *moi* !

— Allons nous asseoir devant un thé glacé, suggéra Ellie en bonne hôtesse, malgré son trouble.

Visiblement, elle commençait à craindre que des choses plus graves encore ne puissent arriver à sa fille.

Quand ils se furent installés dans un salon accueillant, devant un verre de thé, Gabby jeta un coup d'œil embarrassé vers son père.

— Il y a certains détails qui pourraient gêner mes parents..., murmura-t-elle.

— Vous n'avez pas besoin de les communiquer, assura Angela. Nous voulons simplement avoir des précisions sur certaines adeptes...

— Des jeunes filles qui, maintenant, ont disparu, précisa Jackson.

— Comment avez-vous connu l'Eglise du Christ ressuscité, Gabby ? reprit Angela.

La jeune fille eut une respiration saccadée et regarda sa mère en rougissant.

— Ne t'inquiète pas, Gabby, dit cette dernière avec affection. Tu es rentrée, maintenant.

Gabby se tourna vers Angela.

— Ce n'est pas très compliqué... Un jour, j'étais avec des amis, au bord de la rivière, et nous avions beaucoup fumé... fumé de l'herbe, vous voyez ?

— Je connais le terme, répondit Angela en retenant un sourire.

— Désolée, maman ! dit Gabby.

Sa mère lui tapota le genou.

— Ne t'en fais pas.

— Jackson a besoin de précisions sur tout ce que vous m'avez raconté, Gabby, insista Angela. Tout ce que vous pourrez vous rappeler nous sera utile.

— Eh bien... ce jour-là, cet homme est arrivé... je

l'ai vu marcher comme auréolé de lumière. On aurait dit un saint ! Nous avons parlé et il m'a dit de venir le voir à l'église. J'ai passé la nuit à penser à lui, à cette lumière qui l'environnait, à sa voix, si mélodieuse. Il était... impressionnant.

— Alors, vous y êtes allée...

La jeune fille hocha la tête.

— Oui, et une fois entrée, j'ai oublié tout le reste. Un soir, pendant un groupe de discussion, il m'a regardée et m'a dit que mon heure était venue. Je n'ai pas pu dormir. Ses paroles merveilleuses me hantaient...

Gabby hésita de nouveau. Visiblement, ses aveux lui coûtaient.

Sa mère lui serra la main.

Gabby regarda tour à tour Angela et Jackson, puis reprit :

— On a frappé à ma porte. C'était l'une des autres filles, parmi les plus âgées. Elle m'a dit qu'il m'attendait... Que c'était un grand privilège. J'allais être une des épouses. Alors, toujours habitée par son visage, par sa voix, je suis allée dans sa chambre. Il était là, nu, et ensuite... Mais je n'y allais pas toutes les nuits. Il y en avait d'autres.

— Vous n'étiez pas jalouse ? demanda doucement Jackson.

Elle le fixa, puis fit une petite moue.

— Non... ou plutôt oui... Enfin, je ne sais pas. Il m'assurait que c'était une mission juste, que j'étais un vaisseau sacré. Qu'il avait été choisi par la divinité et m'avait choisie à mon tour...

Lavage de cerveau, songea Jackson. Manipulation. L'homme révélait sa vraie nature.

— Il y a d'autres femmes en danger, là-bas, Gabby,

dit-il. Deux d'entre elles ont disparu, par exemple. Susanne Crimshaw et June Leven.

Angela constata que la jeune fille connaissait ces noms.

— Oui, elles étaient avec nous, murmura-t-elle en pâlissant.

— Pouvez-vous nous parler d'elles ?

— June... June pensait qu'elle avait beaucoup péché et fait beaucoup de mal autour d'elle, répondit Gabby. Elle nous avait rejoints dans l'espoir de faire contrition. Elle était très belle, avec des cheveux noirs, des yeux verts, brillants. Nous pensions qu'elle serait l'une des élues. Seulement, un soir, l'un des membres du conseil est venu la chercher et nous ne l'avons jamais revue. Quant à Susanne...

— Oui ? insista Angela. Susanne ?

Gabby devint encore plus pâle.

— Un jour, je l'ai entendue crier. Lui, il disait que Satan habitait ceux qui ne se donnaient pas totalement à Dieu et à l'Eglise.

— Lui, *qui*, Gabby ? demanda Jackson.

Angela vit qu'il était perplexe.

— Parlez-vous de Richard Gull, l'évêque ? ajouta-t-il.

Gabby le regarda sans comprendre.

— Il y a son portrait dans l'église, insista Jackson. Vous vous rappelez le jeune homme qui est venu vous voir, l'autre jour ? C'est lui qui m'en a parlé. Un grand tableau, qui représente Richard Gull.

— Mais Gull est mort il y a des années, objecta Gabby. C'est un saint, maintenant. En tout cas, c'est ce qu'on m'a dit.

— Gull, mort ? La police n'est pas au courant, remarqua-t-il. Dans les listes, c'est toujours lui qui est évêque.

— Tout ce que je sais, répliqua Gabby, c'est que l'évêque actuel, ce n'est pas lui. C'est l'homme qui contrôle tout.

— Et cet homme, c'est Martin DuPre ? Celui que vous suiviez l'autre jour ? insista Jackson.

Sam Taylor intervint.

— DuPre ? N'est-ce pas l'assistant du sénateur Holloway ?

— Oui, c'est lui, répondit Jackson. Continuez, Gabby. C'est donc lui l'évêque, maintenant ?

— Eh bien… oui, c'est lui.

— Et c'est l'homme que vous suiviez l'autre soir dans la rue ? ajouta Angela.

Gabby hocha gravement la tête.

— Oui.

Jackson se mit debout.

— Nous devons vous mettre à l'abri, monsieur Taylor, et sans attendre. Il est miraculeux qu'ils ne s'en soient pas encore pris à Gabby, sans doute parce que la police veillait. Je vais appeler l'officier Devereaux et le FBI. Nous allons vous emmener en avion privé, pour qu'on ne puisse pas vous pister. Si vous avez entendu cette jeune femme crier, Gabby, et qu'elle ait ensuite disparu, ces précautions s'imposent. Il faudra que vous soyez forte, pour vous et pour votre bébé.

Gabby enfouit son visage contre l'épaule de sa mère. Cette dernière regarda Angela, l'air désemparé.

Angela jeta un coup d'œil à Jackson puis se tourna vers Ellie.

— Tout ira bien, madame Taylor, assura-t-elle.

***

Whitney s'étira en bâillant, les paupières picotantes. Elle regarda Will qui, à côté d'elle, était collé aux écrans comme s'il était en transe.

— Rien ! se lamenta Whitney. Nous n'avons rien vu.

— Il ne se passe rien quand Angela n'est pas là, effectivement, acquiesça-t-il. On dirait que sa présence fait surgir une force… Je me demande bien laquelle. Et d'ailleurs, si c'est un fantôme, pourquoi ne se manifeste-t-il que la nuit ?

— Sans doute que les revenants n'aiment pas beaucoup l'animation. Il y a trop d'allées et venues, dans la journée. Ils n'ont pas assez de force pour y faire face. Peut-être que les plus entraînés arrivent à se manifester à la lumière du jour, cela dit.

Will eut un coup d'œil sarcastique.

— S'il y a des spectres ici depuis plus d'un siècle, ils ont eu le temps de s'entraîner, non ?

— Il ne faut pas oublier la personnalité qu'ils avaient de leur vivant, objecta Whitney. Certains doivent avoir plus d'énergie que d'autres.

— En tout cas, il se passe quelque chose que nous n'avons pas encore réussi à voir, fit remarquer Will en secouant la tête. De simples hallucinations collectives, peut-être, mais peut-être aussi des substrats quelconques, demeurés en arrière, comme tu le suggères. L'âme de gens bons ou mauvais. Seulement, aucun de nous ne croit que ce soit un fantôme qui ait tué Regina Holloway. Or, si le criminel est quelqu'un de bien vivant, comment s'y est-il pris ? Et qu'est-ce que les fantômes de la maison ont à voir là-dedans ?

Whitney se leva en répliquant :

— Je vais aller dormir un peu dans ma chambre,

parce que je veux être debout pour surveiller les écrans, cette nuit. Bonsoir.

— Cette maison, à côté, c'est vraiment pratique, murmura Will.

— Oui, mais ce sont deux bâtiments séparés, avec deux entrées distinctes...

— Certes, mais je maintiens que c'est idéal d'avoir un refuge à côté, si on a besoin de sortir rapidement d'ici.

Un jeune homme aux cheveux blonds coupés court tenait l'accueil, au siège des Aryens. Il toisa Jenna et Jake à leur entrée. Les deux jeunes gens se tenaient par la main et, espérait secrètement Jake, incarnaient à la perfection un jeune couple *blanc* américain.

— Je suis Brad Telfur, dit le jeune homme en leur serrant la main. Je vous reconnais... Vous êtes venus à la réunion.

— Oui, c'était notre première fois, n'est-ce pas, chéri ? dit Jenna à Jake.

— Oui, et cela nous a passionnés ! répondit Jake avec enthousiasme. Je suis d'ici, vous savez. J'adore cette ville, mais il faut dire que...

— Moi, je ne suis pas d'ici, et il y a beaucoup d'endroits où j'aimerais vivre, intervint Jenna. Mais voilà, nous avons entendu parler de votre organisation, et... ça nous a donné de l'espoir. Le sentiment que... nous ne sommes pas seuls, vous voyez ?

— Vous avez un accent, lui répondit Brad, soupçonneux. Vous êtes irlandaise ?

— J'ai la double nationalité. Américaine et *britannique.* Je suis d'Irlande du Nord, mentit-elle.

— Alors, vous n'êtes pas catholique ?

— Oh ! non, bien sûr. Je suis protestante.

— Eh bien, asseyez-vous. Donc, vous seriez tentés de nous rejoindre ? Je vais vous demander certains renseignements, pour nos fiches…

— A vrai dire, nous préférerions en savoir d'abord un peu plus, précisa Jake.

Telfur leur indiqua les sièges placés devant le bureau en répondant :

— Nous ne faisons rien d'illégal. En fait, nous soutenons les candidats politiques qui peuvent résoudre certains problèmes de cette ville, et nous soutenons aussi le NRA, l'association qui défend le droit d'avoir des armes à feu. Nous avons un vaste réseau dans le pays, d'ailleurs. Cela nous permet d'organiser des réunions, d'informer les gens des difficultés qu'entraînent les mélanges raciaux. Nous avons aussi des activités de loisir, pour que les gens se retrouvent. Regardez les photos : du bowling, des danses… Ici, c'était un pique-nique, dans le parc. Nous faisons tout pour que les jeunes aient de bonnes fréquentations !

— Pouvons-nous regarder ? demanda Jenna en s'approchant du mur.

— Bien sûr !

Ils firent mine de s'extasier. Jake était stupéfait de découvrir autant de swastikas et autres symboles néo-nazis. L'une des photos, tout à coup, retint particulièrement son attention.

Il fit discrètement signe à Jenna pour qu'elle détourne l'attention du jeune homme.

— Pourriez-vous me dire où ça a été pris, monsieur Telfur ? demanda-t-elle en montrant sur un autre mur un cliché pris devant une cascade.

— Certainement, répondit-il en s'approchant.

Pendant ce temps, Jake tira son portable de sa poche et prit rapidement une photo.

Puis il se retourna, espérant avoir été discret. Apparemment, c'était le cas. Jenna commentait le paysage de cascade avec enthousiasme et Telfur l'écoutait.

— A propos, monsieur Telfur, lança Jake à voix haute, j'ai aperçu l'une de mes connaissances, à votre réunion de l'autre jour. Un certain Conroy. C'est un adepte ?

— Conroy ? répéta l'autre en plissant le front. Le nom ne me dit rien. Peut-être était-il venu s'informer, lui aussi.

— Eh bien, merci. Nous devrions y aller, chérie.

— Vous ne voulez pas remplir une fiche ? demanda Telfur.

— Nous allons d'abord en discuter entre nous, mais nous reviendrons sûrement. N'est-ce pas, chérie ? répondit Jake en souriant largement à Jenna.

— Oh ! certainement ! répondit-elle.

Jake la prit par la main et ils sortirent.

— Eh bien, ça n'a pas duré ! s'écria Jenna.

— Pourquoi ? Ça t'a plu ? Tu aurais aimé rester plus longtemps ? demanda-t-il d'un ton taquin.

Elle lui jeta un regard meurtrier.

— Non, mais il fallait le faire. Cela dit, je n'ai pas l'impression que ce bon vieux Brad, de l'accueil, connaisse Blake Conroy.

— Je suis d'accord, dit Jake.

— Tu penses donc que Conroy a dit la vérité ?

— Oui, je crois. Mais nous n'avons pas perdu notre temps, et je suis sûr que Gabby aura donné à Angela les informations nécessaires pour faire éclater la vérité.

Jackson était très soulagé que les autorités locales et fédérales aient réussi à coordonner leurs actions pour faire partir Gabby Taylor et sa famille.

Au poste de police, Gabby passa une heure supplémentaire à dire tout ce qu'elle savait sur l'Eglise du Christ ressuscité, puis, après son départ, Andy Devereaux s'entretint un long moment avec Jackson et Angela pour décider de la suite des événements.

— Vous devriez au moins lancer un ordre de perquisition, pour essayer de savoir ce qui est arrivé aux autres filles, dit Jackson.

— Imaginons que nous fouillions partout sans rien trouver. Que faisons-nous ensuite ? demanda Andy d'un ton las.

— Nous donnons un coup de pied dans la fourmilière, suggéra Jackson.

— Mieux vaudrait faire faire ça par le sénateur Holloway, remarqua Andy.

— Et s'il est impliqué d'une manière ou d'une autre ?

— Pourquoi serait-il impliqué avec une secte qui le hait ? Ça n'a pas de sens. Je suis convaincu qu'il mettra aussitôt DuPre à la porte, au contraire. Et dans ce cas, DuPre deviendra nerveux…

Jackson réfléchit un moment, puis répliqua :

— N'oubliez pas que ce sont les fédéraux qui mènent l'enquête, officiellement.

Andy soupira.

— Admettons que nous fassions, nous, la perquisition. Vous ne croyez pas que le sénateur le saurait très vite ?

— Au moins, ça lui ouvrirait les yeux sur DuPre, s'il ne se doute pas déjà de quelque chose.

— Mais alors, il pourrait dissimuler ce qui le concerne, si, comme vous le pensez, il peut être impliqué.

Brusquement, Angela se pencha en avant.

— Monsieur Devereaux, je vous rappelle que des jeunes filles sont en danger. Nous ne pouvons pas rester les bras croisés !

Andy la dévisagea, puis décrocha son téléphone en déclarant :

— Je vais appeler le bureau du procureur et nous ferons une perquisition ce soir… A l'heure du coucher. Ainsi, nous verrons qui est dans la chambre de qui, dans cette fichue secte.

Chapitre 15

— Devine qui est aussi chez les Aryens ? lança Jake dès que Jackson eut ouvert la porte de la demeure.

— Je serais tenté de répondre qu'il s'agit du chauffeur, Grable Haines.

Jake avait l'air tellement déçu que Jackson s'en voulut d'avoir trouvé la bonne réponse.

Jake montra alors la photo qu'il avait prise sur son portable. On y voyait Grable Haines en train de rire avec une femme. Jackson prit l'appareil en fronçant les sourcils. Il se concentra sur la femme, qui était de trois quarts, peu visible.

— Tu as déjà mis ça sur écran ? demanda-t-il.

— Oui. On voit parfaitement Haines, répondit Jake.

Angela s'approcha pour regarder le cliché.

— Je pense que Jackson voudrait un agrandissement sur la femme, dit-elle.

Jake reprit son portable en jetant un nouveau coup d'œil au cliché.

— D'accord, je m'y mets, dit-il avec un haussement d'épaules.

— Me voilà prête à passer une nuit blanche devant les écrans ! annonça Whitney à cet instant, en entrant dans la cuisine. J'espère voir quelque chose. C'est souvent plus fréquent la nuit, surtout quand Angela est dans la maison.

— Eh bien, je suis là et je ne bougerai sans doute pas, dit Angela. Nous n'allons pas assister à la perquisition à l'église.

— Alors, Gabby a parlé ? s'écria Will. Racontez-nous !

Jackson et Angela leur résumèrent l'entretien avec la jeune fille et ses parents, sans rien négliger de ce qu'avait révélé Gabby. Le prétendu évêque Richard Gull n'était pas dans les lieux, et on avait dit à Gabby qu'il était mort. La jeune fille était là, la nuit où June Leven avait été « élue », et cette dernière n'était jamais réapparue. Elle avait aussi entendu Susanne crier, et ils en concluaient que cette dernière était sans doute morte. Ces seuls faits, précisa Jackson, avaient convaincu le procureur d'autoriser la police à perquisitionner.

— Bref, la police va fouiller les lieux ce soir, dans quelques heures, acheva-t-il.

— Donc, vous pensez que Martin DuPre a pu venir ici tuer Regina Holloway ? demanda Jake, pensif. Mais pour quel motif ?

— Il pouvait en avoir plusieurs, intervint Whitney. Peut-être commençait-elle à avoir des soupçons à son égard, par exemple…

— Il n'était pas le seul à tremper dans des affaires louches, apparemment, fit remarquer Jake, assis à l'ordinateur. Venez donc voir cette photo. J'ai agrandi au maximum…

Tout le monde vint se placer derrière lui.

Le visage de la femme, agrandi, devenait nettement reconnaissable.

Whitney poussa un léger cri.

— Mais c'est la secrétaire du sénateur ! Elle est aussi

chez les Aryens, alors ! Comme le garde du corps ! Et peut-être l'était-elle déjà quand elle couchait avec son patron, finalement...

— Cela ouvre de nouvelles perspectives, dit Angela. On pourrait formuler une hypothèse : le sénateur est lui aussi corrompu, et il envoie ses collaborateurs infiltrer des sectes dans un but qui nous échappe. En tout cas, ça lui évite d'apparaître au grand jour. S'il y a des problèmes, ils retombent sur eux, pas sur lui. Je peux me tromper, évidemment, mais...

— La question, murmura Jake, c'est dans quel but, justement ?

— Tuer sa femme ? suggéra Angela à voix basse.

— Mais c'est lui qui nous a fait venir ! objecta Jake.

— A mon avis, il a réellement vu des fantômes, répondit-elle, et si on peut prouver leur existence, cela lui permet de sortir blanc comme neige de cette histoire. Rappelez-vous, sa réputation a souffert, quand sa femme est morte. Les gens ont commencé à se demander s'il ne l'avait pas lui-même poussée au suicide.

— Je vais aller lui rendre une petite visite, avant qu'il ne quitte ses locaux, déclara Jackson.

— Peut-être qu'il a pris sa journée, objecta Angela.

— Nous allons voir.

— Je t'accompagne, dit Jake en se levant.

Jackson, tout en composant le numéro, acquiesça du menton, puis ajouta :

— Vous autres, vous vous rappelez les ordres : personne ne circule dans la demeure sans être accompagné. Vous restez ici, groupés, jusqu'à notre retour.

— D'accord, promit Angela.

Le sénateur répondit lui-même au téléphone.

— Ici, Holloway.

— Bonjour, monsieur le sénateur, c'est Jackson Crow. J'aurais besoin de vous voir.

— A vrai dire, je suis sur le départ, mais je peux m'arranger pour vous recevoir demain, si vous voulez. Vous avez du nouveau ? Est-ce un fantôme qui a tué ma femme ?

— Il faudrait que je vous parle dès ce soir. Cela peut être important.

Il y eut un silence, puis le sénateur reprit :

— Bon. Retrouvez-moi au café Community, dans une vingtaine de minutes.

— Il faudrait que je vous voie seul, monsieur le sénateur. Sans chauffeur ou garde du corps.

— Ils ne sont pas là. Je suis seul. Rendez-vous dans vingt minutes.

Le sénateur raccrocha.

— Nous n'aurons pas besoin de la voiture, dit Jackson à Jake. Allons-y.

Quand ils furent sortis, Jackson s'arrêta un moment sur le trottoir pour regarder la maison voisine.

— Qu'y a-t-il ? demanda Jake.

— Le portail était fermé, tout à l'heure.

— Tu es sûr ?

— Je pourrais le jurer.

Jackson reprit son portable pour appeler Angela.

— Oui, Jackson ? dit-elle.

Il mit quelques secondes à répondre, étonné de se sentir envahi d'émotion du seul fait de l'entendre prononcer son nom.

— Excuse-moi, reprit-il. Nous sommes devant, dans la rue. Demande à Whitney et à Will de braquer l'une des caméras sur la maison d'à côté. Je voudrais savoir qui entre et qui sort.

— D'accord.

— Tu as toujours ton arme près de toi quand tu dors, j'imagine ?

— Oui, dans la table de nuit.

— Bien. Je garde mon portable à portée de main.

— Entendu.

Il se remit en marche avec Jake. Ils tournèrent dans la rue Bourbon, puis dans la rue Decatur.

— Les hommes politiques sont vraiment pourris, tu ne trouves pas ? remarqua Jake.

— C'est un métier difficile. J'ose croire qu'il en existe tout de même d'intègres.

— Peut-être, mais même ceux qui ne mentent pas sciemment font des promesses qui tournent souvent aux compromis, voire aux compromissions. Ils vendent leur âme. Dans le camp d'Holloway, en tout cas, on a l'impression que plus personne ne sait dire la vérité.

— Pour savoir si quelqu'un ment, il faut surveiller le langage du corps, mon garçon, expliqua Jackson. L'expression du regard, les gouttes de sueur au-dessus de la lèvre supérieure… Ensuite, lorsqu'on sait qu'il ment vraiment, il faut écouter la façon dont il tente de s'en sortir.

En arrivant au café, ils s'assirent à une table du fond et commandèrent deux crèmes. Jackson vit alors le sénateur arriver.

Holloway entra, balaya la salle du regard et, les ayant vus, vint les rejoindre et s'assit à son tour.

— Monsieur Crow, monsieur Mallory… Bonjour, dit-il.

Il était vêtu d'un jean et d'une chemise de bonne coupe, sans son costume-cravate habituel.

— Une journée sans rendez-vous, monsieur le sénateur ? demanda Jackson.

— Oui, j'ai réglé quelques affaires personnelles avant de rentrer à Bâton Rouge, où je dois être la semaine prochaine.

Le sénateur se pencha en avant.

— Alors, qu'avez-vous trouvé ? demanda-t-il.

— Martin DuPre occupe de hautes fonctions à l'Eglise du Christ ressuscité, répondit Jackson en le regardant bien en face.

Holloway haussa les sourcils. Il semblait plus étonné qu'effrayé ou sur la défensive.

— Impossible ! répondit-il. Je lui ai demandé de sympathiser avec les responsables pour avoir une idée de ce qui s'y tramait et il l'a fait, c'est tout. J'ai mis sous surveillance de la même façon l'organisation des Aryens.

— Quand lui aviez-vous demandé ça ?

— Il y a sept ou huit mois, environ.

— Je dois vous avertir qu'il risque d'être arrêté dès ce soir, à l'issue d'une perquisition. Une jeune fille qui a quitté l'Eglise a fait des révélations à son sujet.

Le sénateur secoua tristement la tête.

— Je vois. Qui donc aurait pensé que DuPre tomberait ainsi dans la débauche ?

Il semblait sincère.

— Que vous disait DuPre dans ses rapports ? poursuivit Jackson.

— Essentiellement qu'il se sentait gêné d'y aller, mais que ça lui permettait de comprendre la façon dont ils préparaient leur propagande contre moi.

— Et qui avez-vous envoyé chez les Aryens ? Votre secrétaire ?

— Ma secrétaire ? Lisa ?

— Oui, celle avec laquelle vous avez couché, lança Jackson.

Holloway s'empourpra.

— Cela n'a pas duré. C'était une erreur. C'est terminé.

— Vos rendez-vous avaient lieu dans la maison voisine de la vôtre, n'est-ce pas ? Une maison qui, d'ailleurs, vous appartient également. Vous n'en avez rien dit à la police…

Le visage du sénateur vira au violet.

— C'est une propriété que je mets en location. Je n'y habite pas.

— Mais vous y avez souvent dormi, intervint calmement Jake.

Holloway poussa un soupir et baissa les yeux.

— J'avais une liaison, je viens de l'admettre.

Il releva la tête pour enchaîner :

— Cela dit, c'est moi qui ai tiré tout un tas de sonnettes à Washington pour contacter Adam Harrison, je vous le rappelle. Essayez de comprendre, enfin ! J'étais frustré. J'aimais ma femme mais elle était devenue une étrangère. Nous parlions d'avoir un autre enfant, certes, mais cela suppose d'avoir des relations sexuelles, non ? Or, elle ne voulait plus… Elle préférait passer son temps à pleurer. Et puis, les fantômes qui hantent sûrement cette maison lui ont fait peur. Elle est tombée du balcon et…

— Elle n'est pas tombée, corrigea Jackson. On l'a poussée.

— Comment le savez-vous ? Même le coroner a conclu au suicide.

— Quoi qu'il en soit, vos collaborateurs sont impliqués dans des organisations que vous combattez, monsieur le sénateur. Reste à savoir dans quelle mesure vous étiez ou non au courant, ce que j'ignore, puisque vous n'avez pas joué totalement franc jeu. L'important, pour l'instant, c'est que des jeunes filles adeptes de l'Eglise du Christ ressuscité ont, hélas, trouvé la mort.

— Cela n'a rien à voir avec Regina ! protesta Holloway. Que voulez-vous que je vous dise ? Je ne suis pas responsable de la vie privée de mes salariés.

— En l'occurrence, si, monsieur le sénateur.

— Je ne vois pas en quoi ! Je sais que la police a conclu au suicide de ma femme, mais je suis convaincu qu'il s'est agi d'un accident dont des *fantômes* sont responsables et je vous demande de le prouver. La police...

— Oui, la police s'est trompée, coupa Jackson, et la vérité finira par se savoir. Cependant, elle risque de ne pas vous plaire. Votre assistant est au sommet de la hiérarchie d'une secte, votre secrétaire, votre chauffeur et votre garde du corps font partie d'une autre... Tous ceux qui vous entourent sont suspects.

— Ma secrétaire ? Mon garde du corps ? Mon chauffeur ? répéta Holloway, ébahi. Quelles sont vos preuves ?

— Martin DuPre a mis enceinte l'une de ses disciples. Lisa Drummond et Grable Haines figurent sur des photos prises chez les Aryens. Quant à Blake Conroy, il était à l'une de leurs réunions, l'autre soir, précisa Jake. Je le sais parce que j'y étais aussi.

— Il y était parce que je l'y avais envoyé, rétorqua le sénateur. Mais pour ce qui est de Lisa et de Grable...

— Où sont-ils aujourd'hui, monsieur le sénateur ? s'enquit Jackson.

— Je leur ai donné congé. Je n'avais pas envie de compagnie.

— Eh bien, vous feriez mieux de recruter d'autres

personnes, car si nous faisons éclater la vérité dans les jours qui viennent, vos électeurs le sauront très vite. Je vous assure qu'après la perquisition de ce soir, Martin DuPre va faire les gros titres, et qu'il va couler beaucoup d'encre sur la corruption des hommes politiques.

Holloway hocha nerveusement la tête.

— Je vais m'en occuper tout de suite, murmura-t-il.

— Pas immédiatement, car je vais vous demander de nous tenir compagnie encore un peu. Voulez-vous boire quelque chose ? Un café ?

— Pourquoi voulez-vous que je reste ?

— Pour attendre avec nous les résultats de la perquisition.

— Je vous ai déjà expliqué, Jackson... J'ai envoyé Conroy chez les Aryens et DuPre à l'Eglise du Christ ressuscité pour en savoir plus, voilà toute la vérité. Je soupçonne fortement ces deux associations d'avoir partie liée et je voulais en avoir le cœur net. Maintenant, si mes collaborateurs ont fini par retourner leur veste, je l'ignorais. Je jure que je l'ignorais.

Une fois le dîner fini et débarrassé, Angela se sentit désœuvrée, nerveuse. Elle s'assit un moment devant les écrans avec Will et Whitney pour observer la maison voisine. Rien ne s'y passait. Elle étouffa un bâillement, et se demanda si la perquisition était déjà finie et ce qu'elle avait donné.

— Je monte me coucher, annonça-t-elle.

— Tu n'attends pas le retour des autres ? s'étonna Whitney.

— J'ai mon portable. S'il y a du nouveau, vous me préviendrez.

Une fois à l'étage, elle prit une douche dans sa salle de bains en jetant un coup d'œil au miroir, partagée entre la crainte et l'espoir d'y voir un visage. Rien ne se produisit. Elle alla s'allonger sur le lit de Jackson. Elle était impatiente de le retrouver et, en même temps, tournait et retournait dans sa tête tous les éléments de l'enquête, de plus en plus frustrée. Les choses devenaient terriblement compliquées et l'enquête piétinait.

Elle finit par s'endormir d'un sommeil agité. Elle s'éveilla brusquement, à un moment donné, se demanda pourquoi et comprit : c'était parce que Jackson n'était pas rentré.

En outre, elle avait l'impression qu'on l'observait.

Elle ouvrit les yeux et regarda vers la porte ouverte qui faisait communiquer la chambre de Jackson et la sienne, l'ancienne chambre de Regina Holloway.

Et elle les vit.

Il y avait non seulement les enfants, Percy et Annabelle, mais aussi, entre eux, la jeune femme qu'elle avait vue dans le miroir et qui, sans aucun doute, était Susanne Crimshaw. En tout cas, c'était l'apparition d'une morte, et même si elle avait vécu bien longtemps après les deux enfants, leurs âmes à tous les trois avaient visiblement transcendé le temps et l'espace, et maintenant, ils étaient ensemble.

La femme plia l'index et l'agita pour faire signe à Angela de les rejoindre.

Angela resta un moment immobile, luttant contre sa peur, puis s'obligea à se lever et s'avança vers les spectres. Susanne, qui tenait la petite main d'Annabelle dans la sienne, se mit en marche. Percy prit celle d'Angela pour l'entraîner.

— Où allons-nous ? s'enquit Angela en chuchotant.

— *Là-haut*, répondit-il.

Ils longèrent le couloir puis montèrent l'escalier qui menait au grenier. En arrivant, Angela tâtonna dans le noir pour actionner l'interrupteur. Une ampoule nue s'alluma, faisant jouer des ombres dans l'immense pièce.

— Pourquoi venons-nous ici ? demanda-t-elle à Susanne.

Le spectre tendit le bras pour lui montrer quelque chose. Angela regarda autour d'elle sans comprendre. Il y avait là un vieux mannequin de couturière, des coffres, des caisses. On avait l'impression que rien n'avait bougé depuis des années, mis à part les vasistas, qu'on avait reliés au système d'alarme. Sous la clarté blafarde de l'ampoule, elle trouvait l'atmosphère oppressante.

— Je ne vois rien, dit-elle doucement.

Elle tourna sur elle-même pour examiner le moindre recoin. De tous ces objets poussiéreux émanait une profonde tristesse. Personne n'avait revêtu l'uniforme drapé sur le mannequin, destiné à un soldat sans doute mort avant d'avoir pu s'en servir. Des jouets d'autrefois gisaient dans des boîtes ouvertes, comme abandonnés. Il y avait là de vieux trains de bois, des poupées de porcelaine, un cheval à bascule, bien d'autres choses encore…

— Vraiment, je ne vois rien, répéta Angela.

Elle sentit la présence du fantôme derrière elle, cette jolie femme aux grands yeux, vêtue d'un T-shirt et d'un jean comme n'importe quelle gamine moderne. Devinant comme une légère pression sur ses épaules, Angela pivota de nouveau.

Elle avait compris que les trois revenants tentaient de la diriger vers une série de coffres poussés contre le mur. Elle s'avança, intriguée, toujours aussi mal à l'aise, mais devinant qu'elle allait sans doute faire une découverte.

Elle se retourna pour demander lequel des coffres il fallait examiner et se rendit compte que les fantômes avaient disparu. Au même instant, on l'appela d'une voix forte :

— Angela ! Angela !

C'était Whitney, et la cavalcade qu'on entendait sur les marches indiquait qu'elle n'était pas seule.

— Je suis ici, tout va bien ! cria Angela.

Whitney fit irruption dans le grenier, Will sur les talons.

— Nous t'avons vue sur l'écran, sortir dans le corridor et monter l'escalier ! s'écria Will.

— Et tu n'étais pas seule ! ajouta Whitney dont la peau mordorée avait pâli. Nous avons cru mourir de peur.

De nouveaux pas résonnèrent sur le palier. Jenna arrivait à toute allure.

— Que se passe-t-il ? Vous n'avez rien ? s'exclama-t-elle.

— Angela est montée au grenier comme si elle était en transes, expliqua Whitney.

— Elle était filmée et… Tu n'en croiras pas tes yeux, ajouta Will en regardant fixement Angela.

— J'étais avec Susanne Crimshaw, expliqua Angela d'un ton net. Elle réside ici et a réussi à entrer en contact avec les enfants. Ils se sont associés, tous les trois, pour tenter de nous faire comprendre quelque chose.

— Ce sont eux qui t'ont fait monter ? Mais ils ne sont plus là, n'est-ce pas ? demanda Jenna. Je ne ressens rien de particulier…

— Ce sont des fantômes très craintifs, j'en ai peur, répondit Angela.

— Eh bien, fouillons, alors, intervint Will. Je suggère que tout le monde commence par un coin...

— Mais c'est immense ! Et il y a aussi des greniers dans les ailes latérales..., souligna Jenna.

— Oui, mais c'est ici que les fantômes ont attiré Angela, répondit Will. Au travail.

Il se dirigea vers l'un des angles. Angela resta où elle se trouvait, devant les coffres, au milieu des tuyaux et de vieux pots de peinture. A première vue, rien ne semblait anormal. Il fallait imaginer une cachette...

Elle ouvrit l'un des coffres. Il avait l'air essentiellement empli de vieux vêtements qui sentaient la naphtaline.

— Tout cela remonte aux années 1920, dit Jenna en refermant un autre coffre qu'elle venait d'explorer.

— Dans le mien, ce seraient plutôt les années 1860 ou 1870, répondit Angela.

— Même chose ici ! dit Whitney depuis son coin.

Le troisième coffre qu'ouvrit Angela, cependant, abritait autre chose, une machine à l'allure bizarre.

— Qu'est-ce que c'est ? demanda Whitney qui s'était approchée.

— Je ne sais pas. Essayons de la sortir...

Will s'approcha à son tour en commentant :

— Il y a là-bas toute une série de vieux sommiers !

— Sans doute était-ce le quartier des esclaves, autrefois, suggéra Whitney.

— Oui, probablement, dit Will en se penchant sur le coffre d'Angela. Tiens... Un projecteur holographique !

— Un projecteur ? répéta Angela. Je me demande bien à quoi il pouvait servir !

— Je ne sais pas, mais j'ai déjà utilisé un appareil

de ce genre pour un spectacle de magie. Ça envoie des images en trois dimensions et l'effet produit est vraiment étonnant. Ce genre d'engin coûte une fortune. Voyons ce qu'il projetait. Attrape le rouleau qui est là, dans cette boîte, au fond du coffre…

Angela prit le rouleau et le tendit à Will. Il examina le projecteur en marmonnant :

— Il doit bien y avoir un câble quelque part… Cela marche aussi avec des piles mais elles doivent être épuisées. Ah ! Le voilà.

Il brancha le câble à une prise et appuya sur un bouton.

— Eteignez la lumière, ajouta-t-il. Celles du couloir et de l'escalier suffiront.

Jenna alla éteindre. Alors, dans la pénombre, une image horrible apparut. Elle représentait un petit garçon, le crâne traversé d'une hache. Le sang lui ruisselait sur le visage.

En même temps, un léger murmure se fit entendre, tout aussi atroce : « Maman ? »

— Bon sang ! s'exclama Will en cherchant le bouton du volume pour monter le son.

La voix se fit plus nette. L'image ondoya comme si elle prenait vie.

« Maman, j'ai mal, très mal ! Aide-moi, maman ! » dit l'apparition en fixant sur eux ses grands yeux bleus.

— Mon Dieu ! s'écria Jenna en se levant d'un bond pour aller rallumer. Désolée, mais c'est insupportable. Je ne supporte pas de voir ça. C'est trop horrible !

Même sous la lueur de l'ampoule, ils voyaient encore faiblement l'image projetée.

— Arrête ça, Will, je t'en supplie, renchérit Angela. Nous avons compris, maintenant. Nous montrerons le dispositif à Jackson et il l'apportera à la police. Cela confirme que quelqu'un était vraiment ici, pour jouer un tour atroce à Regina, et l'entraîner vers le balcon de sa chambre.

Will éteignit l'engin. Il garda le silence un moment puis demanda :

— Est-ce le même que le petit garçon qui t'apparaît, Angela ?

— Oui, répondit-elle, en plus jeune.

— Pourtant, toi, quand tu le vois, ce n'est pas une projection, n'est-ce pas ?

— Non. C'est bien un fantôme, effectivement.

— Dans ce cas, à ton avis, est-ce que ceux qui ont construit cette image ont vu ce même fantôme ?

— Pas nécessairement. Il y a énormément de gravures et de photos, au musée, y compris des portraits de ces enfants. Ils ont même dû paraître dans les journaux de l'époque. Ceux qui ont fait ce montage n'ont pas eu besoin de voir des spectres.

— Mais qui a pu entrer aussi facilement ici pour installer tout ça ? demanda Whitney.

— Eh bien, David Holloway lui-même, pour commencer, répondit Angela.

Le portable de Jackson se mit à sonner alors qu'il regardait le sénateur siroter un deuxième café-crème. C'était Andy Devereaux.

— Voilà, nous avons perquisitionné, dit Andy, et nous avons ramené deux types pour les interroger.

— Avez-vous trouvé quoi que ce soit qui puisse suggérer qu'un ou plusieurs meurtres aient été commis sur place ? demanda Jackson, sans quitter le sénateur des yeux.

— Non, rien de ce genre. Les deux types que nous avons ici sont membres du conseil. Ils soutiennent fermement qu'ils n'ont jamais vu Martin DuPre à l'église et ne le connaissent pas. Je peux les mettre en garde à vue vingt-quatre heures, mais ensuite, je serai obligé de les relâcher, sauf si j'arrive à prouver qu'il y a eu des viols en interrogeant les jeunes filles. Voilà où nous en sommes.

— Merci, Andy.

— Passez donc demain matin, vous saurez mieux que moi quelles questions poser, suggéra le policier. Pour l'instant, j'attends que les gamines aient fini de pleurer pour en tirer quelque chose, ne serait-ce que leur vrai nom. La brigade financière est en train d'examiner les comptes. Je vais aussi convoquer Gabby Taylor pour lui faire identifier DuPre, s'il est bien le père de l'enfant. Est-ce que vous avez mis David Holloway au courant ?

— Oui. Il est en face de moi en ce moment, d'ailleurs, répondit Jackson.

— Parfait. A demain matin. Je compte sur vous, parce que je ne me suis jamais occupé de sectes, même si j'ai déjà eu affaire à des adolescentes névrosées.

— Faites pour le mieux, Andy.

Jackson raccrocha. Holloway et Jake le dévisagèrent.

— DuPre n'était pas à l'église, indiqua Jackson. Savez-vous où il peut se trouver, monsieur le sénateur ?

— Non. Je lui avais donné sa soirée.

— Appelez-le, s'il vous plaît.

Le sénateur obéit. Son portable sonna interminablement dans le vide.

Jackson n'était pas surpris.

— Je ne serais pas étonné qu'il ne se présente pas à son poste demain matin, vous savez, lança-t-il.

Le portable de Jackson sonna de nouveau. C'était Will.

— Nous sommes tombés sur quelque chose, dit Will. Tu es toujours avec le sénateur ?

— Oui.

— Tu peux venir tout de même ?

— Si tu m'expliques pourquoi.

Will se mit à raconter l'épisode à toute allure, si vite qu'au début Jackson ne saisit rien à ce qu'il disait.

— Bref, il faut que tu viennes, conclut Will. La question étant : est-ce qu'il faut montrer ça au sénateur aussi ?

Tout le monde, y compris David Holloway, regardait l'image sinistre. Ils s'étaient installés dans le grand salon, où Will avait transporté le matériel pour mieux montrer les trois dimensions de la projection. En songeant que le criminel avait pu aller et venir librement pour installer au grenier un dispositif d'une telle cruauté, et que ce criminel courait toujours, Jackson avait des sueurs froides.

Il observa le visage du sénateur en train de fixer l'enfant ensanglanté, appelant à l'aide d'une petite voix fluette.

Des larmes jaillirent des yeux d'Holloway et roulèrent sur ses joues.

— Qui a pu faire ça ? murmura-t-il.

— L'un de vos proches, forcément, répliqua Jackson d'une voix dure.

Il continua à parler tout en surveillant les réactions de son interlocuteur.

— Quelqu'un, autrement dit, qui avait facilement accès à cette maison. L'objectif était à l'évidence d'attirer votre femme sur son balcon, pour la pousser ensuite dans le vide, car je suis certain qu'elle n'avait nulle intention de sauter. Même manipulée, même troublée par ces jeux de miroirs et d'écrans de fumée, comme dirait Will. Et je parie que vous connaissez le coupable, sénateur, soit parce qu'il s'agit de quelqu'un qui a voulu vous nuire, soit au contraire parce qu'on pensait vous rendre service. J'opte plutôt pour la première hypothèse, puisque vos collaborateurs sont impliqués dans des groupes qui sont prêts à tout pour ruiner votre carrière.

Le sénateur, livide, secoua la tête.

— Non… Je ne vois pas.

Il semblait perdu, brusquement vieilli.

— Voulez-vous un verre d'eau, monsieur le sénateur ? proposa Whitney.

Il accepta d'un signe de tête.

Devant eux, l'hologramme mouvant répétait : « Maman ! »

— Eteignez ! s'écria soudain Holloway. Eteignez ça, je vous en supplie !

Will tourna le bouton.

— Réfléchissez bien, reprit Jackson. Si vous avez la moindre piste qui puisse nous aider, si vous êtes impliqué dans cette histoire d'une manière ou d'une autre, il faut nous le dire.

— Comment osez-vous insinuer ça ? s'insurgea aussitôt Holloway.

— Vos collaborateurs sont mouillés jusqu'au cou. Il semble logique que vous ayez eu au moins des soupçons.

— Mais je n'aurais jamais fait cela à Regina !

— D'accord, mais on a pu vous faire chanter, par exemple. Ou bien, vous souhaitiez vous débarrasser de votre femme, même si ce n'était pas de cette manière…

— Espèce de salaud !

— Que répondez-vous à mes questions ? insista Jackson.

— Vous étiez censé trouver des fantômes ! tonna Holloway.

— Monsieur le sénateur, quelle est votre implication dans l'affaire ? répéta Jackson, toujours aussi calme.

— Mais je vous l'ai dit, bon sang ! Je savais que mes collaborateurs fréquentaient ces fichues sectes... Enfin, je le savais pour DuPre et Conroy, puisque je les y avais envoyés. S'ils ont fini par basculer, je n'y suis absolument pour rien. Et je n'ai pas tué ma femme !

— Tout cela reste peu convaincant, monsieur le sénateur. Et même pas convaincant du tout.

Holloway resta d'abord sans voix. Il dévisagea Jackson un long moment avant de laisser tomber :

— Vous êtes une canaille, Jackson.

— Pourquoi teniez-vous autant à ce que nous venions confirmer l'existence de fantômes, monsieur Holloway ? Pour détourner l'attention de vos petites manigances avec les Aryens ? Pensiez-vous qu'une équipe d'experts du paranormal serait tellement convaincue de l'existence de spectres qu'ils obéiraient sans se poser de questions et sans essayer de voir plus loin ?

— Vous n'êtes qu'un imbécile, Crow. Je suis innocent. Oui, je voulais prouver l'existence de fantômes, car je sais que cette maison est hantée et que ce sont des fantômes qui ont causé la mort de ma femme. Arrêtez de m'accuser. Oui, je voulais aussi qu'on cesse de soupçonner que j'avais pu la pousser au suicide, car elle ne s'est pas suicidée. On l'a tuée et je n'y suis pour rien. J'ajoute que si vous les aviez laissés tranquilles, DuPre et Conroy auraient fini par réunir les preuves dont j'avais besoin pour faire interdire les sectes.

— De manière totalement désintéressée ? Au seul nom de l'intérêt général ?

— Je suis innocent de la mort de Regina.

— Mais vous avez entraîné par vos machinations la mort d'autres innocents, même si vous ne les avez pas tués vous-même, monsieur le sénateur.

— C'est absurde ! En quoi serais-je responsable des crimes des autres ?

— Nous verrons ça, laissa tomber Jackson.

Holloway le dévisagea, l'air fou de rage.

Jake s'éclaircit la gorge.

— Voulez-vous que je vous ramène en voiture, monsieur Holloway ?

Holloway secoua la tête.

— Non, répondit-il d'une voix rauque. Je vais dans la maison d'à côté.

— Accompagne-le, Will, s'il te plaît, dit Jackson.

Will opina et s'éloigna avec le sénateur.

— Dès demain matin, je vais apporter ce projecteur à la police, dit Jackson. Ensuite, nous fouillerons de nouveau tous les recoins de cette maison. Celui ou ceux qui ont fait les projections entraient et sortaient visiblement comme ils le voulaient. Ensuite, ils ont tout simplement rangé l'engin dans un coffre, comme s'ils étaient sûrs qu'on ne le retrouverait pas. Il aurait été découvert dans quelques dizaines d'années, par un nouvel acheteur, et voilà…

— Nous pourrions essayer de savoir quelle boutique l'a vendu, suggéra Jake. Ce type d'équipement vaut cher.

— Bonne idée. Tu feras ça dès demain matin, Jake. Ensuite, tu examineras de nouveau les enregistrements, dans le moindre détail.

— Entendu, patron.

*
* *

— La clé du mystère est ici, dans cette maison, reprit Jackson, l'air sombre.

— Nous la trouverons, assura Whitney. J'en suis convaincue.

Jackson glissa un bras sur les épaules d'Angela.

— Maintenant, nous avons tous besoin de sommeil, lança-t-il. Allons dormir, ou au moins essayer.

— Attendez, coupa Whitney, vous ne nous avez pas donné les résultats de la perquisition à l'église du Christ ressuscité. Ni d'ailleurs ce que le sénateur savait, ou ignorait.

— Eh bien, DuPre n'était pas sur place et personne ne sait où il est passé. Le sénateur affirme qu'au début, il l'avait envoyé là-bas pour s'informer, comme il avait envoyé Blake Conroy chez les Aryens, mais ni Grable Haines ni sa secrétaire.

— En tout cas, c'est ce qu'il dit, intervint Jake.

— Exact. La police est en train d'interroger deux administrateurs de l'Eglise du Christ ressuscité, ainsi que deux des jeunes femmes qui vivent sur place. Tous jouent les innocents et refusent même de donner leurs vrais noms. Je vais les interroger moi-même demain. Si j'échoue, nous ferons venir Gabby Taylor, même si elle a déjà signé sa déposition. Je ne pense pas que DuPre puisse rester absent très longtemps. Il ne sait pas qu'il est soupçonné, et il aura tôt ou tard besoin de reprendre son travail, surtout si les avoirs de l'Eglise sont gelés par la justice. Maintenant, allons nous coucher… Mais d'abord, Whitney, peux-tu nous dire ce que donne la caméra fixée sur la maison voisine ?

— Elle enregistre. Pour l'instant, il n'y a rien. Personne n'entre ni ne sort.

— Continue à surveiller. Le sénateur passe la nuit sur place. Quand Will sera rentré, pensez bien à tout verrouiller et à mettre l'alarme. Nous ignorons encore le degré d'implication d'Holloway, s'il était ou non trop déprimé pour se rendre compte de ce qui se passait, par exemple. La seule chose dont nous soyons sûrs, c'est qu'il a envoyé DuPre et Conroy enquêter sur des sectes dont les agissements sont bien pires que ceux de n'importe quel fantôme.

— Nous allons surveiller, promit Whitney. Je suis de garde jusqu'à 4 heures du matin, et Will prendra le relais.

— Soyez tous très prudents, insista Jackson. J'ai l'impression que les événements vont se précipiter.

Il prit Angela par la main, sans se soucier de la présence des autres. Cela n'avait plus d'importance.

— Bonne nuit ! conclut-il.

— Bonsoir, tout le monde, dit Angela en écho. Toute cette histoire est tellement triste..., reprit-elle tandis qu'ils montaient l'escalier. En fait, toute la vie du sénateur Holloway était basée sur le mensonge, apparemment, même si nous ignorons dans quelle mesure il en avait conscience.

— Nous ne pouvons plus rien y faire ce soir, répondit-il.

Ils arrivaient sur le palier de l'étage. Angela eut un sourire malicieux et son regard bleu se fit pétillant.

— Nous pouvons faire au moins une chose, corrigea-t-elle.

— Ah oui ? Laquelle ?

— Eviter que je me sente toute seule dans un grand lit.

Ses paroles embrasèrent tous les sens de Jackson.

Un désir ardent s'empara de lui. Il hésita néanmoins. Etait-il raisonnable de se livrer à la jouissance charnelle, alors que les événements prenaient l'allure d'une vraie bombe à retardement ? Puis il songea que les relations humaines, après tout, étaient l'essence de la vie. L'histoire même de la demeure le prouvait. Angela lui était devenue totalement indispensable, comme si elle comblait une attente qui existait peut-être depuis toujours et dont il n'avait jamais pris conscience, à force de se concentrer sur les affaires criminelles à résoudre.

— Alors ? Pas de réponse ? insista-t-elle doucement.

Il l'attira à lui pour l'embrasser avec tendresse, puis l'entraîna vers la chambre.

— Ma réponse te satisfait ? murmura-t-il.

— C'est exactement ce que j'attendais.

Il la serra contre lui un moment, les yeux plongés dans les siens. Il avait envie de se confier, de lui raconter, à elle, ce qu'il n'avait jamais réussi à s'expliquer à lui-même — cette expérience qui l'avait tellement troublé qu'il avait préféré le scepticisme. Il lui caressa doucement les épaules en essayant de trouver les mots.

— Jackson ?

Il resta silencieux un moment, puis reprit enfin la parole.

— Je suis à moitié amérindien, tu le sais, et j'ai fait l'expérience de rêves dirigés tout à fait étonnants, mais ce qui a eu le plus d'influence, dans ma vie, qui m'a vraiment conduit à m'interroger sur la réalité, c'est autre chose. Au début de l'adolescence, j'ai séjourné dans la famille de ma mère, dans le nord de l'Ecosse. Un jour, je suis parti faire du cheval avec des amis. Nous avons fait la course. Ils me croyaient devant eux, car j'étais bon cavalier, avec un très bon cheval, mais ils se trompaient : en fait, j'avais fait une chute. J'étais en état de choc, avec des côtes cassées, du mal à respirer... Alors, un homme vêtu d'un kilt est arrivé sur un cheval noir qui avait l'air d'une monture de cavalerie. Cet homme m'a relevé. Il parlait une langue curieuse, avec un accent presque incompréhensible. J'ai fini par perdre conscience, et quand je me suis réveillé, j'étais sur les marches du porche, devant le château de mes ancêtres. Ensuite, je... j'ai revu cet homme. Plus exactement, j'ai vu son portrait, accroché dans le grand salon du château. Ce tableau représentait Ewan McKeough, le chef de notre clan à la fin du XVIe siècle. C'était lui qui m'avait sauvé. Evidemment, il y a énormément de McKeough dans cette région d'Ecosse, et je me suis dit que c'était peut-être un parent bien vivant, qui était ensuite reparti, mais je n'ai jamais résolu la question. Je suis devenu sceptique par prudence... parce qu'il y a tellement de gens disposés à croire n'importe quoi.

— Mais au fond de toi, tu avais compris, fit doucement remarquer Angela. Et tu as su que tu avais un don pour percevoir plus de choses que le commun des mortels.

— Mon vrai don, c'est d'amener des gens talentueux comme toi à donner le meilleur d'eux-mêmes !

— Dans quel domaine ?

— Je n'ai pas d'exclusive !

Elle eut un petit sourire. Jackson ferma la porte et revint vers elle.

— Nous allons explorer certaines de tes capacités, reprit-il. Je crois pouvoir t'aider, même sans le soutien d'un spectacle de strip-tease. Evidemment, si tu as envie de te déshabiller lentement...

Chapitre 16

Jackson se détendit dans la tiédeur des draps, Angela tout contre lui. La nuit avait été baignée de tendresse, de chuchotements, de rires. Il avait somnolé et s'était éveillé à plusieurs reprises, ravi chaque fois de sentir la jeune femme à son côté. Il humait la fragrance de sa chevelure, sentait la douceur de sa peau sous ses doigts… Jamais il n'avait éprouvé un tel émerveillement. Angela, elle, avait déjà vécu ce genre d'amour profond, cette intimité avec un être aimé, ces instants de complicité partagée, inscrits dans la durée. Lui était toujours allé de l'avant, sans jamais prendre le temps dc vivre, prêt à repartir dès qu'il avait satisfait un désir charnel. Il ne savait pas très bien pourquoi. Après son étrange expérience, dans les montagnes écossaises, il était devenu obsédé par les pouvoirs de l'esprit, par la difficulté à distinguer ce qui était réel de ce qui n'était qu'illusion. C'était pour cette raison qu'il était entré dans le département des sciences comportementales, et que l'étude du cerveau criminel était devenue sa passion. Il passait d'une enquête à une autre, inlassablement, en compagnie de collègues aussi déterminés que lui et, sans doute, eux aussi hantés par leur passé. Il avait toujours travaillé avec cœur, et pensait s'être toujours comporté de façon humaine, mais il se rendait compte à présent qu'il avait dû passer à côté de bien des choses. Il n'avait jamais perdu de proche, comme Angela, et n'avait jamais, non plus, connu le plaisir tout simple de s'endormir auprès de quelqu'un et, en s'éveillant, de le désirer de nouveau.

Certes, Angela avait profondément souffert des deuils qui l'avaient frappée, mais elle avait appris à accepter ses émotions, à les maîtriser sans les occulter. Il était lui aussi capable d'émotion, évidemment, mais il ne laissait jamais rien paraître à la surface. Il avait beau savoir pertinemment qu'il ne pourrait pas résoudre tous les problèmes du monde, ses démons intérieurs le poussaient à essayer tout de même. La mort de ses collègues jouait sans doute un rôle dans cette obsession. Leur souvenir le hantait douloureusement, et il n'aurait jamais imaginé qu'une femme puisse lui donner autant d'amour sans avoir la moindre idée du tourment intérieur où il se débattait.

Maintenant, tout à coup, il avait envie de partir avec elle pour écouter de la musique, voir des œuvres d'art, se promener à cheval dans une forêt sans penser à rien d'autre qu'aux splendeurs qui l'entouraient et à la beauté de sa compagne.

Puis il tressaillit en entendant frapper. La porte s'ouvrit en grand.

— Désolé... Désolé de vous déranger, dit Will, mais il y a quelqu'un qui rôde autour de la maison voisine.

Angela dormait si profondément qu'elle avait à peine entendu. Elle battit des paupières et vit que Jackson avait déjà enfilé son jean et mettait ses chaussures.

— Que se passe-t-il ? demanda-t-elle.

Il l'embrassa rapidement sur le front.

— C'était Will.

— Ah bon ? J'ai vaguement entendu frapper, mais je ne l'ai pas vu.

— La caméra a filmé quelqu'un près de la maison d'à côté. Will et Whitney vont rester devant l'écran, et je vais aller voir avec Jake. Il a essayé d'appeler le sénateur sur son portable, mais il ne répondait pas.

— O.K., dit Angela en hochant la tête. Vas-y, je te rejoins.

— Will surveillera nos allées et venues. Si ça se trouve, c'est une fausse alerte.

— Quelqu'un qui essaye d'entrer à côté, une fausse alerte ?

— Je veux dire qu'ils trouveront peut-être un nouveau prétexte. Le sénateur qui aura fait venir son garde du corps, par exemple, si jamais l'inconnu est Conroy. Ils ont toujours réponse à tout, jusqu'à présent.

Quand Jackson sortit en refermant derrière lui, Angela avait déjà bondi hors du lit. Elle mit rapidement son jean et un T-shirt et se pencha pour chausser ses baskets. En se redressant, elle leva les yeux…

Et vit qu'ils étaient revenus, tous les trois : Susanne Crimshaw, Percy et la petite Annabelle.

— Je ne peux pas vous suivre maintenant, leur dit-elle. Il se passe quelque chose à côté.

Susanne secoua la tête. Percy lui lâcha la main pour s'approcher d'Angela en secouant lui aussi la tête.

— *Non*, dit-il, *non, il faut regarder dans le mur. C'est dans le mur.*

Les trois spectres n'étaient pas les hologrammes

factices d'un projecteur. C'étaient de vrais fantômes et ils essayaient de l'aider.

— Qu'y a-t-il dans le mur ? demanda-t-elle.

Elle se tourna vers le mur du fond, les sourcils froncés. La chambre de Jackson se trouvait à l'angle, entre le bâtiment d'origine et l'aile qui lui avait été ajoutée ensuite.

Subitement, elle fixa le coin de la pièce.

Elle aurait juré que la chambre était moins large à l'intérieur qu'il ne devait y paraître en façade. Comme s'il y avait un recoin secret, une pièce cachée.

Elle regarda Percy.

— Pourquoi ne pas me l'avoir dit avant ?

Le garçonnet secoua de nouveau la tête.

— *J'ai essayé de prévenir la dame, mais elle ne me voyait pas. Elle ne voyait que les images.*

Angela se précipita vers le mur et prit des mesures. Oui, il y avait bel et bien un espace, juste à l'angle entre les deux corps de bâtiment. La façade avait été habilement construite pour le dissimuler, mais il n'y avait aucun doute. C'était d'ailleurs certainement visible sur les plans de l'architecte.

Elle se demanda si les responsables de la mort de Regina Holloway avaient eu accès à ces plans, puis se mit à tâtonner sur le mur, sans succès. Peut-être avait-elle tort de perdre son temps à écouter des fantômes, alors qu'il se passait peut-être des choses graves au rez-de-chaussée.

— Je te remercie, Percy, dit-elle avec gravité, mais pour l'instant, je dois descendre voir si on n'a pas besoin de moi.

Il lui agrippa la main.

— *S'il vous plaît... Je sais que vous me voyez, que vous m'entendez...*

Angela gagna la porte et héla :

— Will ?

— Oui, Angela ? répondit la voix de Will dans le micro.

— Que se passe-t-il à côté ?

— Jake et Jackson font le tour... Ils ne sont plus dans le champ de la caméra, pour l'instant.

— *S'il vous plaît !* insista Percy.

Elle baissa les yeux vers lui, sidérée de le voir aussi nettement. Elle sentait même la chaleur de sa petite main.

— *J'ai peur pour vous*, lui dit-il.

— Dis-moi. Je t'écoute.

Il la regarda d'un air solennel.

— *Ils viennent à travers le mur.*

Jackson et Jake escaladèrent le mur de brique qui séparait les deux propriétés et atterrirent sans bruit sur la pelouse. Jackson fit signe à Jake de passer par l'avant, tandis qu'il se dirigeait lui-même vers l'arrière de la bâtisse.

La nuit était obscure. Il se faufila silencieusement entre les épais buissons qui longeaient le mur, contourna un vieil arbre couvert de mousse. En atteignant la porte de derrière, il vit qu'elle était simplement poussée. Elle n'avait pas été forcée.

On entendait des voix à l'intérieur.

Il s'immobilisa tout en chuchotant dans le minuscule micro qu'il portait :

— Il y a des gens dans la maison. La porte n'a pas été forcée. J'attends Jake pour entrer.

— Bien reçu, dit Will à l'autre bout.

Jake surgit au même moment. Jackson sortit son arme et lui montra la porte. Jake poussa doucement le battant.

Ils avancèrent à l'intérieur. Les voix provenaient du grand salon, à l'autre bout. Ils suivirent leur direction le long du couloir central, sans faire de bruit, l'un à côté de l'autre.

En arrivant près du grand salon, ils ralentirent le pas en rasant le mur. Jackson vit alors Martin DuPre, en train de menacer le sénateur d'un revolver.

— C'est vous qui m'y avez envoyé, c'est vous ! criait-il. J'ai fait exactement ce que vous vouliez. Je les ai infiltrés à votre demande, alors maintenant, il faut m'aider. J'ai besoin d'argent. Les flics sont à mes trousses !

— Je vous ai envoyé vous informer sur leurs agissements, dans le seul but de les faire interdire, sans que mon nom apparaisse. Vous savez très bien que je ne pouvais pas me le permettre. Si vous vous êtes mis à en profiter, si vous êtes allé trop loin en ramassant des filles dans la rue, je n'y suis pour rien.

— Vous saviez très bien ce qui se passait ! hurla DuPre en agitant son arme.

— Rien ne vous obligeait à forcer ces filles à coucher avec vous, DuPre ! Qu'est-ce qui vous a pris ? Pourquoi certaines d'entre elles ont-elles disparu ? Est-ce vous qui avez tué ma femme, espèce de salaud ? rugit Holloway.

Jackson fit signe à Jake d'être vigilant. Le revolver de DuPre était un petit six-coups, mortel à courte distance, et DuPre semblait très agité. Il n'avait plus rien de l'assistant tiré à quatre épingles. Sa chevelure était en désordre, ses vêtements froissés, boueux, comme s'il avait tenté de s'enfuir à travers champs.

Jackson porta un doigt à ses lèvres pour intimer à Jake de ne pas bouger. Il allait devoir tirer au bon moment pour désarmer DuPre sans le tuer. Il avait beaucoup de questions à lui poser.

— Ce n'est pas moi qui ai tué votre femme, Holloway, c'est *vous* ! Il est temps que vous l'admettiez, ripostait ce dernier. Tout ce que j'ai fait, je l'ai fait pour vous, et vous voulez me faire porter le chapeau ?

— Vous avez tué ces jeunes filles !

— Mais pas votre femme ! C'est *vous* qui avez manigancé pour lui faire croire qu'elle devenait folle, hantée par des fantômes diaboliques, *vous* qui lui avez brisé le cœur ! Vous l'avez tuée parce qu'elle ne vous vénérait pas comme un dieu. Mais moi, je suis devenu un dieu, Holloway ! J'ai acquis infiniment plus de pouvoir que vous, et je saurai m'en servir !

— Sauf que la police vous recherche, DuPre !

— Elle saura que c'est vous qui avez tiré les ficelles. Elle le saura, et vous serez mort !

Jackson et Jake se regardèrent en fronçant les sourcils, car la voix de Will leur parvenait au même instant dans les écouteurs :

— Attention ! Le garde du corps arrive en courant comme un fou. Blake Conroy, le chauve !

Jackson étouffa un juron puis bondit hors de sa cachette, brandissant son arme des deux mains.

— A terre, tout de suite ! hurla-t-il à DuPre et au sénateur.

Au même instant, la porte s'ouvrit brutalement, comme poussée par un bélier.

— Ne tirez pas, bon sang ! Ne tirez pas ! cria Jackson à Conroy.

C'était trop tard. Des coups de feu retentirent.

*
* *

— Merde ! cria Will.

Angela entendit les coups de feu. Elle arrêta aussitôt d'explorer le mur et sortit en trombe dans le corridor en hurlant vers la caméra :

— Que se passe-t-il ? Qui a tiré ?

— Il y a une fusillade à côté ! dit Will. C'est le chaos !

— J'arrive !

Elle revint précipitamment dans la chambre, prit son Smith & Wesson dans le tiroir et descendit quatre à quatre les marches. Les autres étaient déjà dehors.

Des sirènes de police retentirent.

Ils foncèrent vers la maison voisine.

— Attention ! leur cria-t-elle. Longez le mur, baissez la tête !

Ils obéirent, se faufilèrent jusqu'à la grille, puis remontèrent l'allée jusqu'à l'entrée.

— C'est fini, leur lança Jackson. Les ambulances arrivent.

Angela fronça les sourcils. Elle passa devant les autres pour escalader le porche, mais Jackson l'arrêta :

— N'entre pas ! C'est une scène de crime, maintenant.

Elle jeta un coup d'œil à l'intérieur. David Holloway, prostré sur le sol, gémissait. Jackson, à côté de lui, tentait d'éponger le sang qui lui jaillissait de l'épaule. Jake était accroupi près de DuPre, qui ne bougeait plus. Aucune ambulance ne lui viendrait plus en aide.

Blake Conroy, agenouillé, agrippait sa main ensanglantée.

— Moi, j'entre, jeta Jenna. Je sais ce qu'il faut faire.

Elle se précipita vers le sénateur, dont l'état était plus inquiétant que celui de Conroy, et se mit à lui parler.

— La balle a traversé l'épaule… Respirez doucement,

monsieur le sénateur. Appuyez plus fort, Jackson... Ça ira.

Elle alla ensuite voir Conroy pour examiner sa main.

La police arriva quelques instants plus tard. Andy Devereaux bondit le premier hors du véhicule et se précipita.

L'ambulance, qui suivait, fit halte dans un crissement de pneus.

Pendant les cinq minutes qui suivirent, ce fut un branle-bas de combat puis, finalement, Jackson, Andy et Angela se retrouvèrent sur le trottoir, devant la bâtisse.

— Nous avions montré le projecteur et le film au sénateur, expliqua Jackson, et il a décidé de rester dormir ici. Ensuite, DuPre a dû deviner où il était, et il est venu lui demander de l'argent pour s'enfuir. Est-ce qu'il voulait aussi tuer le sénateur ? Nous ne le saurons sans doute jamais. L'intervention de Conroy a tout bouleversé. En le voyant, DuPre a paniqué, Conroy lui a tiré dessus et j'ai tiré sur Conroy pour le désarmer.

Andy hocha la tête en se grattant la joue.

— Résultat des courses, DuPre est mort, commenta-t-il. Il ne sera pas jugé pour homicide... Ça va économiser l'argent du contribuable.

— Il a affirmé ne pas avoir tué Regina, en tout cas, souligna Jackson. Il a insinué que c'est Holloway qui l'a détruite en lui brisant le cœur.

— Qu'est-ce que ça veut dire ? répliqua Andy.

— Je l'aurais su s'il avait eu le temps de parler, répondit amèrement Jackson. Il ne dira plus rien, maintenant.

— Je ne vais pas pleurer sur son sort, Jackson, jeta Andy. Je suis le premier à respecter la loi et je m'efforce toujours d'arrêter les gens au lieu de tirer, même les meurtriers. Mais en l'occurrence...

— Ce que veut dire Jackson, intervint calmement Angela, c'est que DuPre avait commencé à s'expliquer, au moment où Conroy est arrivé.

— Je vois, dit Andy en hochant la tête. Eh bien, nous nous débrouillerons autrement.

Il dévisagea Jackson, puis ajouta :

— Vous allez devoir m'accompagner pour faire une déposition. Le garde du corps va être interrogé à l'hôpital, et le sénateur ne sera pas en état de nous répondre avant demain. Je vais devoir aussi demander à Jake et à l'infirmière de venir, puisqu'elle est entrée dans la maison.

— Entendu.

Des infirmiers sortirent avec le sénateur, allongé sur un brancard, pour l'installer dans l'ambulance. Il était sous perfusion et sous oxygène, et Jenna lui tenait la main. A l'intérieur, des médecins légistes du bureau du procureur s'affairaient encore. Blake Conroy, qu'on avait fait asseoir à l'arrière d'une autre ambulance, les fixait d'un regard noir, les yeux rougis.

Jackson soutint son regard, le visage fermé.

Brusquement, Conroy bondit hors de l'ambulance et courut vers lui. Andy s'interposa.

— Pourquoi m'avez-vous tiré dessus ? hurla Conroy. Ce salaud allait tuer le sénateur. C'était mon devoir de l'abattre !

— Nous avions DuPre à l'œil, Conroy. En le tuant, vous avez tué la vérité !

— Ça suffit, jeta Andy. Nous éclaircirons tout cela au poste.

— Je vais porter plainte, je vous préviens ! grommela Conroy.

— Sauf que vous risquez d'être vous-même accusé d'homicide, Conroy ! rétorqua Jackson.

— Pourquoi ? DuPre était armé.

— Remontez dans l'ambulance, tout de suite ! ordonna Andy. On vous attend à l'hôpital. Et je vous conseille de vous calmer, parce que vous avez de bonnes chances d'être poursuivi, effectivement ! Il est 2 heures du matin, bon sang. Qu'on en finisse !

Il poussa Conroy dans l'ambulance. Angela, debout à côté de Jackson, ne savait que dire.

— Eh bien, DuPre avait réellement mal tourné, murmura-t-elle enfin.

— Oui, mais l'histoire n'est pas finie. Je ne fais pas confiance à Conroy... Hé, Andy ? Vous allez le mettre aux arrêts, j'espère ?

Andy lui jeta un regard crispé.

— Oui. Dès qu'il aura été soigné, on l'emmènera au bureau de la police.

Jackson hocha la tête, puis se tourna vers Angela et la prit par les épaules.

— Maintenant, rentre avec Will et Whitney, et tâche de dormir un peu. Nous tenterons d'y voir plus clair demain matin... Il y a encore des choses qui m'échappent.

— Nous pouvons venir avec toi, suggéra-t-elle.

Il secoua la tête avec lassitude.

— Non, ce n'est pas la peine. Allez plutôt vous reposer. Au moins, maintenant que DuPre est mort et que Blake Conroy est sous bonne garde, je serai moins inquiet. Je ferai le plus vite possible.

Il eut un petit sourire désolé et ajouta :

— La nuit avait bien commencé, pourtant...

— J'attendrai ton retour, promit-elle en souriant elle aussi.

— Jackson ! Vous venez ? s'impatienta Andy.

Jackson embrassa rapidement Angela sur les lèvres.

— A tout à l'heure.

Il grimpa dans la voiture banalisée d'Andy, avec Jake et Jenna, tandis que Will et Whitney rejoignaient Angela.

— Jackson est très contrarié, fit remarquer Whitney.

— Oui, il espérait vraiment entendre DuPre tout révéler, acquiesça Angela.

— Il a réagi du mieux qu'il pouvait, souligna Will. Il faudra qu'il accepte le fait accompli.

— Tu ne t'es pas mal débrouillé non plus, Will ! taquina Whitney. C'est toi qui as vu Conroy entrer dans la maison !

— C'est vrai. Venez, allons nous reposer. J'ai mal aux yeux, à force de fixer les écrans.

— Je propose de boire d'abord un verre de vin, suggéra Whitney. J'ai encore bien trop d'adrénaline dans le sang pour pouvoir dormir.

— Bonne idée ! approuva Angela.

Ils revinrent lentement vers la demeure, à la fois épuisés et sur les nerfs.

Angela décida d'attendre que Jackson soit rentré, et qu'il ait dormi, avant d'inspecter les murs de la chambre avec lui. Les événements dans la maison voisine, où reposait toujours le cadavre de DuPre, l'avaient manifestement perturbé. Il serait temps, le lendemain, de lui livrer les dernières indications fournies par les fantômes.

Ils entrèrent dans le grand salon tandis que Will verrouillait la porte et mettait l'alarme.

— On laisse encore tourner les caméras pendant la nuit ? demanda-t-il.

— Oui, ça vaut mieux, répondit Angela.

— Pourtant, l'affaire est finie, non ? Le criminel

n'était pas un spectre. Il y avait bien un meurtrier, dit Whitney.

— Oui, et Jackson avait raison : le mal est bel et bien commis par des êtres vivants. Mais nous savons qu'il y a des fantômes ici, répondit Angela. Autant filmer.

Elle se dirigea vers la cuisine en laissant ses camarades vérifier les équipements. Elle plaça son Smith & Wesson dans un tiroir, puis ouvrit le réfrigérateur et en sortit une bouteille de chablis bien frais. Elle la déboucha, puis alla prendre des verres dans le placard. Remarquant au passage que l'ordinateur de Jake était resté ouvert, elle jeta un coup d'œil sur l'écran.

Jake avait lancé des recherches sur le projecteur holographique. Etonnée, elle se rendit compte que ce type de machine était très recherché par les magiciens. Elle revint un peu en arrière pour explorer les nombreux sites ouverts. Certains étaient confidentiels — Jake avait un certain talent de hacker —, et tandis qu'elle parcourait les pages, un bip retentit, signalant l'arrivée d'une réponse à l'une des questions qu'il avait posées.

Elle cliqua sur la souris pour aller sur la page. C'était une liste d'acheteurs de projecteurs holographiques.

Elle écarquilla les yeux et cria :

— Will !

Il ne répondit pas.

— Will ! Whitney ! Venez voir !

Toujours pas de réponse. Elle sortit de la pièce pour lancer :

— Hé, vous m'entendez ?

Un rire étouffé lui parvint. Elle eut un petit sourire. Ils étaient jeunes, ils se détendaient, maintenant que l'enquête était terminée... Mais ils auraient pu lui répondre, tout de même.

Elle entra dans le grand salon mais ne les vit pas. Elle s'approcha des écrans pour y jeter un œil… et se figea en se maudissant de sa stupidité.

Sur l'un des écrans, on voyait Whitney, prostrée sur les dernières marches en haut de l'escalier, immobile. Angela n'aurait su dire si elle était morte ou vivante.

Will gisait de la même manière, juste au-dessus d'elle, sur le palier.

En entendant les coups de feu tirés à côté, ils s'étaient tous précipités, laissant la demeure ouverte à tous vents…

Et quelqu'un était entré.

Angela comprit qu'il y avait quelqu'un derrière elle avant même de faire volte-face.

Elle avait même deviné qui c'était…

Mais un coup violent sur le crâne l'assomma avant qu'elle ait le temps de réagir.

Jackson fit sa déposition tandis que Jake, à un autre bureau, faisait la sienne. Jenna, un peu plus loin, expliquait à un policier les blessures qu'elle avait constatées chez le sénateur et les premiers soins qu'elle lui avait prodigués.

Andy frappa les dernières lignes de la déposition de Jackson, l'imprima et la lui tendit pour qu'il la signe.

— Où est Conroy, maintenant ? s'enquit Jackson.

— A l'hôpital avec un officier. Ils ne vont pas tarder à le ramener, ne vous inquiétez pas. Nous n'allons pas le lâcher dans la nature.

Andy s'esclaffa avant d'ajouter :

— Vous lui avez drôlement amoché la main !

— Il fallait bien que je le désarme, soupira Jackson.

J'aurais mieux aimé le faire avant qu'il ne tire... J'ai eu une seconde de retard.

— Allons, le sénateur est vivant, non ?

— Il n'aurait pas dû y avoir de fusillade, un point c'est tout.

Andy haussa les épaules.

— Eh bien, il y en a tout de même eu une, et un criminel est mort alors que le sénateur s'en est tiré. Pour ma part, cela me suffit, et il faudra vous y faire, Jackson. Evidemment, dans la mesure où son adjoint séduisait et exploitait des jeunes femmes sous couvert d'une secte, la carrière d'Holloway va souffrir. Il est d'ailleurs sans doute trop brisé pour reprendre le dessus en politique. Il devait déjà être bien mal en point, pour ne pas voir ce qui se passait sous son nez.

— Nous ne savons pas ce qu'il savait, Andy. Avait-il de simples soupçons, avait-il tout découvert ? Il est peut-être plus impliqué qu'il n'y paraît.

— Admettons, soupira Andy. En tout cas, nous avons mis la main sur le coupable.

Seulement, songea Jackson, lui qui avait entendu la conversation entre DuPre et Holloway, il savait que DuPre avait farouchement nié le meurtre de Regina.

— Ecoutez, revenez demain matin, nous reparlerons de tout cela, ajouta Andy.

— C'est fini pour ce soir ? Nous pouvons partir ?

— Oui, allez-y, si les autres ont terminé aussi. Le brigadier Smith, là-bas, va vous reconduire en voiture.

Ils quittèrent les bureaux de la police et montèrent dans le véhicule. A un carrefour, Jackson remarqua en passant une autre voiture de police, arrêtée le long du trottoir, avec deux silhouettes à l'intérieur.

— Stop ! Reculez un peu, Smith, ordonna-t-il.

— Pardon, monsieur ?

— Reculez. Les deux policiers qui sont dans cette voiture m'ont l'air bizarres.

Jake, aussi surpris que le brigadier Smith, le regarda comme s'il perdait la tête.

— Je vous en prie, je veux aller voir, insista Jackson.

— Ils font sans doute une pause…

— J'y tiens, s'il vous plaît.

Smith soupira mais obéit et alla se garer au côté du véhicule. Jackson descendit voir à l'intérieur.

Les deux occupants, tassés sur leur siège, étaient morts.

Le conducteur était un policier. Pas l'autre.

Angela s'éveilla en sursaut, le cœur battant, les tempes douloureuses. Elle se sentit pendant un moment totalement désorientée puis se rappela qu'on l'avait assommée.

Elle se trouvait maintenant dans sa chambre — la chambre de Regina Holloway —, allongée sur le tapis. Elle avait la peau éraflée et comprit qu'on l'avait traînée jusque-là.

Elle sentit quelque chose contre son pied et se rendit compte que c'était Whitney, inanimée ou morte.

— Le moment est venu, dit une voix.

Elle leva les yeux. Grable Haines, qui venait de parler, la fixait en ricanant, un revolver à la main.

— Les chasseurs de fantômes victimes de fantômes ! Voilà qui va nourrir les rumeurs sur cette maison ! s'esclaffa-t-il.

Elle le toisa sans rien dire, ayant compris qu'il n'était

pas seul en entendant quelqu'un d'autre pouffer derrière lui. Lisa Drummond, bien sûr.

— Il ne faudrait pas qu'ils s'en prennent à toi ! lança-t-elle plaisamment à l'intention de Haines.

— Ne t'en fais pas, je suis armé. Ça m'étonnerait qu'ils me prennent mon revolver !

— Vous auriez tort de sous-estimer leurs pouvoirs, lança Angela d'un ton froid.

— Fais-la taire, Grable ! s'exclama Lisa.

Ce dernier l'ignora.

Angela enchaîna :

— Par ailleurs, le sénateur doit être un excellent comédien, parce que j'ai vraiment cru qu'il était horrifié par ce que nous lui avons montré. Evidemment, maintenant, je sais que c'est lui qui avait acheté le projecteur...

— Pour être précis, c'est Lisa qui a passé la commande pour lui, répondit Haines. Ce cher Holloway voulait faire croire à sa femme qu'elle revoyait son fils, et pensait qu'elle aurait ainsi une mort plus douce. Il ne sait pas quelles images nous avons concoctées en réalité.

— Tout le monde ment, dans cette affaire, riposta Angela. Je soupçonne fortement, cela dit, que si le sénateur nous a demandé d'enquêter, c'est parce qu'il comptait sur nous pour se débarrasser de DuPre et de toute votre clique.

— Pas du tout ! s'écria Haines. Vous ne comprenez rien à la politique. Le sénateur se sortira très bien de cette histoire, mais nous aussi. Et vous, vous serez morte !

— Tais-toi donc ! Elle n'a pas besoin de savoir tout ça ! répliqua Lisa avec exaspération. C'est DuPre qui va porter le chapeau, ils attribueront le meurtre de Blake et du flic à des voyous, et voilà ! Tout s'est très bien déroulé jusqu'ici, alors finissons-en !

— Jackson remontera jusqu'à vous, coupa Angela. Exactement comme il est remonté jusqu'à DuPre.

— Aucun risque ! rétorqua Lisa.

— Vous croyez vraiment ? Il a épinglé DuPre, vous croyez qu'il s'arrêtera en si bon chemin ? D'ailleurs, ça m'amène à une question importante : vous qui avez couché avec toute la bande, avec lequel comptez-vous rester, finalement ?

— Je vais devenir la prochaine Mme Holloway, c'est évident, répondit Lisa avec complaisance. Quand vous et vos collègues aurez été tués par les fantômes, nous aurons le champ libre. DuPre, le principal responsable, est mort. Blake aussi... Il ne restera que nous, accablés par ces révélations et portant dignement le deuil !

— Mais pourquoi nous tuer d'abord ? Ça n'a pas de sens, objecta Angela.

Lisa ricana.

— Je ne suis pas idiote. Je sais ce qui est arrivé à Jackson Crow, dans sa précédente équipe. Il y a eu des morts, et comme il va y en avoir de nouveau, il va perdre toute crédibilité. S'il lance des accusations contre le sénateur, on ne l'écoutera plus.

— DuPre et Blake morts, on saura forcément que ce ne sont pas eux qui nous auront tués, souligna Angela.

— De toute façon, tous les crimes qu'ils n'auront pas commis seront attribués aux fantômes, coupa Haines. Allons, debout !

— Ne soyez pas ridicule ! Les gens de La Nouvelle-Orléans adorent les légendes de leur ville, mais ils ne sont pas naïfs au point de croire que des revenants peuvent tuer !

— Ils l'ont déjà fait, et plus d'une fois. Quand les gens ne trouvent pas d'explication rationnelle, ils retombent dans la superstition, jeta Grable. Arrêtez d'essayer de gagner du temps. C'est peine perdue.

— Vous êtes vraiment idiot. Vous m'avez dit clairement qu'Holloway souhaitait la mort de sa femme et que vous vous en êtes chargés pour lui. Vous croyez qu'il peut se permettre de vous laisser la vie sauve ? Ce serait bien trop dangereux. Il va se débarrasser de vous, tout simplement, et vous ne deviendrez jamais Mme Holloway, Lisa.

— Vous oubliez une chose, riposta Lisa. Je plais aux hommes… Le sénateur m'aime.

— Comme il aimait sa femme ?

— Debout ! répéta Grable Haines.

Angela se redressa en flageolant. Du coin de l'œil, elle vit que Whitney et Will étaient vivants, par bonheur, mais inanimés. Ils ne pourraient pas intervenir. En un sens, c'était peut-être mieux.

Elle avait mal partout mais réfléchissait à toute allure. Gagner du temps… Il fallait gagner du temps. Les amener à se disputer, se contredire… Lisa aimait qu'on flatte son intelligence…

— Vous êtes tous les deux complètement fous, lança-t-elle à voix haute. Qu'est-ce qui prouve que Martin DuPre a tué lui-même des jeunes filles ? Qu'est-ce qui prouve que ce n'est pas vous ? Qui me dit que DuPre n'a pas été manipulé, qu'il n'est pas tombé dans un piège ?

— Ce petit salaud était devenu incontrôlable. Il se prenait pour un messie… Quel besoin de le manipuler ?

— Est-ce lui qui a tué les jeunes filles ? insista Angela.

— Allons, sortez sur le balcon, se contenta de grommeler Haines.

— J'aimerais connaître la vérité, avant de mourir.

— Bon ! dit Lisa en bousculant Haines pour passer

devant lui. Vous voulez tout savoir ? Alors, voilà. Regina Holloway était totalement dépressive. Le sénateur n'en pouvait plus. Martin lui a trouvé une fille en lui faisant croire que le sénateur était « l'évêque ». Puis Martin a couché à son tour avec la fille. Malheureusement, il a eu l'idée malencontreuse de l'amener ici et la fille s'est mise à hurler. A ce moment-là, il a entendu Regina Holloway qui rentrait plus tôt que prévu. Il a tué la fille pour la faire taire, a caché le corps dans un coin de la cave, et il est revenu le lendemain pour s'en débarrasser. Il se sentait devenu tout-puissant, il ne reculait devant rien. Ensuite, il a recommencé. Il a tué une autre fille parce qu'elle lui résistait. Pendant ce temps-là, comme Holloway voulait tout de même se débarrasser de sa femme, je lui ai suggéré une petite mise en scène. Il a commandé le projecteur en soulignant que, de toute façon, la maison était hantée...

— Où Blake intervient-il, dans tout ça ? s'enquit Angela.

— Oh ! nous nous sommes servis de lui, expliqua Haines. Il était amoureux de Lisa. Il croyait tout ce qu'elle lui disait. Nous l'avons convaincu de tuer Martin DuPre.

— Les deux jeunes filles ont été emmurées quelque part dans la maison, n'est-ce pas ? demanda Angela.

— Eh oui ! admit Haines en souriant largement. C'est moi qui en ai eu l'idée, comme si on me l'avait soufflée. Cette bâtisse est pleine de squelettes, après tout. On y a toujours commis des crimes.

— Vous croyez vraiment que Jackson Crow va se laver les mains de toute cette affaire ? Il est capable de démolir tous les murs, s'il le faut. Il trouvera les cadavres et vous serez les premiers soupçonnés !

— Non. C'est DuPre qu'on accusera.

— Vous oubliez le projecteur, rappela Angela en secouant la tête.

La main de Grable tremblait sur la crosse de son arme.

— Sortez sur le balcon, ordonna-t-il. Sortez !

— Vous serez la première à sauter, ricana Lisa. Vos amis fantômes devront attendre vos petits camarades.

— Attendez, dit soudain Grable d'un ton hargneux. Pourquoi parlez-vous du projecteur ?

— Parce que nous savons qui l'a acheté, rappela Angela. Vous l'avez dit vous-même : le sénateur, par votre intermédiaire. Et la police le sait aussi. En fait, je crois effectivement qu'Holloway ignorait à quoi cette machine a vraiment servi. Même si la vie auprès de sa femme était devenue un enfer, je doute qu'il ait souhaité une mise en scène aussi sinistre. Et je parie aussi que c'est lui qui avait demandé à DuPre de lui ramener des jeunes filles. Les malheureuses en sont mortes, et quelqu'un, alors, l'a fait chanter… L'argent que vous a donné votre patron n'était pas un prêt pour vos dettes de jeu, Grable. C'était le paiement d'un chantage !

— Vous vous trompez, cria soudain Lisa, le sénateur savait ce que nous projetions ! Il n'en pouvait plus de sa femme, qui passait son temps à pleurer. Et il me voulait, moi ! Quand il a commencé à faire infiltrer les sectes, dans l'espoir de les faire interdire, DuPre s'est mis à lui raconter ce qui se passait avec les filles. David y a pris goût… Alors, il s'est tourné vers moi. Il a eu d'autres maîtresses, je n'ai pas été la première, mais moi, je le rendrai heureux.

— Vous croyez vraiment qu'il vous aime ? Alors qu'il a abusé des jeunes filles que DuPre lui amenait, qu'il faisait semblant d'être « évêque » pour coucher avec elles ? Non ! Il ne vous aime pas, et il a sûrement l'intention de se débarrasser de vous. Je suis sidérée que vous ne vous en rendiez pas compte, ni l'un ni l'autre.

Angela se tourna vers Grable Haines.

— On vous a vu au casino, le jour de la mort de Regina Holloway, Grable. Et donc...

Elle se tourna de nouveau vers Lisa pour enchaîner :

— Donc, c'est vous, Lisa, qui avez fait fonctionner le projecteur et tué Regina. Car elle n'est pas tombée du balcon : vous l'avez poussée.

— Eh bien, oui, je l'ai poussée, et je ne regrette pas ! s'écria Lisa.

— Grable, insista Angela, que comptiez-vous tirer de cette histoire ?

— De l'argent, pour continuer à jouer, ricana l'intéressé. Et je vais jeter l'ordinateur de votre collègue prouvant que nous avons acheté le projecteur.

— Ne soyez pas idiot. Les informations contenues sur cet ordinateur peuvent se retrouver, vous savez.

Grable, soudain hésitant, regarda Lisa.

— Il faut éliminer le sénateur, grommela-t-il. Le plus vite possible !

— Non ! Jamais ! Je dois l'épouser ! cria Lisa.

— Réfléchis, Lisa. Elle a peut-être raison. David Holloway s'est servi de DuPre pour avoir des femmes, et si ça se trouve, c'est lui qui les a tuées, pas DuPre. Peut-être est-ce lui qui tire toutes les ficelles depuis le début, finalement, jusqu'à faire venir Crow pour tout nous mettre sur le dos et s'en sortir blanc comme neige. Et maintenant, il va nous tuer aussi ! Oui, il nous a complètement manipulés !

— C'est un politicien, renchérit Angela d'un ton sec, en observant le couple avec attention.

— Non ! Il m'aime ! répéta Lisa, presque pathétique.

— Laissez-moi vous aider, Grable, reprit doucement Angela. Je pourrai tout expliquer. Vous, vous n'avez tué personne. C'est Lisa qui a tué Regina Holloway, et DuPre qui a éliminé les jeunes filles. Vous, vous pouvez être blanchi.

— Mais Grable connaissait l'existence des filles ! s'écria Lisa. Beaucoup d'entre elles venaient des Aryens pour rejoindre l'Eglise du Christ ressuscité. Les deux sectes étaient très liées. Nous étions tous complices. C'est lui qui a transporté les corps, qui a aidé à les dissimuler !

— Eh bien, je ferai de la prison, marmonna Haines.

— Oui, mais vous ne serez pas condamné à mort, insista Angela.

— Si ! Si je dois mourir sur la chaise électrique, il ira aussi ! hurla Lisa. Ne l'écoute pas, Grable ! Tu as participé au complot, comme les autres. Elle te ment !

— En tout cas, le sénateur nous a bien eus, jeta Haines, amer.

Les larmes jaillirent soudain des yeux de Lisa. Elle se tut, vaincue.

— Donc, nous devons tuer le sénateur et fuir, reprit Haines. Le plus loin possible !

— Alors, finissons-en vite. Fais-la sortir sur le balcon, Grable ! lança Lisa.

— Vous savez, je ne sauterai pas, dit Angela. Vous allez devoir tirer et ils vous retrouveront grâce aux balles. Allez, tirez !

— Soyez maudite ! rugit Lisa en se jetant sur elle.

Angela, encore flageolante, la tête endolorie, eut du mal à résister quand Lisa la précipita au sol. Elle se débattit autant qu'elle put, la repoussa, mais Grable intervint, écarta Lisa, remit brutalement Angela debout et lui assena un violent coup de poing au menton.

— Dehors ! Sur le balcon ! cria-t-il.

Angela avança d'un pas vacillant tout en faisant une courte prière. Pourvu que quelqu'un arrive vite, très vite...

Alors, au moment où elle passait devant Haines pour prendre pied sur le balcon, elle vit les fantômes. Susanne Crimshaw, flanquée des deux enfants.

Et la voix de Susanne se fit entendre.

— Grable... Grable Haines !

Haines se figea, fit volte-face, puis poussa un hurlement.

— Non, articula-t-il en agrippant Angela par le bras. Non, pas ça !

Lisa se précipita.

— Qu'y a-t-il ? Qu'est-ce qui se passe ?

Elle ne voyait pas les fantômes, mais eux la voyaient, et le petit Percy se jeta sur elle pour la bousculer. Elle se cogna à la rambarde du balcon, perdit l'équilibre...

— Aide-moi, Grable ! hurla-t-elle.

Mais Grable, hypnotisé, ne bougeait pas. Il poussa un nouveau rugissement, puis se mit à tirer comme un fou sur le spectre.

L'une des balles toucha Lisa. Elle tressaillit et, soudain, fut précipitée dans le vide.

Grable se remit à tirer dans tous les sens. Au même instant, la porte s'ouvrit et Jackson entra en trombe, son revolver à la main. Il lança un ordre. Grable n'entendit pas et braqua son arme sur Angela.

Jackson tira alors. Grable s'effondra, touché en pleine poitrine. Il n'avait pas lâché Angela et l'entraîna dans sa chute.

Elle bascula par-dessus la rambarde et, au dernier moment, s'accrocha au rebord du bout des doigts.

Elle eut une brève vision du sol de brique, en contrebas...

En un éclair, Jackson la retint fermement par un bras. Elle croisa son regard, terrifiée à l'idée qu'elle pourrait lâcher.

Il la tenait toujours, puis elle sentit d'autres mains. Des mains fantomatiques.

Doucement, très doucement, on la souleva pour la déposer sur le balcon, et elle se retrouva dans les bras de Jackson.

Whitney et Will restèrent en observation à l'hôpital toute la journée du lendemain. Angela refusa d'y demeurer, affirmant qu'elle ne ressentait pas de séquelles de sa commotion. Elle préférait se retrouver avec Jackson. Ils avaient tous passé plusieurs heures à faire leur déposition.

Le sénateur fut arrêté le soir même. Toute l'équipe épilogua sur son futur procès. Quelle sensation, quand sa corruption éclaterait au grand jour ! Angela avait donné à la police tout le détail de ses échanges avec Grable et Lisa. Après son départ, Andy, en présence de Jackson, avait alors entrepris d'interroger Holloway pour tenter de dénouer l'écheveau d'intrigues tissé autour de lui.

Le jour se levait quand Jackson rejoignit enfin les autres. Il leur raconta l'interrogatoire : Holloway, après avoir menacé de faire jouer ses relations, demandé à voir son avocat, n'avait cessé de clamer son innocence. Ce n'était pas lui qui avait tué les jeunes filles, c'était

DuPre ; c'était Lisa qui avait commandé le projecteur holographique, elle qui avait concocté des images atroces pour pousser Regina à la mort. D'après Jackson, cette partie de l'histoire était sans doute exacte. Holloway aimait coucher avec des femmes, mais refusait de se salir lui-même les mains. Il faisait commettre les meurtres par les autres. Convaincu de ses talents de manipulateur, il n'avait oublié qu'une chose : que ceux qu'il pensait utiliser comme des marionnettes étaient des individus, avec leur propre personnalité. Et des réactions parfois imprévisibles.

Les mystères de la demeure elle-même, en tout cas, n'étaient pas entièrement résolus.

— Nous devrions dormir un peu, suggéra Jenna.

— Sans avoir le fin mot de l'histoire ? protesta Jake.

Ils échangèrent tous des regards, puis Jackson conclut :

— Bon. Au travail ! Je vais demander à Andy de nous envoyer une brigade… car nous allons sûrement faire des découvertes.

Il avait raison.

Ils trouvèrent en effet, dans la cave, le squelette des deux jeunes adeptes de l'Eglise du Christ ressuscité, et aussi un troisième, beaucoup plus ancien. Celui de Madden C. Newton lui-même. Quelqu'un, à l'époque, l'avait décroché du gibet et ramené pour l'emmurer dans sa propre maison. Dans quel but ? En une sorte d'hommage aux victimes qu'il y avait laissées ? Ils ne le sauraient jamais. En tout cas, lorsqu'ils mirent ses ossements au jour, un grognement parut retentir, comme l'écho assourdi d'un cri furibond.

— Ce n'est peut-être que le craquement d'une poutre, murmura Jake.

Ils attendirent un moment sans bouger, puis le cri

étouffé retentit de nouveau et une ombre surgit, enfla, hideuse et menaçante, assombrissant même la lueur de leurs torches.

En même temps que l'obscurité gagnait, le cri devint de plus en plus fort, culmina en un hurlement de rage qui fit trembler la bâtisse sur ses fondations puis, en une seconde, se tut, laissant place au silence.

— Le mal qui hantait cette maison venait peut-être de Madden C. Newton, finalement, dit Angela. C'est lui qui, depuis le début, tourmentait les gens, exploitait les penchants les plus cruels de certains. Il avait dû trouver le moyen de maintenir sa perversion suffisamment active pour pouvoir s'infiltrer dans les esprits… Mais maintenant, c'est fini. Les puissances qui l'attendent aux enfers vont s'emparer de son âme. Nous avons retourné ses propres armes contre lui et nous l'avons vaincu.

Il y eut un nouveau silence méditatif. Tous s'interrogeaient sur ce qu'ils avaient réellement vu, sur les mystérieux pouvoirs du cerveau humain, mais restaient convaincus qu'il s'était bien agi de Newton et qu'il avait désormais disparu, ne laissant derrière lui que quelques ossements émiettés.

— Je vais appeler Devereaux et lui demander de venir, dit enfin l'un des policiers, même s'il n'aime pas être tiré du lit.

Andy arriva un peu plus tard avec des techniciens de scène de crime et un médecin légiste. Toute l'équipe passa une nouvelle journée à déposer et, le soir, ils allèrent prendre un repos mérité au superbe hôtel Monteleone, où ils devaient séjourner jusqu'à leur départ.

Le lendemain, cependant, Angela demanda à retourner à la demeure avec tous les autres, y compris Will et

Whitney qui avaient quitté l'hôpital et les avaient rejoints à l'hôtel.

— Retourner ? Mais pourquoi ? lui demanda Jackson.

Whitney répondit à la place d'Angela :

— Mon arrière-grand-mère voudrait venir, pour essayer de réunir les enfants fantômes et leurs parents.

La maison était encore une scène de crime et un ruban jaune en bloquait l'accès, mais Andy Devereaux leur donna la permission d'entrer. Ils s'assirent tous les six avec Mama Matisse, et la vieille dame se mit à prier, invoquant Dieu et ses saints tout en faisant brûler de l'encens.

Les enfants apparurent. Ils tenaient toujours la main de Susanne Crimshaw.

Alors, il y eut une lumière éblouissante, visible à tout le monde, une aura qu'ils auraient pu prendre pour une hallucination collective s'ils n'avaient su, au fond de leur cœur, que c'était bien autre chose.

Dans les rayons lumineux, soudain, une femme vêtue d'une longue robe victorienne surgit et se dirigea vers eux. Son visage était triste, mais quand elle vit les enfants, un sourire éclaira son visage. Elle pressa le pas, se précipita puis s'agenouilla pour les prendre dans ses bras. Elle se releva ensuite et étreignit Susanne.

Deux autres formes spectrales se distinguèrent alors, à quelque distance. Ils n'avançaient pas vers la lumière, dans laquelle ils étaient déjà baignés. Angela vit qu'il s'agissait d'une femme et d'un garçonnet. Elle reconnut Regina Holloway, dont elle avait vu la photo, et comprit qu'elle ne s'était pas trompée : Regina n'était jamais revenue les hanter, parce qu'elle était passée tout de suite dans l'au-delà pour rejoindre son fils. Par reconnaissance envers eux, cependant, elle était venue leur rendre hommage, en une brève apparition scintillante. Ses lèvres prononcèrent un « merci », elle sourit, puis s'éloigna, tenant le petit garçon par la main.

La lueur se dissipa.

— Voilà, dit Mama Matisse. C'est fait.

Le soir, les plus jeunes de l'équipe sortirent faire la fête rue Bourbon.

Angela et Jackson déclinèrent l'invitation.

Ils s'ébattirent un moment dans la piscine de l'hôtel, s'offrirent des cocktails dans le célèbre bar tournant du toit, puis se firent monter un délicieux dîner.

Jackson raconta de nouveau à Angela son étrange expérience en Ecosse, puis lui proposa de l'emmener un jour visiter le château de ses ancêtres. Il évoqua le sentiment de culpabilité qu'il éprouvait de ne pas avoir pu sauver les membres de sa précédente équipe, et Angela comprit qu'il lui parlait à cœur ouvert, comme il ne l'avait jamais fait avec quiconque. Il lui livrait son âme, et elle livrait la sienne, tant il l'avait aidée à surmonter ses propres deuils.

Ils se taquinèrent, plaisantèrent, puis devinrent graves et firent passionnément l'amour.

Le lendemain matin, le portable de Jackson sonna. Angela, encore somnolente, l'écouta répondre.

— Qui était-ce ? demanda-t-elle quand il eut raccroché.

— Adam Harrison, répondit-il en plongeant son regard dans le sien. On nous confie une nouvelle mission.

— Déjà ?

— Nous ne commençons que demain, répondit-il en la prenant dans ses bras, un sourire ravageur aux lèvres.

Elle sourit à son tour et l'embrassa. Ils avaient de longues heures devant eux pour explorer tous les plaisirs de se sentir bien vivants.

Composé et édité par HarperCollins France.

Achevé d'imprimer en août 2019.

CPI
BLACK PRINT

Barcelone

Dépôt légal : septembre 2019.

FSC
www.fsc.org
MIXTE
Papier issu de sources responsables
FSC® C108412

Pour limiter l'empreinte environnementale de ses livres, HarperCollins France s'engage à n'utiliser que du papier fabriqué à partir de bois provenant de forêts gérées durablement et de manière responsable.

Imprimé en Espagne.